Jakob Hönsch

Seuchenvogel

Für den echten Jakob –
bis zum Himmel und noch viel weiter!

Bibliografische Information der Deutschen Nationalbibliothek: Die Deutsche Nationalbibliothek verzeichnet diese Publikation in der Deutschen Nationalbibliografie; detaillierte bibliografische Daten sind im Internet über dnb.d-nb.de abrufbar.

TWENTYSIX – Der Self-Publishing-Verlag
Eine Kooperation zwischen der Verlagsgruppe
Random House und BoD – Books on Demand

Herstellung und Verlag:
BoD – Books on Demand, Norderstedt

ISBN 978-3-7407-0725-5

Kapitel:

I: Notfall 1

II: Kulturaustausch

III: Gesichtspullover

IV: Kurierdienst

V: Offenbarung

VI: Heimatbesuch

VII: Wareneingang

VIII: Turner-Party

IX: Durchsuchung

X: Mai-Tai

XI: Überschläge

XII: Matze

XIII: Hangover

XIV: Hallenreinigung

XV: Deutzer Kirmes

XVI: Anruf

XVII: Hotel Timp

XVIII: Dämmerung

XIX: Wiedersehen

XX: Prüfung

XXI: Notfall 2

I

Kopfschmerz. Nichts, als lautes, pochendes Dröhnen. In seinem Schädel wummerte es wie in einer schlechten Dorfdisco. Klare Gedanken: Fehlanzeige. Wo zum Henker hatte er die Bandagen verschlampt? Und wo war die Trainingshose? In wenigen Minuten begann bereits der Schwerpunktkurs Turnen, doch Bastian suchte immer noch verzweifelt nach den notwendigen Utensilien. Beim Blick auf die Dreckwäsche und das verschwitzte Sportzeug in der Ecke seines Zimmers dachte er unwillkürlich an einen Streik der Kölner Abfallwirtschaftsbetriebe, immerhin lag der letzte Heimatbesuch schon wieder vier Wochen zurück. Während er notgedrungen aus dem unteren Stapel eine verwaschene Baumwollhose zog, rekonstruierte er die letzte Nacht: nach dem Training waren sie zunächst in die Bar des Studentenwohnheims eingekehrt, ehe Mike den Vorschlag machte, noch weiter in die Stadt zu ziehen - schließlich servierte Biggi donnerstags Cocktails für nur vier Euro. Wie spät es letztendlich wurde, wusste Bastian genauso wenig, wie die Art der Heimkehr. Der Inhalt seines Portemonnaies und sein starker Brummschädel deuteten jedoch darauf hin, dass Mike mit ihm wieder mal alle gelisteten Longdrinks hintereinander ausprobieren wollte. Während der Verführer anstelle eines Katers mit der von ihm als `fabulösen Thekenschlampe´ titulierten Biggi das warme Bettchen teilte, musste Bastian innerhalb kürzester Zeit seinen Geist und Körper beflügeln. Ausgerechnet heute sollten die Kür-Übungen vor der großen Praxisprüfung gezeigt werden – und diese Note war maßgeblich für sein Examen. Neun Semester studierte er nunmehr an der Sporthochschule, und im Gegensatz zu seinen ehemaligen Erstsemester-Kollegen hatte er noch immer nicht mit der Diplom-Arbeit begonnen – geschweige denn ein Thema gefunden. Stattdessen genoss er die Freiheit, den Fängen seiner Mutter und der spießigen westfälischen Heimat entkommen zu sein. Die Extras seines

7

Studium finanzierte er sich als Torwart in der Verbandsliga – trotz seiner gerade mal 1,83 m galt er wegen seiner Sprungkraft, Reaktionsschnelligkeit und Strafraumbeherrschung als extrem wichtiger Rückhalt seiner Mannschaft und wurde nicht ohne Grund von seinen Mannschaftskollegen mit der Kapitänsbinde bedacht. Doch heute ging es nicht um das vergleichsweise einfache Spiel mit einem verklebten Kunststoffball, sondern um das riskante Zusammenwirken von Koordination, Kraft und Erdanziehung in Verbindung mit furchteinflößenden Turngeräten.

Bastian streifte sich schnell ein T-Shirt über, legte zwei Aspirin auf die Zunge und kippte kalten Kaffee vom Vortag hinterher. Die Tür zum Nachbarzimmer war noch verschlossen, hier träumte sein japanischer Mitbewohner Hiromitsu Okoshi ganz offensichtlich von der Heimat und sägte dabei den gesamten Baumbestand Hokkaidos ab. Hiro, so sein Spitzname, sollte als Austauschstudent der Partner-Universität Nittaidai eigentlich an der Sporthochschule die deutsche Fußball-Lehrer-Ausbildung absolvieren, frönte stattdessen aber vielmehr dem süßen Leben jenseits des japanischen Hochschul-Drills. Zu Zweit bewohnten sie ein Appartement im Turm - dem großen, 27-stöckigen Wohnheim direkt neben dem Campus. Und diese Nähe war für Bastian Fluch und Segen zugleich. Zum einen ermunterte es ihn, immer auf den letzten Drücker zu seinen Kursen zu gelangen, auf der anderen Seite bestand die Gefahr, dass einer oder mehrere Aufzüge ausfielen – und er mal wieder die Arschkarte gezogen hatte.

Sichtlich angeschlagen betrat er eine Minute vor Kursbeginn die 300m entfernte Halle 21. Nachmittags trainierten hier die Cracks: hochklassige Turnerinnen und Turner, deren durchtrainierte Körper immer wieder Scharen von Schaulustigen auf die Tribüne lockten. Am Vormittag aber mühten sich die weniger Begabten an den Geräten, die Turnen als eines ihrer Pflichtfächer im Sportstudium belegen

8

mussten. Da gerade in den Grundkursen die Versuche eher ungelenk und fast selbstzerstörerisch wirkten, war auch den normalen Studenten besonders in der Mittagszeit ein großes und begeistertes Publikum sicher, zumal die Mensa nur einen Steinwurf entfernt lag.

„Na Du Sprungwunder, was macht Deine Schlussbahn?"
Bastian war sich unsicher, ob die Begrüßung von Olli, dem Star des Kurses, wirklich freundlich oder doch eher ironisch gemeint war. Jedenfalls verursachte die Erkundigung nach seiner Boden-Kür zusätzlich zum Kopfschmerz noch einen leichten Brechreiz. Bei den letzten Versuchen, die Kombination Radwende - Flick-Flack - Salto rückwärts sauber zu stehen, landete er jeweils unsanft auf dem Hintern. Die daraus resultierenden blauen Flecke provozierten beim Duschen schon einige süffisante Kommentare.

„Wusste ja noch gar nicht, dass Du der kleine Bruder von Peter Lustig bist…" - Bastian fand es ungerecht, dass seine todesmutigen Aktionen an lebensfeindlichen Geräten von Bundesliga-Turnern wie Olli nur müde belächelt wurden - „Du wirst Dich noch wundern, bei der Prüfung stehe ich wie 'ne Eins!"
Olli musste grinsen und streichelte ihm dabei fast zärtlich über den Rücken. „Mach Dir nichts draus. Wäre Turnen einfach, würde es Fußball heißen". Olli war ein nahezu glatzköpfiges Kraftpaket mit Oberarmen wie anderer Leute Oberschenkel. Der Anblick seines von definierten geraden und schrägen Bauchmuskeln durchzogenen, V-förmigen Oberkörpers hätte jeden antiken Bildhauer in Ekstase versetzt. Er hingegen hatte nach vielen Zerrungen, Hautabschürfungen und Blasen immer wieder bereut, diesen Kurs als zweiten Schwerpunkt neben seiner Hauptsportart Fußball gewählt zu haben. Andererseits konnte er sich dank spezieller Übungen extrem in Sachen Kraft und Koordination verbessern, was ihm als Torwart sehr gelegen kam.

9

„Also Jungs, bevor wir heute noch mal alle Eure Übungen durchgehen, starten wir das übliche Programm mit Aufwärmen und Dehnen." Kursleiter Eduard Knirsch war ein Turner von altem Schrot und Korn: ein ehemaliges Nationalmannschafts-Mitglied, gerade mal 1,65m groß, und trotz seines bevorstehenden Ruhestands noch immer muskelbepackt und drahtig. Für ihn war es selbstverständlich, seine Schutzbefohlenen zu duzen, er selbst wollte aber mit „Sie" angeredet werden. Die Studenten hatten Achtung und Respekt vor dem jung gebliebenen Brillenträger – immerhin konnte er gnadenlos zynisch sein, im Falle eines Falles seinen „Jungs" aber auch noch vormachen, wie die Übungsteile richtig auszusehen hatten. Auch deshalb wurde er seit Studenten-Generationen liebevoll Ede genannt.

„Um Euch das Warmmachen etwas zu erleichtern, leg ich mal ′ne CD ein, die Euch gefallen müsste. Die folgenden 5 Minuten will ich alle auf der Bodenfläche in Aktion sehen. Bringt mal schön Eure Muskeln auf Betriebstemperatur". Und schon dröhnten die Sex Pistols durch die Halle...

Die 16 anwesenden Kursteilnehmer begannen langsam, aber stetig schneller, zum Punk von Sid Vicious zunächst mit Traben und Armkreisen die Müdigkeit aus dem Körper zu treiben. Animiert von Bernd, einem Skirennläufer, fingen einige plötzlich an, zu hüpfen und Pogo zu tanzen. Ede Knirsch sah solche Art von Aufwärm-Gymnastik nicht ungern, war ihm doch nichts mehr verhasst, als stupides, langweiliges Warmmachen nach Plan. Auch Bastian begann nach langsamen Laufen rund um die 12 mal 12 Meter große Bodenfläche zunächst zögerlich, dann aber immer höher und weiter, im Sprung den Kontakt zum Nebenmann zu suchen. In unmittelbarer Nähe erblickte er Bernd und verständigte sich mit ihm per Blickkontakt zu einem Slam. Und schon krachten die beiden – Oberkörper an

10

Oberkörper – in der Luft zusammen. Doch dabei traf ihn noch mehr: Bastian verlor das Gleichgewicht und stürzte bei der Landung auf den Wettkampfboden. Irgendetwas pochte rhythmisch in seinem von der letzten Nacht eh schon mitgenommen Schädel. Er nahm die Hände vom Kopf und war kurz davor, sich übergeben zu müssen: in die Handflächen ergoss sich eine warme, dunkelrote Blutlache. Bernd hatte ihm unfreiwillig einen zusätzlichen Kick mit dem Kopf mitgegeben – und eben dieser traf ihn an seiner empfindlichsten Stelle: der Schläfe. Sofort stoppte die Musik in der Halle.

„Sag mal, spinnt ihr? Ihr solltet Euch aufwärmen, aber nicht eliminieren!" Ede war stocksauer. Zwar kam es immer wieder vor, dass gerade im Turnkurs Verletzungen auftraten, aber dann bei schwierigen Übungsteilen und nicht beim eigentlich lockeren Aufwärmen.
„Bevor Du die ganze Bodenmatte zusaust, komm schnell an den Rand. Zeig mal die Wunde…" Ede´s Wut wich einer gewissen Besorgnis. Auch Bernd stand ziemlich niedergeschlagen neben seinem Opfer – genau wie Olli.

„Trainer, lassen Sie mal, das geht schon wieder. Ich kühl das ein bisschen, und dann mach ich weiter". Seit Bastian vor fünf Jahren aus seinem verschlafenen Heimatnest im Münsterland in die rheinische Metropole zog, wollte er alles hinter sich lassen und den starken Mann markieren. Doch heute hatte er die Rechnung ohne seinen Kursleiter gemacht.
„Kommt gar nicht in Frage. Du blutest ja wie ´ne abgestochene Sau. Wir machen jetzt ´ne Kompresse drauf und dann rufe ich den Krankenwagen." Bastian kannte Ede nur zu gut, um zu wissen, dass jede Widerrede zwecklos war. Also ließ er sich verarzten und wartete mit der kühlen Kompresse am Kopf auf das Eintreffen der Sanitäter.

Während sich seine Kollegen an Boden, Barren und Ringen mit ihren Kür-Übungen abmühten, war er angesichts der letzten Nacht sogar heilfroh, diesen Strapazen entkommen zu sein. Stattdessen träumte er von der zukünftigen Meistersause seines neuen Klubs. Aufgrund der kräftezehrenden Doppelbelastung mit Studium im Rheinland und Fußballspielen im Münsterland trennte er sich vor anderthalb Jahren von seinem Heimatverein SuS Stadtlohn und suchte sich einen neuen leistungsstarken Klub in Köln. Den fand er ausgerechnet in dem an die Sporthochschule angrenzenden Stadtteil beim FC Junkersdorf. Bereits in seiner ersten Saison verdrängte er die bisherige Nummer 1 und stand nun mit seinen Mitspielern kurz vor dem Aufstieg von der Verbandsliga in die Oberliga. Aus den verbliebenen 3 Saisonspielen benötigten sie nur noch 4 Punkte, was im Erfolgsfall mit einer einwöchigen Meisterfeier an den Ballermann belohnt werden sollte. Bastian hatte keinen blassen Schimmer, woher das Geld dafür stammen sollte, erfuhr aber hinter vorgehaltener Hand, die Gönner seien wohlhabende Fans, die aus steuerrechtlichen Gründen anonym bleiben wollten. Trotz seiner Verletzung und des immer noch pochenden Kopfschmerzes war Bastian mit sich und seinem Spoho-Dasein äußerst zufrieden. Da riss ihn ein lautes Tatütata jäh aus den Träumen von Sommer, Sonne und Sangria...

„Bastian, Dein Taxi ist da. Mach, dass Du fortkommst. Und nächstes Mal setzt Du Deinen Kopf hier im Kurs etwas sinnvoller ein."
„Alles klar, Trainer! Ich bin dann mal weg." Bastian nahm seine Sporttasche und schlurfte langsam nach draußen. Da sah er einen großen Rettungswagen mit Blaulicht auf den Halleneingang zurasen. Als der Fahrer mit quietschenden Reifen direkt vor ihm eine passable Vollbremsung hinlegte und ein Rettungssanitäter aus dem Wagen sprang, wusste er nicht, ob er sich vor Lachen in die Hose machen oder vor Scham im Boden versinken sollte.

„Nur die Ruhe!!!" - Bastian versuchte angestrengt, trotz Verletzung ultracool zu wirken - „Ich glaube, Ihr seid meinetwegen hier."

„Unmöglich. Uns wurde ein Notfall aus der Halle 21 gemeldet."

„Und dieser vermeintliche Notfall bin ich. Wenn ich mich kurz vorstellen darf: Bastian Lückemeyer, Fußballer und Teilzeit-Turner."

„Ich glaub, ich spinne. Da schicken die durch eine Fehlinformation den großen RTW raus und verballern so mal wieder einige hundert Euro für Nichts! Du hättest doch locker von einem Freund ins Krankenhaus gebracht werden können". Die Zahl der Zornesfalten im Gesicht des Sanitäters nahm bedenklich zu.

„Ganz meine Meinung. Aber verklickern Sie das mal unserem Kursleiter…"

„Und was ist, wenn es jetzt irgendwo einen richtigen Notfall gibt? Dann fehlt ein Rettungswagen! Was ist denn überhaupt passiert?"

„Ich hab beim Warmmachen einen ziemlichen Schlag auf den Kopf bekommen und danach tierisch geblutet. Ganz einfach und unspektakulär."

„Ob das unspektakulär ist, lass mal meine Sorge sein. Zeig erst mal das corpus delicti". Der Sani nahm die Kompresse von Bastians Kopf und sah sich die Wunde an. „Tatsächlich nichts Dramatisches."

Bastian grinste. „Sag´ ich doch!"

Der Sani reagierte zunehmend gereizt auf die ungewohnt vorlaute Art. „Pass´ mal auf, Du Held. Es braucht zwar nur ein paar kleine Stiche, um die Wunde zuzunähen, aber ich bezweifle, dass Du dann noch immer eine so große Klappe hast. Immerhin erhältst Du so ein nettes Andenken an diesen wundervollen Tag".

„Ha, Ihren Sarkasmus für Arme können Sie sich sparen. Schließlich habe ich mir die Verletzung weder selbst zugefügt noch den Krankenwagen gerufen."

Auf der kurzen Fahrt von der Sporthochschule zum St. Elisabeth-Krankenhaus herrschte eisiges Schweigen an Bord des Rettungswagens. Bastian saß vorne neben dem Sanitäter, während der Zivildienstleistende am Steuer ganz gemächlich den Militärring in Richtung Dürener Straße fuhr. Am Klinikum in Hohenlind angekommen, wies ihm der Sani den Weg in einen Behandlungsraum.

„Zwar bist Du ja ganz offensichtlich kein Notfall, da wir aber wegen eines Unfalls an die Sporthochschule gerufen wurden, wirst Du hier schon erwartet. Zunächst brauchen wir noch ein paar Angaben zur Person und zum Unfallhergang, ehe sich dann der behandelnde Oberarzt um Dich kümmert. Bis dahin mach es Dir hier schon mal gemütlich, auch wenn wir leider keinen Kaffee oder Kuchen anbieten können…"

Bastian ging dieser verklemmte Typ mit seinem Frust über den Fehl-Alarm tierisch auf die Nüsse. „Macht nichts, Chef. Ein Glas Kölsch und ne´ Frikadelle tun´s auch…"

Die Gesichtsfarbe seines neuen Freundes verfärbte sich beängstigend rot, die aus dem Nichts hervorgetretenen Schläfen pochten wie wild. Kurz bevor sie zu zerbersten drohten, verhinderte eine barmherzige Samariterin Schlimmeres.

„Ist das der Notfall von der Sporthochschule?"

„Ja, bei einem Stoß an den Kopf hat er nicht nur Blut, sondern wohl auch einen Teil seines Großhirns verloren. Und wegen so eines Rotzbengels wurde der Rettungswagen gerufen. Unverschämtheit…"
Wütend zog der Sani von dannen.

„Na, das klingt ja nach wahrer Liebe! Dann wollen wir uns diesen Sanitäter-Schreck mal etwas genauer anschauen."
Zunächst war Bastian lediglich verwirrt; beim Blick in Richtung der nassforschen Helferin verschlug es ihm jedoch die Sprache.

14

Vor ihm stand – nein, schwebte ein Wesen wie von einem anderen Stern. Eine Elfe mit hochgesteckten blonden Haaren, die bei Bastian sofortiges Herzrasen verursachte. Sie machte nicht den Eindruck einer Schwester oder gar Ärztin, auch wenn sie eine strenge, rechteckige Brille und einen gestärkten weißen Kittel über ihrer Jeans trug. Bastian schätzte, dass sie maximal 25 Jahre alt sein konnte. Die Grübchen an den Wangen und Mundwinkeln signalisierten ihm, dass sie definitiv kein Kind von Traurigkeit war. Sie fixierte ihn mit wachen blauen Augen und forderte auch ohne entsprechende Frage eine Erklärung. Bastian musste schlucken, sein Rachen wurde trocken und ihr Anblick ließ ihn schwindeln. Der Kopfschmerz kam zurück und er fühlte sich animiert, die Mitleidsnummer zu fahren.

„Ähem… ich hab´ ´ne große, offene Wunde am Kopf und – glaub´ ich – ziemlich viel Blut verloren. Können Sie mir bitte helfen?"

Ihre Anwesenheit verunsicherte ihn. In Millisekunden hatte sich ihr Gesichtsausdruck in sein tiefstes Unterbewusstsein eingebrannt. Nie zuvor hatte er eine so selbstbewusste und zugleich attraktive Perle getroffen, auch wenn es an der Sporthochschule von gut aussehenden Studentinnen nur so wimmelte. Er konnte sich nicht erinnern, wie oft er schon die Einführungsvorlesung in Anatomie und Physiologie besucht hatte, nur um aus der 1. Reihe des Hörsaals - mit dem Rücken zum Dozentenpult – die neuen weiblichen Erstsemester zu begaffen. Sein Spezi Mike, der ihn auf diesen Trichter brachte, nannte das ziemlich despektierlich „Fleischbeschau".

Mike war der größte Aufreißer auf Erden und somit das totale Gegenteil von ihm. Doch das süße Gift, das er ihm bei seinen Anmachtouren eingeflößt hatte, wirkte. Auch jetzt war es ein innerer Zwang, der seinen Blick von den sich unter dem Kittel abzeichnenden Brüsten über die schlanke Taille bis zu ihren Füßen gleiten ließ. Bastian war ein unübertroffenes Ass darin, die Sportlichkeit des weiblichen Geschlechts allein an deren Fesseln zu erkennen. Und tatsächlich: über ihren weißen Sneakern kamen ausgeprägte Sprunggelenke zum Vorschein, die zumindest vom regelmäßigen Joggen stammen mussten.

Bastians offensichtliche Musterung verfehlte nicht ihre Wirkung, allerdings völlig anders als erhofft.

„Komisch, nach Blutarmut sieht das hier aber gar nicht aus. Nur um eins klarzustellen: ich bin nicht vom psychologischen Dienst, der traumatisierten Sportstudenten wieder auf die Beine hilft, sondern brauche lediglich ein paar Angaben für den Unfallbericht."

Bastian musste schlucken und schaute wie nach einem selbstverschuldeten Gegentreffer betreten zu Boden. Obwohl er eigentlich dank seines durchtrainierten Körpers, den rehbraunen Augen sowie gewellten dunklen Haaren als Typ Latin Lover durchgehen konnte, verpasste er beim anderen Geschlecht immer den Anschluss. Nach seiner letzten Beziehung und einigen Körben traute er sich kaum noch, ein stinknormales Gespräch zu führen – zu groß war die Angst, sich der Lächerlichkeit preiszugeben. Die im Sportstudium abzuleistenden Psychologie-Vorlesungen brachten ihn zu der Erkenntnis, dass dies wohl mit dem gestörten Verhältnis zu seiner Mutter und seiner sturen westfälischen Art tun haben musste. Dennoch: der Wunsch nach einer Beziehung überwog, auch wenn er keinen Plan hatte, wie man die Theorie in die Praxis umsetzen konnte. Auch deshalb bestand die Verbindung (Bastian sprach ganz bewusst von keiner Freundschaft) zu Mike. Seine Art, Frauen aufzureißen und sich ihrer dann wieder zu entledigen fand er – je nach Stimmungslage – entweder verachtens- oder bewundernswert. Zu gern hätte er Mikes Zaubertricks gekannt, um selber unwiderstehlich zu wirken. Stattdessen probierte er es mangels Alternativen ständig auf die altbackene Tour: Saufen für die Lockerheit - frei nach dem Motto seiner alten Kumpels: „nüchtern bin

16

ich schüchtern, voll bin ich toll!" Tags drauf wunderte er sich jedes Mal aufs Neue, wieso diese westfälischen Bauernweisheiten keinen Erfolg, sondern immer nur Kopfschmerzen und Ärger einbrachten.

Bastian stammelte ein „...na ja, ist ja eigentlich auch gar nicht soo schlimm" und wäre am liebsten im Boden versunken. Auch wenn ihm der Begriff zuwider war – dieser `Engel in Weiß´ entsprach zu hundert Prozent seiner Idealvorstellung von einer Traumfrau: sportlich, blond, intelligent, selbstbewusst und vor allem: gutaussehend.

Mit leerem Blick gab er pflichtbewusst Auskunft über seine Person, Krankenversicherung, Hausarzt und den Unfallhergang. Zu gerne hätte er jetzt gewusst, wie Mike an seiner Stelle reagiert hätte. Garantiert mit einem lockeren Spruch auf den Lippen und einem schmachtenden Augenaufschlag, der Frauen jedweden Kalibers dahinschmelzen lies wie Wassereis in der Kalahari. Wenn er doch bloß die letzten Minuten rückgängig machen könnte...

„Na, Frollein Wagner. Was für einen Patienten haben wir denn da?" Bastian schreckte hoch. Vor lauter Selbstmitleid hatte er gar nicht registriert, wie der Oberarzt samt Assistenten im Schlepptau im Behandlungsraum erschien.
„Oh, Hallo Dr. Schröder. Dieser junge Mann hier heißt Bastian Lückemeyer und hat sich bei einer ziemlich kuriosen Form des Aufwärmens im Turnkurs der Sporthochschule verletzt."
Peinlich berührt senkte Bastian den Kopf und verpasste so, wie ein flüchtiges Lächeln über ihr bezauberndes Gesicht huschte.
„Und, wie lautet Ihre Diagnose?"
„Oberflächliche, etwa 4 cm lange Platzwunde und ein leichtes Hämatom an der linken Schläfe. Die primär stärkere Blutung konnte mit einem Druckverband gestillt werden. Keine Anzeichen für weitere

Verletzungen. Ich würde eine Hautnaht in Lokalanästhesie mit 4 bis 5 Stichen vorschlagen."

„Sehr gut, Frau Kollegin. Wenn Sie so weitermachen, muss ich mir noch Sorgen um meinen Job machen, haha… Ich freue mich jedenfalls schon auf das Ende ihres Medizinstudiums, damit wir hier unter den Nachwuchskräften endlich mal was Kluges und optisch Ansprechendes vorweisen können." Bastian konnte erkennen, wie der Assistenzarzt die Augen verdrehte und eine Faust ballte. „Sie wissen ja, wenn Sie Fragen zu Ihrem Studium haben, stehe ich Ihnen jederzeit zur Verfügung. Und wenn ich jederzeit sage, dann meine ich auch jederzeit!".

Während der Oberarzt schmachtend seinem aus dem Raum tretenden Objekt der Begierde hinterher starrte, zischte der Assi fast unhörbar „Arschloch".

Wagner hieß sie also und studierte Medizin. Damit konnte man zumindest schon mal was anfangen und gegebenenfalls Nachforschungen anstellen. Immerhin.

II

Bastian schlief unruhig. Das Pflaster am Kopf nervte und die Gedanken fuhren Achterbahn. Alles vermengte sich zu einem wilden Traum: die Medizinstudentin beobachtete ihn bei seiner Bodenkür und brach in schallendes Gelächter aus, als er bei seiner Abschlussbahn übermotiviert nicht auf dem Hintern, sondern auf dem Hinterkopf landete. Bastian lag benommen auf der Bodenfläche, während um ihn herum der gesamte Kurs und auch die übrigen Zuschauer nicht mehr an sich halten konnten und laut losgröhlten. Bastian versuchte sich zu erheben, aber er konnte nicht. Irgendetwas Warmes, Klebriges hielt ihn gefangen…. Blut! Innerhalb von wenigen Sekunden war die gesamte Matte blutgetränkt, sein Kopf dröhnte, als Ede Knirsch ihn anbrüllte: „Was für eine Sauerei veranstaltest Du denn hier. Hau ab zu Deinem Schwachmatensport und lass Dich beim Turnen nie wieder blicken". Bastian schaute sich verzweifelt um, aber niemand stand ihm bei. Da erblickte er auf der Tribüne Dr. Schröder. Doch statt Erste Hilfe zu leisten, kümmerte der sich lieber um seine junge Medizinstudentin. Geifernd und sabbernd fingerte er an ihr herum, die durchaus Gefallen daran zu haben schien, auch wenn sie vor lauter Prusten über Bastians Fauxpas kaum noch Luft bekam. Just in dem Moment, als der fürsorgliche Oberarzt seiner ärztlichen Nachwuchshoffnung die ʼpraktische Mund-zu-Mundbeatmung unter besonderem Einsatz der Zungeʼ zeigen wollte, wachte Bastian schweißgebadet auf.

Sein Schädel tat noch immer höllisch weh. Wie vorhergesagt, wurde seine Platzwunde im St. Elisabeth-Krankenhaus mit 5 Stichen genäht. Verantwortlich für das „Operatiönchen" – wie dies Dr. Schröder nannte – war der Assistenzarzt.
Nachdem die Hautlappen wieder zueinander geführt und mit Nadel und Faden fixiert wurden, begutachtete der Chef die Arbeit seines

Asis. Jovial gab er Bastian einen Klaps auf den Rücken. „Na ja, junger Freund. Sie werden wohl eine Narbe als Andenken behalten. Aber lassen Sie sich von einem lebenserfahrenen Mediziner wie mir sagen: Männer müssen nicht schön, sondern interessant sein. Und Narben finden Frauen sexy".

„Darauf kann ich gerne verzichten, das hilft mir in meiner Situation auch nicht weiter. Was viel wichtiger ist: kann ich denn sofort wieder Sport treiben?"

„Auf gar keinen Fall. Abgesehen davon, dass bei der kleinsten Erschütterung die Wunde wieder aufplatzen kann, haben Sie sich beim Zusammenprall wahrscheinlich auch eine leichte Gehirnerschütterung zugezogen. Ruhen Sie sich mal die nächsten Tage gründlich aus und verzichten Sie auf jegliche Form von körperlicher Anstrengung."

„Und wie lange, bitte schön??"

„Na, ich würde sagen…. für so etwa 2 Wochen."

„Aber das geht nicht. Ich bin Sportstudent und stehe vor der praktischen Abschlussprüfung im Turnen. Außerdem kämpfe ich mit meiner Fußball-Mannschaft um den Aufstieg in die Oberliga. Die brauchen mich."

„Was Sie brauchen ist Ruhe. Ich kann nicht verantworten, dass Sie gleich wieder Sport treiben."

„Und was ist, wenn ich´s doch mache? Sie können es mir ja nicht verbieten!"

„Das ist wohl wahr, immerhin ist das Ihr Risiko und Ihre Gesundheit. Aber ich schreibe einen Vermerk in die Unterlagen, dass Sie für die nächsten 14 Tage krankgeschrieben sind. Sollten Sie sich in diesem Zeitraum irgendwie verletzen, kommt keine Versicherung für Sie auf. Und dann – mein junger Freund – könnte es ziemliche Unannehmlichkeiten geben."

Es war das zweite Mal an diesem Tag, dass sich Bastian geschlagen geben musste. Wie schon bei Ede Knirsch biss er auch bei diesem selbstverliebten, geifernden Ärzte-Sack auf Granit. Als wäre alles nicht schon schlimm genug, musste er die Hiobsbotschaft nun auch noch seinem Fußballtrainer klar machen. Kurt war zwar eigentlich ein schlichtes Gemüt, hatte aufgrund seiner Volksschul-Vergangenheit aber unverhohlene Vorbehalte gegen „Studierte". Die folgende telefonische Übermittlung gestaltete sich auch deshalb zu einem der bittersten Momente der letzten Zeit. Statt selbst niedergeschlagen zu sein oder Bastian zu trösten, nahm der alte Haudegen die Mitteilung sportlich locker und verwies auf den hervorragenden Ersatz-Torhüter, was Bastians Wut nur noch mehr steigerte. Bastian wollte – trotz Verletzung – nur noch eins: den Frust ertränken.

Im Studentenwohnheim wurde er im Appartement von Hiro in Empfang genommen. Der schien gerade aufgestanden zu sein, seine sehnigen Füße steckten in ausgelatschten Adiletten und seine Augen waren noch schmaler als sonst.

„Kon-nichi-wa, Basti. Ho, was passiert? Neues Torwart-Look?"

„Deine Faxen kannst Du Dir sparen, Hiro. Hab´ mich beim Turnen verletzt und bin malad."

„Mala... was???"

„Krankgeschrieben! Kein Fußball morgen."

„Ohh, sehr schade. Du gar nicht spielst?"

„Ii-e, leider nein. Hast Du eigentlich noch den japanischen Whiskey, den Du vom letzten Heimatbesuch mitgebracht hast?"

„Hai. Du willst trinken? Ist doch erst Morgen..."

„Es ist schon Nach-Mittag, fast schon Abend. Und außerdem: die Uhrzeit spielt heute keine Rolle mehr."

Hiro huschte in sein Zimmer. Das Appartement dieser Fußballer-WG bestand aus einem gemeinsamen Flur mit Kocheinheit und

Schränken, einer kleinen Nasszelle sowie zwei je 8 qm kleinen Räumen.

„Hier. Lecker Nippon-Whiskey. Do-zo!"

„Arrigato, Hiro!" Bastian schüttete sich ein Glas halbvoll und trank es auf Ex.

„Du sehr durstig…."

„Nee, frustriert. Alles nur wegen einer beschissenen Aufwärmübung und einer wunderschönen Frau. Da fällt mir ein: ich hab´ Dich noch nie gefragt, ob Du in Tokio eine Freundin hast?"

„Hihi – eine? Viele! Und wenn ich bin zurück und Nationaltrainer, dann ich habe große Familie und eigene Mannschaft."

„Eine eigene Fußballmannschaft?"

„Hihi, ja – eigene. 11 Kinder…" Hiro strahlte bei dieser Aussage so sehr über das ganze Gesicht, dass außer der kleinen, rundlichen Nase nur noch waagerechte Striche zu erkennen waren.

In Japan war Okoshi-San einst ein bekannter Fußballer in der J-League, bis eine schwere Knieverletzung seine hoffnungsvolle Karriere jäh beendete. Nach Abschluss seines Studiums an der Nippon Taiiku Daigaku, der japanischen Elite-Sporthochschule Nittaidai in Tokio, kam er mit einem Stipendium nach Deutschland, um hier die Fußballlehrer-Lizenz zu erlangen. Den dafür notwendigen Sprachkurs im japanischen Kulturinstitut am Aachener Weiher besuchte er jedoch nur sporadisch – stattdessen studierte er lieber die deutsche Bierkultur und genoss das lange Ausschlafen.

„Und Du, Basti? Wo ist neue Freundin, habe ich noch nicht gesehen…."

„Ich habe keine neue Freundin – und werde wahrscheinlich so schnell auch keine bekommen."

„Ho, kein Problem. Du Fußballer, in Japan viele Shōjo wollen Fußballer. Fußball Nummer 2, Sumo Nummer 1. Frauen lieben Sumo."

Allein die Vorstellung, wie eine zarte Asiatin oder gar seine Medizinstudentin mit einem schwitzenden, fettleibigen Sumo-Ringer Zärtlichkeiten austauschte, verursachte bei Bastian Magenkrämpfe. Darauf musste er sich noch einen genehmigen.
„Komische Kultur habt ihr. Kanpai, Hiro".
„Prost, Basti…"

Nach anderthalb Jahren im Turm verband die beiden mittlerweile eine echte Freundschaft. Um deutsche Sitten und Gebräuche kennen zu lernen, wurde Hiro von Bastians Familie zum letzten Weihnachtsfest in die westfälische Provinz eingeladen. Bastian stammte aus dem Örtchen Gescher, was bei Hiro aufgrund der phonetischen Ähnlichkeit mit der japanischen Geisha beim ersten Hören einen Lachkrampf verursachte. Ein immer lächelnder und sich verbeugender Japaner unter Gummistiefel-Trägern – das sorgte noch lange für Gesprächsstoff in der tiefsten westfälischen Walachei. Während er seinem Mitbewohner gelegentliche Nachhilfe in Deutsch gab, lernte Bastian im Gegenzug einige Brocken japanisch. Kurzfristig hatte er sogar geliebäugelt, für zwei Semester als Austauschstudent nach Tokio zu gehen. Aber im Auslandsamt der Sporthochschule hatte man seinen Wunsch nur mitleidig belächelt. Statt der Antragsformulare bekam er einen Stapel Briefe von anderen Studenten zu lesen, die diesen Schritt tatsächlich gewagt hatten. Bereits nach den ersten Zeilen erkannte er die Idiotie seiner Überlegungen. Bei minderjährigen Kindern hätten die Eltern wahrscheinlich keine Sekunde gezögert, ihre Liebsten sofort wieder nach Hause zu holen – so sehr trieften die Auslandnachrichten von verzweifeltem Heimweh: frühes Aufstehen, Ausdauerläufe,

Schrubben, Putzen, militärischer Drill, Training den ganzen Tag und Schlafen in 4-Bettzimmern waren nicht vergleichbar mit den geradezu paradiesischen Zuständen in Köln. Und auf die wollte Bastian auf keinen Fall so schnell verzichten.

Nach zwei weiteren Whiskey verabschiedete er sich in die Kneipe des Wohnheims - die bezeichnenderweise `Doping´ hieß -, um sich in aller Ruhe im Pay-TV das Auswärtsspiel des 1. FC Köln anzuschauen. Zwar waren Westfalen je nach Herkunft meist Anhänger von Borussia Dortmund oder Schalke 04 – abgesehen von der besonders sturen Variante der Ostwestfalen, die auf Arminia Bielefeld standen - doch er konnte sich dem Reiz des Geißbock-Klubs nicht entziehen. Aus geografischen Gesichtspunkten war dies eigentlich auch gar nicht anders möglich: das ehemalige Müngersdorfer Stadion, der Fußballtempel des FC, lag nur einen Steinwurf vom Turm entfernt. Außerdem trug sein eigener Verein, der FC Junkersdorf seine Partien genau neben dem Stadion in der Ostkampfbahn aus. Bastian versuchte, wenn er nicht selber spielen musste, so oft wie möglich die Heimspiele des „Eff-Zeh" auf der Südtribüne zu verfolgen. Er liebte die einzigartige Atmosphäre dort, vor allem die 30 Minuten vor Spielbeginn. Mit gefühlvollen Fangesängen und Karnevalsliedern kam richtiggehende Champions-League-Stimmung auf, die meist für die folgenden 90 Minuten zähen Kickens auf dem Rasen entschädigte. In Köln hatte man nach Bastians Meinung in Sachen Fußball einen extremen Hang zur Dramatik: „der echte Kölsche liebt den FC voller Leidenschaft, auch wenn der ihm immer wieder Leiden schafft". Auch an diesem Abend war von den großspurigen Versprechungen, bald wieder zur Elite des bundesdeutschen Fußballs zu zählen, nichts zu spüren. Nach der 1:3-Niederlage beim HSV standen 3 Weizen und 2 Kurze auf Bastians Deckel.

24

Zurück im Appartement vernahm er aus dem Nachbarzimmer Kichern und vor allem lautes Schlurfen. Hiro hatte andere japanische Austauschstudenten eingeladen – wahrscheinlich gab es wieder mal Ramen, die traditionelle japanische Nudelsuppe. Bastian hatte sich daran gewöhnen müssen, dass lautes Schlurfen beim Essen in Japan zum guten Ton gehörte. Überhaupt war so vieles anders und gewöhnungsbedürftig im alten Kaiserreich – besonders die Rolle des Mannes in der Gesellschaft. Die Emanzipation gehörte jedenfalls noch nicht zu den Errungenschaften im Technik-Wunderland, wie er aus vielen Gesprächen mit Hiro und seinen Freunden erfahren hatte. Andererseits hatte man in diesem traditionsbewussten wie modernen Land eine unglaubliche Hochachtung vor „Doitsu" und „Made in Germany". Bastian schauderte bei dem Gedanken, dass Hiro fast all die deutschen Volkslieder auswendig konnte, die er nach der Grundschule sofort wieder vergessen hatte. An diesem Abend war er aber zu müde und betrunken, um noch auf eine kleine Kulturlektion und einen Sake vorbeizuschauen. Leise schloss er seine Tür und legte sich zu Bett.

Und nun lag er wach. Es war 5 Uhr morgens, sein Schädel tat höllisch weh und er fühlte kalten Schweiß auf der Stirn. Sein Herz pochte so heftig, dass er Mühe hatte, den Pulsschlag zu zählen. Zum Glück wusste er blind, wo neben dem Bett die Kopfschmerztabletten lagerten. Wieso bloß ging ihm diese Medizinstudentin nicht aus dem Sinn? Zeigte sie doch kein Interesse an ihm und außerdem – ihr Hochmut war schon fast anstößig. Andererseits schossen die körpereigenen Hormone Adrenalin und Noradrenalin kreuz und quer durch seinen Körper, wenn er nur an sie dachte. Die Folgen dieses Hormonchaos waren ihm noch aus der Sportphysiologie-Vorlesung vertraut: gesteigerte Herzfrequenz, Gefäßverengung sowie zentrale Stimulation, sprich Erregung. Die Bettdecke lieferte dafür den handfesten Beweis.

Er nahm sich fest vor, in der neuen Woche auf Recherche-Tour in der medizinischen Fakultät zu gehen. Das müsste schon mit dem Teufel zugehen, wenn er sie nicht wieder sah. Und dann? Auf die Mitleidstour brauchte er es jedenfalls nicht noch einmal zu probieren. Stattdessen Macho-Gehabe? Das nahm ihm keiner ab. `Sei einfach Du selbst´, redete er sich immer wieder ein. Nur wie? Er musste Mike fragen. Schon heute Abend. Aus Anlass des Bestehens seiner Biomechanik-Prüfung gab er in seiner Südstadt-Bude eine große Party.

III

Nie zuvor hatte Bastian einen solchen Selbstdarsteller mit geradezu krankhaftem Narzissmus kennen gelernt, geschweige denn gedacht, dass es solche Menschen überhaupt geben könnte.

„Moin, Leute. Was geht ab?"

Nur zu gut erinnerte er sich an das erste Aufeinandertreffen im vorletzten Wintersemester. Zu Zwölft saßen sie im Seminarraum des Institutsgebäudes, die wissenschaftliche Hilfskraft hatte gerade mit ihrem Vortrag begonnen, als dieser Typ mit einem breiten Lächeln in den Kurs hineinplatzte. Während die Dozentin irritiert versuchte, ihren verloren gegangenen Faden wieder aufzunehmen, runzelten die Kerle im Kurs über das Auftreten und die Dreistigkeit des Neuen die Stirn. Er sah so gar nicht wie ein Sportstudent aus: ein Schönling im Business-Anzug, braungebrannt mit gegelten schwarzen Haaren, dazu ein Dauergrinsen im Gesicht, das den Blick auf zwei Goldzähne freigab. Am meisten verblüffte an seinem Äußeren jedoch etwas anderes...

„Basti, schau Dir mal diese widerliche Pornoleiste im Gesicht an. Der sieht aus wie so ein Hardcore-Darsteller auf der Venus in Berlin."

Von diesem Moment an wurde der buschige Schnauzträger den Spitznamen „Porno" an der Spoho nicht mehr los.

Auch Bastian fand den Gesichtspullover ziemlich abstoßend, registrierte aber mit einer gewissen Verwunderung, dass die Studentinnen allesamt unruhig wurden. Der bislang Unbekannte nahm wie selbstverständlich den freien Platz neben Bastian ein und zauberte Bücher, Mappe und Stifte aus seinem ledernen Pilotenkoffer hervor. Bastian traute seinen Augen nicht: ein Pilotenkoffer??? Hier an der Sporthochschule??? Der Typ musste von einem anderen Stern sein, schließlich kamen alle anderen Studenten mit Rucksack, abgewetzten Sporttaschen oder gar Plastiktüten in den Kurs.

Es war eines dieser Seminare, das man am liebsten sofort wieder von der Festplatte seines Studentenlebens gelöscht hätte – wenn man denn gekonnt hätte. Die Dozentin, eine völlig unsportliche Doktorandin mit Nickelbrille, war bräsig, langweilig und hypernervös. Und das didaktische Thema „Das im Gespräch im Unterricht" riss noch nicht mal künftige Sonderpädagogen vom Hocker. Bastian schaute aus dem Institutsfenster auf immer kahler werdende Bäume und träumte davon, im Laufe der Wintermonate als Torwart im vorderen oder mittleren Orient zu jobben – des Wetters und der Kohle wegen. In Gedanken sah er sich schon mit einem schnittigen Cabrio den Boulevard eines der Emirate entlanggleiten, während ihm die Scheichs freundlich zuwinkten.

Nach quälend langweiligen 45 Minuten Folter-Kursus wollte sich Bastian so schnell wie möglich verdünnisieren, kam aber nicht weit.
„War echt interessant, oder?"
Bastian schaute verstört in Richtung des Intelligenzallergikers, der so einen Schwachsinn ungefragt von sich gab. Es war Porno – und dieser Burt Reynolds-Verschnitt sprach ihn direkt an. Für einen kurzen Augenblick sympathisierte Bastian mit dem Gedanken, ihn vor all seinen Kommilitonen als Evolutionsbremse bloß zu stellen, überlegte es sich aufgrund seines durchdringenden Blicks dann doch anders.
„Nee...äh ja... ich meine, ging so."
Breit grinsend bewegte sich bei seinem Gegenüber der Schnauzer in die Höhe. „Sag mal, Keule, fällst Du eigentlich auf jeden Scheiß rein? Glaubst du wirklich, ich fand diesen Bockmist interessant?"
„Keine Ahnung, ich kenne Dich ja überhaupt nicht..."
„Das können wir ändern: ich bin Michael, aber meine Freunde nennen mich alle nur Mike."

„Mike? So heißt auch das Meerschweinchen meiner kleinen Schwester…"

„Haha, ich liebe Typen mit einer gesunden Portion Mutterwitz. Wie heißt Du denn? Etwa Bernd wie das Brot?"

Widerwillig nannte Bastian seinen Namen.

„Und was machst Du so?"

„Ich bin Fußball-Torwart."

„Alter, das passt. Ich bin Stürmer. Lass uns in der Mensa was essen gehen."

Bastian hatte eigentlich keinen Bock, mit diesem Ekelpaket die Mittagspause zu verbringen, konnte sich dessen aufdringlicher Art aber nicht entziehen. Er nahm sich fest vor, die ungewollte Zusammenkunft so schnell wie möglich zu beenden und sich dann zu verpissen.

Während der gemeinsamen Mahlzeit erzählte Michael ungefragt, dass auch er einen Schwerpunktkurs Fußball und in Kürze sogar ein Probetraining bei den Profis von Borussia Mönchengladbach machen wollte. Die Tatsache, dass er bislang lediglich Bezirksliga gespielt hatte, schien ihn in keiner Weise zu belasten. `Was für ein großkotziger Kameltänzer´, dachte Bastian. Überhaupt bestand die gemeinsame Unterhaltung eher aus einem endlosen Monolog, so dass Bastian das halbe Leben seines Gegenübers zu kennen glaubte. Sein Studium finanzierte sich dieser Typ nebenher als Vertreter für Solarien und übergab Bastian stolz seine Visitenkarte. Dort stand neben Firmenlogo und dem Namen die Fabel-Bezeichnung `cand. sportwiss. ´. Alles an diesem Schleimer und Angeber war abstoßend. Dennoch weckte er Bastians Neugier, als er anfing, von seinen Frauengeschichten zu erzählen.

„Ich kenn Dich ja nicht, aber verarsch mich nicht. Ich kann mir nicht vorstellen, dass Frauen reihenweise auf so einen Hobbyangler wie Dich reinfallen."

Von Minute zu Minute steigerte sich Bastians Eindruck, der Reinkarnation von Baron Münchhausen gegenüber zu sitzen, der vorgab, Frauen im Stundentakt zu verführen.

„Keule, pass auf, ich beweis es Dir. Morgen Abend findet in der zentralen Uni-Mensa eine große Studentenparty statt. Lass uns da gemeinsam hingehen, da gibt´s jede Menge willige Hühner."

Am nächsten Abend holte ihn Michael mit seinem aufgemotzten GTI am Turm ab und fuhr mit ihm in die Zülpicher Strasse zur Uni-Mensa. Was Bastian da erlebte, konnte und wollte er einfach nicht glauben. Kaum dort angekommen, baggerte dieser Kerl die erstbeste Studentin an und verschwand mit ihr nach nur einer Viertelstunde. Vor dem Ausgang raunte er Bastian noch zu: „Keule, warte hier auf mich. Bestell uns beiden schon mal was zu trinken, ich komme gleich wieder".

Eher widerwillig und missmutig folgte Bastian dieser Anweisung; er hasste das Rum-kommandiert-werden wie die Pest. Mit zwei Kölsch in der Hand schlenderte er durch die Räumlichkeiten der riesigen Mensa, unentschlossen, wie er diese Studenten-Massenparty nun finden sollte. Zwar war die Musik ganz passabel und auch die Studentinnen mehrheitlich durchaus attraktiv, aber mit dem Rumgehoppel auf der Tanzfläche konnte er nun rein gar nichts anfangen. Seit dem von seiner Mutter aufgezwungenen Tanzstunden-Kurs in der Jugend verabscheute er jegliche Form von Bewegung, die auch nur im Entferntesten an Tanz erinnerte. Bastian spekulierte, was Michael mit der unbekannten Schönen anstellen wollte. Im Außenbereich der Mensa waren sie jedenfalls nicht anzutreffen.

Nachdem Bastian sein Kölsch geleert hatte und keinerlei Lust verspürte, auch noch das längst schale Kaltgetränk seines Chauffeurs zu entsorgen, entschied er sich, mit der Straßenbahn zurück zum Studentenwohnheim zu fahren. Just in dem Augenblick kam ihm Michael entgegen – alleine.

„Mensch, Keule. Das war vielleicht eine wilde Maus…. Die hättest Du erleben sollen"

„Ähh, ich hab´ Euch überall gesucht. Wo wart Ihr?"

„Na wo wohl? Ich hab´ ihr mal kurz im Park meine Hormonlanze gezeigt…"

„Wie bitte? Einfach so? Du kanntest die doch gar nicht!"

„Na und? Alter, die war heiß wie Fritten-Fett. Was will Mann mehr?"

„Und jetzt? Wo ist sie denn hin?"

„Die war fix und fertig und ist nach Hause."

„Wie, die hast Du einfach so laufen lassen ?"

„Sag mal, spinnst Du? Bin ich Kardinal Meißner, oder was?"

„Reg Dich nicht auf, ich wollte nur…"

„Alter, das war doch nur das Vorspiel. Jetzt geht der Abend erst so richtig los…"

Bastian lagen tausend Fragen auf der Zunge, doch Michael war schon wieder im dichtesten Party-Getümmel verschwunden. Bastian überlegte es sich spontan anders und knickte den Plan mit der Heimfahrt. Er war zu neugierig um zu erfahren, welch weitere Beute dieses Raubtier noch reißen würde. Nach einer Weile entdeckte er den Aufreißer inmitten einer Gruppe von jungen, kichernden Studentinnen; Studienrichtung BWL, wie Bastian anhand des Outfits mutmaßte.

„Hey, Mädels, das ist mein Kumpel Bastian. Echt ein cooler Typ. Ihr werdet ihn mögen".

„Is ja gut..."

„Wie, ist Dir das etwa unangenehm? Ich lach mich kaputt! Amüsier Dich doch einfach mal. Ich stell´ Dir die Schnecken gerne vor..."

„Pass auf, mach einfach Dein Ding, so wie Du das für richtig hältst, und ich mach mein Ding."

„Wie Du willst...."

Michael drehte sich um, zog den Schnauz nach oben und setzte wieder gewinnbringend seine Goldzähne ein. Sofort schlossen die Mädels einen dichten Kreis. Das Signal war eindeutig: Bastian war „out", und tatsächlich interessierte sich keine der ʻSchneckenʼ auch nur im Entferntesten für ihn – den Kontaktallergiker. Bastian kam sich vor wie frustrierter Fortuna-Fan beim FC, war aber dennoch fasziniert von diesem Schauspiel. Was um Himmels willen fanden die Mädels bloß an diesem Angeber mit dem widerlichen Oliba?

Bastian verkrümelte sich an die nächste Bar. Als er endlich nach langer Ansteherei ein Kölsch in der Hand hielt, sah er Michael einer blonden „Miss BWL" den Hintern tätscheln und Richtung Ausgang führen. Wie zufällig kreuzte er ihren Weg.

„Hey Bastian, Du bist ja doch noch da. Darf ich Dir vorstellen: das ist Colette und kommt wie Du aus West-Ostfalen - oder so ähnlich. Ihr Vater ist Sparkassen-Direktor."

„Glückwunsch! Sag mal, muss ich mir jetzt ´nen Taxi nehmen? Die Bahnen fahren ja nicht mehr..."

„Bleib einfach hier. Vertraue mir!"

Vertraue mir? War das nicht ein Zitat aus dem Dschungelbuch? *„Hör auf mich, glaube mir! Augen zu, vertraue mir!"* Genau, das war es also: Michael war die Inkarnation der Schlange Kaa. Seine Sherlock-Holmes-mäßige-Kombinationsleistung blieb allerdings ungewürdigt. Eng umschlungen verließen Michael und Colette die Mensa.

Bastian hatte keinen Bock mehr. Er war müde und verärgert, die laute Musik verursachte zusätzliche Kopfschmerzen. Seit einem unglücklichen Zusammenprall mit dem Torpfosten in der Jugend reichten schon geringe Reize, um einen lästigen, pochenden Schmerz auszulösen. Er kämpfte sich nach draußen an die Frischluft und ergatterte einen freien Platz auf einer Bank. Dort konnte man es aushalten. Bastian beobachtete, wie reihenweise lachende, eng umschlungene Pärchen die Mensa verließen. Er selbst war mehr oder weniger freiwillig Single. Nach dem Vereinswechsel und den seltener gewordenen Heimatbesuchen zerbrach die Beziehung zu seiner alten Jugendliebe Imke. Auch wenn er anfangs in der pulsierenden Großstadt noch die Vogelfreiheit in vollen Zügen genoss, sehnte er sich mittlerweile doch wieder nach einer richtigen Beziehung. Welche Bedeutung das Wort `Beziehung´ wohl für Michael hatte? Wahrscheinlich war es ein Fremdwort – er suchte nur die kurze, schnelle Liebe. Wobei: von richtiger Liebe konnte man da wohl auch nicht sprechen. Bastian sinnierte und philosophierte und wurde allmählich immer müder. Er nahm noch einen Schluck Kölsch und schloss die Augen. Allmählich verschwand das Dröhnen und mit ihm auch die verwirrenden Gedanken.

„Ey Keule! Aufwachen!"
Bastian schreckte hoch. Vor ihm stand Michael – diesmal mit einer dunkelhäutigen Schönheit im Arm.
„Mensch, Alter. Du hast volle Lotte geschnarcht. Ist Dir das nicht peinlich? Wie lange poofst Du denn schon hier?"
„Keine Ahnung, kurz nach dem Du eben abgehauen bist."
„Eben? Das war vor 2 Stunden. Und jetzt will ich mit Audrey nach Hause. Als barmherziger Samariter kann ich Dich hier aber nicht einfach so liegen lassen. Komm, ich setz Dich noch am Wohnheim ab."

33

Bastian war zu müde, um nachzuforschen. Er wollte nur noch nach Hause in sein warmes Bettchen. Er war sich sicher, dass ihm Mr. Boombastic die Details dieser heißen Nacht zeitnah aufs Tablett schmieren würde. Auf der Rückfahrt zum Turm schlief er sofort wieder in Michaels Hämorrhoidenschaukel ein.

***

Zwei Tage später bekam er wie erwartet den Abend mit allen sexuellen Details geschildert. Hätte er manche Dinge nicht mit eigenen Augen erlebt, er hätte die Story nie im Leben geglaubt. Tatsächlich war Michael mit jeder der drei Schönheiten mal kurz verschwunden um ihnen – Original-Zitat – „das Hirn wegzuvögeln und die Titten auszusaugen". Kaum dass er sein Rohr verlegt hatte, kehrte er unverzüglich in die Mensa zurück. Und das angeblich nicht, um Bastian ein einmaliges Schauspiel zu ermöglichen, sondern weil sein „Long John" unersättlich sei und andauernd gefordert werden müsse. Den Trick, wie er die Studentinnen nach kürzester Zeit zum Quickie überreden konnte, gab er allerdings nicht preis...

Dieser Typ war eindeutig fremdbestimmt: was andere zwischen den Ohren, hatte Michael zwischen den Schenkeln. Dieses Dreibein war Bastian unheimlich. Weil aber so ungewöhnlich, schillernd und aberwitzig, traf er ihn fortan öfter. Und dabei offenbarte Michael noch viel mehr von seiner chauvinistischen Ader.

IV

Der ganze Samstag gestaltete sich zu einem einzigen Desaster. Nach der unruhigen Nacht, in der Bastian ständig die Szene aus dem Krankenhaus durch den Kopf ging, drängte ihn gegen Mittag seine drückende Blase zum Aufstehen. Noch immer brummte der Schädel, trotz der verkonsumierten halben Packung Aspirin. Hiro war bereits ausgeflogen, was für diese Uhrzeit - die alte Küchenuhr zeigte 11.23 Uhr - äußerst ungewöhnlich war. Bastian rätselte, wie er den angebrochenen Tag über die Runden bringen sollte. Mit einem Pott Kaffee hockte er sich auf die Standard-WC-Keramik und verband die Thronsitzung mit einem ausführlichem Studium des `Kicker´. Angeregt durch die Fußball-Lektüre entschied er sich nach einer Katzenwäsche, seine Mannschaft entgegen der ursprünglichen Planung zum Auswärtsspiel nach Düren zu begleiten. Wenn zwar nicht als physische, so zumindest als moralische Unterstützung.

Im Nachhinein hätte er sich diesen Trip besser sparen sollen. Trotz Kurts einpeitschender Kabinenpredigt waren die Jungs in Gedanken bereits auf Malle bei der geplanten Meisterfeier. Möglicherweise hatten sich einige am Abend zuvor in der „Wiener Steffi" auch ein Wetttrinken mit der Bergheimer Landjugend geleistet. Was auch immer dahinter steckte – die Mannschaft war nur ein Schatten ihrer selbst. Ausgerechnet Bastians Ersatzmann Karl leitete mit einem missglückten Abschlag den Anfang vom Ende ein. Wie festgeschraubte Skistangen ließen sich die Abwehrspieler umrunden, und Karl – den alle wegen seines leichten Schielens nur Dall riefen – fiel beim satten Flachschuss ins Eck auch noch so langsam wie eine angerostete Bahnschranke auf einer Nebenstrecke. 0:1 schon nach 13 Minuten.

„Ey, Ihr Flaschen. Wenn Ihr so weitermacht, dann fliegt Ihr nicht nach Mallorca, sondern aus der Mannschaft. Und zwar für immer."

Vor lauter Verzweiflung holte Kurt in der Halbzeitpause aus alter Gewohnheit die verbale Keule raus – schließlich hatte er so schon vor 30 Jahren die verschiedensten Mannschaften zu Kreis-, Bezirks- und sogar Landesmeisterehren geführt. Dass er mit dieser Masche heutzutage nicht mal mehr in Turkmenistan Erfolg haben würde, schien ihn nicht zu interessieren. Kurt war mit seinen 63 Jahren ein kleiner Diktator, der es nicht überwand, sowohl als Spieler wie auch als Trainer die höheren Weihen verpasst zu haben. Nachdem ihn Bastian einmal scherzhaft als Honeckers Erben bezeichnet hatte, war dem Fußballlehrer im Mannschaftkreis der Spottname Honi nicht mehr zu nehmen.

„Ich will, dass Ihr Euch den Arsch aufreißt, notfalls bis zu den Ohren." Wie ein Haufen apathischer, mit Tranquilizer zugedröhnter Psychologie-Studenten hockten die Jungs auf der Bank, Wortfetzen wie „Gras fressen", „Eier in der Hose" und „Entscheidungsschlacht" drangen wirkungslos von einem Ohr zum anderen. Statt des erhofften Aufbäumens folgte auch in der zweiten Hälfte ein fußballerisches Gruselkabinett mit Fehlpässen, Stellungsfehlern und Unachtsamkeiten. Kurz nach dem Wiederanpfiff fiel bereits das 0:2, wenig später so gar das 0:3. Und wäre der Schiri kurz vor Schluss nicht auf eine Schwalbe reingefallen, dann hätte es ohne den verwandelten Strafstoß gar eine bittere 0:4-Klatsche gegeben. Wie geschlagene Hunde trotte die Horde nach dem 1:4 gegen GFC Düren zurück zum Mannschaftsbus. Keiner traute sich etwas zu sagen, allen war der Ernst der Lage klar. Nur noch zwei Spiele – und daraus mussten vier Punkte geholt werden, sonst war der Aufstiegstraum jäh zerplatzt.

Auf der Rückfahrt setzte sich Honi zu Bastian in die letzte Busreihe.
„Tut mir leid, wenn ich Deine Platzwunde so leichtfertig hingenommen habe. Jetzt weiß ich, wie wichtig Du für uns und den

Aufstieg bist. Kannst Du nicht nächsten Freitag wieder im Kasten stehen?"

„Ich würd´ ja gerne, aber ich darf nicht. Wenn ich mich verletze, dann kriege ich jede Menge Schwierigkeiten. Offiziell habe ich die nächsten 14 Tage Sportverbot".

„Was soll denn schon passieren? Ich werd´ die Abwehr schon zusammenfalten, dass Dir bloß niemand zu nahe kommt."

„Trainer, ich weiß nicht. Ich muss ja auch noch meine praktische Turnprüfung absolvieren – und davon hängt mein gesamtes Studium ab."

„Sag mal, bist Du neuerdings ein Weichei? Das nächste Spiel geht doch nur gegen den Vorletzten aus Eschweiler. Du brauchst die Woche auch nicht zu trainieren. Ruh´ Dich mal richtig aus, und am Freitagabend stehst Du für gerade mal 90 Minuten auf dem Platz. Sieh es als kleine, lockere Trainingseinheit an."

„Aber…"

„Nichts aber. Du wirst da hinten nur rum stehen, ohne irgendetwas zu tun zu haben. Alleine Deine Anwesenheit wird den anderen schon Beine machen."

Die Drohung von Dr. Schröder im Hinterkopf versuchte Bastian verzweifelt, Gegenargumente zu finden. Aber ihm fiel auf die Schnelle nichts ein – erst recht nicht nach Honis Bemerkung: „Junge, denk dran, von Dir hängt unser Aufstieg ab!"

Diese Psycho-Tour hatte ihm gerade noch gefehlt. Als Bastian völlig genervt ins Wohnheim zurückkehrte, wartete auf ihn bereits die nächste Überraschung. Im überfüllten Briefkasten fand sich neben Rechnungen und Mahnungen eine Anzeige der Kölner Verkehrsbetriebe wegen wiederholten Schwarzfahrens. Scheinbar hatte sich alles gegen ihn verschworen. Auch die Sportschau mit ihren Pseudo-Fußballexperten stimmte ihn eher aggressiv, als dass er entspannen konnte. So trieben ihn Hunger und Durst frühzeitig zu

Mike in die Südstadt – noch ehe andere Partygäste den Seelenstriptease stören konnten.

Schon im Treppenhaus kündete Barry Whites schmachtender Soul von Mikes feucht-fröhlichen Abenderwartungen, die Wohnungstür war nur angelehnt. Auch wenn das Appartement offiziell nur aus einem großen Zimmer mit Nebenraum bestand, so wirkte es durch geschickt angeordnete Raum-Trenner geräumig und extrem gemütlich. Eines musste man Mike lassen: Geschmack hatte er; die wenigen Möbel, die er sein eigen nannte, waren allesamt von namhaften Designern. Speziell für diesen Abend hatte er zusätzliche Sitz- und Liegegelegenheiten organisiert. Gerade als sich Bastian ein Bier aus dem Kühlschrank holen wollte, kam der Herr des Hauses mit bloßem Oberkörper und gegelten Haaren aus dem Badezimmer.

„Moin Keule. Schön, dass Du da bist. Verteil schon mal die Teelichter in der Wohnung. Und pack den Prosecco in den Kühlschrank. Prickelndes Blubberwasser im richtigen Ambiente ist der halbe Dosenöffner."

„Eigentlich wollte ich hier mitfeiern und nicht den Butler machen."

„Ganz ruhig, Brauner! Das Ganze soll nicht zu Deinem Schaden sein, denn heute kommen jede Menge williger Bunnies. Da müsste auch eine für Dich dabei sein."

„Wenn ich Hundescheiße nicht so magnetisch anziehen würde, dann hätte ich meine Traumfrau längst gefunden. Aber ich hab´s mal wieder vermasselt."

Bastian erzählte von seinen Krankenhaus-Erlebnissen, während er die halbe 150er-Packung Teelichter im Appartement verteilte.

Mike hörte in aller Ruhe zu und zog sich währenddessen ein waffenscheinpflichtiges rosa Hemd, eine zerrissene Eierspalter-Jeans sowie schwarze Cowboystiefel an.

„Alter, vergiss die Braut. Wenn die an Dir interessiert gewesen wäre, dann hätte die sich auch auf solch eine elende Mitleidstour eingelassen."

„Aber die war eine glatte 10,0. So eine finde ich nie wieder."

„Mensch Basti, weltweit gibt es statistisch gesehen mehr Frauen als Männer. In Lettland ist das Verhältnis sogar 3:2. Was glaubst Du, wie viel Schüsse alles dafür geben würden, ein Leben lang die Matratze mit Dir teilen zu dürfen…"

„Danke für den Trost. Aber Statistiken helfen mir auch nicht weiter. Wieso schafft es ausgerechnet ein Typ wie Du, die Schnitten reihenweise flachzulegen?"

„Ganz einfach, ich bin ein geborenes Alpha-Tier. Ich verrat Dir mal ein Geheimnis: Du darfst den Frauen gar keine Entscheidungsmöglichkeit lassen. Du musst bestimmen – das lieben die Mädels. Selber Entscheidungen treffen ist gar nicht ihr Ding."

„Wie soll das bitte schön funktionieren? Außerdem gibt`s da noch ein ganz anderes Problem: wenn´s drauf ankommt, bin ich gänzlich uncool und bringe keinen vernünftigen Satz heraus."

„Mensch, Basti – Du machst Dir viel zu viele Gedanken. Das ist Dein Problem. Immer schön geschmeidig bleiben in der Leiste. Ich kannte mal ´nen Typen, der hat in der Kneipe wildfremde Frauen angebaggert und sofort gefragt: Wie sieht´s aus mit Ficken?"

„Und??? Auf so einen blöden Spruch ist doch garantiert keine reingefallen, oder?"

„Du wirst Dich wundern: im Schnitt hat der zwar neun Abfuhren bekommen, aber spätestens bei der Zehnten hat´s funktioniert. Dem waren die Koffer scheißegal – Hauptsache, er hat sein Ziel erreicht."

„Früher hätte ich gedacht, Du verarschst mich. Aber wenn es diesen Fruchtzwerg tatsächlich gibt, dann möchte ich nicht wissen, was für Schabracken der abgegriffen hat. Versteh´ doch – ich bin nicht so ein Hallodri…"

„Das erwartet auch keiner. Ich will Dir doch nur helfen, lockerer zu werden."

An der Wohnungstür klopften die ersten Gäste. Mike achtete penibel darauf, dass es bei seinen Partys immer einen deutlichen Frauenüberschuss gab. Diesmal hatte er vornehmlich Kolleginnen von seinem Sonnenstudio-Hersteller, Kneipenbekanntschaften und Erstsemester eingeladen. Die Jungs kamen wie von selbst – auch wenn sie `Porno´ eigentlich nicht leiden konnten. Aber seine Partys waren legendär und sprachen sich in Windeseile rum.

Bastian verdrückte sich aufs stille Örtchen. Als er nach einer ausgiebigen Sitzung seinem eigenen Gestank entfliehen wollte, erwartete ihn wieder der Gastgeber.

„Mayday ! Basti, Du musst mir unbedingt helfen. Ich hab überhaupt keine Kondome mehr – hab´ ich total vergessen. Kannst Du nicht mal schnell ´ne Packung Verhüterlis besorgen?"

„Sag mal, spinnst Du? Bin ich jetzt neuerdings auch noch Deine Puffmutter, oder was? Soll ich vielleicht auch noch Dein Bett frisch beziehen?"

„Bastian, bitte. Das ist ein Notfall. Heute kommt ´ne Maus, auf die ich schon die ganze Zeit scharf bin – und die verträgt die Pille nicht..."

„Und da hast Du Dir gedacht: da frag ich doch mal den Bastian. Der ist so ein treudoofer Bernhardiner, der springt schon, wenn ich pfeife..."

„Quatsch, nun mach mal halblang. Außerdem schuldest Du mir noch einen Gefallen. Wer hat Dich denn immer in den Seminaren eingetragen, wenn Du nicht da warst. Und was ist mit dem Sonnenstudio-Abo?"

„Ach so ist das. Jetzt weiß ich endlich, wieso Du diesen bescheuerten Vertreterjob angenommen hast: Sonne für Sex... Also gut: irgendwelche Präferenzen ? Mit oder ohne Noppen ? Blau, gelb, grün

40

oder rot? Extra feucht oder vielleicht mit Bananen-Geschmack ? Und vor allem: welche Größe: S oder doch XXXL ?"

„Haha... Hast wohl heute ´nen Clown gefrühstückt und die Pappnase sitzt noch quer im Schlund, was? Also: besorg irgendwas – ich werd´ mich schon erkenntlich zeigen."

„Und wo krieg ich um diese Uhrzeit diese scheiß Gummis her?"

„Willst Du mich für blöd verkaufen? Wie oft standen wir in Kneipen schon gemeinsam an der Pissrinne, hä? Und was hängt meist daneben, Du Dämel? Ein kleiner Automat, und der beinhaltet weder Seife noch Kaugummis..."

Grummelnd holte Bastian seine Jacke und machte sich vom Acker. Im Treppenhaus kam ihm eine Gruppe von jungen Studentinnen entgegen, die sich offensichtlich für Mikes Party mächtig aufgebrezelt hatten. Bastian stand jetzt nicht der Sinn nach Vergnügungen. Die Platzwunde, der Korb, die Krankschreibung und die Niederlage verlangten eher nach einem ordentlichen Besäufnis. Nie zuvor fühlte er sich so albern und lächerlich wie bei dem Versuch, für Mike Lümmeltüten aufzutreiben. Widerwillig ging er in die nächste Eckkneipe und machte sich ohne Gruß auf den Weg zum WC. Dort angekommen, musste er mit Erschrecken feststellen, das Mike ihn verarscht hatte. Weit und breit war auf dem Pissoir kein irgendwie gearteter Automat zu erkennen, nicht mal neben dem Waschbecken. Als er angefressen wieder Richtung Ausgang schlenderte, brüllte hinter ihm ein drei Zentner Koloss von Wirt: „Jung, so jeiht dat nit... Nur drisse un dann nit drinke. Hee is nit de Heilsarmee. Entweder Du nimmst ´ne Kölsch, oder Du blechst för de Kackstöhlche."

Bastian hatte das Gefühl, als ob plötzlich alle Augen in der Kneipe nur noch auf ihn gerichtet waren. High-Noon in der Südstadt. Er versuchte, betont cool zu bleiben.

„Chef, kein Problem. Ich wollte doch nur mal schauen, ob mein Kumpel auch kommt. Mach schon mal zwei Reagenzgläser voll."

41

Bastian hängte seine Jacke über den Barhocker und ging nach draußen – nur um zu schauen, wo er als nächstes sein Glück versuchen konnte. Zurück am Platz leerte er das erste Glas direkt auf Ex. Um auch ja keinen Verdacht aufkommen zu lassen, wartete er noch eine Weile und malte sich so lange im Kopf die Lebensgeschichten der Trinker an der Theke aus. Interessiert las er die Inschrift auf einem Holzschild hinter der Theke: „Ein Volk, das nicht in der Lage ist, seine Wirte zu ernähren, ist es nicht wert, sich eine Nation zu nennen". Noch bevor er das zweite Glas leerte, bestellte er prophylaktisch ein weiteres Kölsch. Langsam kam der Geschmack zurück – und auch die Kneipe offenbarte immer mehr ihren eigenen ur-kölschen Charme. Beinahe hätte er den eigentlichen Sinn und Zweck des Kneipenbesuchs vergessen. Also trank er auch das letzte Glas auf Ex, legte ein paar Münzen auf den Tresen und murmelte zum Wirt: „Stimmt so. Werd´ mal schauen, wo mein Kumpel geblieben ist".

Ohne Umwege steuerte Bastian eine bei jungen Leuten beliebte Musikkneipe an und dachte dabei an die Höhner: „wenn nicht hier, wo dann?". Um den dämlichen Fehler nicht ein zweites Mal zu begehen, orderte er an der Theke zunächst ein Obergäriges und schlurfte erst danach zur Toilette. Volltreffer!! Im Flur vor Männer- und Frauen-WC hing tatsächlich der gesuchte Automat. Er zückte sein Portemonnaie und wollte gerade eine Münze einwerfen, da erschien eine Gruppe junger Mädchen auf dem Weg zum gemeinsamen Nachschminken. Bastian verdrückte sich schnell aufs Männer-Klo, wusch sich die Hände und trat, nachdem die Luft rein war, wieder vor die Tür. In Windeseile warf er ein 2-Euro-Stück in den Schlitz. Er zog am Ausgabefach – aber... nichts tat sich. Auch die anderen Fächer bewegten sich keinen Millimeter. Aus dem Männer- WC kamen plötzlich zwei Typen.

42

„Na, Ladehemmung? Musste heute mal ohne Gummi poppen. Riiisiikoo…"

„Aus Spaß wurde Ernst – und der ist jetzt der Schrecken aller Kindergärtnerinnen…."

Lachend verschwanden die beiden im Schankraum.

Voller Wut hämmerte Bastian mit der Faust gegen den Automaten, aber es tat sich immer noch nichts. Verzweifelt zerrte er an den Ausgabefächern und bemerkte die Mädels, die zuvor auf dem Zickenstall verschwunden waren, erst, als sie schon kichernd hinter ihm standen. Fluchtartig, mit hochrotem Kopf, verließ Bastian die Kneipe, ohne sein bestelltes Kölsch auch nur eines Blickes zu würdigen. Mit zügigem Schritt und gesteigerter Wut bewegte er sich Richtung Chlodwigplatz und dachte dabei spontan an den AIDS-Spot aus dem Fernsehen, als Hella von Sinnen als Verkäuferin durch den Supermarkt brüllt „Riiitaaa, wat kosten die Kondoooome" und Ingolf Lück als verklemmter Käufer vor Scham im Boden versinkt.

Jetzt hatte er definitiv die Schnauze voll! Auf der anderen Seite wollte er auch nicht mit leeren Händen zur Party zurück. Schließlich hätte er sich dann vor Mike zum Horst gemacht, und diese Blöße wollte er sich nun wirklich nicht geben. Wut und Enttäuschung bestimmten seine Gefühlslage. In der Nähe vom Chlodwigplatz kam Bastian an einem Büdchen vorbei, jenem urkölschen 24-Stunden-Supermarkt im Miniaturformat. Hier gab es rund um die Uhr belegte Brötchen, Frikadellen, Zigaretten, Spirituosen und Kölsch – sowie die wichtigsten Dinge des täglichen Lebens. Also, schlussfolgerte Bastian, müsste es ja auch die vermaledeiten Kondome geben. Am Fenster begrüßte ihn ein freundlich lächelnder, älterer Türke.

„Hallo, junge Freund. Heute wir haben Paderborner-Pils gaaanz billig. Schnäppchen !"

„Guter Mann: Erstens ist mir schon schlecht und zweitens wird in dieser Stadt das getrunken, was man spricht!"

„Häääh....was für Sprache kann man denn trinken?"

„Na, Kölsch, Du Schlaumeier. Aber ich brauche etwas anderes..."

„O.k., wir haben auch viele Sorten Schnaps. Vielleicht Raki ?"

„Nee, ich will keinen Alkohol. Eher etwas für zuhause....."

„Ahhh.... Chips, Erdnüsse, Flocken oder Gummibärchen ?"

„Na ja, die Gummibärchen sind schon nicht schlecht, allerdings ohne die Tiere."

„Häääh... ist das schon wieder Rätsel? Gummibärchen ohne Tiere ?"

„Hallo??? Ich will einfach nur Gummis!!!"

„Junge, Gummis gibt es in Einkaufscenter, entweder bei Sport, Fahrrad oder Haushaltswaren. Kommt drauf an, was Du willst: Gummiball, Gummischlauch oder Gummiringe..."

„Nix da, ich brauche Gummis für den Körper!!!"

Auf dem Gesicht des Büdchenchefs erschien ein wissendes Lächeln.

„Wie, bist Du Verpackungskünstler wie Christo???"

„Sprech ich Kisuaheli, oder was? Ich brauch ganz normale Gummis im 5er-Pack. Lümmeltüten, Verhüterlis, Schlangenbändiger, Spritztüten – schlicht und ergreifend: Präservative!!!"

Die Miene des Türken verfinsterte sich. „Willst Du mich beleidigen, oder was? Ich habe sieben Kinder. In meinem Haus gibt es so was nicht, erst recht nicht im Büdchen..."

Kopfschüttelnd schloss der Einzelhandels-Fachverkäufer sein Verkaufsfenster. Bastian war außer sich vor Wut.

Wie kam er nur an diese verdammten Kondome? Ein erneuter Kaufversuch in einer Kneipe kam für ihn jedenfalls definitiv nicht mehr in Frage.

Krampfhaft überlegte er, wie und wo er vor Jahren sein bislang einziges Päckchen erstanden hatte. Es war im Supermarkt, aber die hatten um diese Uhrzeit alle schon geschlossen. Kurz bevor er sich seine Niederlage eingestehen und sich statt zu Mike direkt auf den Heimweg machen wollte, wurde er von der herannahenden Straßenbahnlinie 16 aus den Gedanken gerissen. Da kam ihm ein Geistesblitz: die 16 fuhr direkt vom Chlodwigplatz in knapp einer Viertelstunde zum Hauptbahnhof. Und da gab es innerhalb der Colonaden auch eine Apotheke, die bis in den späten Abend aufhatte. Das war seine Rettung.

Die Apothekerin wollte gerade schließen, als Bastian keuchend in den Laden stürmte.

„Eigentlich haben wir jetzt Feierabend."

„Das ist ein Notfall!!! Bitte, es dauert auch nicht lange!"

„Na gut – bei einem Notfall mache ich natürlich eine Ausnahme. Was darf´s denn sein?"

Bastian schaute verlegen nach links und rechts, ehe er sich in verschwörerischer Absicht nach vorne über den Verkaufstresen beugte und leise flüsterte: „Eine Packung Kondome, bitte".

Die Apothekerin, die eher auf Herztropfen, Schmerzmittel oder Antidepressiva eingestellt war, wurde ganz offensichtlich auf dem falschen Fuß erwischt. „Wie bitte? Ist das ein Witz? Ist hier irgendwo eine versteckte Kamera?"

„Nein, kein Witz. Sie müssen mir helfen!"

„Junger Mann, sie sprachen von einem Notfall und wollen Kondome?"

„Ich kann Ihnen das nicht erklären…. Können Sie mir nun helfen oder nicht?"

Den Feierabend vor Augen ersparte sich die Apothekerin weitere, sinnlose Fragen. „Ähem, also gut. Was genau wollen Sie denn?"

„Na Kondome eben. Da gibt´s doch wohl keine großen Unterschiede?!?"

Langsam aber sicher wurde die Apothekerin ungehalten. „Ich kann mir kaum vorstellen, dass Sie noch keine Erfahrung mit Präservativen haben. Deshalb ersparen Sie mir, bei Adam und Eva anzufangen. Abgesehen davon, dass fast alle Farben und Geschmacksrichtungen möglich sind, gibt es glatte, geriffelte, gezackte oder genoppte Gummis. Sie können sie mit Penisring oder ohne bekommen, extra dünn, extra stark, extra schmal oder extra groß. Für Allergiker haben wir Latexfreie, für Sensible reizarme und für Tierfreunde vegane Kondome. Also bitte?"

Bastian war vollends geschockt, dass diese alte Schrappnelle vor ihm so gut über Lümmeltüten Bescheid wusste.

„Wissen Sie was, geben Sie mir einfach die, die für Sie am besten sind....." Die Apothekerin zuckte zusammen, noch ehe Bastian seinen Fauxpas bemerkte. „Also, ich wollte sagen, geben Sie mir die, die Sie am schnellsten in den Griff bekommen – also, ich meine, die am naheliegendsten sind." Die Peinlichkeiten wollten einfach kein Ende nehmen.

Als er 5 Minuten später mit der schwer erkämpften Packung wieder in der U-Bahn saß, musste er erst einmal tief durchatmen. Nie wieder im Leben, das schwor er sich, würde er Mike solch einen Gefallen tun. Überhaupt müsste der sich dafür erst mal richtig erkenntlich zeigen.

„Fahrkartenkontrolle. Den Fahrausweis bitte..."

Wie vom Blitz getroffen, zuckte Bastian zusammen. Vor ihm stand ein junger Mann in Jeans und Sweatshirt, der so gar nicht wie ein Kontrolleur aussah – aber das war die neueste Masche der Kölner Verkehrsbetriebe. Während ihm sein Gegenüber dicht vor die Nase den KVB-Ausweis hielt, tat Bastian so, als würde er nichts verstehen. Nach einigen Bußgeldern und der letzten Anzeige hatte er sich fest vorgenommen, nicht mehr Schwarz zu fahren, aber wegen der Kondome diesmal vergessen, ein Ticket zu ziehen.

„Hallo, haben Sie nicht gehört? Den Fahrausweis bitte!"

In Bastians Hirn brach hektische Betriebsamkeit aus. Auf taubstumm oder Ausländer brauchte er nicht zu machen, das würde innerhalb kürzester Zeit auffliegen. Wie war das noch mal in all den Action-Filmen im Kino? Da versuchten die Helden doch immer erstmal Zeit zu gewinnen, um dann urplötzlich mit einer genialen Strategie aufzuwarten.

„Ähh, kleinen Augenblick…." In vermeintlicher Seelenruhe holte Bastian sein Portemonnaie heraus und tat so, als würde er den Fahrschein suchen. Zeitgleich blickte er verstohlen zur Seite, um herauszufinden, wo sich der zweite KVB-Eintreiber befand. Es gab nur zwei Möglichkeiten: die Situation bis zur nächsten Haltestelle hinauszuzögern und dann versuchen, aus der Bahn zu fliehen, oder den Verstoß zuzugeben, 40 Euro zahlen und eine weitere Anzeige kassieren. Angesichts der Vielzahl von Anzeigen und der bitteren Erkenntnis, soviel Geld auch gar nicht mehr zu besitzen, entschied sich Bastian für die Risiko-Variante ohne Zusatzjoker. Er kramte weiter in seiner Geldbörse und fand einen alten Fahrschein. Angesichts seiner Platzwunde hatte er schließlich einen Geistesblitz, der allerdings nicht ganz ungefährlich war.

„Wie Sie sehen, habe ich mich beim Sport am Kopf verletzt. Ich musste im Krankenhaus genäht werden und kann seitdem nicht mehr richtig scharf gucken. Deshalb bin ich mir auch nicht sicher, glaube aber, dies hier müsste das Ticket sein…"

Sein Gegenüber war etwa 10 Jahre älter, schien aber dennoch ziemlich durchtrainiert zu sein. Gewissenhaft nahm er das Ticket und erkannte binnen Sekundenbruchteilen am Stempelaufdruck das Alter des Fahrscheins. Wie würde er jetzt reagieren? Durchschaute er das Täuschungsmanöver oder zeigte er Mitleid? Bis zur nächsten Haltestelle waren es noch geschätzte 40 Sekunden und der zweite Kontrolleur war nicht mehr allzu weit entfernt…

Mit erstaunlich freundlichem Gesichtsausdruck reichte er ihm das Ticket zurück. „Tut mir leid, das ist das falsche. Soll ich vielleicht mal für Sie im Portemonnaie nach dem richtigen suchen?"

„Nee, bei allem Respekt, aber ich gebe grundsätzlich meine Geldbörse nicht heraus. Aber warten Sie, ich werde schon noch das richtige finden."

„Nur die Ruhe... Ich weiß, wie das mit Sportverletzungen am Kopf so ist. Ich spiele nämlich Eishockey und hab auch schon mal einen Puck abbekommen..."

Bastian musste schlucken. Ausgerechnet ein Eishockeyspieler stand ihm gegenüber – und Bodycheck war für die kein Fremdwort, sondern ein Vergnügen. Sollte er seinen Plan doch noch begraben? Die Haltestelle „Ulrepforte" kam bereits in Sichtweite...

Bastian tat, als würde er weiter suchen. Und tatsächlich fand er noch einen anderen abgenutzten Fahrschein. Allmählich verlangsamte die Bahn ihre Fahrt. Mit gespielter Unsicherheit kramte Bastian das Ticket hervor und hielt es dicht vor seine Augen. Dabei erkannte er aus den Augenwinkeln bereits die Bahnsteigkante. Er hatte keine Wahl mehr.

„So, ich glaube, das hier ist das richtige". In diesem Augenblick kam die Straßenbahn zum Stehen und die Türen öffneten sich. Der Eishockeyspieler ergriff das Ticket und wollte es sich gerade anschauen, als Bastian von seinem Platz losstürmte und dem völlig verdutzten Kontrolleur wie beim Infight im Fußball-Strafraum mit dem Ellenbogen einen kräftigen Stoß in die Rippen versetzte. Der Typ stöhnte, taumelte zur Seite und Bastian nutzte die Gelegenheit, durch die offene Tür ins Freie zu springen. Hinter sich hörte er Geschrei und laute Stimmen, aber Bastian hatte nur noch ein Ziel: unerkannt zu verschwinden. Er lief hinter der Bahn über die Gleise, querte ohne zu schauen den Sachsenring und sprintete, so schnell er konnte, den Kartäuserwall Richtung Chlodwigplatz. Nach 400m wagte er einen Blick zurück und sah zu seiner Erleichterung niemanden nachfolgen. Aber er wusste, er durfte sich nicht ausruhen. Während er weiter rannte, fragte er sich, ob der Kontrolletti die Polizei rufen würde. Und wenn ja, könnte er ihn beschreiben? Die Polizei müsste die Anzeige aufnehmen, aber würden die den Fall auch weiter bearbeiten oder wegen Geringfügigkeit das Verfahren einstellen? Fragen über Fragen. Eines aber war gewiss, das gerade Erlebte war der unrühmliche Höhepunkt eines unbeschreiblich beschissenen Tages. Basta! Das bedeutete aber auch im Umkehrschluss, es konnte bei Mikes Party eigentlich nur noch besser werden.

Noch immer außer Atem und mit Schweißrändern unter den Achseln betrat er die Wohnung. Die Party war in vollem Gange, überall standen, hockten oder lagen Pärchen – doch vom Hausherrn keine Spur. Bastian zwängte sich durch die Menschenansammlung im Flur und ging in die Küche. In diesem Augenblick kam Mike mit einer Kiste Kölsch herein.

„Keule, da bist Du ja endlich. Hast Du die Gummis im Pascha besorgt und dort auch gleich ausprobiert, oder was?" Sein Schnauzer ging dabei weit nach oben und sein breites Grinsen offenbarte den Blick auf die Goldzähne. Bastian hasste diesen Anblick.

„Du kannst Dir gar nicht vorstellen, was für ein Martyrium ich erlebt habe, nur um diesen Scheiß zu besorgen. Das kostet Dich richtig was..."

Bastian holte die Packung Kondome aus seiner Jacke und wollte die Jagdtrophäe gerade übergeben, als er hinter sich eine bekannte Stimme vernahm. „Was werden denn hier für Deals gemacht?"

Irritiert drehte sich Bastian um, die Kondome noch immer in der Hand, und erblickte eine strahlend schöne Blondine. Irgendwie kam sie ihm bekannt vor...

49

„Hallo Süße, schön, dass Du gekommen bist." Mike umarmte seinen Gast überschwänglich und küsste sie dabei auf die Wangen. Das also ist die Braut, dachte Bastian, wegen der ich so große Schwierigkeiten bekam und mit der Mike noch viel Spaß haben wollte.

„Wir haben uns ja auch schon kennengelernt...". Mit ausgestreckter Hand steuerte die Blondine auf Bastian zu, während es ihm wie Schuppen aus den Haaren fiel. Zwar ohne Brille, Dutt und gestärktem Kittel – aber sonst.... Vor Schreck glitten ihm die Kondome aus der Hand. Vor ihm stand die Assistentin aus dem St. Elisabeth-Krankenhaus - seine Traumfrau....

V

„Kannst Du mir mal erzählen, wieso Du Dich so mir nichts Dir nichts aus dem Staub gemacht hast?"

Mike hatte sein Tablett noch nicht mal abgestellt, als er den sichtlich erstaunten Bastian in der Mensa mit seiner Frage überrumpelte. Es war Donnerstagmittag, und in den letzten fünf Tagen seit der Party hatten die beiden sich weder gesehen noch gesprochen.

„Komm, hör auf, geh´ mir nicht auf die Nüsse! Erst besorg ich Dir diese scheiß Kondome, und dann zickst Du mich auch noch an. Was ist das denn für ´ne Asi-Nummer???"

„Ich will einfach nur wissen, was es mit Deinem beknackten westfälischen Dickschädel-Gehabe so auf sich hat? Wieso bist Du abgehauen und hast Dich nicht mehr gemeldet? Hab ich Pest oder Cholera?"

„Lass mich bloß in Ruhe. Wir sind wie Zündholz und Dynamit. Du brauchst mich nur anzumachen, dann explodiere ich sofort mit voller Wucht…"

„Ey Keule, so einfach kommst Du mir nicht davon. Was ist denn verdammt noch mal los?" Mikes Schnauzer sank nach unten, sein sonst so strahlendes Goldzahn-Lächeln wich einem fast mitleiderregenden Trauerblick.

„Ach, auf einmal tust Du so mitfühlend. Missbrauchst mich als Deinen seelischen Mülleimer unter dem Vorwand, mir beziehungstechnisch unter die Arme greifen zu wollen, und dann verarschst Du mich. Kein Wunder, dass außer diesen notgeilen Weibern auf der Party niemand mit Dir was zu tun haben will…."

„Wie bitte??? Ahh, jetzt weiß ich, woher der Wind weht… Die Blondine, stimmt´s? Kann es sein, dass Du Dich in sie verguckt hast?"

„Und wenn schon…. Ich will Eurem Glück nicht im Wege stehen. Die ist ja selber schuld, wenn sie mit Dir zusammen ist. Und jetzt würde ich gerne in Ruhe meine Mahlzeit zu mir nehmen…"

51

„Weißt Du was, Du kannst mich mal...."

Mike nahm sein Tablett und war schon auf dem Weg zum Nachbartisch. Plötzlich blieb er stehen und drehte sich noch mal um.
„Ich weiß zwar nicht, wieso ich es Dir überhaupt erzähle. Aber mit Mala bin ich nicht zusammen und war es auch nie. Ich kenn´ sie einfach nur von einem Erste-Hilfe-Kurs und war danach ein paar Mal mit ihr Mal Kaffeetrinken. Im Übrigen hat sie sich nach Dir erkundigt. Und jetzt: Hasta la vista, Baby!"
Bastian blieb das `Wahl-Essen II´ im Halse stecken.

„Äh, Mike..... warte doch mal. Das war doch gar nicht so gemeint, das war – äh – doch bloß ein dummes Missverständnis...."
„Ach ja?"
„Ähem, ich... ich bin halt nur wegen meiner Verletzung etwas schlecht gelaunt .... Nun komm schon, setz´ Dich zu mir..."
„Meinst Du nicht, Du hast zuvor noch was vergessen???"

In Bastian kehrte urplötzlich die Erinnerung an seinen Abi-Ball vor sieben Jahren zurück. Damals vernichtete er mit seinen Kumpels flaschenweise Apfelkorn, um ja nicht tanzen zu müssen. Später musste er dann dermaßen kotzen, dass er sich am nächsten Tag aufgrund der üblen Magenkrämpfe vornahm, sich nie wieder in seinem Leben irgendwelche Obstbrände hinter die Binde zu kippen. Und genau diesen widerlichen Geschmack verspürte er gerade wieder in seinem Rachen. Er musste würgen. Eigentlich hatte er gar keinen Bock, überhaupt noch irgendeine Verbindung zu Mike aufrechtzuerhalten. Aber allein der Hinweis, dass sich seine Traumfrau nach ihm erkundigte, ließ ihn zu einem widerlichen Wendehals werden. Die Erfüllung der Forderung war quasi seine ureigene Dschungelprüfung, bei der er Krokodilaugen,

Känguruhoden, Ochsenfroschmagen und Skorpione als große Portion auf einmal verschlingen sollte – andernfalls müsste er verhungern.

„Also???"
„Also... hmmh..." Bastian drehte sich der Magen.
„Ich höre... "
„Ich war total verpeilt...."
„Und???"
„Es... es tut mir leid."
„Na also, geht doch!"

Mit einem breiten Grinsen, das wieder den verhassten Blick auf den teuren Zahnersatz freigab, setzte sich Mike neben Bastian. „Mensch Keule, dass Du auch immer so schnell eingeschnappt bist. Was war denn jetzt los bei der Party?"
„Ich hab´ halt gedacht, Du wärst mit diesem Mädel...."
„....sie heißt Mala..."
„...komischer Name... egal. Ich dachte Du wärst mit dieser Mala zusammen. Sie war die studentische Hilfskraft im Krankenhaus, in dem ich wegen der Platzwunde behandelt wurde...."
„...und wo Du Dich, weil Du Dich in sie verknallt hast, völlig dämlich benommen hast, stimmt´s?" Betreten schaute Bastian auf seinen Teller und stocherte in den Resten seines von einer undefinierbaren braunen Soße umschwemmten Hackbratens mit Kartoffelpüree.

„Mach Dir nichts draus, Kumpel. Ob Du´s glaubst oder nicht: Mala fand das gar nicht so peinlich. Im Gegenteil, sie war eher amüsiert – auch die Situation mit den Kondomen."
Urplötzlich wie bei einer Begegnung mit einem Außerirdischen stierte Bastian seinen Sitznachbarn mit großen Augen und offenem Mund an – und das nicht, weil Mike als einziger in der gesamten Mensa einen dunklen Zweireiher mit dezent gemusterter Krawatte trug. Von einer

Sekunde auf die andere war jede Faser seines Körpers bis zum Zerreißen gespannt. Bastian kam sich vor wie in einem wichtigen Fußballspiel bei einer entscheidenden Strafraumsituation. Er konnte es kaum erwarten, mehr zu erfahren, da erklang „ein Freund, ein guter Freund..." – Bastian hatte den Schlager aus dem 30er-Jahre-Film „die Drei von der Tankstelle" als Klingelton auf sein Handy geladen.

„Hallo ?.... Ah, Trainer! Was gibt´s? ... Das Heimspiel morgen Abend? Natürlich hab´ ich das nicht vergessen.... Wie bitte? Ich im Tor??? .... Mensch Trainer, ich hab doch schon erzählt, ich darf nicht, ich krieg sonst Riesenstress...." Bastian erhob sich von seinem Platz und ging durch die Nebentür auf das Campusgelände, um lauschenden Ohren und fragenden Blicken zu entfliehen.

„... ja, ich erinnere mich an unsere Unterhaltung bei der Busfahrt.... Und was ist, wenn ich mich verletze? ...... Eine Frage der Ehre??? ... Muss das wirklich sein? ... Na gut. Auch wenn mir äußerst unwohl dabei ist, beuge ich mich dem Druck und stelle ich mich notgedrungen in den Dienst der Mannschaft.... O.k., Treffpunkt morgen um 18.00 Uhr Stadion Ostkampfbahn."

Irritiert und benommen kehrte er an seinen Platz zurück, aber Mike war wie vom Erdboden verschwunden. Ohne ein Zeichen oder eine Nachricht hatte er sich vom Acker gemacht. Bastians verzweifelter Handy-Anruf landete auf dessen Mailbox: „Hallo Mikey-Junge, ich bin´s. Wo auch immer Du gerade steckst - bitte melde Dich. Sofort! Es geht um Leben oder Tod...".
Bastian realisierte nicht einmal ansatzweise, welchen Schwachsinn er da von sich gab – zu viel jagte ihm gerade durch den Kopf. Innerhalb weniger Minuten war sein Leben umgekrempelt worden, kein Stein blieb mehr auf dem anderen. Was genau sollte er von der jüngsten Begegnung mit dem selbsternannten Frauenversteher halten, wie

sollte er alles einordnen? Von der kulinarischen Hackkomposition aus der Studentenmensa bekam er jedenfalls keinen Bissen mehr runter.

Den Nachmittag verbrachte Bastian auf der Tribüne der Halle 21 und schaute nachdenklich den Kaderturnerinnen bei ihren Vorbereitungen für die anstehenden deutschen Meisterschaften zu. Wie leichtfertig das aussah – statt der einfachen Verbindung Radwende - Flick-Flack - Salto sprangen die Mädchen sogar spielend einen Doppelsalto, manche sogar mit zusätzlicher Schraube. Bastian wurde wieder flau im Magen, als er an seine bevorstehende Turnprüfung dachte. Doch vielmehr kreisten seine Gedanken um seine Traumfrau: Mala. Was für ein Name! Ungewöhnlich und exotisch zugleich – genau wie sie selber. Ob Mike ihr angebliches Interesse nur vorgegaukelt hatte, um ihn weiterhin ausnutzen zu können? Wieso rief er nicht an? Bastian schossen tausend Fragen durch den Kopf, ihm wurde schwindelig. Eigentlich wäre das jetzt genau der richtige Zeitpunkt gewesen, um das Wochenende mit einem Weizen im `Doping´ einzuläuten, da fiel ihm wieder das bevorstehende Fußballspiel ein. Wieso bloß hatte er sich trotz ärztlichem Verbot überreden lassen? Bastian ging zurück ins Wohnheim, legte sich aufs Bett und grübelte.

Als das Telefon klingelte, dämmerte es bereits. Verwirrt schaute Bastian auf die Uhr, es war kurz nach Acht. Er musste eingeschlafen sein.
„Ey Keule, was is´n los – hast Du Dich freiwillig zur Fremdenlegion gemeldet, oder warum geht es um Leben oder Tod?"
„Mensch Mike, endlich! Wieso hast Du Dich denn nicht schon früher gemeldet?"
„Nur keine Panik auf der Titanic, der Akku war abgesoffen. Jetzt erzähl schon, worum geht´s?"

„Also….. ich…äh…wegen heute Mittag…. Was…. was hat Mala nun über mich erzählt???"

„Ach darum geht´s. Ich dachte schon, es wär´ was Ernstes…"

„Es ist was Ernstes! So ernst war es mir noch nie…"

„Schon gut. Dummerweise hab ich überhaupt keine Zeit, die Assistentin vom Biomechanik-Prof wartet bereits auf mich. Die kriegt heute nämlich ihre Belohnung für die Prüfungsaufgaben."

„Wie bitte? Du kanntest die Aufgaben schon vorher?"

„Was denkst Du denn, sonst hätte ich das doch nie geschafft. Also pass auf: ich bin in Eile. Du kannst aber gerne später auf ´nen Longdrink im `Spirits´ vorbeischauen."

„Ich würde ja gerne, aber ich muss morgen Fußballspielen."

„Und was sagt Dein Onkel Doktor dazu?"

„Der muss das ja nicht wissen. Hör mal, sei so lieb: was ist jetzt mit Mala?"

„Tut mir leid, Basti, aber ich bin schon viel zu spät dran. Wir können ja morgen telefonieren. Halt die Ohren steif - und was sonst noch so wichtig sein könnte…"

„Ey warte mal, Mike…. Mikey?? Hallo???"

Nach dem Klacken und anschließenden Tuten am anderen Ende der Leitung sackte Bastians Herz in die Hose. Ganz plötzlich fühlte er sich reif fürs Sanatorium, die quälende Ungewissheit machte ihn fertig.

***

Von Honis Kabinenansprache am nächsten Tag bekam Bastian so gut wie gar nichts mit, in Gedanken war er irgendwo im Nirwana, nur nicht beim wichtigen Aufstiegsspiel. Nachdem er schon in der Nacht kaum schlafen konnte, fiel es ihm auch tagsüber zunehmend schwer, sich auf irgendetwas zu konzentrieren. Mike blieb den ganzen Freitag über verschollen, doch Bastian war zu stolz, um selber noch mal anzurufen - dabei war dieser Stolz nur ein vermeintlicher Tribut an seinen westfälischen Dickkopf. In Wahrheit hatte er nur noch ein Ziel: er wollte so viel wie möglich über Mala in Erfahrung bringen.

Eine Woche nach seinem selten dämlichen Aufwärmunfall hatte er im Turnkurs am Morgen nur Anwesenheitspflicht und verfolgte gedankenverloren die Prüfungsvorbereitungen seiner Kommilitonen. Das einzige, an das er sich im Nachhinein erinnern konnte, war der Hinweis auf die jährliche Turn-Gala am nächsten Mittwoch. Ede Knirsch erwartete von seinen Schwerpunkt-Teilnehmern, bei der anschließenden Party mitzuhelfen; Bastian wurde zu seiner großen Erleichterung zum Zapfdienst eingeteilt. Statt zum Psychologie-Seminar zog es ihn anschließend in sein geordnetes Chaos im Wohnheim, um zu chillen. Beim Versuch, Bücher oder die Zeitung zu studieren, verschwammen die Zeilen schon nach kurzer Zeit zu einem dunkelgrauen Einheitsbrei. Selbst die kurzen Berichte im Kicker stellten eine riesige Herausforderung dar. Bastian zweifelte zunehmend an seinem Geisteszustand und sah sich in Gedanken schon auf der Couch eines Psycho-Klempners. Was hatte Mike noch mal gesagt: *„...Mala fand das gar nicht so peinlich wie Du denkst. Im Gegenteil, sie war eher amüsiert – auch die Situation mit den Kondomen......"*? Was genau meinte er mit amüsiert?

Sollte sie tatsächlich eine gewisse Sympathie für ihn empfinden, oder machte sie sich bloß lustig über ihn? Wieso gab es immer noch kein Lebenszeichen von Mike? Und warum war er beim letzten Telefonat so kurz angebunden? Das konnte kein Zufall sein, nein, das war wie im Krankenhaus ziemlich eindeutig: seine fiktive Traumfrau empfand ihn wahrscheinlich als grenzdebil und Mike traute sich bloß nicht, das offen und ehrlich zu kommunizieren. Ja, so musste es wohl sein! Bastian nahm sich vor, Mike und Mala aus seinem Hirn zu verbannen und versuchte vor dem Spiel, zumindest noch ein kleines Nickerchen zu machen. Es misslang. Immer wieder kreisten seine Gedanken um die gescheiterte Konversation im Krankenhaus, die beschämende Situation mit den Kondomen und das unterbrochene Gespräch in der Mensa. Er wollte einfach nicht zur Ruhe kommen. Weit vor der Zeit trottete er wie in Trance vom Studentenwohnheim zur nahe gelegenen Ostkampfbahn im Sportpark. Und danach? Blackout!

„Bastian, und von Dir erwarte ich lediglich, dass Du kein Risiko eingehst. Deine Stärken liegen sowieso auf der Linie. Und ansonsten stauchst Du Deine Mitspieler wie gewohnt zusammen, wenn´s nicht läuft, o.k.? ... Bastian?? ... Katze???" Bei Nennung seines an Sepp Maier angelehnten Spitznamens kam Bastian wieder zur Besinnung. „...Äh... ja... äh...nee, is klar, Trainer!"
„Gut. Also Jungs, ihr wisst worauf es ankommt. Besinnt Euch auf Eure Fähigkeiten und auf das, was wir im Training erarbeitet haben. Ihr habt es selbst in der Hand. Geht raus und putzt sie weg!"

Das Spiel gegen Rhenania Eschweiler verlief tatsächlich so, wie es Honi auf der Busfahrt vor einer Woche vorhergesehen hatte. Junkersdorf war zwingend überlegen und spielte den Gegner in deren Hälfte schwindelig. Gegenangriffe des Tabellenvorletzten waren absolute Mangelware, und wenn, wurden sie spätestens von der wiedererstarkten Abwehr noch vor dem Strafraum abgefangen. Bastian war quasi arbeitslos und musste sich mit Armkreisen, Hocksprüngen und Dehnungsübungen warm halten. Alles lief eigentlich nach Plan, wenn nur „Aleinikow" und „Chancentod" nicht selbst hundertprozentige Dinger zielsicher neben den Kasten gedroschen hätten. Und so stand zur Pause ein erschreckendes 0:0 auf der Ergebnistafel. Schon auf dem Weg in die Kabine gingen sich Bastians Mannschaftskameraden verbal an die Gurgel, es wurde sogar so laut, dass Honi die Gemüter beruhigen musste. Bastian sah das ganze Treiben mit einer seltsamen Mischung aus Belustigung und

Desinteresse. Doch viel mehr war er mit sich selbst beschäftigt und versuchte, sich von nichts und niemanden ablenken zu lassen – erst recht nicht vom Geschehen der letzten 24 Stunden.

Kaum war die 2. Halbzeit angepfiffen, zeigten die Verbalattacken in der Pause Wirkung. Nach einem weiten Abschlag von Bastian und einer schönen Kombination über rechts landete eine weite Flanke direkt im Strafraum und fiel „Birne" - Junkersdorfs Goalgetter - direkt vor den Fuß, so dass der nur noch seinen Schlappen hinzuhalten brauchte. Alle schienen mit diesem 1:0 zufrieden zu sein und fielen in eine Art Leichenstarre. Das Spiel plätscherte nur noch so vor sich hin, so dass sich Bastian genötigt sah, seine Mitspieler immer wieder gepflegt zur Sau zu machen. Doch es nutzte nichts: Eschweiler erkannte seine kaum noch für möglich gehaltene Chance und kam durch blitzschnelle Konter immer wieder gefährlich vors Tor. In der 73. Minute konnte Bastians stämmiger Abwehrspieler Horst – Spitzname „Blutgrätsche" - den Gegner nur noch durch eine Notbremse im 16er stoppen, mit knallharten Konsequenzen...

Auch weil Proteste wegen der glasklaren roten Karte ausblieben, wurde es auf einmal ungewohnt ruhig im weiten Rund der Ostkampfbahn. Bastian sinnierte, dass eigentlich nur noch Ennio Morricones Mundharmonika-Melodie aus „Spiel mir das Lied vom Tod" fehlte. Eschweilers Kapitän schnappte sich den Ball und legte ihn in aller Seelenruhe auf den Elfmeterpunkt. Bastian bemühte sich, seinen Puls zu senken und ruhig zu bleiben. Mit stechendem Blick fixierte er seinen Kontrahenten, um ihn zu verunsichern. Doch der verweigerte den Gefallen und vermied jeglichen Blickkontakt. Da Eschweiler im Vorfeld als leichter Gegner eingestuft wurde und Spielbeobachtungen in der Verbandsliga sowieso die absolute Ausnahme bildeten, wusste Bastian nichts über Vorlieben und Schwächen der Elfmeterschützen – von Lehmanns Spickzettel konnte er nur träumen. Bei vorangegangenen Strafstößen hatte er sich entweder auf seine Intuition verlassen und schon vorher eine Ecke ausgesucht, oder aber versucht, ganz spontan auf den Schuss zu reagieren. Jedenfalls hatte er kein festgelegtes „Schema F" für solche Elfmetersituationen.

Showtime! Alle Spieler - Freund wie Feind - standen am 16er, um hautnah Zeuge des Duells zu werden. Nach kurzer Bedenkzeit lief Eschweilers Schütze an. Kurz vor dem Schuss verzögerte er für eine Millisekunde in der Hoffnung, eine Reaktion des Torhüters zu provozieren, um den Ball dann entgegen der Laufrichtung ins Eck zu schlenzen. Doch Bastian verharrte bis zuletzt wie festverwurzelt auf der Grasnarbe. Dieses Verhalten verunsicherte den gegnerischen Kapitän extrem – statt zu reagieren, musste er nun agieren. Wohl auch deshalb konnte er keinen richtigen Druck mehr aufbauen und traf den Ball nur halbherzig. Das Kunststoff-Laminat-Produkt flog Richtung linkes unteres Eck und war ein willkommenes Geschenk für Bastian, der mit einer sehenswerten Kombination aus Hecht-, Wegfausten und Abrollen eine Parade für die Galerie hinlegen konnte. Sein Turn-Dozent Ede Knirsch wäre sicherlich stolz auf ihn gewesen.

Von einer Sekunde auf die andere brandete Riesenjubel auf, die Mitspieler stürmten auf Bastian zu, um ihn zu umarmen. Der FC blieb in Führung und somit ganz nah am Ziel vom Aufstieg. Kurz nachdem Junkersdorf wieder Richtung Eschweiler stürmte, hörte Bastian eine lautes Rufen: „Geile Sache, Keule. Gut gemacht!" Bastian studierte die Zuschauerränge und entdeckte schließlich an der Seite den Schreihals, der wild gestikulierend auf sich aufmerksam machte: Mike. Bei genauerem Hinsehen entdeckte Bastian, dass der ihm nicht nur zuwinkte, sondern auch auf etwas hinweisen wollte. Direkt neben ihm verfolgte eine junge, in einen modischen braunen Mantel gehüllte Dame intensiv das Spielgeschehen. Das war..., nein, er musste sich verguckt haben, das konnte einfach nicht sein.... Plötzlich drehte sie sich um. Bastian war geplättet. Er konnte es nicht fassen, das war tatsächlich... Mala Wagner!

Dieser Mega-Schuss war bestimmt nicht in der Ostkampfbahn, weil sie sich für Fußball im Allgemeinen oder Junkersdorf im Speziellen zu interessieren schien. Es konnte keinen anderen Grund geben - sie kam seinetwegen! Ob Mike sie dazu großartig überreden musste? Oder hatte sie vielleicht von sich aus den Wunsch geäußert, Bastian spielen zu sehen? Die Karten waren komplett neu gemischt; was noch vor zwei Stunden galt, zählte jetzt nicht mehr.

Immer wieder schielte er zur Seite, um zu erforschen, ob sie ihn beobachtete. Es war ein Gefühl, als würde er mit bloßen Fingern bei einem stromführenden Kabel nach der Phase suchen – gefährlich, aber spannend. Er war völlig durch den Wind und konnte sich kaum noch auf das Spiel konzentrieren, als er plötzlichen durch einen wilden Schrei aus seinen Gedanken gerissen wurde. „Ey Katze, pass auf!". Aus den Augenwinkeln sah er über die Außenposition einen gegnerischen Spieler allein auf sich zustürmen. „Bastian!!!!"
In diesem Augenblick zog der Angreifer auch schon ab. Irritiert über die Tatenlosigkeit des Torhüters trat er dabei mehr in den Rasen als gegen den Ball. Bastian seinerseits war dadurch dermaßen perplex, dass er sich nur halbherzig und zeitlich verzögert zu Boden warf. Schon im Fallen realisierte er, wie der Ball unter ihm zielsicher Richtung Tor kullerte.

„Du Vollpfosten...", „wo hast Du den Blindenhund gelassen???", „den hätte ja sogar meine Schwiegermutter noch weggefischt, und die wiegt 130 Kilo", „Fliegenfänger!!". Über ihn entlud sich eine gnadenlose Schimpfkanonade der Zuschauer. Auch wenn ihm einige

Mitspieler vordergründig mitfühlend auf die Schulter klopften, an ihren Augen und verbissenen Lippen war der Unmut deutlich ablesbar.

Bastian hätte sich am liebsten ganz, ganz tief im Strafraum vergraben und wäre nie wieder herausgekommen. Noch aber waren knapp zehn Minuten zu spielen. Er musste diesen Fauxpas wieder gut machen, er musste beweisen, dass sich seine Mannschaft auf ihn verlassen konnte und dass er letztendlich ein Garant für den nahen Aufstieg war. Zwar wusste er, dass Wut im Sport ein schlechter Ratgeber war, aber er konnte sich nicht dagegen wehren: in ihm brodelte es.

Eschweiler witterte eine Sensation und verstärkte den Druck auf Bastians Tor. Immer wieder gab es überraschende Angriffe, die Verunsicherung über den Ausgleich schien sich auch auf Junkersdorfs Abwehr ausgewirkt zu haben. Ein paar Mal musste sich Bastian richtig lang machen, um den nächsten Treffer zu vereiteln. Trotzdem gab es für seine Paraden nur noch verhaltenen Beifall. Ganz bewusst verkniff er sich weitere Blicke Richtung Mike und Mala. Wieso musste er ausgerechnet jetzt an Bob Marleys „No women, no cry" denken? Ruhe bewahren, bloß nicht verunsichern lassen....

Der Schiedsrichter zeigte die letzte zu spielende Minute an. Junkersdorf warf noch mal alles nach vorne und suchte verzweifelt die Chance zum finalen Torschuss. Doch im Strafraum war Ende im Gelände. Zu dritt attackierte Eschweiler den ballführenden Aleinikow, der dadurch tatsächlich den Ball vertändelte. Ein weiter Pass nach vorne fand einen dankbaren Empfänger, doch zu Bastians Erschrecken war keiner seiner Mitspieler mehr zur Abwehr bereit. Alle standen in der gegnerischen Hälfte und beobachteten erschöpft die letzten Aktionen des Spiels. Bastian war mit seinem Gegenspieler allein auf weiter Flur und wusste, dass dies die Chance zur

Wiedergutmachung war. Fast genauso schnell wie der sich auf ihn, so bewegte sich Bastian auf seinen Kontrahenten zu. Kurz vor dem 16er waren sie nur noch wenige Schritte voneinander entfernt. Bastian tat, als wolle er sich zu Boden werfen, doch darauf hatte sein Gegner nur gewartet. Mit einem geschickten Haken umkurvte er Bastian und legte sich den Ball vor. Das jedoch war Sinn und Zweck von Bastians Finte. Schließlich führte der Stürmer den Ball nun nicht mehr direkt am Fuß, sondern ließ eine Lücke. Bastian nutzte die im Turnkurs erworbenen Fähigkeiten zur explosiven Sprungkraftentfaltung und hechtete seitlich Richtung Ball. Just in dem Moment, als er mit den Fingerspitzen das Objekt seiner Begierde zu berühren glaubte, spürte er einen heftigen Schlag und urplötzlich einen höllischen Schmerz. Sekundenbruchteile später vernahm er einen Knall am Aluminiumpfosten. Benommen blieb Bastian am Boden liegen. Dann ertönte ein langgezogener Pfiff.

VI

„Aua, das tut weh!!!"

„Ich denke, Torwart kennen keinen Schmerz?"

„Wenn überhaupt, dann heißt das Torwarte oder besser: Torhüter. Aber genaugenommen heißt das Sprichwort: Indianer kennen keinen Schmerz..."

„Egal, trink noch Sake, dann wird alles wieder gut – auch Deutsch!"

„Ich kann nicht mehr, mir ist schon so schlecht..."

Seit zehn Minuten bearbeitete Hiro nun schon mit Pinzette und Nagelschere Bastians Platzwunde. Im Krankenhaus hatte man Bastian geraten, die Fäden nach einer Woche von seinem Hausarzt entfernen zu lassen. Aus Sicherheitsgründen wollte er auf die mit einem Pflaster gesicherte Naht beim Fußballspiel jedoch nicht verzichten. Nun konnte sein Mitbewohner beweisen, dass Asiaten tatsächlich äußerst geschickt und fingerfertig waren. Bastian selbst drückte mit einer getapten Hand einen Eisbeutel auf die gegenüberliegende Schläfe, während die andere Hand in einer Schüssel mit Eiswürfeln steckte.

Es war kurz nach 22 Uhr am Freitagabend. Seine Mannschaftskollegen hatten Bastian zurück ins Studentenwohnheim eskortiert, um danach selber noch weiter in die Stadt zu ziehen. „Die Birne mal wieder freispülen", so bezeichnete das Honi. Die Situation für den FC Junkersdorf war dramatisch, aber nicht hoffnungslos. Statt des erhofften Dreiers gegen Eschweiler sprang am Ende lediglich ein glücklicher Zähler heraus, auch oder gerade wegen Bastian. Zwar hatte er beim Gegentreffer geschlafen, aber durch einen gehaltenen Elfer und vor allem eine Super-Parade in den letzten Spielsekunden diesen Punkt immerhin erst möglich gemacht. Deshalb gab es nach dem Spiel auch keine Kritik, viel mehr machte man sich eher Sorgen. Während er den Schuss des allein aufs Tor zustürmenden Gegners an den Pfosten lenkte, knickten seine Finger um, kurz danach er wurde von einem Stollenschuh mitten im Gesicht getroffen. Unmittelbar danach war das Spiel beendet, aber Bastian musste zunächst noch auf dem Platz behandelt werden. Zu seinem Glück wurde er jedoch nicht an der Stelle getroffen, die genau eine Woche zuvor genäht wurde. Mit viel Eis zur Kühlung des malträtierten Körpers und einem dicken Brummschädel verfrachtete man ihn schließlich die wenigen hundert Meter zurück ins Wohnheim – Honi persönlich lieferte ihn mit einem ungewohnt kameradschaftlichem Schulterklopfen an der WG-Tür ab.

„War tolle Parade heute, Basti…". Hiro versuchte, seinen angeschlagenen Mitbewohner wieder aufzumuntern.

„Wie, warst Du etwa ebenfalls im Stadion?"

„Mit komplette Fußball-Lehrgang!"

„Ach Du Scheiße, schließlich hab´ ich das Gegentor verbockt…"

Aus lauter Verzweiflung schüttelte Bastian seinen Kopf just in dem Augenblick, als Hiro den vorletzten Faden mit der Pinzette herausziehen wollte. „Auuuaaa!!!"

„Nicht so schlimm. Wir sagen: Saru mo ki kara ochiru."

„Und was heißt das, bitte schön?"

„Auch Affe fällt mal von Baum."

„Willst Du damit sagen, ich bin ein Affe?"

„Nein, nein – ist nur Sprichwort!"

„Sprichwort? Mmmh… verstehe, in Deutschland sagen wir: es ist noch kein Meister vom Himmel gefallen".

„Oder so…."

„Jetzt müssen wir das nächste Spiel unbedingt gewinnen, sonst steigen wir nicht mehr auf. Zum Glück können wir nun erst mal zwei Wochen lang regenerieren…."

„Regene…was?"

„Regenerieren, das heißt erholen. Ist doch nächste Woche Pokal…"

Bastian sammelte seine Gedanken.

„Sag mal Hiro, Du kennst doch meinen Kommilitonen Michael, oder?"

„Den mit Bürste?"

„Bürste? Ach, Du meinst seinen Schnauzbart..."

„Ja, genau: Bürste über Mund. Zum Abputzen..." Dabei machte er eine Bewegung, als wolle er den letzten OP-Faden aus der Stirn mit seinem Gesicht wegputzen. „...hihihi." Erneut waren in Hiros rundem Mondgesicht nur waagerechte Striche zu sehen, wie immer, wenn er lachte. Dieses Lachen war so ansteckend, dass auch Bastian nicht anders konnte.

„Hiro, hör bitte auf, das tut weh...! ...... Hast Du ihn beim Spiel gesehen?"

„Ja, war da mit schöner Frau. So – Uchinaru.... Achtung, fertig, los..."

„Aua!!! Du sollst mich nicht nach traditioneller japanischer Art massakrieren...Hast Du mit ihm gesprochen?"

„Nein, hat nur nach Spiel gesagt, ich soll sagen, er ruft morgen an. So, Kopf ist fertig..."

„Nicht nur der Kopf, ich bin mit Haut und Haaren fertig. Ich glaube, ich geh´ sofort ins Bett..."

„Und Japaner von Spoho fahren noch zu „Roonburg" – deutsche Bier studieren...hmmh, lecker."

„Viel Spaß dabei und - domo arrigato gozaimas, Ohkoshi-San!

„Dozo, Lückemeyer-San!"

Indem sie die japanischen Höflichkeitsfloskeln austauschten, verbeugten sich beide tief voreinander und mussten erneut unwillkürlich lachen.

Nach Hiros Aufbruch zur Studienreise machte sich Bastian tatsächlich bettfertig. Er war hundemüde, ihm taten alle Knochen weh, die Finger schmerzten und der Schädel nagelte wie ein alter Lanz-Schlepper. Aus seinem kleinen Notfallkoffer stellte er sich einen Cocktail aus Novalgin und Voltaren zusammen, den er zusammen mit einem großen Schluck japanischen Whiskey auf Ex herunterspülte. Etwas Gutes hatte seine Verletzung ja: er konnte nicht mehr großartig nachdenken. Kaum dass er sich einkuschelte, schlief er auch schon ein. Nach langer Zeit war dieser Schlaf endlich mal wieder tief und fest, ohne störende Zwischengedanken.

Am nächsten Morgen rissen ihn Heinz Rühmann, Willy Fritsch und Oskar Karlweis – die Drei von der Tankstelle - aus dem künstlichen Koma. Noch immer brummte der Schädel und auch die Finger schmerzten, aber längst nicht mehr so schlimm wie in der Nacht zuvor. Verstört und verschlafen ging Bastian ans Telefon.

„Ja, bitte?"

„Beim nächsten Tonsignal ist es genau 10 Uhr – piiiieeep. Stehen Sie jetzt vorsichtig auf und vermeiden Sie jegliche Anstrengung. Gute Besserung!"

„Ach Mike, Du bist´s. Ich bin total am Arsch..."

„Moin, Keule! Ich hab Deine selbstlose Heldentat gesehen. Nicht schlecht, Herr Specht! Wie geht´s Dir?"

„Ich komm´ mir vor wie´n Stück Gammelfleisch. Hör mal, ich muss alles wissen: wieso war Mala da, was hat sie gesagt, wie hat sie reagiert und…"

„Nur die Ruhe, alles der Reihe nach. Also: wir sind uns gestern per Zufall begegnet und da kamen wir irgendwie auch auf Dich zu sprechen. Ich hab´ ihr erzählt, dass Du am Abend wieder Fußballspielen würdest, trotz ärztlichem Verbot…"

„Sag mal, haben Sie Dir jetzt endgültig ins Gehirn geschissen? Was ist, wenn Sie das dem Oberfuzzi aus der Klinik verklickert…"

„… mach Dir keine Sorgen, die erzählt nichts. Jedenfalls wollte Sie Dich mal spielen sehen, deshalb sind wir dann in die Ostkampfbahn…."

„Und ???"

„Nichts und. Sie fand Dich ganz o.k."

„Waaas??? Ganz o.k.??? Mehr nicht???" Bastian Stimme überschlug sich fast. Am liebsten hätte er durch den Hörer gegriffen und Mike gewürgt.

„Ha, ich wusste, dass Dich das auf die Palme bringt. Also schön: sie war von Deinen Paraden und Reflexen total angetan und hat sich ernsthaft gesorgt, als Du am Spielende verletzt am Boden lagst."

„Du willst mich schon wieder verarschen..."

„Nein, wirklich nicht. Großes Mike-Ehrenwort. Sie wollte allen Ernstes auf den Platz laufen, um Dich zu verarzten, wenn ich sie nicht zurückgehalten hätte."

„Mmmhh.... meinst Du, Sie...." - für einen Moment herrschte ungewohntes Schweigen.

„Ihr solltet Euch mal treffen, Basti."

„Und wie soll das bitte-schön funktionieren?"

„Mach Dir darüber mal keine Gedanken. Sie ist eh erst am nächsten Mittwoch wieder da, solange besucht sie ihre Mutter in Frankfurt. Alles Weitere arrangiere ich – verlass Dich drauf."

„Weißt Du was? Du bist zwar meistens ein echter Arsch, aber ab und an könnte ich Dich auch richtig knuddeln. Danke, Mike!"

„Keine Ursache. Übrigens, im Gegenzug könntest Du mir vielleicht einen kleinen Gefallen tun!?"

„Gegenwärtig würde ich Dir fast jeden Wunsch erfüllen."

„O.k.. Du weißt doch, neben meiner Sonnenstudio-Tätigkeit jobbe ich gelegentlich noch in einem Sportgeschäft. Und da sind... na ja ... letztens bei der Inventur ein paar überzählige Artikel angefallen, die wir Aushilfen dann vergünstigt mitnehmen durften. Kann ich die vielleicht mal bei Dir zwischenlagern? Ich hab´ nämlich überhaupt keinen Platz mehr bei mir."

„Klingt zwar irgendwie ziemlich dubios, aber gut: wenn Du das mit Mala hinbiegst, dann kannst Du Deine Sachen auch bei mir unterstellen."

„Gut, ich komme dann am Montag vorbei. Bis dahin, halt Dich steif!"

„Ebenso. Und … ähh… nochmals Danke!"

Als Mike aufgelegt hatte, waren Bastians Schmerzen auf einmal wie weggeblasen. Nicht nur das: er hatte auch den Eindruck, dass seine Umgebung schlagartig in einem neuen, viel wärmeren Licht erschien. Durch das Fenster im 16. Stock, von dem man sonst die Radrennbahn, die Vorwiese und die vier Türme des Stadions sehen konnte, strahlte die Morgensonne und erzeugte in seinem kleinen Reich eine wohlige Wärme. Bastian hörte Vögel zwitschern und fühlte selber Schmetterlinge in seinem Bauch. Alles in allem war es ein traumhafter Frühsommertag. Bei einer Fernseh-Soap hätte er spätestens jetzt wegen Kitsch und Realitätsferne weggezappt. Aber was war schon real an diesem Tag? Sein Versuch, nach Wochen wieder das Zimmer aufzuräumen, jedenfalls genauso wenig − wie das parallele Summen von Louis Armstrongs „What a wonderful world". Doch kaum, dass er die Zimmertür zum gemeinsamen Flur öffnete, wurde seine schaurig-schräge Cover-Version von einem lauten, monotonen Sägegeräusch aus dem Nachbarzimmer brutal übertönt. Bastian kannte Hiro nun schon so lange, dass er am Dezibel-Grad des Schnarchens erkennen konnte, wie viel er getrunken hatte. In der letzten Nacht musste dies auf alle Fälle ein ziemlich intensives Studium der deutschen Bierkultur gewesen sein! Bastian schmunzelte, irgendwie hatte auch dieses Sägen etwas Wundervolles. Dieser Samstag war schlicht und ergreifend ein Tag zum Helden-Zeugen; mangels Möglichkeiten entschied sich Bastian, zumindest seiner Familie im Münsterland mal wieder einen Besuch abzustatten. Nicht, dass er so große Sehnsucht gehabt hätte − ganz im Gegenteil -, aber sein Wäscheschrank war so leer wie der Safe von Lehman Brothers, er benötigte dringend frische Klamotten.

Mit zwei zum Bersten gefüllten Sporttaschen voller Dreckwäsche machte sich Bastian auf den Heimweg. Zum Glück verstopften am Wochenende nur vereinzelt Brummis die Autobahnen, so dass er das Gaspedal seines alten Käfer Cabrios bis zum Bodenblech durchtreten konnte und mit teilweise aberwitzigen 130 Sachen Spitze schon nach anderthalb Stunden an der Anschlussstelle Gescher/Coesfeld abfahren konnte.

Bastian hatte Köln so sehr ins Herz geschlossen, dass er sich jedes Mal aufs Neue klar machen musste, dass hier seine eigentlichen Wurzeln tief vergraben lagen. Es war eine Zeitreise – hier stach man noch Torf, pflegte alte Fachwerkhäuser, sammelte Kutschen oder Imkerzubehör. Gescher war eine pittoreske Kleinstadt im Herzen des westlichen Münsterlands, Heimat von 17.000 Seelen. Aufgrund des in Deutschland einzigartigen Glockenmuseums warb man auch mit dem Namenszusatz „die Glockenstadt". Bastian machte sich in seiner Jugend- und Abi-Zeit nichts aus der Sammelleidenschaft der Stadtväter, vielmehr wusste er zu schätzten, dass man mit dem Fahrrad innerhalb kürzester Zeit einen völlig entspannten Ausflug zu einem holländischen Coffeeshop unternehmen konnte.

Familie Lückemeyer wohnte zentral im Ortskern in einer alten, denkmalgeschützten Jugendstilvilla. Bastian parkte seinen Wagen am Straßenrand, nahm die Sporttaschen mit der Dreckwäsche, erklomm die acht Stufen zum Hauseingang und öffnete die Wohnungstür - schwanzwedelnd und mit freudigem Gejaule begrüßt von Hunter, dem ungarischen Jagdhund der Familie. Hunter war zwar schon zehn Jahre alt und dementsprechend an Schläfen und Lefzen angegraut, besaß aber immer noch eine extrem ausgeprägte Jagdleidenschaft. Bastian beneidete Hunter insgeheim für seinen immer noch aktiven Sexualtrieb und die Potenz, die sich in einer Vielzahl niedlicher Mischlingswelpen in der Nachbarschaft niederschlug. Bastian stellte

70

seine Taschen in der großen, repräsentativen Eingangshalle neben den Treppenaufgang, streichelte ausgiebig seinen treuen Weggefährten und begab sich in den großen Salon, wo alle zu Tisch saßen: Vater Hans-Geert am Tischende, seine sieben Jahre jüngeren Zwillings-Geschwister Karsten und Katja in der Mitte und Mutter Irmgard als strenge Herrscherin des Hauses an der anderen Stirnseite. Der gemeinsame Mittagstisch war Pflicht im Hause Lückemeyer.

„Bastian!!!"

„Hallo zusammen!"

„Was für eine Überraschung, nachdem Du solange nichts mehr von Dir hast hören lassen. Komm her und lass´ Dich drücken." Wie immer, wenn unerwarteter Besuch kam, agierte Bastians Mutter wie die Schwester vom HB-Männchen. Sie sprang von ihrem Stuhl auf und wollte dem verlorenen Sohn scheinbar freudetrunken um den Hals fallen, um ihn abzuknutschen. Bastian war dieses künstliche Gehabe so unangenehm, dass er sich im Laufe der Jahre einen Trick angewöhnte, um seine Mutter von derart ätzenden Liebkosungen abzuhalten: er nahm ihre ausgestreckte Hand und drehte sie so leicht zur Seite, dass sie - um Schmerzen zu vermeiden – mit dem Gesicht der Hand folgen musste und statt des erhofften Mund- nur noch maximal einen Wangenkuss erhalten konnte. Das Verhältnis zu seiner Mutter war aus seiner Sicht spätestens seit dem Augenblick unkittbar, als sie ihn an seinem 16. Geburtstag beim Picheln ihres Kirschlikörs ertappte und vor all seinen Kumpels ohrfeigte.

„Sag mal, wie siehst Du denn aus? Hast Du etwa eine Narbe an der Stirn? Ich hab´ Dir doch mehrfach eingebläut, Du musst in der Großstadt auf Dich aufpassen. Nun setz´ Dich und dann erzählst Du alles ganz ausführlich beim Essen. Heute gibt es Dicke Bohnen mit Bauchspeck."

„Ach Irmchen, jetzt lass den Jungen doch erst mal zur Ruhe kommen, der ist bestimmt erschöpft von der Fahrt."

71

„Ist schon o.k., Papa." Bastian herzte seinen alten Herrn, den er aufgrund seiner warmherzigen Art ernsthaft liebte. Anschließend umarmte er seine Geschwister und setzte sich zu Tisch, während seine Mutter Teller und Besteck brachte.

Bastians Vater Hans-Geert führte in der 3. Generation einen Landmaschinenhandel, der von Bauern aus dem gesamten Kreis Borken frequentiert wurde. Später einmal sollte Bastians kleiner Bruder Karsten die Familientradition fortsetzen, zu diesem Zweck besuchte er das Berufskolleg in Coesfeld. Sein geliebtes Schwesterchen Katja hatte sich in den Kopf gesetzt, Tierärztin zu werden und absolvierte gerade ein mehrmonatiges Praktikum in der örtlichen Tierklinik. Mutter Irmgard hingegen startete ihre erfolgreiche Familienkarriere als Auszubildende im Schreibbüro des Landmaschinenhandels. Dort umgarnte sie den zwölf Jahre älteren Juniorchef dermaßen erfolgreich, dass der nach der Weihnachtsfeier und dem folgenden Schwangerschaftstest gar nicht anders konnte, als sie im erzkatholischen Münsterland sofort zur Frau zu nehmen. Bastians Geburtstermin wurde dabei mit Hilfe des örtlichen Pfarrers offiziell zwei Monate weiter nach hinten datiert – nur um aufkeimenden Gerüchten zuvorzukommen. Früher noch hatte sein Vater die Zügel fest in der Hand – er kümmerte sich um den Laden während seine Frau, die er je nach Stimmungslage Irmchen, Irmi oder Irmmgaarrd rief, für Haushalt und Kinder zuständig war. Je älter seine Gattin wurde, umso herrschsüchtiger wurde sie auch. Schließlich war sie nicht mehr nur Hausfrau und Mutter, sondern zudem Patronin. Bei aller Liebe zu seinem Vater – manchmal provozierte die waschlappenmäßige, jammervolle Ergebenheit seiner herrschsüchtigen Ehefrau gegenüber bei Bastian ein Gefühl von Verachtung.

„Lang richtig zu, es ist noch genügend in der Küche. Echte westfälische Hausmannskost und nicht so´n ungesundes Studentenfutter. Und jetzt erzähl: was ist das da für eine Narbe an Deiner Stirn?"

„Nix schlimmes. Das war nur ein unbedeutender Turnunfall, aber immerhin bin ich für sieben Tage krankgeschrieben. Deshalb dachte ich mir, ich schau mal wieder zuhause vorbei…"

„Das hat ja auch was Gutes, mein Lieber. Dann kannst Du die ganze nächste Woche hier bleiben, Dich auskurieren und nebenher Papa im Betrieb aushelfen…"

Wieso, fragte sich Bastian, werden erwachsene Männer jedweden Alters von ihren Müttern immer nur wie kleine Hosenscheißer behandelt? „Nee, das geht leider nicht. Schließlich hab´ ich ja auch noch Theorieseminare. Aber Du könntest mir einen riesigen Gefallen tun: ich hab nämlich ein klein bisschen Schmutzwäsche mitgebracht."

„Ach deshalb hat´s Dich nach Hause verschlagen… Kannst Du nicht mal endlich lernen, wie man selber Wäsche wäscht? Also gut, unter einer Voraussetzung: Du begleitest uns heute zur heiligen Messe in St. Pankratius."

„Ach Mama, muss das sein? Ich würd´ mich auch gerne mal wieder mit meinen alten Kumpels treffen."

„Bastian, Dein Großvater war im Kirchenvorstand, da wird erwartet, dass wir als komplette Familie am Gemeindeleben teilnehmen. Deine Geschwister gehen schließlich auch mit."

Die Freude darüber war den beiden an den Gesichtern förmlich abzulesen. Widerrede war zwecklos. Ihre Mutter stammte aus einem erz-katholischen, stock-konservativen Elternhaus und versuchte, diese Ansichten auf die restliche Familie zu übertragen. Während ihr Vater aus gesellschaftlichen Gründen zumindest regelmäßiger Kirchgänger war, vertrat er in politischen Dingen eher eine liberale Position. Bastian hingegen hatte weder mit Kirche noch mit Politik irgendetwas am Hut. Dabei hätte er nur allzu gern die rhetorische

Gabe mancher Pfaffen oder Polit-Gurus besessen, um sich argumentativ aus scheinbar ausweglosen Situationen herausnavigieren zu können - sei es beim Oberarzt im Klinikum, gegenüber seinem Fußballtrainer am Telefon oder jetzt bei seiner Mutter. Leider war ihm diese Gabe genauso verwehrt wie die hohe Kunst der Diplomatie – von Mikes Anmachkünsten ganz zu schweigen.

Bastian fügte sich unwillig in sein Schicksal und verabschiedete sich nach dem deftigen Mittagessen zu seinem alten Kumpel Matze. Der gehörte zu einer Handvoll Chaoten aus der Jugend, mit denen er seinerzeit die Kneipen und Diskotheken im gesamten Kreis Borken unsicher machte. Matze hatte, obwohl durchaus in der Lage, keinen Bock auf Abi und Studium und malochte stattdessen nach Mittlerer Reife sowie anschließender Lehre lieber als Maschinenschlosser. Von seiner Art her war er ein typischer Westfale: gradlinig, offen und ehrlich. Von gelegentlichen Abenteuern abgesehen genoss er sein Leben als Single und vegetierte folgerichtig noch bei seinem Vater unterm Dach.

Bastian klingelte und hörte parallel zum Öffnen der Flur-Tür die harten Gitarrenriffs von AC/DC durchs Haus dröhnen. Matzes Vater hatte es nach dem Tod seiner Frau als alleinerziehender Vater auch nicht immer leicht...
„Moin, Alter. Schön, dass Du wieder mal vorbeischaust."
„Tach Matze. Ich bin nicht nur vom Hausdrachen extrem genervt, sondern auch voll unterhopft, haste ´nen Bier für mich?"
„Willst Du mich verarschen, hatte ich schon jemals keins im Haus? Komm´ rein, es ist auch grad ´ne frische Lieferung Kraut eingetroffen. Lass uns eine quarzen...."

Eigentlich war Matze ein ziemlich unscheinbarer Typ: unsportlich und hager, lediglich ein leichter Vorbauch kündete von seinen fleischlichen und alkoholischen Genüssen. Zur Bestätigung trug er ein verwaschenes T-Shirt mit der Aufschrift „nüchtern ist scheiße…". An seinem Hinterkopf zeigte sich bereits deutlich die aschfahle Kopfhaut unter den immer dünner werdenden rotblonden Haaren.

Bastian folgte Matze über die schmale Wendeltreppe in dessen Junggesellenbude; das Zimmer mit seinem kleinen Dachfenster war eher eine schräge Räuberhöhle als eine Wohnung. Neben einem alten Metall-Bett stand ein klappriger Kleiderschrank, davor eine zerschlissene Couch samt Beistelltisch, eine Stereoanlage und ein Mini-Fernseher. An der Wand hing eine Südstaaten-Fahne und auf dem Tisch standen Gläser nebst einer ganzen Batterie Flaschen.

„Bedien´ Dich…"

Während Matze die Musik etwas leiser drehte und aus der hintersten Ecke seines Kleiderschranks einen kleinen Beutel hervorzauberte, fletzte sich Bastian aufs Sofa und öffnete mit dem Feuerzeug zwei Flaschen des lang vermissten heimischen Biers – dauerhaft hatte er sich noch nicht ans Kölsch gewöhnen können. Aus diesem Paradies wollte er am liebsten gar nicht mehr weg. Was für ein Leben!!!

„Was treibt Dich wieder in dieses ländliche Elend? Hast Du die Schnauze voll von Deiner kölschen Plörre?"

„Klamottennotstand. Ich hab keine Ahnung, wie man ´ne Waschmaschine bedient…"

Fein säuberlich verklebte Matze mehrere Zigarettenblättchen, verteilte Tabak aufs Papier und zerbröselte darüber gleichmäßig einen kleinen braunen Klumpen.

„Kenn´ ich. Grad letzte Woche ist mir mein Wollpullover auf Kindergröße zusammengelaufen. Kann ja keine Sau ahnen, dass man den nicht bei 60° waschen darf. Und meine ganzen weißen T-Shirts sind jetzt rosa, nur weil ich so´n blödes rotes Teil mit in die Trommel getan hab."

„Dafür sind wir auch nicht geschaffen worden. Ich sag´s ja nicht gerne, aber alleine deshalb braucht Mann ´ne Frau."

Ohne sich ablenken zu lassen, rollte Matze das Papier samt Inhalt zu einer ansehnlichen Tüte und verdrehte die vordere Öffnung.

„Wem sagst Du das... Wie sieht´s denn bei Dir aus an der Front?"

„Keine Ahnung. Ehrlich. Ich hab´ zwar eine Hammerbraut kennen gelernt, weiß aber eigentlich gar nichts über sie. Noch nicht mal, wie sie mich überhaupt findet."

„Mach Dich mal locker. Nimm erstmal einen kräftigen Zug, dann sieht die Welt gleich viel rosiger aus."

Matze reichte den Joint weiter, griff in die hintere Ecke der Flaschenbatterien und schüttete sich und seinem Gast ein Glas Jack Daniels ein. Aufgrund der übertriebenen Leidenschaft für diesen verschnittenen US-Fusel hielt Bastian seinen Kumpel manchmal für komplett übergeschnappt. Vor 2 Jahren plünderte Matze sein Erspartes und unternahm einen Trip ins Land der angeblich unbegrenzten Möglichkeiten. Aber nicht zu den üblichen Touristen-Attraktionen wie New York, Las Vegas, Hollywood oder San Francisco, sondern ausschließlich, um an einer Besichtigung der Jack-Daniels-Destillerie in Lynchburg/Tennessee teilzunehmen. Seitdem war es gänzlich um ihn bestellt – nicht nur, dass er Unmengen an trashigen Souvenirartikeln mitbrachte, es verging auch kaum ein Abend, an dem er nicht ein Glas Old No. 7 runterspülte. Kneipen, die sein braunes Gold nicht auf der Karte hatten, wurden konsequent gemieden.

Alles war wie früher: Matze und Bastian rauchten, redeten, tranken, lachten und hörten Musik aus ihrer Jugendzeit. Die Zeit verging wie im Flug. Nach 4 Bier, 3 Whiskey und 2 Joints fühlte sich Bastian wie nach seinem ersten Orgasmus: völlig entspannt, lediglich die Zunge wurde zunehmend schwerer. Eigentlich passte in dieser Situation „ein Freund, ein guter Freund" wie Arsch auf Eimer, wenn nicht nach dem Ertönen der Handymelodie ein Blick aufs Display die Stimmungslage schlagartig änderte. Ein feuerspeiender Drache als Anruferbild ließ das Schlimmste befürchten. Widerwillig drückte Bastian die Taste zum Annehmen.

„Junge, wo bleibst Du? Wir warten hier auf Dich und wollen in die Messe…"

„Äh…Mama…. Muss das wirklich sein? Ich hab´ hier nämlich noch ein paar ernste Dinge zu besprechen."

Urplötzlich musste Matze laut losprusten; Tränen schossen in seine Augen und seine Kopfhaut glich zunehmend dem Rot der Südstaatenflagge.

„Wie bitte ?? Sebastian, ich erwarte von Dir, dass Du Dich sofort auf den Weg machst. Wir treffen uns in der Kirche!" Widerspruch war zwecklos. Wenn ihn seine Mutter Sebastian nannte, war Gefahr im Verzug, dann war nicht mehr mit ihr zu spaßen.

„Ist ja gut. Bis gleich…"

Angestrengt versuchte Bastian sich vom Sofa zu erheben. Matze konnte nicht anders und blieb zusammengekauert hocken, hielt sich dabei mit einer Hand den Bauch und wischte mit der anderen die Tränen weg, während er mühsam nach Luft schnappte.

„…..noch ein paar ernste Dinge zu besprechen… ich bepiss mich gleich…."

„Kannst Du mir mal sagen, welcher Teufel Dich grad geritten hat? Jetzt muss ich mit meiner ganzen Mischpoke zu Kreuze kriechen. Statt des guten Krauts muss ich dann Weihrauch inhalieren. Voll der coitus interruptus !"

Matze machte Bewegungen, als ob er einen epileptischen Anfall erlitten hätte. „Ich krieg mich nicht mehr ein…. Coitus interruptus, haha… Meine Blase… Aber mach Dir nichts draus…. wir können ja heute Abend weiterziehen…. Quatsch, wir müssen…. Unbedingt!"

„Also gut, abgemacht. Um Acht bei `Conny´…"

Bastian nahm seine abgewetzte Lederjacke, stolperte die Wendeltreppe nach unten und machte sich auf den Weg. Draußen hörte er noch Matze, der in einer seltsamen Mischung aus Lachen und Luftholen wie ein Rudel störrischer Esel klang. Nach einer Viertelstunde erreichte Bastian leicht torkelnd und keuchend die altehrwürdige, mittelalterliche Pfarrkirche St. Pankratius. Das letzte Mal war er hier an Weihnachten und versuchte Hiro zu erklären, was es mit der Krippe, dem Jesuskindlein, Ochs und Esel auf sich hat – und wieso man allerorten Glühwein trinken musste. Just in dem Moment, als er die Kirchtür öffnete, endete das Orgelvorspiel. Er machte ein flüchtiges Kreuzzeichen und hatte das Gefühl, als würde ihn die komplette Gemeinde wie einst den verlorenen Sohn in der Bibel entgeistert anstarren. In der gut gefüllten Kirche brauchte er eine ganze Weile, um seine Familie ausfindig zu machen. Dummerweise saß die ziemlich weit vorne in der Nähe des Altars, so dass er unter den strengen Blicken des Priesters durch die endlos lang erscheinenden Bankreihen schleichen musste. Bastian fühlte sich mächtig kötterig. Als er endlich in der richtigen Reihe ankam und sich an zwei alten Omis vorbeigezwängt hatte, rümpfte seine Mutter ob der offensichtlichen Fahne die Nase und warf ihm einen strafenden Blick zu. „Wir sprechen uns noch", zischte sie nach dem allgemeinen Schuldbekenntnis ihn sein Ohr.

Scheinheilig nahm Bastian an der Liturgie teil und freute sich bereits auf das Ende der Messe und die Fortführung des feucht-fröhlichen Wiedersehens mit Matze. Doch dabei hatte er die Rechnung ohne den Priester gemacht. Dessen große Stunde schlug bei der Predigt über die Ehebrecherin im Johannes-Evangelium. Im Hinblick auf seine

Mutter konnte sich Bastian über Jesu Aussage „wer unter Euch ohne Sünde ist, der werfe den ersten Stein" zunächst ein Lächeln nicht verkneifen. Doch ließ seine anfängliche Aufmerksamkeit rapide nach, als der Prediger bei der Auslegung des Bibeltextes vom Höckschen aufs Stöckchen kam und sich immer mehr verzettelte. Die monotone Stimme tat ihr übriges: Bastian wurde müde, die Augen schwer und er nickte weg. Gerade als er davon träumte, wie er auf einer einsamen Insel Arm in Arm mit Mala einem kitschig-roten Sonnenuntergang entgegen schlenderte, wurde er von einem spitzen Ellbogen in die Rippen getroffen. Bastian schreckte hoch und wurde gewahr, wie bereits die Hostien ausgeteilt wurden. „Das ist ja wohl das Allerletzte. Wie kannst Du mich nur so bloßstellen?" Böse blinzelte ihn seine Mutter von der Seite an. Bastian schwante Ungemach. Krampfhaft bemüht, nicht noch einmal wegzuratzen, heuchelte er beim Dankgebet, Segen und der Friedensbitte religiösen Glaubenseifer.

Beim Rausgehen zog ihn Katja leicht an ihre Seite. „Du hast eben voll geschnarcht", flüsterte sie. „An Deiner Stelle würde ich Mama heute aus den Augen gehen, die ist stinksauer." Als Bastians Eltern vor der Kirche noch im lockeren Smalltalk mit anderen Gemeindegliedern waren, nutzte Bastian die Gelegenheit zur Verabschiedung auf Französisch. Fast lautlos bewegte er sich aus dem Kirchenumfeld, machte zwei- drei Schlenker und steuerte, nachdem er sich aus dem Sichtfeld wähnte, schnurstracks durch die Hauptstraße seinen Lieblings-Pub an. Auf Stress hatte er nun wirklich keinen Bock, nicht heute, an dem Tag, da er Mala gedanklich einen großen Schritt näher kam. Überhaupt: was bildete sich seine Mutter ein? Er war kein kleiner Junge mehr, den sie nach Gutdünken rumkommandieren konnte. Wenn es nach ihm gegangen wäre, hätte er einen weiten Bogen um die Kirche gemacht und sich und seiner Mutter somit die Peinlichkeiten erspart. Aber nein, nur um des lieben Friedens und letztendlich der sauberen Wäsche wegen hatte er sich auf diesen sinnlosen Deal eingelassen. Bastian nahm sich fest vor, in Zukunft in Köln einen Waschsalon aufzusuchen und – wenn überhaupt – das nächste Mal erst Weihnachten wieder nach Gescher zu fahren. Doch jetzt wollte er noch den Rest des Abends genießen und stellte vorsichtshalber das Handy aus.

Als Matze um kurz nach Acht bei `Conny´ eintraf, hatte Bastian schon 3 Bier und einen Wacholder auf dem Deckel.

„Alter, Du legst ja ein ganz schönes Tempo vor..."

„Scheißegal, ich geb´ mir heute die Kante!"

„Wurden Dir in der Kirche etwa die Räucherstäbchen rektal eingeführt, oder was?"

„Damit könnte ich ja noch leben. Viel schlimmer, mir geht das häusliche Krampfadergeschwader so was von dermaßen auf den Sack. Manchmal denke ich echt, dass ich nach meiner Geburt im Krankenhaus verwechselt wurde."

„Und was glaubst Du, wer sind Deine wahren Erzeuger – Barbie und Ken?"

„Wenigstens quatschen die nicht so viel..."

„Ärger Dich nicht. Lass uns erstmal ´ne Grundlage für den Abend legen."

„Guter Beitrag. Nach diesen ätzenden Bohnen heute Mittag könnte ich jetzt ein halbes Schwein vertilgen."

„Also gut, ab zum Griechen...."

Den Fleischspieß ihres Vertrauens gab es nur wenige hundert Meter entfernt im `Restaurant Korfu´. Früher waren die beiden hier mindestens einmal pro Woche und deshalb bekannt wie bunte Hunde.

„Kalißpéra, Basti und Matze! Was für Ehre, lang nicht mehr geßehen!"

„Hallo Vasi, altes Haus. Na, läuft Dein Gyros-Spieß immer noch schön auf Hochtouren?"

„Polí kalá – alles beßtens. Alte Stammplahts direkt neben Treßen ist noch frei für Euch!"

Fremde konnten meinen, dass Vasileios Tambakos sein eigener, bester Kunde sei: der wohlgenährte Kugelbauch spannte die Knöpfe seines weißen Hemdes bis zum Bersten und unter den buschigen Augenbrauen war in seinen metaxafarbenen Augen auch immer eine leichte Ouzo-Trübung. Vasi, wie ihn seine Freunde nannten, war Mitte 50 und stammte aus Piräus. Als großer Olympiakos-Fan wusste er nicht nur alles über den griechischen, sondern auch den Fußball der Teutonen. Seine Zuneigung zu einem Klub war aber immer davon abhängig, ob ein Landsmann mitspielte - oder zumindest jemand, den er kannte. Und so sympathisierte Vasi früher auch mit dem SuS Stadtlohn – alleine wegen seines Stammgastes Bastian, der Katze von Gescher. Vasi war nicht ganz unschuldig an diesem Spitznamen, war er doch in seiner Jugend ein großer Verehrer von Sepp Maier. Da er Ähnlichkeiten bei den Paraden und dem Stellungsspiel zwischen Bastian und dem Weltmeister von 1974 zu erkennen glaubte, taufte er Bastian beim Kampftrinken irgendeiner Sportwerbewoche auf den tierischen Namen analog zur Katze von Anzing. Fortan wurde Bastian von seinen Mannschaftskameraden nur noch Katze gerufen. Bastians häufige Besuche bei seinem Namensgeber waren jedoch weniger eine Folge der fettigen Gyros und des atemraubenden Tsatsiki, sondern einzig und allein, weil sein Kumpel Matze spitz auf Vasis Tochter Eleni war. Nachdem Matze aber feststellen musste, dass Eleni mehr auf materielle denn auf innere Werte stand, ließen auch die Restaurantbesuche rapide nach. Vasileios führte diesen für ihn traurigen Umstand ausschließlich auf Bastians Vereinswechsel und die dadurch reduzierten Heimatbesuche zurück.

Nach dem üblichen Anis-Schnaps konnte Matze seine immer noch latent vorhandene Neugier nicht mehr verbergen.

„Sag´ mal, Fast-Schwieger-Papa, was macht eigentlich Deine schöne Tochter? Ich hab´ sie seit fast einem Jahr nicht mehr gesehen!"

„Hör auf. Hat sich im Heimaturlaub von nichtsnuhtsige Sohn des Nachbarn meines Bruders ßchöne Augen machen lassen. Was soll ich ßagen? ßack, bumm: war ßchwanger…

„Und???"

„Hat jetzt kleinen Alexis und 20 Kilo mehr. Mann aber ißt abgehauen!"

„Und wo lebt sie jetzt?"

„Lebt in Griechenland bei meiner Familie. Die ßorgt für Mutter und Kind."

„Na prima ! Wär´ Sie mal lieber hier in Deutschland geblieben…."

„Wem ßagst Du das! Kleine Kinder - kleine ßorgen, große Kinder – große ßorgen!"

„Auf den Schreck mach uns mal ´ne lütte Lage!"

Als zwei Stunden später abkassiert wurde, standen außer den extrem knoblauchgeprägten Poseidon- und Zeus-Platten 8 Halbe und 8 Schnäpse auf der Rechnung – die Ouzo-Runden von Vasi nicht mitgerechnet. Auf dem Rückweg zu `Conny´ war nicht eindeutig, wer wen stützen musste. Arm in Arm und Schulter an Schulter benötigten die beiden fast die doppelte Strecke wie auf dem Hinweg. Zeit genug für Matzes alkoholbedingte Philosophie-Phantastereien.

„Basti, ich muss Dir jetzt ma was sagen: lass die Finger von den Mädels. Die sind nich ehrlich. Unsereins meint es nur gut, und die wollen nur unsere schwerverdiente Kohle. Kaum kommt ein anderer mit mehr Asche, sind se wech. Alles Luder!"

„Glaub´ ich nich. Ich bin mir sicher, dass es durchaus welche gibt, die ehrlich sind. So eine wie Mala – die is klasse: nen Superschuss und trotzdem geradeheraus."

82

„Mala, Mala… Was is´n das überhaupt für ein Name? Ist das Polnisch oder was? Ich sach Dir, lass die Finger wech von diesen Ostgotinnen, sonst verbrennste Dich nur."

„Laber keinen Affenscheiß. Ich zieh das durch. Nich umsonst bin ich die Nr.1."

„Aber nur bei Deinem Kölner Vorortklub…."

„Du hast doch null Peilung. Wir steigen auf, und dann komm ich ganz groß raus. Die Mädels werden mir zu Füßen liegen, doch ich… - ich hab´ nur Augen für Mala." Verträumt verdrehte Bastian die Pupillen, blieb an einer Bordsteinkante hängen und konnte von Matze erst im letzten Augenblick vor einem folgenschweren Sturz bewahrt werden.

„Na dann pass bloß auf, daste nich blind wirs. Besser is das…"

Zurück am Ausgangspunkt gab es schon fast kein Durchkommen mehr. Während sich Matze durch die Menschenmasse auf die Toilette quälte, ergatterte Bastian mühsam einen Platz an der Theke und bestellte zwei Bier. Verschwommen registrierte er einige ehemalige Schulkameraden, die nie den Schritt aus der Provinz gewagt hatten. Plötzlich legte sich ein Arm um seine Schulter.

„Na, Du Sportskanone, " säuselte es in sein Ohr, „wieder mal zuhause?"

Vollkommen verdattert drehte sich Bastian zur Seite und erkannte Sabine, mit der er einst in der Musikschule den Blockflöten-Kurs absolvieren musste. Für ihn war sie immer der Inbegriff vom hässlichen Entlein gewesen. Mit den Strumpfhosen, Röckchen und geflochtenen Haaren empfand er sie in Kindheitstagen schlicht und ergreifend als affig und blöd. In der Jugend setzte aber die Verwandlung zum schönen Schwan ein, sie mauserte sich zu einer attraktiven, begehrenswerten – für Bastian nunmehr jedoch unnahbaren Provinz-Schönheit. Sie war eine jener frühreifen Gören, die mit 14 bereits ihre ausgeprägten Brüste in einem aufreizend engen T-Shirt ohne BH zur Schau trugen. Folglich hatte er seine erste, ungewollte Erektion, als er in einer lauen Sommernacht von einem verbotenen Nacktbad mit ihr träumte. Auch wegen ihrer ausgeprägten Partyleidenschaft und einiger Affären schaffte sie nur mit Ach und Krach den Realschulabschluss und später die Lehre zur Kosmetikerin. Bastian wiederum hatte seinerzeit nur Fußball und das Abitur im Kopf. Die seltenen Male, da er sie am Wochenende in irgendeiner Disco traf, würdigte sie den Sohn des Landmaschinenhändlers keines Blickes. Das änderte sich erst, als bei Sabine erste Fältchen sichtbar wurden, sich die Oberschenkel an jungen Orangen orientierten und der Lack erste Risse bekam. Fast zeitgleich wurden ihre Typen immer älter und die Konkurrentinnen stetig jünger. Zu der Zeit galt Bastian als die aufstrebende Torwart-Hoffnung des gesamten Münsterlandes; regelmäßig wurde über ihn in der Lokalpresse berichtet und das Sportstudium in der Metropole am Rhein machte ihn zusätzlich interessant. Doch Sabines frühere Arroganz hinterließ bleibende Spuren.

„Was wills Du?"

„Ich hab mir gedacht, ich könnte Dir vielleicht helfen, diesen Heimatabend etwas aufregender zu gestalten..."

„Hä ? Wie meins'en das?"

„Na, wir beiden könnten vielleicht später noch in den `Schuppen´, und dann mal schauen, was es sonst hier noch so für Sehenswürdigkeiten zu bestaunen gibt." Dabei rieb sie ihre pralle Oberweite fast beiläufig an Bastians Oberarm, so dass er ihre Brustwarzen spüren konnte. Was vielleicht vor einem Monat – auch im angetrunkenen Zustand – noch Wirkung gezeigt hätte, verpuffte diesmal in Sekundenbruchteilen.

„Ich will Dir ma was sagen: ich bin liiert. Also besser, Du machs Dich vom Acker, bevor uns meine Braut entdeckt!!"

„Ach da schau her, der verklemmte Sportstudent hat auf einmal eine Braut?!? Wie kitschig! Wann wird denn geheiratet, Du Casanova?"

84

Im selben Moment kam Matze vom Männerklo. „Hallöchen Popöchen! Das is doch Bine, die geile Schlampe..." Dabei gab er Bastian dermaßen einen Klaps auf den Rücken, dass sich sein halbes Bierglas über dem Oberteil von Sabine ergoss und ihre stehenden Brüste ganz besonders zur Geltung kamen.

„Boah, ey, geil - was für Dinger... Holla die Waldfee!" Matzes trübe Augen bekamen plötzlich einen feuchten, fast lüsternen Glanz.

„Iiiihhhh – bahh!!!! Jungs, ihr seid besoffen, widerlich und peinlich. Tut mir leid, wenn ich Eure Männerrunde gestört habe. Schönen Abend noch – sofern Ihr überhaupt noch was davon mitbekommt...." Genauso plötzlich wie sie aufgetaucht war, verschwand sie wieder im dichtesten Kneipengetümmel.

„Was warn das gerade, wieso isn die wech?" Verwundert rieb sich Matze die Augen, als ob er gerade eine Fata Morgana gesehen hätte.

„Weil Du se nass gemach has. Is aber besser so, hab ihr nämlich gesach, dass ich vergeben bin..."

„Bis Du doch gar nich..."

„Noch nich, abba bald! Komm trink ers ma, ich verdurste...."

Je mehr Striche auf dem Bierdeckel erschienen, umso einsilbiger wurde die Unterhaltung. Irgendwann wurde nur noch in der Kneipen-Sprache kommuniziert und der Bedienung vermeintliche Code-Worte wie `Mama´, `Kino´ oder `Nonne´ zugeraunt.* [* Mama = Mach mal ´ne neue Lage! , Kino = krieg ich noch eins?, Nonne = Noch ´ne Runde!]

Die beiden Kumpels amüsierten sich wie Bolle, wenn wieder eine neue Runde aufgetischt wurde und sie sich zuprosten konnten.

„Schschtööösschen...."

Bastian hatte es sich auf einem Barhocker direkt am Pfeiler des Tresens bequem gemacht und starrte mit großen, leuchtenden Augen ins Nirvana und fing regelmäßig ohne erkennbaren Grund an zu grinsen. Sein Trinkkumpan benötigte einige Gläser Jackie um zu erkennen, dass sich Bastian im Spiegel an der Theke selbst beobachtete und anscheinend unwiderstehlich lustig fand. Nachdem Matze seine Sextaner-Blase zum wiederholten Male auf dem Klo erleichterte und zurück durch die schon deutlich leerer gewordene Kneipe an die Tränke kam, fand er Bastian mit dem Kopf an den Pfeiler gelehnt schlafend vor. Selbst raketendicht und müde, zahlte Matze den Deckel und torkelte nach Hause – im festen Glauben, seinem Kumpel etwas Gutes zu tun, wenn er ihn in Ruhe poofen lassen würde.

Um kurz nach 3 Uhr hatte Wirt Hermann die Schnauze voll und wollte den Laden dicht machen. Beim Versuch Bastian wachzurütteln, schreckte der aus der Tiefschlafphase hoch, verlor das Gleichgewicht und stürzte rücklings vom Barhocker unsanft auf den harten Kneipen-Boden. Das dumpfe Aufprallgeräusch verbunden mit dem Klirren eines Bierglases schreckte die letzten verbliebenen Kneipengäste auf. Voller Sorge eilten sie dem berauschten Hefe-Opfer zu Hilfe, doch blieb der Sturz wie bei einer Katze folgenlos: Bastian rappelte sich auf, schüttelte sich und lehnte sich an die Theke, als sie nie was passiert. „Eishockey!"

Hermanns anfängliche Sorge wich einer gewissen Wut: „Von wegen, alles o.k., Du bist voll wie 'nen Eimer."

„Philosophen?"* [*" Wie kommst Du auf die Schnapsidee, ich hab' zu viel gesoffen? "]

„Dein Kumpel hat eben 'nen Deckel für schlappe 60 Euro bezahlt!"

„Sch....Masse?"* [*"Schnurzpiepegal ! Machst Du mir bitte noch ein Bier?"]

„Junge, es gibt nix mehr. Finito, Basta, Ende, Aus !"

„...hswss..."

„Von wegen nach Hause gehen... Ich bestell´ Dir ein Taxi, sonst kommst Du nie an."

Glücklicherweise war der Fahrer ein ehemaliger Mitschüler, der nach zwei abgebrochenen Studiengängen nun sein Lebensglück als Droschkenkutscher versuchte. Immerhin fand der, obwohl Bastian keine entzifferbaren menschlichen Laute mehr von sich geben konnte, zielsicher den Weg zu Lückemeyers. Als nach gefühlten zwanzig Minuten endlich der richtige Schlüssel im Schloss steckte und sich kurz darauf die Tür öffnete, wartete erneut Hunter schwanzwedelnd und sabbernd auf sein altes Herrchen.

„Hnnnta, Kmpl...." Bastian kickte die Tür zu und ließ sich zu Boden sinken, um mit seinem treuen Weggefährten zu spielen. Kaum dass er ihn streichelte und der ihm im Gegenzug mit der Zunge durchs Gesicht schleckte, schlief er auch schon wieder ein.

***

Ein eiskalter Wasserstrahl mitten ins Gesicht ließ ihn hochschrecken. Verschwommen nahm Bastian im Eingangsbereich seine drohend über ihm stehende Mutter wahr. Hunter war verschwunden und draußen war es bereits wieder hell.

„Mein lieber Freund und Kupferstecher, glaubst Du eigentlich, Du kannst Dir alles erlauben? Widerlich, wie Du aussiehst und stinkst! Aber das ist dem Herren Studenten ja total egal. Ich hingegen konnte die ganze Nacht nicht schlafen, weil ich mir große Sorgen gemacht habe und mein Sohn auf dem Handy nicht erreichbar war."

„Bitte nicht so laut, mein Schädel...."

„Das geschieht Dir recht! Hast Du sonst noch irgendetwas zu Deiner Entschuldigung zu sagen?"

„Ähh… egal was auch immer passiert sein mag: ich bin schon erwachsen und mir geht es gut…"

„Danach sieht das hier aber keineswegs aus. Um mich machst Du Dir anscheinend gar keine Gedanken! Du bringst Schande über uns, demnächst wird man mit dem Finger auf mich zeigen, wenn ich einkaufen gehe…"

„So´nen Blödsinn…"

Die Stimmung kippte ins Bedrohliche…

„Was fällt Dir ein, so mit mir zu reden? Und überhaupt: Was bildest Du Dir ein? Ich werde Deinem Vater vorschlagen, dass wir die monatlichen Zahlungen an Dich reduzieren. Dann hast Du hoffentlich auch kein Geld mehr für Deine Alkoholeskapaden. Und jetzt entfern Dich aus meinem Angesicht und verschwinde auf Dein Zimmer."

Das hatte ihm gerade noch gefehlt. Am liebsten wäre Bastian sofort wieder in seinen Herbie gestiegen und zurück nach Köln gedackelt. Aber er registrierte durch einen dichten Schleier, dass er noch immer viel zu viel Alkohol im Blut hatte und seine Mission „Wäschetransfer" noch nicht beendet war. Wie ein geprügelter Hund wankte er wortlos die Treppe hoch, ging in sein Zimmer und legte sich mit seinen Klamotten aufs Bett. Die seit Kindheitstagen als Poster über dem Bett hängenden Toni Schumacher und Sylvester Stallone wachten über seinen Ausnüchterungsschlaf.

Als er wieder aufwachte, zeigte der Kinderwecker halb Vier. Bastian öffnete sanft die Tür und horchte in das Haus: es herrschte absolute Totenstille, nicht einmal Hunter war zu hören oder zu sehen. Wahrscheinlich war die ganze Familie auf dem obligatorischen Sonntagnachmittags-Spaziergang – der, so das Credo der Patronin, „das familiäre Gemeinschaftsgefühl im Einklang mit der Natur in nahezu göttliche Sphären heben sollte."

Nachdem er geduscht und einen Espresso aus der Kaffee-Maschine gezogen hatte, entdeckte Bastian am Treppenaufgang die beiden Sporttaschen – bis oben hin befüllt mit frisch gewaschener und gebügelter Wäsche. Auf einer der Taschen lag ein Zettel:

„Wenn Du das nächste Mal nach Gescher kommst, so übernachte um des familiären Friedens lieber bei Deinem Freund Matze. Deine Mutter."

VII

Tief versunken hockte Bastian über einem Haufen Bücher, die er sich am Morgen aus der Zentralbibliothek ausgeliehen hatte:
`Der Fußball-Torwart: ein Leitfaden für Training und Wettkampf´, `Torwart? Kein Problem: Methodologie des Torwarttrainings´, `Gehalten ! Handbuch für das Torwarttraining´, `Einmal Torwart, immer Torwart´, `Der Torwart ist immer da, wo es weh tut´...
Auch wenn ihn der Inhalt der Bücher eher langweilte, so suchte er doch verzweifelt nach einem Ansatzpunkt für ein mögliches Thema seiner Diplomarbeit. Nach der Drohung seiner Mutter, die monatlichen Zahlungen zu kürzen, blieb ihm nichts anderes übrig, als sein geliebtes Studium nun tatsächlich dem Ende zuzuführen. Letztendlich standen vor der schriftlichen Arbeit ja eh nur noch die Psychologie- sowie die praktische und theoretische Prüfung im Turnen an. Bei seinem Sportspiel-Professor hatte er nach der glänzend absolvierten Fußballprüfung einen Stein im Brett - das wusste er -, dennoch musste er pro forma ein interessantes Thema anbieten, um auch bei ihm die Arbeit schreiben zu können. Irgendwas anderes als Training, Didaktik oder Methodik kam für ihn nicht in Frage – allein schon aus Gründen der Bequemlichkeit....

Gerade hatte Bastian eine besondere Trainingsmethode aus den USA zur Sprungkraftsteigerung entdeckt, da riss ihn ein schrilles Klingeln aus seinen pseudo-wissenschaftlichen Überlegungen. Verärgert erhob er sich von seinem Stuhl, ging durch den schmalen Flur und öffnete die Wohnungstür. Vor ihm stand - mit seinem markanten Breitmaul-Grinsen - Mike, vollbepackt mit Tennisschlägern, Sporttaschen und Trainingsanzügen.
„Moin Keule, na ´nen schönes Wochenende gehabt? Ich wollt mal schnell die Klamotten bei Dir unterstellen...“

„Ähh, Mike – ich dachte, das wären maximal drei oder vier Sachen, aber nicht gleich ein ganzes Sportgeschäft!?!"

Unbeeindruckt zwängte sich Mike an Bastian vorbei, ging ins Zimmer und verstaute alles unter dem schmalen Einzelbett. „Mach´ Dich locker, das ist noch längst nicht alles. Im Auto hab ich auch noch mehrere Paar Ski samt Bindungen..."

„Stopp mal gerade!!"

„Was ist denn?"

„Du hast mich angelogen, oder? Die Sachen sind weder Inventurüberhang noch wurden sie Dir vergünstigt abgegeben, stimmt´s?"

„Und wenn schon.... Vielleicht sind die auch vom Lkw gefallen - wer weiß das schon so genau. Jedenfalls muss ich die nur kurz mal zwischenlagern..."

Bastian stellte sich in den Türrahmen und versperrte Mike die Rückzugsmöglichkeit. „Tut mir leid, aber so geht das nicht. Bei solchen Sachen mach´ ich nicht mit!"

„Nun sei mal kein verweichlichter Hasenfuß. Was soll denn schon passieren?"

Mike hatte das seltene Geschick, bei Bastian innerhalb kürzester Zeit alle Sicherungen durchbrennen zu lassen – und nun war es fast wieder soweit. Die nun mehrere Dezibel lautere Stimme lieferte dafür den nachdrücklichen Beweis. "Was passieren soll? Mensch, das ist illegal. Ich hab´ keinen Bock auf Ärger..."

Scheinbar ungerührt packte Mike seine Sachen wieder zusammen. „Wenn Du das mit Deinem Gewissen nicht vereinbaren kannst, ist das Dein Bier. Aber wenn Du Deinen Teil der Abmachung nicht einhält, kann ich meinen leider auch nicht einhalten..."

„Was soll denn nun diese kryptische Andeutung?"

„Na, Du wolltest doch meine Sachen bunkern, im Gegenzug wollte ich ein Treffen mit Mala arrangieren, schon vergessen?"

„Das ist Erpressung!"

„Von wegen Erpressung. Das war ein Deal. Du kannst es Dir ja noch mal überlegen." Mit den Tennisschlägern unter dem Arm zwängte er sich an Bastian vorbei und schlenderte ungerührt durch die Appartementtür Richtung Aufzug. Bastians Hirn lief auf Hochtouren, doch er konnte keinen klaren Gedanken fassen. Bei allem Mist, den er in seiner Jugend verbockte: mit dem Gesetz war er noch nie in Konflikt geraten, und das sollte auch so bleiben. Andererseits: selbst wenn die Sachen gedealt oder geklaut waren – er wusste ja offiziell von Nichts. Und überhaupt: wer sollte auf die Idee kommen, sie ausgerechnet bei ihm zu suchen? Schließlich bekam er nur so Kontakt zu seiner Traumfrau. In Bastian kroch wieder der üble Geschmack von Apfelkorn hoch, aber er konnte nicht anders – er lief Richtung Aufzug.

„Warte mal, Mike... Wie lange müssen die Sachen denn verstauen werden?"
„Maximal zwei bis drei Wochen, bis ich was anderes gefunden habe – oder sie verkauft habe."
„Und wenn ich Dir das jetzt ausnahmsweise doch gestatten sollte, was passiert dann mit dem zweiten Teil der Abmachung?"
Mikes Schnauzer wanderte wie der Wasserstrahl eines plötzlich voll aufgedrehten Rasensprengers wieder in die Höhe. „Wie versprochen: ich arrangiere ein Date zwischen Dir und Mala. Was Du daraus machst, ist dann ausschließlich Dein Ding."
„Also gut, Du kannst die Sachen bei mir zwischenlagern. Aber nur für zwei Wochen, klar?"

30 Minuten später war sämtlicher, verfügbarer Stauraum in Bastians Zimmer mit mehreren Paar nagelneuer, noch verschweißter Paar Ski sowie Kartons mit Skischuhen und Bindungen vollgestopft – unter dem Bett und in sämtlichen Schränken gab es nicht mal mehr Platz für eine zusätzliche Rolle Klopapier.

„Bingo! Und was machen wir jetzt?" Mikes Unternehmenslust schien unbegrenzt zu sein.

„Keine Ahnung, was Du machst. Ich für meinen Teil habe eine Karte für das heutige Clubkonzert im Alten Wartesaal."

„Klasse Idee, ich komme mit..."

„Sorry, wenn ich ´nen Anker werfen muss – aber dieses Konzert ist schon seit Urzeiten restlos ausverkauft."

„Egal, ich komme trotzdem rein – wirst schon sehen. Nimm mich einfach mit!"

Dies war wieder so ein Moment, wo Bastian am liebsten Mikes Schnauzer als Zielscheibe missbraucht hätte – und das, ohne irgendein schlechtes Gewissen: immer voll auf die Zwölf! Andererseits bewies die Nummer bei der Mensa-Party, dass Mike selbst die aberwitzigsten Versprechungen in die Realität umsetzen konnte. Und genau das stachelte jetzt Bastians Neugier an.

„O.k., ich nehm´ Dich mit, aber eines garantiere ich Dir: ich gehe ins Konzert, egal, ob Du dabei bist oder nicht..."

„Keule, mach Dich locker. Wir gehen da zusammen rein..."

Zwei Stunden später wartete Mike mit einem knallbunten Hawaii-Hemd, Cowboy-Stiefeln sowie einer dunklen Ray-Ban-Fliegerbrille vor dem Turm in seinem GTI. Kopfschüttelnd stieg Bastian in die Rennsemmel und legte die Hosenträgergurte um.

„Wenn Du als Magnum dem Stadtaffen Konkurrenz machen willst, dann pass nur auf, dass Du Dich nicht selber zum Affen machst..."

„Wieso Stadtaffe? Ich denke, wir fahren zu Deinem Peter Dingsda?"

„Das ist nicht Dein Ernst, oder?" Bastian reagierte gereizt. Nachdem er von seiner Schwester zum Geburtstag die Peter-Fox-CD geschenkt bekam, generierte er innerhalb kürzester Zeit zum absoluten Oberfan. „Von Musik hast Du echt keinen blassen Schimmer."

„Warte ab, wirst schon sehen, wozu mein Outfit gut ist!"

Schon vor der Unterführung am Dom konnten sie die lange Schlange am Wartesaal erkennen. Unbeeindruckt und mit Zwischengas jagte Mike seine Volksschleuder ins Philharmonie-Parkhaus und parkte direkt auf einem Behinderten-Parkplatz neben dem Ausgang. Am Wartesaal angekommen, versuchte Mike sich ebenso dreist an der Meute vorbeizuschieben, wurde aber von Bastian durch einen beherzten Griff an der Schulter zurückgehalten.

„Ey, so geht das nicht. Alle, die hier anstehen, haben eine Karte und warten nur auf den Einlass. Egal was Du vorhast, wir müssen uns hinten anstellen."

„Quatsch nicht, komm mit..." Und schon war Mike im Eingansbereich verschwunden. Normalerweise hätte sich Bastian jetzt tatsächlich hinten angestellt, doch zog ihn das Großmaul irgendwie magisch hinterher. Ellbogenchecks oder unfreundlichen Kommentaren ob seines Vordrängelns begegnete er mit einem verzweifelten Schulterzucken und unschuldigen Lächeln. Schließlich entdeckte er Mike wieder – er stand direkt vor dem Eingang bei einem der schwarzgekleideten, bulligen Ordner vom GRC Sicherheitsdienst.

„Sorry, Sir – may I disturb you, please? "

"Wat is? Sprichste och Kölsch oder zomindes Hochdeutsch?"

„Oh, mein German is nich so gut, I come direct from the United States..."

„Dat is ja interessant. Un, wat willste he?"

„I am a Journalist from the American Music-Magazine `Rolling Stone´."

Es dauerte nicht lange, da stand der zweite Sheriff neben Mike.

„Wat is dann hee loss?"

„Hä saht, hä is Journaliss us Amerika..."

„Un, wat will hä?"

„Keine Ahnung. Waad ma...." Ordner Nr. 1 wandte sich wieder zu Mike und tat weltmännisch. „Äh.... What do you want? "

94

„Oh, there must be an accreditation for me. In the States, we are very interested in new german music, especially in Peter Fox."

Erneut wandte sich Nr. 2 an die Nr. 1. „Un, wat is?"

„Vun wäje, dat hä Peter Fox jot findet…"

„Un wigger? "

„Waad ma… - …. And now? "

„I´m looking for my accreditation – you know, my ticket to write about the concert…"

"Dat han ich verstonn – one moment… Jupp, saach ma, litt hee ´ne Kaat för ´ne amerikanische Musik-Journaliss?"

„Nee, hä lige nor ´ne paar Tickets för de VIP´s – do is ävver keine Ami bei."

„All klor…. - Sorry, Sir, there is no Eintrittskaat for you!"

„That´s impossible. I came direct from the states. My bureau told me, everything is o.k. with the accreditation."

"Hä meint ävver, dat hee ´nen Kaat för en do sin muss…"

„Nee, is nich. Hät hä dann ´ne Presseuswies?"

„Waad ma…. - Do you have en Ausweis?"

"Oh, you mean my press-card. For sure…."

Wie selbstverständlich kramte Mike in seinem Portemonnaie, holte eine Karte hervor und hielt sie dem Stiernacken direkt vor die Augen.

„Please, Sir…." Der Bulle kniff die Augenbrauen zusammen und versuchte krampfhaft, das darauf Gedruckte zu entziffern. Nach einer Weile entspannten sich seine Gesichtszüge wieder etwas.

„Du, Jupp – hä is unjeloge us Ami-Land un hät ´ne Lizenz. Wat maache mer dann jetz?"

„Loss´n eren…. Nit, dat mer Ärjer krije wäje ´ne US-Journaliss".

„Is klor…. - O.k., Sir, you can go in…"

Während Mike aufreißend lässig, fast schon triumphierend als Allererster in den Wartesaal marschierte, stand Bastian mit offenem Mund vor den Ordnern und traute weder seinen Augen noch seinen Ohren. Das, was er gerade erlebte, konnte einfach nicht wahr sein.

Eine Viertelstunde nach dem offiziellen Einlassbeginn entdeckte er schließlich Mike wieder, der so tat, als würde er sich vor der Bühne auf einem Block ein paar Notizen machen.

„Das musst Du mir mal grad erklären...."

„Psst.... Nicht so laut, sonst fliege ich noch auf..."

Bastian verfiel sofort in einen verschwörerischen Flüsterton. „O.k.. Also, die Nummer, sich als US-Journalist auszugeben, war ja schon ein Hammer. Aber wie hast Du das mit dem Presseausweis hingebogen?"

Ohne was zu sagen, holte Mike aus seiner Geldbörse den vermeintlichen Ausweis heraus und gab ihn weiter. Auf einem bebilderten Stück Plastik im Scheckkartenformat stand „Driver´s Licence". Mike setzte seine Sonnenbrille auf, seine Oberlippen-Behaarung verschob sich verdächtig weit nach oben und im teil-geöffneten Mund glitzerten zwei von den Scheinwerfern angestrahlte Zähne metallisch-golden.

„Nicht schlecht. Wie biste denn an die gekommen?"

Um die genuschelte Antwort zu verstehen, musste Bastian schon fast Lippen lesen können. „Ich war in der 12. Klasse für ein Jahr als Austauschschüler in den USA – da konnte ich mit 17 den Führerschein machen."

„Aber wieso hat der Typ eben nicht gemerkt, dass das nur ´ne Fahrerlaubnis war?"

Erneut nahm Mike die Karte in die Hand und hielt sie Bastian vor die Augen. Plötzlich war da nur noch „Licence" zu lesen, den verdächtigen ersten Wortteil verdeckten seine Wurstfinger. Jetzt musste auch Bastian grinsen. „Alter, das ist so affentittengeil, dafür geb´ ich Dir ´nen Kölsch aus..."

Bis er sich ans Ende des Saals gedrängt, nach langer Wartezeit endlich zwei Obergärige bestellt und mit den Bechern durch die immer dichter werdende Menge wieder ganz nach vorne durchgekämpft hatte, schien eine kleine Ewigkeit vergangen zu sein. In der Zwischenzeit unterhielt sich sein Lügenbaron angeregt mit einer unbekannten Schönen, die an dieser Art von Konversation sichtlich Gefallen fand. Kaum dass er Mike das Kölsch in die Hand drückte, erlosch das Licht und auf der Leinwand hinter der Bühne erschien ein riesiges, blau erleuchtetes Affengesicht. Über 20 Musiker, Trommler, Bläser, Sänger sowie der charismatische Namensgeber sorgten mit einer perfekt inszenierten Show für eine geradezu euphorische Stimmung; innerhalb kürzester Zeit schienen alle Bewegungen im Alten Wartesaal zu einem wilden, ekstatischen Massentanz zu verschmelzen. Auch Bastian konnte sich den wummernden Beats nicht entziehen. Im Takt wippte, hüpfte und tanzte er ungeniert – für ihn völlig ungewohnt - mit den anderen Konzertbesuchern. Schließlich war dieser spektakuläre Musikmix zusammen mit den kraftvollen deutschen Texten auch der Grund dafür, wieso er sich schon vor Monaten eine Karte gesichert hatte. Die von Fox besungene Art des Großstadtlebens, diese Hass-Liebe auf Berlin hätte nach Bastians Meinung genauso gut zu Köln gepasst. Doch seine eigene Begeisterung fand beim angeblichen Musikkritiker nur bedingt Resonanz. Vielmehr nutzte der das Konzert dazu, seiner neuen Bekanntschaft andauernd Botschaften ins Ohr zu säuseln. Er konnte es nicht fassen, dass das ganze künstliche Gehabe auch noch mit einem geradezu verzückten Lächeln quittiert wurde.

Als alle Lieder vom „Stadtaffen" gespielt und das Konzert nach Bastians Geschmack viel zu früh beendet war, machte sein Kumpan immer noch auf dicke Hose. Und prompt war sie wieder da, jene seltsame Mischung aus Verachtung und Bewunderung. Doch statt sich nach der perfekten Musik- auch noch eine kleine Schauspielvorführung zu gönnen, musste Bastian zunächst noch die Stange Kölsch wegstellen. Er marschierte an der ältesten Klofrau

Deutschlands vorbei auf das Männer-Klo, wo unisono von der gerade zu Ende gegangenen Show geschwärmt wurde. Doch beim Händewaschen rückte dieses Thema für ihn urplötzlich in weite Ferne. Neben dem Waschbecken hing ein Kondom-Automat, und prompt musste er unweigerlich an Mikes spezielle Bitte, seine verzweifelte Suche und die prekäre Situation mit Mala denken. Sein Herz sackte in die Hose. Schon bald würde er sie wiedersehen, das war versprochen. Und dann??? Könnte er seine bisherigen Auftritte vergessen machen und dann genauso Eindruck schinden, wie jetzt Mike? Leicht zitternd machte er sich auf den Rückweg. Der Saal hatte sich mittlerweile deutlich geleert und direkt vor der Bühne stand nur noch eine einzelne Person.

„Hi, my name is Charlotte. You must be the partner of Mike, right?"
"Wie bitte? Du kannst ruhig deutsch mit mir reden."
„Oh, das ist aber interessant. Dann bist Du also ein deutscher Freund von Mike?"
„Ja, klar bin ich Deutscher, genauso wie…" In diesem Augenblick bekam er einen kräftigen Schlag auf den Rücken. „There are you, my dear. I searched for you." Schmerzverzerrt hielt sich Bastian nach Mikes Attacke die Schulter, der sich nun lächelnd Charlotte zuwandte: „Sweetheart, may I introduce to you: this is my german friend Bastian, who has to get up very early. So I´m very sorry, but we´ve to leave now."
"Oh, no…"
"Don´t worry, Baby. I have your number and will call you very soon!" Und prompt drückte er ihr zum Abschied einen dicken Kuss auf die Lippen, was ihr kurioserweise gar nicht unangenehm war, sondern im Gegenteil ganz offensichtlich große Lust bereitete.

Erneut war Bastian total perplex und bekam eine, in solchen Fällen bei ihm übliche Wortfindungsstörung, die sich vor allem durch einen weit offen stehenden Mund äußerte. Mike packte ihn unversehens am Arm und zog ins raus ins Freie. Erst als sie im Philharmonie-Parkhaus wieder im Golf saßen und sich auf den Heimweg machten, erlangte Bastian die Sprache wieder.

„Auch wenn ich nerve: was war denn das gerade wieder für eine Nummer?"

„Keine Ahnung was Du meinst…" Breit grinsend spielte Mike die Unschuld vom Lande.

„Wieso hast Du eben auch privat auf Ami gemacht und das Mädel total verarscht?"

„Mensch Basti, Du lernst es nie. Pass auf, ich erkläre es Dir noch einmal: seit Urzeiten träumen Frauen von einem Märchenprinz, der sie auf einem riesigen Schimmel mit in sein Schloss mitnimmt. Dummerweise gibt es heutzutage solche Typen nicht mehr, dennoch hoffen die meisten Mädels immer noch auf ihr persönliches Happy End. Also muss man sie in ihrem Glauben lassen, und ihnen was vorgaukeln – sie betteln ja quasi drum."

„Aber Du gaukelst denen nicht nur was vor, Du belügst sie nach Strich und Faden."

„Ob Vorgaukeln, Schummeln oder – ich hasse dieses böse Wort – Anlügen. Das ist doch alles Haarspalterei. Frauen wollen die Wahrheit gar nicht wahrhaben. Das normale Leben ist eh schon trist genug. Also mache ich nichts anderes, als Ihnen eine Illusion zu verkaufen. Und was passiert: die Mädels sind glücklich und lieben mich."

„Ich fasse es einfach nicht, Du lügst Dir sogar selber was vor. Wie kannst Du überhaupt noch in den Spiegel schauen?"

„Basti, Basti – noch einmal: wenn Du Erfolg bei den Frauen haben willst - und das meine ich auch ganz bewusst in Bezug auf Mala - dann darfst Du sie nicht schon von Beginn an mit der ganzen Wahrheit zumüllen, das verkraften die gar nicht. Du musst sie ein Stück weit auch immer täuschen, so dass die gar nicht wissen, ob das nun stimmt, was du sagst, oder erfunden ist. Und weißt Du was: das macht Dich nur interessanter."

„Glaubst Du eigentlich den ganzen Quatsch, den Du erzählst? Wir leben hier nicht in irgendeiner archaischen, männerdominierten Epoche, in der die Frauen keine Rechte haben und quasi nur Ware sind. Wir leben im 21. Jahrhundert; die Frauen haben sich ihre Emanzipation hart erkämpft. Wenn ich jemals in einer festen Partnerschaft leben sollte, dann verspreche ich Dir, wird dies eine Beziehung sein, die auf Vertrauen, Zuneigung und Ehrlichkeit beruht."

„Du bist ein Träumer – und dabei hab´ ich gedacht, Du wärst schon weiter. Es ist wie in der Tierwelt: die Weibchen suchen sich immer die stärksten und schillerndsten Männchen. Gutmenschen wie Du bleiben im Leben erfolglos. Schau doch nur mal in die Geschichtsbücher: mit gutem Willen wurden noch nie Kriege gewonnen, geschweige denn Frauen erobert…"

„Jetzt raste ich aber gleich komplett aus: wie war das denn mit den großen Revolutionen, Du Maulheld? Die sind fast ausnahmslos aus friedlichem Protest entstanden. Man braucht keine Waffen, um Kriege zu gewinnen. Genauso wenig braucht man dumme Anmachsprüche, um Frauen für sich zu begeistern."

Für kurze Zeit herrschte Ruhe im Auto.

„O.k., belassen wir es dabei, ich will mich nicht mir Dir streiten, dazu ist meine Laune viel zu gut. Ich bezweifle allerdings, dass Du Mala mit Deiner Art rumkriegen wirst. Und noch eins: wie und wo ich mich in Zukunft vergnüge, ist ausschließlich mein Ding. Keine blöden Fragen und auch keine dummen Kommentare. Du pfuschst mir nicht in mein Handwerk, dafür verspreche ich Dir, dass – solltest Du jemals eine Braut haben – ich die auch nicht anmachen werde."

Bastian wollte noch etwas erwidern, beließ es aber bei einem unglaubigen Kopfschütteln. Mike setzte die Sonnenbrille auf, stellte das Autoradio auf laut und versuchte sich bei Philip Baileys „Easy Lover" als Karaoke-Sänger, was aber vollends in die Hose ging. Bis zur Ankunft am Turm redeten die beiden kein Wort mehr miteinander.

VIII

Auch die nächsten beiden Tage währte das eisige Schweigen, was für Bastian als Westfale kein Weltuntergang war – schließlich schien die Quelle von Sturheit, nonverbaler Kommunikation und Sprachlosigkeit sowieso in seiner Heimat zu liegen. Während man im Rheinland an der Theke selten länger als eine halbe Stunde benötigte, um zu erfahren, wer von den anderen Zechkumpanen mit wem, weshalb und warum ein Fisternöll hatte, konnte es sein, dass man als Fremder in Westfalen selbst nach drei Tagen ununterbrochenen Trinkens noch schief von der Seite angestarrt wurde, wenn man nur pieseln wollte.

Der Dienstag war eh vollgepackt mit Theorie-Seminaren und anschließendem Fußball-Training, so dass Bastian von vornherein keine Zeit für klärende Gespräche gehabt hätte. Den freien Mittwochvormittag nutzte er, um seine Diplomarbeits-Studien ein kleines Stückchen voranzutreiben. Zwar musste er immer wieder an den versprochenen Termin mit Mala denken, doch führte die Ankündigung des finanziellen Engpasses zu einer ungewohnten Konzentration auf das Wesentliche, sprich: das Studium. Aber auch das hatte gelegentlich durchaus seine angenehmen Seiten…

Um 17 Uhr traf sich der Schwerpunktkurs Turnen in der Halle 21, um die Aufgabenverteilungen im Hinblick auf die große Gala und anschließende Party in den Räumlichkeiten der Mensa zu besprechen. Bastian wusste zwar, dass er Zapfdienst bis zum bitteren Ende hatte – und das hieß bei den Turnern nicht selten bis zum Morgengrauen -, dennoch musste er schon am Nachmittag mithelfen, zusätzliche Sitzgelegenheiten in die Halle zu tragen, überflüssige Geräte beiseite zu schaffen, Scheinwerfer zu justieren und danach die Theke in der Mensa aufzubauen. Gerade auf diese letzte Tätigkeit freute er sich schon den ganzen Nachmittag, immerhin musste man ja die Bierqualität, den Druck und die Temperatur im Vorfeld ausgiebig testen - hing doch der Erfolg des Abends maßgeblich von der Qualität des Obergärigen ab. Nicht selten waren die Zapfer bei solchen Spoho-Partys schon vor Beginn betrunkener, als die meisten Gäste am Ende...

Kursleiter Ede Knirsch hatte in seiner preußisch-korrekten Art eine Liste erstellt, auf der seinen Studenten die Aufgaben, Zuständigkeiten, Ansprechpartner für Notfälle sowie versicherungstechnische Fragen erläutert wurden. Aus diesen „Dienstvorschriften" entnahm Bastian, dass er Tom als Partner zugeteilt bekam, was ihm in Bezug auf den Zapfdienst keineswegs unrecht war. Tom war nach Olli nicht nur der zweitbeste Turner im Kurs, sondern ebenfalls ein talentierter Fußballer. Viel wichtiger jedoch: er hatte die Lizenz zum Pferdestehlen und war gehopften Kaltgetränken alles andere als abgeneigt. Beide beeilten sich also, die Vorbereitungen in der Halle so schnell wie möglich abzuhaken, um sich danach ihrer eigentlichen Aufgabe in der Mensa: der Kölsch-Pflege zu widmen. Und so bekamen sie von der Gala auch nicht allzu viel mit; einer von Ihnen hatte während der Vorführungen immer Thekenaufsicht.

Nachdem eines der vielen Probier-Kölsch ausgetrunken, und das nächste Reagenzglas noch nicht fertig gezapft war, verschwand Bastian für einen kurzen Augenblick vor die Fensterfront der Halle, um einen Blick zu erhaschen. Dabei erspähte er bunt geschminkte, verkleidete Nachwuchsturner, gertenschlanke, bändchenschwingende Sportgymnastinnen sowie todesmutige Trampolinturner, die alle mit einer perfekten Choreographie die Zuschauer zu Beifallsstürmen hinrissen.

Nach zwei Stunden Testtrinken ohne Kundschaft wurde das Theken-Duo langsam ungeduldig. Bastian eilte erneut zum nahe gelegenen Hallenkomplex und hörte schon von weitem, dass die Stimmung ihren Siedepunkt erreicht hatte. Ganz offensichtlich lief gerade die Abschlussnummer, die als Highlight angekündigt war und deshalb sein Interesse weckte. In der bis auf den letzten Platz gefüllten Halle gewährte ihm der Hausmeister einen Blick durch das Fenster des Trainerzimmers. Erst nach genauerem Hinsehen bemerkte er, dass sein Kurs-Kollege Olli bei einer turnerischen Märchen-Persiflage den bösen Wolf spielte, der so tat, als würde er Jagd auf Rotkäppchen machen. Das arme Ding war bei genauerem Hinsehen kein Geringerer als sein Kursleiter Ede Knirsch. Jedes Mal, wenn Olli ihn ergreifen wollte, blieb er an einem Gerät hängen und stürzte spektakulär. Lachsalven begleiteten jede Aktion. Bastian musste schmunzeln, soviel schauspielerisches und komödiantisches Talent hatte er beiden nicht zugetraut. Ede alias Rotkäppchen flüchtete schließlich an das Reck, wo er/sie vom Wolf eingeholt wurde. Zu Zweit wirbelten sie mit Riesenfelgen um die Stange; indem Ede so tat, als würde er entfliehen wollen und nach hinten austrat, zuckte Olli bei jedem Tritt theatralisch zusammen. Plötzlich hockte Ede kurz an und streckte sich ganz schnell, dieser fingierte Doppelstoß führte dazu, dass Olli die Stange losließ, einen 1 ¾-Salto in der Luft vollführte und danach mit einem lauten Knall mit dem Bauch zuerst auf den Boden knallte. Während Magnesia-Staub die Szenerie in gespenstisches Weiß tauchte, die Musik abrupt endete und die Zuschauer den Atem anhielten, musste Bastian erneut lächeln. Schließlich war der vermeintlich harte Boden eine mit einer weichen Matte bedeckte Schnitzelgrube, also eine 2m-tiefe, mit Schaumstoffwürfeln gefüllte Grube, die Turner speziell für schwierige Abgänge nutzten.

Unbeeindruckt drehte Ede noch elegant zwei Riesenfelgen, verließ mit einem schönen gestreckten Salto das Gerät und landete augenscheinlich genau auf seinem Verfolger. Natürlich wusste Bastian, dass sich Olli zuvor in der Grube schnell weggedreht hatte. Es gab einen weiteren Knall, wieder stob Magnesia auf und danach war gar nichts mehr zu sehen. Das betretene Schweigen der Mehrheit wurde paradoxerweise von einigen Jubel- und Bravorufen erfahrener Turner karikiert. Auch Bastian klatschte in die Hände, was sich – nachdem die Scheinwerfer wieder angingen - urplötzlich auf alle Zuschauer in der Halle übertrug: zum Triumphmarsch führte Ede respektive Rotkäppchen den bösen Wolf in Person von Olli an der langen Schnauze aus der Schnitzelgrube. Für Bastian war dies das Zeichen zur Rückkehr an die Tränke, auf dem kurzen Rückweg hörte er immer wieder begeistertes, rhythmisches Klatschen und „Zugabe, Zugabe"-Rufe.

Zwei Stunden später war die Mensa gerammelt voll, heiße, schwitzende Leiber drängten von der Tanzfläche ins Freie oder auf die Toilette. Zwangsläufig kamen sie dabei immer an der ersten Theke vorbei, entsprechend dicht umlagert war der Stand von Bastian und Tom. Mit den Eintrittserlösen und Bierumsätzen erwirtschafteten sich die jeweiligen Fachschaften immer einen kleinen, netten Semester-Bonus. Gerade die gut besuchten Turner-Partys galten als sichere Einnahme-Quelle, weshalb Tom und Bastian auch allzu generös mit den Bier-Bons umgingen. Freunde und Bekannte bekamen nicht nur kostenlose Gerstenkaltschalen, sie wurden teilweise sogar mit bereits eingelösten Marken bedacht, um sich auch an den anderen Ständen schadlos zu halten. Im Gegenzug wurde Ihnen dafür immer wieder ein Sekt oder Schnaps ausgegeben, was für eine extrem ausgelassene Stimmung in diesem Teil der Mensa sorgte. Mal tanzten die beiden Kasatschok, mal Ringelreihen, hin und wieder führte Bastian auch eine Polonaise von der Theke nach draußen und zurück. Gelegentlich lupfte Tom im Takt zur Musik sein T-Shirt zur Six-Pack-Beschau, was ein geradezu orgastisches

Gekreische der weiblichen Studentinnen mit „Tom-mieh, Tom-mieh" -Rufen zur Folge hatte. Bastian war voll in seinem Element, als ihm plötzlich von hinten kräftig auf die Schulter gehauen wurde. Als er sich umdrehte, blendeten ihn zwei Goldzähne...

„Moin, Keule. Wie ich sehe, hast Du Dich wieder abgeregt und bist richtig gut drauf. Keine Sorge, ich will Dich nicht von Deiner Arbeit abhalten, nur so viel: hier ist mein Teil der Abmachung!" Mit einer leichten Kopfbewegung deutete Mike an den Rand der Theke, wo Bastian unter all den Sportstudenten sofort eine ungewöhnlich elegante Erscheinung ausmachte: seine studentische Hilfskraft aus dem St. Elisabeth-Krankenhaus.

Fast zeitgleich mit dem einsetzenden Pulsrasen bildeten sich Schweißperlen auf seiner Stirn, doch der Ansatz eines degenerativen Dauergrinsens erstarb auf halber Strecke. Bastian musste erkennen, dass Mala nicht allein war, sondern augenscheinlich eine lebhafte Konversation pflegte. Als sich der Gesprächspartner aus der Masse der umstehenden Partygästen abhob, musste er schlucken: es war der abgeschminkte böse Wolf in Person von Olli, dem glatzköpfigen Meisterturner.

Mike hatte sich wie einst die bezaubernde Jeannie schon wieder aus dem Staub gemacht, so dass Bastian mit seiner Problemlösung auf sich allein gestellt war. Von allen Seiten drangen Bestellungen an sein Ohr, da kam ihm eine Idee. „Tommy, mach´ mal bitte für einen kurzen Augenblick Doppelschicht, ich bin gleich wieder da." Noch ehe sein kongenialer Zapf-Partner etwas erwidern konnte, schnappte sich Bastian drei Kölsch, wechselte die Thekenseite und machte auf ultra-cool.

„Hi Olli, Du Leuchte unseres Kurses. War echt ´ne geile Nummer eben, die Zuschauer waren restlos aus dem Häuschen."

106

„Mensch, Goalie! Das ist echt lieb von Dir, vielen Dank. Deine Tanzeinlagen waren aber auch nicht schlecht – auch ohne Flick-Flack… Gesell Dich doch zu uns, darf ich vorstellen, das ist Mala."

Stockend drehte sich Bastian zu seiner Traumfrau und flüsterte mehr denn dass er sprach „Hallo…".

„Hallo Bastian, schön Dich mal wieder zu sehen." Wie bei einer allergischen Schock-Reaktion nahm sein Kopf nach der freundlichen Ansprache urplötzlich eine hochrote Farbe an, der Blick wurde starr, der Mund blieb halb-offen; Spuckefäden zogen sich vom Ober- zum Unterkiefer. Komischerweise schien das seinem Turn-Kollegen gar nicht aufzufallen. „Ach, Ihr kennt Euch schon?"

Bastian dachte wieder an die erste Begegnung im Krankenhaus und befürchtete einen ähnlichen Reinfall.

„Ähhh…ja…..ähh… nein… Ich meine, noch nicht so richtig."

Trotz seiner jämmerlichen Antwort bildete er sich ein, aus den Augenwinkeln ein leichtes Schmunzeln in Malas Gesicht erkannt zu haben. Egal: er war sich bewusst, hier eine einmalige Gelegenheit zu haben - er durfte sie nicht wieder verspielen, er musste sich zusammenreißen und notfalls auf total abgebrüht machen, ganz wie Mike ihm geraten hatte. Doch es wollte einfach nicht gelingen. Olli musste vom Magnesiastaub noch blind sein, dass er seine Nervosität und das Zittern nicht bemerkte, stattdessen nur die Kaltgetränke im Blick hatte. „Wie ich sehe, hast Du uns was mitgebracht. Das ist aber nett!"

„Wie bitte ? Ach so, äh - na klar… Da ich heute hier Maître de Plaisir bin, möchte ich Euch auf Kosten des Hauses zu einem `Eau de Cologne´ einladen!" Bastian verteilte heilfroh seine fast schon angestaubten Kölschgläser, doch statt eines „Prost" oder „Dankeschön" drang etwas ganz anderes an seine Ohren: „Sprichst Du eigentlich immer so gestelzt und benutzt so viele Fremdworte?"

Die Frage von Mala erinnerte ihn urplötzlich an den Unfallbericht im Krankenhaus und brachte ihn nun radikal aus dem Konzept. Bastian war baff und litt erneut unter der auftretenden Wortfindungsstörung. Viel schlimmer aber: er wusste nicht, was er von Ollis plötzlicher Umarmung halten sollte, auch wenn er komischerweise froh war, dass der für ihn in geradezu beschützerischer Art und Weise Partei ergriff. „Ich weiß gar nicht, was Du willst, Mala. Französisch ist doch schön, oder…?"

Bastian schluckte und musste wieder an den Apfelkorn von einst denken, die Situation schien ihm zu entgleiten. „Im Ernst: Basti ist nicht gestelzt, sondern ein ganz Netter, auch wenn er kein Turner ist. Aber er bemüht sich…" Dabei grinste er ihn dermaßen an, dass Bastian gar nichts mehr sagen konnte, auch nicht, als Mala erwiderte: „Na, dann lass ich Euch hier grad mal allein weiterturnen und versuche, ohne Hilfestellung den Weg zur Toilette zur finden…"

Kaum dass sie den Satz ausgesprochen hatte, war sie auch schon mit dem Kölsch verschwunden – Bastian befürchtete das Schlimmste. Irritiert löste er sich aus der Umklammerung und kippte sich aus Frust den Inhalt seiner Stange auf Ex hinter die Binde, was Olli zur identischen Handlung animierte.

„Ehrlich Olli, das war ja nett gemeint, aber was sollte das?"

„Woher soll ich das wissen? Ich hab´ keinerlei Verständnis für so ein Zickengehabe." Irgendetwas stimmte nicht. Bastian musterte Olli von oben nach unten und wurde sich erstmals bewusst, dass dessen weiche Bewegungen so gar nicht zu seinem Muskelapparat passen wollten.

„Ich meinte nicht Mala, sondern Dich und Deine Umarmung!"

Olli reagierte beleidigt. „Wieso, hat es Dir nicht gefallen? Außerdem habe ich sie Dir so vom Hals gehalten!"

Am liebsten hätte er jetzt laut „Du Vollidiot!" gebrüllt, aber Bastian wollte es sich mit dem Vorturner nicht verscherzen. Stattdessen erinnerte er sich an eine alte japanische Weisheit, die ihm Hiro beigebracht hatte: *„Wenn Du Deinen Gegner nicht besiegen kannst, dann verbünde Dich mit ihm".*

„Ist ja auch egal. Ich denke, Du musst nach Deiner Vorführung enorm durstig sein. Ich hol´ uns noch zwei Kölsch."

Vor dem Zapfhahn standen die dehydrierten Sportstudenten bereits in Dreierreihen, so dass Bastian einige Zeit benötigte, ehe er sich nach vorn durchgekämpft hatte. Kaum in Sichtweite, warf sich Tom voller Verzweiflung über den Tresen: „Mensch Basti, wo bleibst Du? Mach hin, das wächst mir hier alles über den Kopf. Außerdem hab ich selber Brand wie ´ne anatolische Bergziege."

Ihm blieb nichts anderes übrig, als wieder die Seiten zu wechseln. Er holte ein neues Fass, stach es an, spülte, zapfte und verteilte wie ein Köbes auf Speed. Hin und wieder - bei ihm unbekannten Personen - kassierte er auch Bons. Bastian ging voll in seinem Thekenjob auf und ließ sich durch nichts ablenken. Sein eigentliches Unterfangen aber war längst im Nirwana seiner Großhirnrinde entschwunden.

„Hast Du das eben mit dem Französisch wörtlich genommen und Dich deshalb auch so verabschiedet, oder hast Du mich einfach vergessen?" Vor Schreck vergaß Bastian den Hahn zu schließen, kostbares Kölsch ergoss sich über randvolle Gläser in den Ausguss. Als er sich zum Fragesteller drehte, schob ihm Olli lächelnd einen Haufen frisch gespülter Gläser zu. Vor lauter Betriebsamkeit hatte Bastian nicht realisiert, was sich links und rechts von ihm abspielte.

„Das… das tut mir echt leid, wirklich. Das ist mir bei der ganzen Hektik komplett durch die Lappen gegangen."

„Macht ja nix, alter Junge. Ich hab ja gesehen, was hier los ist, deshalb wollten wir Euch auch ein bisschen helfen."

„Wie, wir?" Bastian schaute Olli mit großen, fragenden Augen an. Als er seinen Blick schweifen ließ, entdeckte er Mala, die scheinbar ungerührt am Becken benutzte Gläser spülte.

„Wie, Du und Mala? Vorhin wolltest Du Sie mir noch vom Hals halten, und jetzt lässt Du Sie hier arbeiten?"

„Das war doch eben Spaß." Olli wandte sich zur Aushilfs-Spülerin und zog sie mit seinen kräftigen Armen an seine Seite. „Ich kenn die kleine Zicke schon ´ne ganze Weile, das ist die Tochter eines guten Bekannten." Jetzt war es nicht mehr zu übersehen: Mala lächelte Bastian tatsächlich an.

„Ich glaub´, ich träume… Tommy, wir haben Verstärkung. Schütt mal schnell vier Kurze ein!"

Da sich durch das Akkord-Zapfen die Reihen vor der Theke schon deutlich gelichtet hatten, genehmigten sich Tom, Olli, Mala und Bastian eine kleine Auszeit. Über Kreuz leerten sie ostwestfälischen Wacholder und kippten frisches Kölsch hinterher. Anschließend wandte sich Olli zu Bastian: „Mach mal ´ne kurze Pause, die Nacht wird noch lang genug. Ich muss eh was mit Tom besprechen, dann kann ich auch nebenher zapfen." Wie selbstverständlich holte er leere Gläser und übernahm den Thekendienst.

Bastian wusste nicht, wie er reagieren sollte. Verunsichert drehte er sich zu Mala und versuchte ebenfalls zu lächeln. Ihr Anblick und der Gedanke an die bisherigen Treffen brachten ihn dermaßen aus dem Gleichgewicht, dass er sprachlos blieb. Stattdessen übernahm sie das Ruder.

„Na, was macht Deine Platzwunde?"

„Wie? Die? Ach, so – ja – äh – ist soweit alles o.k…. Ähem… Danke der Nachfrage!"

„Sag mal, bist Du Frauen gegenüber eigentlich immer so schüchtern und tollpatschig?"

„Ich??? Ähh... keine Ahnung, was Du meinst?"

„Na, beispielsweise Deine Sprachstörungen..."

„Sprach...? Nee, eigentlich nicht..."

„Und wieso gibst Du immer so schnell auf?"

„Wie... wie meinste denn das jetzt?"

„Na, beispielsweise damals im Krankenhaus. Oder bei Mikes Party. Ich hab´ den Eindruck, dass Du Dich ziemlich schnell beeindrucken lässt und dann Fracksausen bekommst. Das passt so gar nicht zu einem erfolgreichen Fußball-Torwart!"

„Das... ähh... ist ja auch nicht normal. Aber ich hab´ halt damals gedacht, Du findest mich ziemlich lächerlich und blöd."

„Im ersten Augenblick schon, aber dann hab´ ich gemerkt, dass Du gar kein Aufreißer bist, sondern im Gegenteil sogar total schüchtern. Und das fand ich dann schon wieder niedlich."

Bastian reagierte urplötzlich wie ein aus der Ruhe gebrachtes Lama.

„Niedlich??? Entschuldigung, niedlich sind Kuscheltiere, aber keine Männer. Das ist alles andere als ein Kompliment."

„Sorry, aber immerhin habe ich Dich so dazu gebracht, wenigstens mal einen einzigen Satz ohne Stocken zu formulieren."

„Wie, ist das soo schlimm? ....Hmmh..." Bastian wurde nachdenklich.

„Um ehrlich zu sein, habe ich auch nur bei Dir so Sprachhemmungen..."

„Das wiederum empfinde Ich als Kompliment... Also gut, ich nehme das niedlich zurück und ersetze es durch.... nett! .... Nee, nett ist auch nicht gut, das ist die kleine Schwester von Scheiße. Wie wär´s mit... sympathisch?"

Verlegen senkte Bastian den Kopf. Noch ehe er etwas erwidern konnte, drückte ihm Olli zwei leere Kölschgläser in die Hand. „So, Du Nachwuchsturner. Ich hab´ alles besprochen, jetzt will ich mich mal wieder amüsieren. Viel Spaß beim Zapfen – bis später." Und schon nahm er Mala an die Hand und zog sie Richtung Tanzfläche. Seiner Traumfrau schien der plötzliche Abschied nicht im Geringsten etwas auszumachen, dennoch drehte sie sich noch mal kurz um und zwinkerte ihm zu.

Bastian war fix und fertig – diese Achterbahnfahrt der Gefühle ließ ihn schwindeln. Gerade jetzt, wo er erstmals einigermaßen normal mit Mala geredet und sie sogar Sympathie für ihn geäußert hatte, musste der Glatzkopf mit ihr abhauen. Überhaupt Olli: was für eine Beziehung bestand zwischen den beiden, außer dass er ihren Vater gut kannte? Bastian genehmigte sich erst mal einen weiteren Wacholder und grübelte, wurde aber bald durch neue Bestellungen aus den Gedankengängen gerissen. Während des Zapfens blickte er immer wieder verstohlen zur Tanzfläche, um einen Blick auf Mala zu erhaschen – konnte aber nichts erkennen. Da der Massenansturm auf die Theke merklich nachließ, wurde zu viel gezapftes Kölsch – also jedes Zweite – in Tom´s und seine   Kehle entleert. Nur zum Kasatschok oder einer erneuten Polonaise hatte Bastian keine Lust mehr – dazu war ihm mittlerweile viel zu übel.

Wie war es bloß möglich, das unterbrochene Gespräch fortzusetzen? Die Theke verlassen und durch die Räume der Mensa irren, war zu gefährlich – möglicherweise verschwand sie just in dem Augenblick und er war der Gelackmeierte. Also Abwarten und Kölsch trinken! Bastian hockte sich auf ein leeres Fass, lehnte sich mit dem Rücken an die Fensterfront und streckte die Beine von sich. Er hatte Hunger – außer einem Toastbrot am Morgen hatte sein Magen nichts zur Verdauung vorgesetzt bekommen – und wurde zunehmend müde. Für kurze Zeit fielen ihm die Augen zu.

„Ich hab´ ganz vergessen, Dir meinen Bon zu geben…"
Bastian war urplötzlich hellwach – neben ihm stand Mala.
„Das…ähh… ist doch gar nicht nötig, das hab´ ich ausgegeben!"

„Ich möchte aber, dass Du meinen Bon nimmst!" Dabei strahlte sie ihn so an, dass er gar nicht anders konnte.

„Also gut, wenn Du unbedingt willst... Aber dann musst Du jetzt noch ein Kölsch auf meine Kosten trinken."

„Nee, laß´ mal gut sein. Ist eh schon viel zu spät, ich muss morgen früh raus. Und außerdem denke ich, dass es auch für Dich reichen dürfte."

„Wie kommste denn darauf?"

„Du hast schon ganz glasige Augen. `Ne Mütze Schlaf würde auch Dir ganz gut tun."

„Wahrscheinlich hast Du Recht. Aber zuvor würde ich gerne noch etwas wissen..."

„Ja?"

„Ähem..." Bastian musste hüsteln.

„Na sag schon!"

„Hast Du...."

„...was?"

„....ähh... eventuell ein Kaugummi für mich?"

Mala musste lachen. „Nee, tut mir leid. Ich dachte, Du wolltest was ganz anderes wissen!"

„Nun ja – eigentlich schon..."

„Nun frag schon!"

„Also... ähh... bist Du eigentlich liiert?"

„Schau an, der Tollpatsch in Dir ist ja auch noch wach... Wieso willst Du denn das wissen?"

„Na, ich meine, vielleicht...ähh... könnten wir uns ja mal wieder sehen? Allerdings weder im Krankenhaus, auf dem Fußballplatz noch auf irgendeiner Party.."

Ihre Grübchen in den Wangen standen in perfekter Harmonie zu den Lachfalten um die Augen. Bastian fühlte sich, als ob er schweben würde. Am liebsten hätte er dieses märchenhafte Wesen vor ihm jetzt ganz fest gedrückt und nie mehr losgelassen.

„Denk an das 2. Kölsche Grundgesetz. Und jetzt schlaf Dich erst mal aus." Sie streichelte ihm mit der Hand über den Oberarm, drehte sich um und entschwand durch den Haupteingang in den anbrechenden Tag. Verträumt blickte ihr Bastian hinterher.

Mittlerweile war kaum noch etwas auf der Tanzfläche los, in den Vorräumen und Umgängen mahnte das helle Deckenlicht zum Aufbruch, während einige Schwerpunktkollegen bereits mit den Aufräumarbeiten begannen. Auch Bernd, der Verursacher seiner Platzwunde, wirbelte mit einem großen Besen durch die Korridore. Als er in die Nähe der Theke kam, winkte ihn Bastian zu sich und hielt ihm ein frisch gezapftes Kölsch entgegen.

„Boxenstopp, Du Rennläufer…"

„Willst Du mich bestechen?"

„Nee, ich hab´ nur ´ne kurze Frage…"

„Schieß los…"

„Du bist doch ´ne echte kölsche Jong, oder?"

„Normaal!"

„Was ist das Kölsche Grundgesetz?"

Bernd blinzelte ihn mit kritischen Augen an. „Willste mich verarschen?"

„Nee, das meine ich ganz im Ernst."

„Na, das sind quasi die 10 Gebote für Köln."

„Und was bedeutet dann das 2. Grundgesetz?"

Genüsslich leerte Bernd das kleine Glas mit der heimatlichen Flüssignahrung. „Also gut, ganz einfach: et kütt wie et kütt…". Und schon schwang er den Besen weiter Richtung Geschirrrückgabe.

Eine kurze, fatalistische Lebensweisheit der Kölner war es also, die ihm Mala mit auf den Weg gegeben hatte: habe keine Angst vor der Zukunft, alles ist möglich….

IX

Am nächsten Morgen riss ihn ein penetrantes Klingeln bereits um halb Zwölf aus der Nachtruhe. Es war mal wieder eine jener Situationen, die er abgrundtief hasste: zu viel Alkohol, zu wenig Schlaf, heftiger Kopfschmerz, keine klaren Gedanken. Nur eine Sache hatte sich wie ein heißes Eisen in sein Hirn eingebrannt: et kütt wie et kütt... Verschlafen zog sich Bastian eine Sporthose an und schlurfte genervt zur Tür. Als er öffnete, war der Tag schon gelaufen. Ohne zu warten, stürmte ein überaus gut gelaunter Mike mit einer ihm unbekannten Person ins Appartement. „Na, Dreamboy, fit und ausgeschlafen?"

„Ähh... zuerst mal: kannst Du Dich nicht vorher anmelden? Und um auf Deine Frage zu antworten: nein, ich bin weder fit noch ausgeschlafen, deshalb wollte ich eigentlich auch noch weiter poofen..."

„Keine Panik, wir sind gleich wieder weg. Ich wollte meinem österreichischen Kumpel Toni nur schnell mal Deine Auswahl an Schlägern zeigen. Er benötigt dringend einen Neuen für seinen Tennis-Kurs."

„Um eins noch mal klar zu stellen: das sind nicht meine Schläger, sondern Deine – wie auch das ganze übrige Zeug hier. Ich will damit nichts zu tun haben, ist das klar?"

„Locker bleiben, Alter – immer schön durch die Hose atmen..."

„Deine vermeintlichen guten Ratschläge kannst Du Dir irgendwohin schieben. Ich erfülle hier nun meinen Teil der Abmachung, auch wenn mir das total gegen den Strich geht. Also zeig ihm die Schläger, verkauf soviel, wie möglich, und dann" - mit einer Handbewegung deutete Bastian zur Tür – „Servus, Pfürti und mach's guat!".

Schweigend und verwirrt verfolgte Toni das verbale Scharmützel, doch Mike tat so, als wäre alles ganz normal. Er zog ihn in Bastians kleinen Wohnbereich, zog die Vorhänge beiseite und öffnete das Fenster. „Alter, das stinkt ja hier wie im Pissoir vom ´Klein Köln´. Dagegen sind die Rauchschwaden vom Braunkohlenkraftwerk wie eine leichte Brise Chanel No. 5." Dann kroch er unter das zerwühlte Bett und holte vier verschiedene Markenschläger heraus. Für Bastian war das des Guten zuviel: er kochte Kaffee, begab sich auf die Toilette und startete schließlich eine übermäßig lange Duschexkursion. Dabei zerbrach er sich den Kopf, wie er Mike und dessen Sportklamotten ein für alle Mal auf den Mond schießen könnte. Doch egal wie er sich mühte, es wollte ihm keine passende Lösung einfallen.

Nach zwanzig Minuten öffnete er leise die Tür des winzigen Duschklos und vernahm absolute Ruhe. Entspannt und lediglich mit einem Handtuch über den Schultern schlich er durch den Flur in sein Zimmer und – schreckte zurück. Breit grinsend lehnte Mike mit einer Tasse Kaffee in seinem Schaukelstuhl und starrte auf Bastians Lendengegend.

„Nicht schlecht, Alter! Wenn Du Dir auch bei den entscheidenden Dingen so viel Zeit lässt, dann wird Mala Dich lieben..."

Verstört versuchte Bastian mit den Händen sein bestes Stück zu verstecken. „Geh´ mir bloß nicht auf den Sack. Wieso bist Du noch hier? Und wo ist Dein österreichischer Kumpel?"

„Der Schluchtenscheißer?? Der hat zwei Schläger gekauft und ist danach glücklich abgezogen". Mühsam schwang Bastian das Handtuch mit einer Hand um seine Taille. „Basti, wenn das so weitergeht, können wir noch ein ganz großes Geschäft aufziehen!"

„Untersteh Dich. Nicht mit mir! Kann es übrigens sein, dass Du gerade meinen Kaffee trinkst?"

"Mag schon sein. Bisschen zu stark, wenn ich mir ein Urteil erlauben dürfte."

„Den hab´ ich ja auch für mich gekocht...."

„… das stand aber nicht dran…"

„Weißt Du was, Du…. Du…."

„Ja, bitte ?"

Bastian besann sich einen Augenblick. Immerhin hatte Mike seinen Teil der Abmachung eingehalten. „Ach, vergiss es einfach…" In diesem Augenblick kam Hiro mit Badelatschen aus seinem Zimmer geschlürt. „Konichi-wa, Basti. Ahh, guten Morgen Mike mit Bürste!" Lächelnd verzog er sich mit seinem Kulturbeutel in die Nasszelle.

Volltreffer! Dies war einer der seltenen Augenblicke, wo Bastian das Großmaul vollkommen perplex erlebte. Verwirrt strich der sich über seinen Schnauzer. „Was meint Hiro mit Bürste?"

„Ach, das sagt man so in Japan. So wie Lückemeyer-San. Das hat keine spezielle Bedeutung."

„Komische Kultur haben die Schlitzaugen!"

„Schluchtenscheißer, Schlitzaugen… - was sollen diese beleidigenden Vorurteile? Dir würde es doch auch stinken, wenn Dich Österreicher als Piefke oder Asiaten als Langnase bezeichnen würden. Wobei die in Deinem Fall allen Grund dazu hätten…"

„Ist ja gut, Du Philanthrop! Erzähl Du mir lieber, ob Du gestern erfolgreich warst?"

Bastian zog sich unsicher sein frisch gewaschenes „Weltpokalsieger-Besieger"-T-Shirt an und streifte die Jeans vom Vortag über. „Keine Ahnung, was Du meinst…"

„Du weißt genau, was ich meine. Was ist jetzt zwischen Dir und Mala?"

„Ähh…Nichts, was soll schon sein?"

„Na, für `Nichts´ habt Ihr Euch aber gut verstanden…."

„Hast Du mich etwa ausspioniert?"

„Das war doch nicht zu übersehen. Als Du Dich mit ihr unterhalten hast, strahlte Dein Honigkuchengesicht heller als der Spot auf der Tanzfläche …"

„Na gut. Dank Deiner Vermittlung habe ich tatsächlich kurz mit ihr reden können – nicht mehr und nicht weniger."

„Und, wie geht´s weiter? Wann trefft Ihr Euch?"

„Du bringst mich noch zur Weißglut! Ehrlich, ich hab´ keine Ahnung, ob, wann und wo ich sie wieder sehen werde."

„Das ist nicht Dein Ernst, oder? Du hattest eine Riesenchance gestern – hast Du wenigstens Ihre Telefonnummer?"

Und schon ging sie wieder los, die Achterbahnfahrt der Gefühle… In einer Mischung aus Scham und Trotz schüttelte Bastian verlegen seinen Kopf.

„Nee, ne? Ich lach mich kaputt! Was das Baggern angeht, müssen wir bei Dir tatsächlich noch bei Adam und Eva anfangen…"

„Mike, jetzt reicht´s – lass mich einfach in Ruhe…."

„Is ja gut, Brauner."

„Und sieh bitte zu, dass Dein Sportzeug so schnell wie möglich aus meiner Bude kommt."

„Entspann Dich! Du solltest so schnell wie möglich mal wieder auf einen Entsafter, damit Du ruhiger wirst. So bist Du jedenfalls nicht zu ertragen."

Bastians Geduldsfaden war kurz vor dem Zerreißen. „Würdest Du jetzt bitte gehen???"

„Genau das mach ich, und zwar schön zur Fleischbeschau ins Stadionbad und anschließend in die Playa zu den Beachvolleyball-Babes. Wenn Du wieder besser drauf sein solltest, kannst Du ja nachkommen…"

Kaum dass er gegangen war, kam Hiro von der Toilette. „Wo ist Bürste?"

„Hat sich aus dem Staub gemacht…"

Hiro musste lachen. „Hoho, Bürste aus dem Staub – das ist gut. Deutsche Sprache sehr lustig!"

Seine Fröhlichkeit wirkte ansteckend, die Wut auf Mike war schon fast wieder verraucht. Allerdings steckte noch ein Stachel tief in Bastians Fleisch. Wie konnte es bloß sein, dass er trotz des viel versprechenden Smalltalks keinerlei Kontaktdaten von Mala hatte? Möglicherweise musste er doch noch einmal den Baggerfahrer um Unterstützung bitten, was fast so schlimm war, wie mit Schmutzwäsche zu seiner Mutter zu fahren. Vielleicht konnte ihm aber auch Olli weiterhelfen…

Hiro hatte in der Zwischenzeit seine übliche Tageskleidung angezogen: Badelatschen, Trainingshose und das japanische Nationaltrikot. „War tolle Party gestern. Viele Bier, schöne Frauen und guter Rausch! Domo arrigato gozaimas, Basti!"

„Gern geschehen! Haben denn auch Deine Freunde genug zu trinken bekommen?"

„Kein Problem mit Bons von Dir – vielen Dank. Was machst Du jetzt?"

„Ich werd´ mich verdrücken, ich hab ein Riesenloch im Bauch!"

„Ohh – schon wieder krank? Musst Du zum Arzt?"

„Wieso denn das??"

„Na, wegen Riesenloch im Bauch…"

Bastian musste lachen. „Ach so.. Nee, das ist nur ein Spruch und heißt soviel wie: ich habe großen Hunger. Komm doch einfach mit zur Studenten-Fütterung."

„Ii-e, muss zu Deutschkurs ins Kulturinstitut. Sprüche lernen, hihi… Schon sauer, dass ich nicht so viel da bin…"

„Na gut, dann bis später. Sayonara, Hiro."

„Sayounara, Basti."

Die frühe Mittagssonne verursachte bei Bastian ein Hochgefühl, zumal seine Rückkehr in die wenige Stunden zuvor verlassenen Räumlichkeiten der Mensa zu einem Triumphmarsch ausartete. Kaum jemand, der ihn nicht freudig begrüßte, abklatschte oder gar

120

umarmte. Der Tenor war überall der Gleiche: „Geile, abgefahrene Party", „obercool", „voll krass". Weniger die Musik, die Gäste oder Dauer der Party begeisterten seine Kommilitonen, als die Tatsache, dass selten für sowenig Geld soviel getrunken werden konnte. Auf dem Weg zur Essensausgabe hörte er, wie jemand laut seinen Namen rief. Wild mit den Armen rudernd beorderte ihn sein Mitzapfer Tom an seinen Tisch. Irgendetwas musste vorgefallen sein, deshalb verschob er die Kalorienaufnahme vorübergehend auf später.

„Hallo Tommi, alte Säge. Wurdest Du hier auch so begeistert empfangen?"

"Von den Studenten ja, nicht aber von Ede."

„Wieso, was ist denn vorgefallen? War doch wirklich eine spitzenmäßige Abendveranstaltung gestern".

„Die einen sagen so, die anderen so. Tatsache ist, dass Ede und Professor Terbrüggen stinksauer sind."

„Kannst Du mich mal bitte aufklären?"

„Die haben mitbekommen, wie viel Eintrittskarten verkauft wurden und festgestellt, dass es noch nie eine so gut besuchte Spoho-Party gab..."

„Das ist doch allererste Sahne und kein Grund zur Beanstandung..."

„Das ja, nicht aber die Tatsache, dass entgegen den Erwartungen keinerlei Gewinn hängengeblieben ist."

„Versteh´ ich nicht..."

„Sag´ mal Basti, bist Du noch im Koma, oder was? Weil wir mindestens die Hälfte aller Kölsch so weggegeben haben, sind nur verhältnismäßig wenig Bons verkauft worden. Trotzdem waren alle Fässer hinterher leer. Nach Abzug aller Kosten ist das Institut nur ganz knapp an einem Verlust vorbeigeschrammt, was es noch nie zuvor in der Geschichte der Sporthochschule gegeben hat!"

„Und daran sind allein wir schuld?"

„Wer denn sonst. Allerdings haben die in der Fachschaft keinen blassen Schimmer, woran oder an wem das liegen könnte."

„Und wie geht´s jetzt weiter?"

„Die haben schon einige aus dem Turnkurs zu den Umständen interviewt, aber keiner hat irgendwas gesagt."

„Und was passiert, wenn die doch noch erfahren, dass wir das waren?"

„Dann kannst Du Dir Deine Schwerpunktprüfung abschminken...."

„Ach Du Scheiße. Was machen wir denn jetzt?"

„Gar nichts. Weil alle anderen unsere Großzügigkeit so extrem geil fanden, werden die einen Teufel tun, uns zu verpfeifen. Bei den Studis haben wir jetzt erstmal einen Stein im Brett."

"Dadurch bekomm ich aber nicht mein Diplom. Was soll ich denn jetzt machen???"

„Ruhe bewahren, Alter, bis Gras über die Sache gewachsen ist. Bis dahin vergnüg´ Dich mit der Sahneschnitte von gestern Abend...."

„Würd´ ich ja gerne, aber außer ihrem Namen weiß ich so gut wie nichts von ihr."

„Wieso, Du hast doch Ihre Telefonnummer!"

„Schön wär´s...."

„Wie bitte? Ich hab´ doch gesehen, wie sie Dir was aufgeschrieben hat."

„Waaasss??? Verarsch mich bitte nicht...."

„Quatsch, würd´ ich doch nie machen. Als Du süß und selig in der Ecke geschlummert hast, hinterließ sie Dir eine Nachricht auf einem Bierbon."

„Bierbon????"

„Richtig, Bierbon! Und den hast Du entgegengenommen, das hab´ ich ganz genau gesehen..."

Bastians langsam im Laufe der Zeit zurückgekehrte Farbe verwandelte sich mit einem Schlag wieder in ein undefinierbares mausgrau. „Tommi, ich glaub´, mir wird übel..."

„Wieso, was ist denn los? Du bist doch ein echter Glückspilz! Von so einer würd´ ich mir auch gern einen Bon geben lassen...."

„Aber ich hab´ den Bon nicht mehr!"

„Wie bitte???"

„Ich weiß noch, dass sie mir unbedingt diesen Bon geben wollte. Zuerst hab´ ich mich geweigert, aber sie hat drauf bestanden, dass ich den nehme…."

„Ja, und?"

„Als sie gegangen war, hab´ ich den zu all den anderen Bons in den Papierkorb unter den Tresen geschmissen…"

„So doof kann man doch gar nicht sein, oder?"

Tom bildete sich ein, dass in Bastians Augen plötzlich ein feuchter Schimmer zu erkennen war.

„Woher sollte ich das denn wissen??? Ich war so hin und weg, dass ich gar nicht mehr auf diesen blöden Bon geschaut habe!"

„Alter, dann gibt's nur eins: die Stecknadel im Heuhaufen suchen!"

„Hör auf, es ist zu spät!"

„Quatsch. Ich ruf Bernd an, der war im Aufräumkommando und weiß bestimmt, wo der ganze Müll hin ist!" Ohne eine Reaktion abzuwarten, nahm Tom sein Handy und wählte die Nummer des turnenden Ski-Rennläufers. Das Gespräch dauerte nicht mal eine Minute, aber an Toms Gesicht war abzulesen, dass er tatsächlich die gewünschte Auskunft bekam.

„Und???"

„Die haben den Müll in große, blaue Säcke gepackt und in den Container hinter dem Mensa-Wareneingang gesteckt."

„Und in wie vielen Säcken muss ich suchen?"

Breit grinsend antwortete Tom: „Fünf!"

Bastian verzichtete auf sein Mittagsmahl – er konnte jetzt eh keinen Bissen mehr runterkriegen - und wanderte schnurstracks um die Mensa zum Wareneingang. Dummerweise stand da nicht nur ein, sondern gleich 3 große Müllcontainer. Als er den ersten öffnete, fiel er fast in Ohnmacht. Ein beißender, stechender Gestank von verfaulten Lebensmitteln schnürte ihm die Kehle zu. Ohne nach dem Inhalt zu schauen, ließ er sofort wieder die Klappe fallen und näherte sich widerwillig dem 2. Container. Ehe er ihn vorsichtig aufschob, hyperventilierte er und hielt die Luft an. Dieser Umleerbehälter war fast noch leer, lediglich einige leere Mayonnaise-Behälter im XXL-Format lagen auf dem Boden. Als Bastian den dritten öffnete, hoffte er inständig, dass seine Turn-Kollegen den Müll nicht in den Brechreiz verursachenden, ersten Container geschmissen hatten. Doch seine Befürchtungen waren unbegründet. Kaum dass er den Deckel anhob, sah er ganz oben die gesuchten blauen Säcke mit dem Party-Müll. Er holte sie alle der Reihe nach heraus und legte sie auf den Boden. Bastian wurde schwindelig: alle Säcke hatten einen Umfang von 60 cm und waren bis zu einer Höhe von etwa 1 m bis zum Bersten gefüllt. Wie sollte er da bloß einen etwa 3 x 5 cm kleinen Bon finden??? Auch wenn Logik nicht unbedingt zu seinen Stärken zählte, musste er sein Hirn einschalten, anstatt jeden einzelnen zu öffnen. In einem dieser fünf Säcke gammelte möglicherweise schon seine Zukunft – er musste sie retten. Nur wie? Es gab nur eins: analytisch denken, und zwar nach dem Ausschlussverfahren! Jeder Sack stand stellvertretend für ein Aufräumteam, folglich mussten also da, wo Hotdogs und belegte Brötchen ausgegeben wurden, besonders viele Essensreste im Müll zu finden sein. Welches spezielle Merkmal aber gab es rund um seinen gestrigen Bierstand? Bastian marterte sein Hirn, aber ihm wollte partout nichts einfallen. Behutsam betastete er alle Säcke und hatte plötzlich eine Eingebung. Beim vierten Sack wurde er fündig: durch die blaue Plastikhaut spürte er mehrere Vodka- und Sektflaschen. Dies war zumindest ein Indiz, denn diese selbst mitgebrachten Getränke wurden massenhaft an ihrem Stand verkonsumiert und die leeren Flaschen in den Abfallkorb geworfen, in den auch die Bierbons wanderten.

124

Langsam wechselte die Stimmung von tiefer Niedergeschlagenheit in leichte Euphorie. Bastian öffnete vorsichtig das verknotete Plastikband und kippte den gesamten Inhalt vor die Rampe des Wareneingangs. Zum Vorschein kamen Überreste von zerborstenen Kölschgläsern, Servietten, Zigarettenstummeln, vollgerotzte Tempo-Taschentücher, Verpackungen aller Art, Flaschen, ja sogar ein Slip – und unzählige Bons. Es mussten einige Hundert sein, und auf einem dieser kleinen Papierzettel hatte ihm seine Traumfrau eine Nachricht hinterlassen – nur deshalb gab er sich dieser erniedrigenden Aufgabe hin. Sorgfältig trennte er den Müll, zog verklebte Bons von Flaschen und aus Gläsern und stapelte alle Marken auf einen großen Haufen. Wie war das noch mit der Stecknadel im Heuhaufen?

Bastian war schon fast eine Stunde zugange und registrierte weder die kopfschüttelnde Kochmannschaft im Aufenthaltsraum noch die feixenden Sportstudenten auf dem Weg zu den Hallen und Seminaren. Der Berg der Bons wollte nicht geringer werden, er kam sich vor wie Sisyphus, als er plötzlich in der Menge auf einem der Zettel eine kleine Notiz bemerkte. Er fühlte sich wie nach einem gehaltenen Elfer.

„Was machst Du denn hier??"

Erschrocken drehte er sich um und wollte seinen Augen nicht trauen: hinter ihm stand ausgerechnet die Person, deretwegen er dieses ganze Theater veranstaltete. Es war fast wie eine Machtdemonstration: er hockte am Boden und wühlte im Müll, über ihm - mit Händen in der Hüfte und einem spöttischen Lächeln im Gesicht - Mala. Er hasste arrogante Menschen, aber in ihrem Fall konnte er nicht böse sein.

„Ich… äh… ich… hab´ gestern was verloren."

„Ach so – und was genau suchst Du? Vielleicht kann ich Dir ja helfen?"

„Ähh…. nichts Wichtiges!"

„Ah, nichts Wichtiges also. Kann es sein, dass Du damit einen kleinen Bierbon meinst?"

„Woher... woher weißt Du das?"

„Na, weil ich diejenige war, die Dir den gegeben hat."

„Und wieso genau bist Du jetzt hier?"

„Weil ich auf den Zettel geschrieben hatte, wir sollten uns heute Mittag in der Mensa zum Kaffeetrinken treffen, um mal in Ruhe miteinander reden zu können. Kaum war ich hier, eilte Dein Kollege von gestern zu mir, und erzählte mir, wo ich Dich finden könnte...."

Peinlich berührt räumte Bastian den Müll zusammen und steckte ihn wieder in den blauen Sack. „Das freut mich. Wirklich. Auch wenn Du mich jetzt schon wieder in einer ziemlich lächerlichen Situation angetroffen hast."

„Da scheinst Du ja ein Abo drauf zu haben. Aber mach´ Dir nichts draus, perfekte und aalglatte Typen hasse ich wie die Pest."

Mala sah aus, als würde sie direkt von einem Fotoshooting für Strandmode kommen: ihr schlanken Füße grüßten aus mit Strass-Steinen verzierten Flip-Flops, über der hautengen Bluejeans verbarg nur der Knoten ihrer weißen Bluse den Blick auf den Bauchnabel und in den zu einem Pferdeschwanz zusammengesteckten blonden Haaren glänzte kontrastreich eine dunkle Sonnenbrille. Bastian konnte sein Glück kaum fassen und war heilfroh, nicht weiter im Müll wühlen zu müssen. Erleichtert stopfte er alle Säcke zurück in den Container.

„Also gut, lass uns einen Kaffee trinken. Aber zuvor..." – Bastian zeigte ihr seine vom Sortieren verschmierten und stinkenden Finger – „...muss ich mir dringend die Hände waschen."

Mala musste lachen. „Das seh´ ich genau so. Am besten wäre es wohl, Du machst das direkt bei Dir zuhause. Du wohnst doch hier in der Nähe, oder?"

Bastian schaute sie derangiert an. „Ähh.... ja.... Woher weißt Du?"

„Das ist doch egal. Sicherlich hast Du auch Kaffee?!?"

„Ähh...natürlich..."

„Also gut, dann lass uns zu Dir gehen!"

Mala überraschte ihn immer wieder aufs Neue. „Bist Du eigentlich immer so direkt?"

„Wenn ich weiß, was ich will: Ja!"

„Und...." - Bastian wurde mulmig - „....was willst Du???"

Erneut musste Mala lachen und sah im dabei mit ihren großen blauen Augen direkt ins Gesicht. „Was willst Du hören?" - ihre kleine Kunstpause wollte für Bastian kein Ende nehmen, ihm wurde zeitgleich kalt und heiß - „Das ist doch ganz einfach: einen Kaffee, was denn sonst!?!"

Bastian musste schlucken. „Also gut, lass´ uns gehen. Ich wohne tatsächlich nur ein paar hundert Meter von hier im Turm. Ideale Lage, nette Leute, viele Partys, nur etwas wenig Platz. Ach so, und ich habe weder Büchsenmilch noch Plätzchen."

„Ich trinke grundsätzlich nur stark und schwarz – auch wenn es ziemlich ungesund ist!"

„Mach´ Dir nichts draus. Unser Professor für Prävention und Rehabilitation sagt immer: Sportler leben nicht länger, sie sterben nur gesünder..."

„Gut zu wissen..."

Um nicht andauernd von begeisterten Partygästen angequatscht zu werden, wählte Bastian den äußeren Weg über den Römerhof und die ehemalige Endhaltestelle zum Wohnsilo. Währenddessen unterhielten sich die beiden ganz banal über das Wetter, Köln und die Vorzüge des Sportstudiums. Bastian fühlte sich wie ein frisch geküsster Märchenfrosch: als hätte er nie etwas anderes gemacht, parlierte er völlig ungezwungen mit einer traumhaft schönen Frau, die ihn zu allem Überfluss in seine Wohnung begleitete. Seine Schüchternheit war wie weggeblasen.

Die Selbstsicherheit währte jedoch nur bis zur Wohnungstür. Als er das Doppel-Appartement aufschloss, traf ihn der Schlag. Dicker Rauch und bestialischer Gestank raubten ihm den Verstand. Panisch rannte er los, konnte vor lauter Qualm aber kaum etwas erkennen. Geistesgegenwärtig steuerte er den Sicherungskasten an, betätigte den Hauptschalter und riss alle Fenster auf. Als sich die Rauschwaden langsam verzogen, fand er die Ursache. Die Kaffeemaschine war noch eingeschaltet, der letzte Rest Koffein zu einem unansehnlichen Klumpen verkohlt und das Plastik rund um die Heizplatte bereits geschmolzen. Wenige Minuten später, und es hätte gebrannt. In ihm stieg unbändige Wut auf: erst den Kaffee klauen und dann vergessen, den Aus-Schalter zu betätigen...

Fassungslos stand Bastian vor den Resten seines lebensnotwendigen High-Tech-Gerätes „Made in P.R.C.", als auch Mala ins Appartement kam. „Wie ich sehe, wird das wohl doch nichts mit einem Kaffee, oder?"

„Ich befürchte, Du hast Recht - zumindest nicht hier und jetzt."

„Macht nichts. Ich begnüg mich auch mit einem Schluck Wasser."

„Na gut, ich wasch mir nur schnell die Hände. Du kannst Dich solange gerne umschauen, vorausgesetzt Du störst Dich nicht an der Unordnung einer multi-nationalen, deutsch-japanischen WG."

Nach Beendigung der Teilkörper-Reinigung fand er Mala am Spülbecken mit einem Scheuerschwamm bewaffnet, um mit der Kaffeekanne wenigstens einen Teil des lieb gewonnenen Kulturguts zu retten.

„Du musst hier nicht spülen. Das mach ich – irgendwann mal...."

„Schon gut. Ich wollte Dir übrigens noch sagen, dass ich Dich eben sehr mutig und entscheidungsfreudig fand. Echt cool!"

„Vielen Dank für die Blumen. Aber das ist ja auch eine Grundvoraussetzung für einen guten Torwart."

„Stimmt. Ich hab´ die Bücher auf Deinem Schreibtisch gesehen. Klasse finde ich auch, dass Du zusätzlich Tennis spielst!"

„Ähh... wie kommst Du denn darauf?"

„Na, wegen der Tennisschläger auf Deinem Bett."

„Also, um ehrlich zu sein, das sind nicht meine. Die sollen verkauft werden."

„Das trifft sich gut, ich brauch nämlich einen Neuen. Kannst Du mir nicht einen verkaufen?"

„Ähh.... Lass lieber die Finger davon, die sind von Mike, und ich weiß nicht, woher er die hat."

„Das hätte ich mir denken können. Und Du beteiligst Dich an seinen Machenschaften?"

Bastian bekam einen hochroten Kopf. „Nein, nein – damit habe ich nichts zu tun!"

„Und wieso hast Du dann die Tennisschläger?"

„Das... das kann ich Dir nicht erklären. Zumindest nicht jetzt."

"Und wann denn, bitteschön?"

„Irgendwann mal..."

„Das klingt ja hoch-konspirativ! Wir machen einen Deal: ich gebe Dir meine Handy-Nummer, wenn Du mir versprichst, nur dann anzurufen, wenn Du mir die ganze Geschichte erzählst. Das ist doch fair, oder?"

„Ähh... ich weiß nicht... - also gut.... Versprochen!"

„Gut...," - Mala kritzelte ihre Nummer auf einen Notizzettel - „und vielleicht klappt es dann beim nächsten Mal auch mit einem Kaffee. Ich muss jetzt los, wir haben gleich noch einen Präp-Kurs."

„Präp?"

„Präparation. Von Leichen."

129

Bastian wurde übel.

X

Kaum war Mala aus dem Appartement, meldeten sich `die Drei von der Tankstelle´. Bastian nahm sich fest vor, möglichst bald einen neuen Klingelton auf sein Handy zu laden.

„Ja, was gibt´s?"

„Bin ich da bei Bastian?"

„Wer will das wissen?"

„Bist Du der Spoho-Studi mit den Klamotten?"

„Was für Klamotten?"

„Na, die von Mike. Er hat mir gesagt, ich könnte mal bei Dir vorbeikommen, um ein paar Sachen günstig zu ersteigern…"

„Wer auch immer Du bist – untersteh´ Dich hier reinzuschneien, sonst gibt´s mächtig Stress. Verstanden?"

Ohne eine Antwort abzuwarten, legte Bastian auf und warf das Telefon neben die Tennisschläger auf sein Bett. Dabei fiel sein Blick auf den Notizzettel mit ihrer Nummer. Noch vor einer Stunde hätte er für dieses wertvolle Gut sein Studium geschmissen, den Käfer verkauft und sogar den vollständig signierten Wimpel der deutschen Weltmeistermannschaft von 1990 geopfert – jetzt besaß er die Nummer einfach so. Dennoch wusste er nur allzu gut, dass er sich dieser heiligen Zahlenkombination nicht bemächtigen durfte, zumindest nicht ohne Gegenleistung. Ungeachtet dessen wollte er sie aber auch nie mehr hergeben. Bastian nahm einen weiteren Zettel, schrieb die Nummer ab, faltete das Papier sorgfältig zusammen und steckte ihn unter die Pappeinlage seiner Keksdose – da, wo er auch seinen Notgroschen versteckte.

Vor einem erneuten Wiedersehen mit Mala stand also die Erfüllung des abgegebenen Versprechens. Sollte er jetzt gleich anrufen und die ganze Wahrheit über den Kuhhandel mit Mike sagen? Er hatte den

Hörer schon in der Hand, als er sich an den Ratschlag seines dealenden Kaffeemaschinen-Zerstörers nach dem Peter-Fox-Konzert erinnerte:

„Wenn Du Erfolg bei den Frauen haben willst - und das meine ich auch ganz bewusst in Bezug auf Mala - dann darfst Du sie nicht schon von Beginn an mit der ganzen Wahrheit zumüllen, das verkraften die gar nicht. Du musst sie ein Stück weit auch immer täuschen, so dass die gar nicht wissen, ob das nun stimmt, was du sagst, oder erfunden ist. Und weißt Du was: das macht Dich nur interessanter."

Vielleicht hatte er ja doch Recht? Immerhin hatte Mike die besten Frauen, und die waren keineswegs alle nur dumm-doof. Irgendetwas musste dran sein an seinen Ratschlägen. Andererseits: er hatte sich wegen dieser frauenfeindlichen Aussage mit Mike gezofft. Sein Charakter war ein ganz anderer als der des Aufreißers mit der Porno-Leiste. Schließlich gingen auf Mikes Konto auch die Nerv-Nummern mit den Sportklamotten sowie die kaputte Kaffeemaschine. Nein, mit diesem Typ wollte er erstmal nichts mehr zu tun haben. Wenn Mala wirklich etwas an ihm gelegen war, dann würde sie auch die Wahrheit akzeptieren. Und wenn nicht, hätte er sich halt gründlich geirrt - und so schnell auch keinen Bock mehr auf irgendwelche Beziehungskisten.

Es fiel ihm schwer, eine Entscheidung zu treffen, da er sich über die Konsequenzen nicht im Klaren war. Sollte er Spannung aufbauen und Mala mit einem hinausgezögerten Anruf auf die Folter spannen? Davon abgesehen, dass er selber gar nicht so lange ausharren konnte – Geduld gehörte nun wahrlich nicht zu seinen Tugenden -, dachte er auch nicht im Traum daran, dass ausgerechnet sie auf ihn warten würde. Letztendlich war ihm alles egal – entgegen aller möglicherweise anders lautender Ratschläge von Mike – er wollte wieder ihre Stimme hören und die Lachfalten um die wasserblauen Augen sehen.

Mit pochendem Herzen wählte er ihre Nummer...

„Ja, hallo?"

„Hallo Mala, hier ist Bastian."

„Ach Bastian, so schnell hätte ich nun wirklich nicht mit Dir gerechnet. Was gibt´s, ich bin in Eile - ich muss doch zu meinem Prä..."

„...ja, ja, ich weiß. Ich will auch nicht allzu lange stören. Ich würde nur gerne mein Versprechen einlösen."

„Hier und jetzt?"

„Nein, das dauert zu lange. Was hältst Du davon, wenn ich Dich zum Essen einlade. Wir haben hier in Junkersdorf einen ganz ausgezeichneten Thai, der zudem sensationelle Cocktails macht."

„Das hört sich gut an, ich liebe die asiatische Küche."

„O.k., wann und wo?"

„Das kannst Du entscheiden..."

„Also gut, passt heute Abend, so um Acht?"

„Heute Abend schon? Du kannst es wohl nicht erwarten, oder?"

„Um ehrlich zu sein: Nein. Das Restaurant liegt direkt am Anfang des Kirchwegs."

„Gut, abgemacht. Ich werde da sein. Bis dann."

„Bis dann, und...", Bastian musste schlucken, „viel Erfolg beim Präparieren."

Die Qualitäten des Thailänders inmitten des vornehmlich von Nobel-Italienern geprägten Junkersdorf lernte Bastian vor einem halben Jahr eher durch Zufall kennen. Nach der erfolgreichen Hinrunde und Herbstmeisterschaft hatte der Präsident des FC Junkersdorf die 1. Mannschaft zur Weihnachtsfeier ins Lannathai geladen. Zunächst wirkten die blumengeschmückten Buddhas und Holzschnitzereien etwas fremdartig, je mehr exotische Cocktails konsumiert wurden aber umso heimeliger. Irgendwann zu später Stunde löschte der Wirt die Außenbeleuchtung, schloss die Tür und setzte sich zu den verbliebenen Spielern an den Tisch. Seitdem war Siriwat Sartsuthisilpa nicht nur ein weiterer Sponsor des Vereins, sondern mit Bastian auch per Du. Der Einfachheit halber und um Ohrenschmerzen zu vermeiden, wollte er jedoch nur Siri genannt werden.

Und nun wartete Bastian bei Siri auf sein Date. Wie das klang: sein Date. Eine Verabredung mit Mala, seiner Traumfrau… Trotz des Ärgers um die Party-Einnahmen, das Wühlen im Dreck, die Kernschmelze der Kaffeemaschine und den Zoff um die Tennisschläger – Bastian hatte den Eindruck, als sei dies ein Tag, von dem er noch seinen Enkeln erzählen würde. Seit zwanzig Minuten verharrte er bereits auf dem vorreservierten Platz mit Blick auf Theke und Eingang. Um ja pünktlich zu sein, erschien er bereits um Viertel vor Acht, und langsam aber sicher konnte auch Mala tatsächlich mal kommen. Um einen guten Eindruck zu hinterlassen hatte er zu Siris Verwunderung zunächst eine große Flasche Wasser bestellt und war kurz davon, sein zweites Glas zu leeren, als plötzlich alle Gespräche im Restaurant verstummten. Es war wie im Film: langsamen Schrittes kam eine atemberaubende Schönheit im kleinen Schwarzen direkt auf ihn zu, und alle Männer an den anderen Tischen buchten unfreiwillig den nächsten Termin beim Chiropraktiker.

„Ich kann´s kaum glauben, wenn ich Dich so sehe. Schön, dass Du gekommen bist!"
„Wie hätte ich auch anders reagieren können, bei Deiner Hartnäckigkeit. Außerdem bin ich viel zu neugierig und gespannt, welches Geheimnis Du mir gleich erzählen wirst."
„Ähh…ja… Vielleicht sollten wir zumindest vorher erstmal bestellen…"

Nach intensivem Studium der Karte entschied sich Mala für Pla-Myk-Pad-Kleung-Gaeng, einen durch 3 Chili-Schoten als extra scharf deklarierten, gebratenen Tintenfisch in Kokosnussmilch mit rotem Curry, Bambussprossen, Stangenbohnen und Auberginen. Bastian war weniger experimentierfreudig und wählte mit Pa-Naeng-Nuah sein übliches Rindfleisch in Kokosnussmilch mit rotem Curry. Kaum hatten sie ihre Bestellungen aufgegeben, kam Mala direkt zur Sache.

„Also, was hat es jetzt mit Mikes Tennisschlägern bei Dir auf sich?"

„Versprichst Du mir, dass Du nicht gleich aufstehst und gehst, wenn Dir die Antwort nicht passt?"

Mala runzelte die Stirn und sah Bastian fragend an. „Ist es soo schlimm? Also gut, da Du mir versprochen hast, das Geheimnis zu lüften, verspreche ich Dir, dass ich nicht gleich abhauen werde, o.k.?"

"Also gut: Mike hat mir einen Deal abgeschlossen, dass er dafür sorgen wird, dass ich Dich kennen lerne, er dafür seine Sachen bei mir unterstellen darf."

Malas Gesichtsausdruck schien eingefroren zu sein, die Pause ließ Bastian das Schlimmste befürchten. Schuldbewusst senkte er seinen Kopf.

„Schau mir mal bitte in die Augen!" Erschrocken hob Bastian seinen Kopf, traute sich aber nur bedingt, der Aufforderung Genüge zu leisten.

„Das ist also das große Geheimnis?"

„Ja, es tut mir leid."

„Mehr nicht?"

„Wie, mehr nicht?" - Bastian wusste nicht wie ihm geschah und schaute seinerseits noch mal in Malas Augen. „Nein, natürlich nicht. Das ist doch schlimm genug. Außerdem: wer weiß, woher Mike die Sachen hat???"

Mala brach in schallendes Gelächter aus, Bastian kam sich wie ein tollpatschiges, kleines Kind vor. „Was ist denn los, wieso lachst Du?"

„Du bist süß. Wirklich."

„Wie bitte?"

„Ich hab gesagt, Du bist süß. Das meine ich ganz ehrlich. Und verwechsele süß bitte nicht mit niedlich oder nett…"

Wieder machte sich bei Bastian die Wortfindungsstörung breit, dankbar registrierte er, wie in diesem Augenblick von den traditionell gekleideten Thailänderinnen die gemischte Vorspeisenplatte serviert wurde: Zeit zum Verschnaufen und Nachdenken.

Nachdem er die erste überbackene Garnele genossen und den Satay-Spieß über der grünen Brennpaste gegrillt hatte, fand er langsam die Sprache wieder.

„Du… Du bist mir also nicht böse?"

„Wieso sollte ich?"

„Na weil ich, um Dich kennen zu lernen, einen Deal abgeschlossen hatte."

„Es klingt komisch, aber das mag ich an Dir. Deine Unsicherheit, aber auch Deine Ehrlichkeit. Du bist kein Aufreißer mit Macho-Sprüchen."

„Kannst Du Dir vorstellen, wie groß der Stein ist, der gerade von meinem Herzen plumpst? Der schlägt jetzt wahrscheinlich gerade unten im Tresorraum ein…"

„Im Tresorraum?"

"Wir sind hier in einer ehemaligen Sparkassen-Filiale. Wenn Du unten auf die Toilette willst, musst Du erst durch eine alte, dicke Tresortür gehen."

„Und was wäre, wenn hinter mir die Stahltür zufällt?"

„Dann würde ich zum Panzerknacker - worauf Du Dich verlassen kannst!"

Mala blinzelte Bastian für einen kurzen Augenblick zu und aß genüsslich ihre frittierten Käsebällchen.

Es war die leckerste aller Vorspeisenplatten, die Bastian je verzehrt hatte – ja, es war überhaupt der beste Restaurant-Besuch seines

Lebens. Alles war perfekt. Nun lag es an ihm, die Konversation aufrecht zu halten... „Darf ich Dich mal was fragen?"

„Was ist das denn für eine Frage? Na klar, schieß los..."

„Woher stammt eigentlich Dein Name Mala?"

„Wieso, gefällt er Dir nicht?"

„Doch, doch – absolut. Ich meine nur, ich finde, er ist ziemlich selten. Um genau zu sein, ich habe noch nie zuvor ein Mädchen oder eine Frau getroffen, die so heißt..."

„Das stimmt, deshalb mag ich meinen Namen auch so sehr. Eigentlich stammt er aus dem Sanskrit und bedeutet Kranz. Gleichzeitig ist Mala eine indische Gebetskette mit 108 einzelnen Perlen, vergleichbar dem katholischen Rosenkranz. Im Kroatischen ist Mala die Kleine. Meine Eltern haben aber weder das eine oder andere im Sinn gehabt, als sie mich so nannten."

„Sondern?"

„Darf ich Dir eine Gegenfrage stellen? Interessierst Du Dich neben Sport auch für Literatur?"

„Nein, leider viel zu wenig. In der Schule habe ich die geforderten Roman-Zusammenfassungen aus Zeitnot und Faulheit immer nur von den Mitschülern abgeschrieben. Dabei habe ich erst viel später erfahren, was für ein Kunstbanause ich gewesen bin."

„Sicherlich kennst Du aber Hermann Hesse?"

„Nun ja, eigentlich hätten wir damals auch `Narziss und Goldmund´ lesen sollen."

„Und, hast Du?"

„Ich kann mich beim besten Willen nicht mehr dran erinnern, tut mir leid!"

„Also gut, ich werde Dir erzählen, woher mein Name stammt. Meine Eltern haben sich vor etwa 30 Jahren während des Studiums in einem Literaturkreis kennen gelernt. Beide vereinte die Liebe zu Indien und zu Hermann Hesse. Er war seiner Zeit weit voraus und schrieb Erzählungen und Romane, die besonders von der 68er Generation dankbar aufgenommen wurden. Exemplarisch dafür steht der Steppenwolf, für den er auch den Literatur-Nobelpreis bekam. Dieses Buch kennst Du doch sicherlich, oder?"

„Ähh... ich hab´ davon gehört..."

„Schade. Werde ich Dir bei Gelegenheit mal geben. Also gut, ein ganz entscheidende Dichtung von Hermann Hesse spielt in Indien und handelt von einem jungen Brahmanen namens Siddhartha, der auf der Suche nach dem Sinn des Lebens auf eine junge Kurtisane trifft. Und die heißt Kamala. Dummerweise wurde meine Mutter mit mir ausgerechnet in dem Jahr schwanger, als meine Eltern ihre große Indien-Reise planten. In Ermangelung dessen und Gedenken an Siddharta haben sie mich dann schließlich nach Kamala einfach nur Mala genannt."

„Wunderschön - so schön, dass ich mir das Buch gleich morgen besorgen werde. Da kann ich mit meinem Namen leider nicht mithalten."

„Heißt Du denn nun Bastian, oder richtig: Sebastian?"

„Bastian. Das hängt damit zusammen, dass es 1972 zur Zeit der olympischen Spiele in München eine Fernsehreihe gab, die „Der Bastian" hieß. Ich glaube, meine Mutter war damals in den Hauptdarsteller Horst Janson verknallt. Der spielte so einen ewigen Studenten."

„Und, trifft das auch auf Dich zu?"

„Was, das Verliebtsein???"

„Das auch, aber ich meinte eher den ewigen Studenten?"

„Ähem... also, ich beginne jetzt gerade mit meiner Diplomarbeit" – Bastian musste grinsen – „So gesehen also nicht."

Nahezu lautlos waren in der Zwischenzeit die freundlich lächelnden Servicekräfte erschienen und hatten die Reste der Vorspeisenplatte abgeräumt, sowie eine große Schüssel Reis und die verschiedenen Hauptspeisen aufgetischt. Mala probierte und verdrehte die Augen.

138

„Ich habe lange nicht mehr so köstlich gegessen. Das war eine klasse Idee von Dir."

„Vielen Dank. Woher wusstest Du eigentlich, dass ich hier ganz in der Nähe wohne?"

„Na, von wem wohl? Das hat mir Mike beim Fußball erzählt, kurz bevor Du Dich am Schluss noch verletzt hast."

Bastian zögerte einen Augenblick, aber die Frage brannte ihm schon seit einiger Zeit unter den Nägeln. Nach einer Weile des Schweigens fasste er sich ein Herz. „Ich weiß, dass ich es Mike zu verdanken habe, dass ich Dich wieder getroffen habe...."

„Ja, und ?"

„...Ich frag´ nur, weil ich weiß, wie er so drauf ist: war oder ist da irgendetwas zwischen Euch?"

Mala stoppte abrupt und sah ihn streng an: „Ich habe zwar keinen Anlass, Dir Auskunft geben zu müssen. Aber glaubst Du allen Ernstes, ich würde mich auf so einen windigen Hafensänger einlassen?? Ich kenne ihn, war mit ihm auch schon mal aus – mehr aber nicht!"

Bastian atmete tief durch und schöpfte Hoffnung. „Das beruhigt mich! Und was ist dann mit Olli?"

Mala schüttelte belustigt den Kopf. „Bist Du neben Deiner Tollpatschigkeit auch noch mit Blindheit geschlagen? Dein Turnkollege Oliver steht doch gar nicht auf Frauen. Im Gegenteil, wenn der auf jemanden scharf ist, dann auf Dich!"

Bastian fiel fast das Essen aus dem Gesicht. Olli schwul? Und dann stand er auch noch ausgerechnet auf ihn? Das hatte ihm gerade noch gefehlt. Wie sollte er da jemals wieder unbefangen in den Turnkurs gehen können und hinterher mit diesem warmen Bruder duschen? Er bestellte sich erstmal einen Mai Tai.

„Was ist denn mit Dir und den Frauen?"

Bastian wurde von Malas Frage komplett auf dem falschen Fuß erwischt. „Ähh... wie meinste denn das?"

„Na, bist Du schon lange Single?"

„Wie kommst Du denn drauf, dass ich Single bin?"

Schlagartig waren sie bei Mala wieder da, die Grübchen in den Wangen und die Lachfalten um die Augen. „Na, so tollpatschig, wie Du Dich seit unserem ersten zufälligen Kennen lernen verhalten hast, kannst Du nur alleine sein."

„O.k., ich geb´ mich geschlagen..."

„Und.... Wie viele Freundinnen hast Du schon gehabt?"

„So richtig, ich meine länger als eine Woche? Lass mal überlegen... Ich glaube Drei. Und Du, wie viele Beziehungen hast Du schon hinter Dir?"

„Das spielt doch keine Rolle. Jedenfalls war der Märchenprinz noch nicht dabei."

„Damit kommen wir wieder zu meiner Frage von der Spoho-Party..."

„Welche Frage? Ach so, ob ich liiert bin... Nachdem Du schon so bereitwillig Auskunft gegeben hast, lautet die Antwort schlicht und ergreifend: nein!"

„Aber das versteh ich nicht. Du siehst so klasse aus, bist intelligent und sportlich..."

„...vielleicht ist das ja gerade der Grund? Viele Männer haben Angst vor mir und trauen sich erst gar nicht, mich anzusprechen. Die, die das dann doch machen, haben meist einen unvorstellbar blöden Spruch drauf und sind unterbelichtet. Davon abgesehen, habe ich durch mein Studium auch gar keine Zeit für eine Beziehung."

Bastian blieb der Bissen im Hals stecken. „Das... das ist jammerschade."

„Wieso?"

„Ähh... ja... also... nur so, halt." Bastian senkte enttäuscht seinen Kopf und bemerkte nicht, wie er äußerst interessiert gemustert wurde.

„Darf ich mal von Deinem Cocktail kosten?" Mala versuchte, die entstandene Pause zu überbrücken.

„Ja klar, lang zu…"

„Hmmh… der ist aber gut. Richtig erfrischend. Bestellst Du mir bitte auch einen?"

Bastian orderte einen weiteren Mai Tai, traute sich aber nicht, etwas zu fragen, geschweige denn, in Malas Gesicht zu schauen.

„Was bist Du auf einmal so wortkarg? Erzähl mal von Dir. Hast Du Geschwister, was machen Deine Eltern?"

Fast widerwillig gab Bastian Auskunft. „Ich hab´ noch einen Bruder und eine Schwester, Zwillinge, sieben Jahre jünger. Mein Vater führt in der westfälischen Provinz einen Landmaschinenhandel und meine Mutter managt das Familienleben. Nun ja, sie versucht es zumindest."

„Du magst sie nicht sonderlich, oder?"

„Wie kommst Du denn darauf, bist Du auch Psychologin?"

„Ich nicht, aber mein Vater – er hat seine Praxis in Rodenkirchen."

„Und Deine Mutter? Was macht die so?"

„Die arbeitet als Galeristin in Frankfurt. Meine Eltern haben sich vor fünf Jahren getrennt."

„Das heißt, Du lebst mit Deinem Vater zusammen?"

„Nee, die alte Wohnung habe ich für mich alleine. Mein alter Herr wollte nach der Trennung ein komplett neues Leben anfangen."

„Und, wo wohnt er jetzt?"

„Mit seinem Freund irgendwo im Belgischen Viertel…"

Vor Schreck hätte Bastian beinahe das letzte Stückchen Fleisch wieder ausgespien, konnte sich aber gerade noch beherrschen.

„… mit seinem Freund???"

„Ja, wieso?"

„Ist Dein Vater etwa… schwww… äh…. homosexuell?

„Keine Ahnung. Und wenn – was wäre daran schlimm?"

„Ähh… och…. ähh… gar nichts. Wie Du mir selber gesagt hast, ist ja auch mein Kommilitone Olli vom andern Ufer. Und eigentlich ist der ja ganz in Ordnung."

„Was meinst Du mit `eigentlich´? Hast Du etwa Vorbehalte gegen Homosexuelle?"

„Ähh… nein, überhaupt nicht. Ich meine, da wo ich herkomme, gibt´s halt so was nicht, aber hier in Köln ist das ja ganz normal…"

„Bastian, in welcher Welt lebst Du? Glaubst Du wirklich, im katholischen Münsterland gebe es keine Schwulen, nur weil Eure Wiesen so saftig und Eure Kühe so wohlgeraten sind?"

Es lag nicht an den Chili-Schoten, dass Bastians Kopf plötzlich hochrot wurde. „Ähh… ja… ich meine, nein. Sorry, wenn das für Dich komisch klang. Ich hab´ das nicht so gemeint."

„Das will ich hoffen. Jeder hat das Recht darauf, so zu leben, wie er es für richtig hält."

„Ja, das stimmt, da gebe ich Dir zu hundert Prozent Recht! Entschuldigung!"

„Na gut, lass uns das Thema wechseln…."

Bastian schnaufte erst einmal tief durch. „O.k.. Was mich noch interessiert: inwiefern wird ein Kind durch die Scheidung der Eltern in Mitleidenschaft gezogen? Prägt das für den weiteren Lebensweg?"

Jetzt musste Mala schmunzeln. „Hör´ mal, als meine Eltern sich trennten, war ich schon 20. Wenn Du meinst, nur weil ich nicht liiert bin, hängt das mit einem unverarbeiteten Trennungsschmerz zusammen, dann hast Du Dich geschnitten."

Bastian verstummte.

„Ich denke, Du bist sicherlich ein hervorragender Fußball-Torhüter, aber als Psychologe würdest Du wahrscheinlich verhungern. Außerdem habe ich ja nicht gesagt, dass ich keine Beziehung will. Ich stelle es mir augenblicklich nur sehr schwierig vor…"

Bastian verspürte wieder leichtes Oberwasser und wagte einen kurzen Blick in Malas Gesicht. Ihr freundliches Lächeln sorgte für sofortige Entspannung seiner verkrampften Gesichtszüge. Unvermittelt löste sie ihre hochgesteckten Haare, schüttelte den Kopf und ließ ihre hellblonden Haare lockerleicht über die Schulter fallen. Bastian stand kurz vor der Schnappatmung. „Wieso trägst Du die Haare nicht immer offen? Das sieht so geii......niial aus."

„Weil ich weiß, welche Wirkung das auf Männer hat. Lieber etwas strenger, dafür auch unnahbarer."

„Ist das auch der Grund dafür, wieso Du im Krankenhaus so eine komische Brille getragen hast?"

„Genau. Eigentlich trage ich Kontaktlinsen. Aber bei diesen vielen notgeilen Böcken mit ihren weißen Kitteln, die denken, so eine kleine Medizinstudentin wäre ein dankbares Opfer, trägt die Brille ein Stückweit auch zum Selbstschutz bei."

Bastian glaubte sich verhört zu haben. Hatte dieses engelsgleiche Wesen, jene Verkörperung von Anmut, Stil und Bildung, in Bezug auf die hochangesehenen Herren Doctores tatsächlich von „notgeilen Böcken" gesprochen??? Er konnte es nicht fassen.

„Und wieso hast Du die Haare jetzt...?" Wegen seiner noch nicht ausformulierten, absolut dämlichen Frage wollte er sich schon auf die Zunge beißen, als er plötzlich ihre Finger auf seinem Handrücken spürte. Verlegen schaute er erst Mala, und dann Siri an, der weise lächelnd die bestellten Cocktails servierte.

Mala prostete ihm zu und sog durch den Strohhalm nahezu das halbe Glas leer. „Das Zeug ist der Hammer. Ich fühle mich wie im Urlaub."

„Und ich wie im 7. Himmel. Allerdings solltest Du aufpassen, Siris Drinks haben die Wirkung einer Neandertaler-Keule. Irgendwann hauen sie Dich um..."

„Keine Sorge, ich bin schon ein großes Mädchen!"

Bastian wusste nicht, ob es auch eine Folge des Alkohols war, aber sein Herz raste wie verrückt und ließ ihn an seinem Trainingszustand zweifeln: obwohl er sich nicht bewegte, hatte er einen Puls von mindestens 180. Selbst wenn er gewollt hätte - er konnte jetzt nichts mehr sagen. Das wiederum war auch gar nicht nötig, denn dafür sorgte schon Mala. Völlig zwanglos schilderte sie ihre Kindheit, wie sie über frühe Doktorspiele ihre Leidenschaft für die Medizin entdeckte und ihr jetziges Dilemma, ob sie Chirurgin oder doch lieber Kinderärztin werden wolle. Zwischendrin nahm sie immer wieder einen kräftigen Schluck Feuerwasser.

Beim nächsten Mai Tai entfaltete das raffinierte Zusammenspiel von braunem Rum mit Rohrzucker dann seine tückische Wirkung. Malas Augen bekamen einen glasigen Schimmer, das Lächeln nahm zu und die Sprachfertigkeit in gleichem Maße ab. Bastian erkannte, dass es Zeit war, zu gehen. Er gab Siri ein kurzes Handzeichen und wartete auf die Rechnung. Doch statt des Belegs servierte der Chef zwei weitere Cocktails. „Du hast was falsch verstanden, ich wollte zahlen..."
„Nein, nicht falsch verstanden. Rechnung kommt später. Zuvor müsst ihr aber noch was probieren. Geht aufs Haus..." Mala schien begeistert...

Kurze Zeit später war sie kaum noch in der Lage zu einer normalen Konversation. Bastian reagierte zunehmend reservierter. Zwar fand er es ziemlich uncool, wenn Mädchen aus Vernunftgründen nur Cola oder Wasser tranken, aber für betrunkene Frauen hatte er gar nichts über. „Meinst Du nicht, wir sollten jetzt langsam mal gehen?"
„Wieso, is doch schön hier..." Aufgrund des verstärkten Nuschelns und der Zischlaute musste Bastian schon logopädische Fähigkeiten zur Spracherkennung aufbringen.
„Erzähl mir mal lieber, wie Du nach Hause kommst?"

„Wie ich gekommen bin – mit der Bahn…."

„Und wohin musst Du genau?"

„Palanterstrasse in Sülz…"

Bastian wollte schon gönnerhaft einwerfen „dann bestell ich Dir ein Taxi" – musste beim Blick in sein Portemonnaie aber feststellen, dass er nach Begleichen der Rechnung dafür gar nicht mehr die nötige Finanzkraft besaß. Er zahlte und half Mala von ihrem Platz auf.

„Weißt Du was, ich bring Dich nach Hause…"

„Nee, bin doch schon ein großes Mädchen…."

„Was man gerade unschwer erkennen kann…"

Wie bei einem verletzten Fußballer, der vom Platz geleitet wurde, hakte sich Bastian bei Mala unter und realisierte, dass er mit seiner Heldentat schwere Stürze verhindert hatte: Siris Mai Tai schlugen mit gnadenloser Härte zu. Auch wenn es nur 200m bis zur Haltestelle waren benötigten die beiden fast eine Viertelstunde. Mala klammerte sich zunächst an Bastians Schulter, ließ dann aber ihre Hand langsam der Kraft der Erdanziehung folgen. Auf Höhe seines Portemonnaies verharrte sie und packte kräftig zu. „Toller Glutaeus Maximus, alle Achtung."

„Dank Anatomie im Grundstudium weiß ich, dass Du damit meinen Hintern meinst. Dennoch: vielen Dank."

„Gern geschehen…. War übrigens sehr nett heute Abend."

„Fand ich auch. Aber jetzt ist es Zeit, ins Bettchen zu gehen."

„Was bist Du denn auf einmal so eine spießige Spaßbremse, lass uns doch noch weiterziehen…."

„Ich denk ja nur an Dich".

„Keine Sorge, ich …"

„Ja, ja… ich weiß, bist schon ein großes Mädchen." Langsam geleitete er sie weiter Richtung Straßenbahn.

„Kannst Du mal gerade anhalten?"

„Wieso, was ist?"

„Mir ist plötzlich so komisch. Ich glaub´, ich muss…." und schon spie sie in hohem Bogen eine Fontäne aus Tintenfisch, Kokosnuss, Mai Tai und Stangenbohnen direkt vor das kleine Büdchen an der Haltestelle. Auch Bastian musste würgen, konnte sich aber gerade noch zusammenreißen.

Alle Wartenden starrten sie angeekelt an, doch Mala schien das Missgeschick nichts auszumachen. „Uuupsala, war wohl´n kleiner Vomitus."

Ohne anzuhalten, wankte sie weiter bis zum Wartehäuschen und setzte sich auf die Bank. Bastian war von Zweifeln geplagt: war das wirklich die gleiche Frau, die ihn zu Beginn des Abends um den Verstand brachte? Auch jetzt schickte sie ihn auf eine gefühlsmäßige Achterbahnfahrt, allerdings aus anderen Gründen. Er mochte Mala – ja, er himmelte sie sogar an – nun aber musste er sich fremdschämen. Andererseits: wie oft war er schon volltrunken und mega-peinlich… Im Nachhinein konnte er von Glück reden, dass es von seinen Alkoholeskapaden kein belastendes Material wie Fotos oder gar Videoaufnahmen gab. Machte es einen großen Unterschied, ob Mann oder Frau zu viel gebechert hatte? Musste er nicht die gleiche Nachsicht walten lassen, die er tags drauf immer von den anderen eingefordert hatte? Gut, Malas Lack hatte gerade Risse bekommen, aber das zeigte auch: sie war keine Außerirdische, sondern aus Fleisch und Blut. Ein Mensch mit Ecken und Kanten - genau wie er...

Bastian setzte sich so zu ihr auf die Bank, dass sie nicht umfallen konnte. Glücklicherweise ließ die Bahn nicht lange auf sich warten. Kaum hatten sie Platz genommen, fiel Malas Kopf auf seine Schulter und sie nickte ein. Nach ein paar Minuten hatte sich Bastian an den ungewöhnlich strengen Geruch gewöhnt.

Von der Zülpicher Strasse ging es zu Fuß weiter, wobei sich Malas unfreiwillige Magenentleerung positiv auf ihre Koordination ausgewirkt zu haben schien: zielsicher navigierte sie über die Sülzburg- in die Palanterstrasse. Vor einem großen Mehrparteienhaus blieb sie plötzlich stehen. „Hier wohne ich…"

„Gut, dann kann ich ja beruhigt nach Hause gehen…"

„Warte noch mal grad…"

„Was ist denn los?"

Wortlos zog sie Bastian am Ärmel. Er sah sie an und erschrak: erwartungsfroh schloss sie die Augen und spitzte den Mund. Bastian konnte ihren Atem riechen. Er musste sich entscheiden…

„Schlaf gut!" Schnell gab er ihr einen flüchtigen Kuss auf die Wange und machte sich aus dem Staub. Verdutzt öffnete Mala die Augen…

XI

Ein ständiges Krachen riss Bastian aus der Tiefschlafphase. Das angelehnte Fenster schlug, nahezu magisch von einem starken Sog getrieben, immer wieder gegen den Aluminiumrahmen. Bastian mühte sich aus dem Bett und bereitete dem Treiben ein Ende. Draußen war es grau in grau, der Wind peitschte dicke Regentropfen gegen die Scheibe, das Stadion war nur noch in Umrissen erkennbar. Weltuntergangsstimmung. Bastian wollte sich schon wieder in sein muckelig-warmes Bett verkrümeln, als sein Blick auf den Wecker mit Datumsanzeige fiel: 11.10 Uhr am Freitagmorgen. Urplötzlich fiel es ihm wie Schuppen aus den Haaren: vor genau zwei Wochen hatte er Mala kennengelernt, und das bedeutete auch: ab heute durfte er wieder Sport treiben. Wobei von `dürfen´ keine Rede sein konnte: er musste, wollte er in der Turnprüfung eine einigermaßen erträgliche Figur abgeben. Es war wie ein Déjà-vu: er hatte nach den gestrigen Cocktails einen ordentlichen Schädel und nur noch 5 Minuten Zeit, rechtzeitig zum Kursbeginn zu kommen. Immerhin gab es nach dem letzten Heimatbesuch eine freie Auswahl in Sachen Sportklamotten. Begleitet von Hiros rhythmischem Schnarchen als Taktgeber schlüpfte er in Sport- und Trainingshose, streifte sich T-Shirt sowie Trainingsjacke über und glitt barfuss in seine Laufschuhe. In Rekordzeit verließ er - ohne zu duschen, Zähne zu putzen und das übliche Koffein-Doping - das Appartement und stürmte samt Sporttasche aus der Wohnung.

Als er den Aufzugsknopf drückte, war er noch in der Zeit: erst in 3 Minuten würde Ede militärisch korrekt seinen Kurs aufrufen und antreten lassen. Sekunde um Sekunde verrann, doch keiner der Aufzüge machte irgendwelche Anstalten. Licht drang aus einem der Schächte — anscheinend stand mal wieder eine Reparatur an. Aber auch die restlichen beiden Personenbeförderungsanlagen gaben kein

Lebenszeichen wie das sonst übliche Rucken, Knarren oder Türöffnen von sich. Nur noch 2 Minuten. Bastian wusste, vom Ausgang des Turms bis zum Eingang der Halle 21 benötigte er bei schnellem Sprint eine knappe Minute. Noch länger konnte er nicht warten… Fluchend öffnete er die Tür zum Treppenhaus und jagte die 16 Stockwerke nach unten. Schweißgebadet kam er im Erdgeschoss an, verkniff sich den Blick auf die Uhr und rannte aus dem Turm direkt in das Unwetter. Der peitschende Regen nahm ihm die Sicht, immer wieder stolperte er in eines der vielen, mittlerweile mit Regenwasser gefüllten Schlaglöcher des Carl-Diem-Wegs. Keine Zeit zum Innehalten. Als er vollkommen durchnässt in der Halle 21 ankam, war der komplette Turn-Kurs schon in der Mitte der Akrobatik-Bahn im Halbkreis um den Kursleiter versammelt. Abermals hatte Bastian einen ungewollten Solo-Auftritt.

„Ach da schau her, der wieder genesene Fußball-Star und Ober-Zapfer hat auch noch den Weg in die Niederungen des Turn-Kurses gefunden. Welche Ehre, wir sind erfreut!"
Bastians Turnkollegen kommentierten Ede´s süffisante Begrüßung mit Gelächter, auch Tom und Olli hatten offensichtlich ihren Spaß.
„Wenn Du Deine Badesachen ausgezogen und das Turndress angelegt hast, kannst Du uns ja vielleicht erklären, wieso am Mittwoch bei der Spoho-Party kein Gewinn übrig geblieben ist!?!"
Irritiert stellte Bastian seine Sporttasche auf die Bank und suchte den Blickkontakt zu Tom. Der schüttelte kaum merklich den Kopf und legte den Zeigefinger an den Mund. Bastian zog sich um und gesellte sich zu seinen Studienkollegen.
„Also, welche Begründung hast Du für die Fast-Pleite?" Auch wenn die Frage eher interessiert und die Tonlage durchaus freundlich zu sein schien, so wusste Bastian doch, dass Ede keine Ruhe lassen würde, ehe dieses Mysterium geklärt sein würde.

149

„Ähh… keine Ahnung, Trainer. Ich hab beim besten Willen kein Verständnis dafür…" Aus den Augenwinkeln erkannte Bastian, wie einige aus seinem Kurs krampfhaft zu Boden schauten, um ja keine Emotionen preisgeben zu müssen. Wahrscheinlich hatten sie sogar ein verräterisches Grinsen im Gesicht.

„Na gut. Nach Absprache mit Professor Terbrüggen werdet Ihr zur Strafe nächsten Dienstag die Halle vollständig vom Magnesia-Staub befreien, und das beinhaltet auch sämtliche Geräteräume, Zuschauerränge und Deckenträger. Wenn man so will, eine Komplettreinigung. Und Ihr werdet erst wieder aus der Halle gelassen, wenn wirklich alles blitzblank und staubfrei ist. Es sei denn, ich bekomme zuvor noch sachdienliche Hinweise, wo der Gewinn unserer Party verblieben ist. Die Institutsleitung hatte nämlich geplant, das Geld für eine schöne Schwerpunkt-Abschlussfeier mit Euch im `Stella´ zu verwenden. Selbstverständlich werden alle Informationen strengvertraulich behandelt."

Bastian dreht sich der leere Magen. Gab es möglicherweise einen Verräter im Kurs, der ihn, nur um nicht putzen zu müssen, ans Messer liefern würde? Immerhin wurden einige von Ede´s letzten Worten aus ihrer studentischen Schockstarre aufgeschreckt und zeigten in ihrem Blick Irritation bis hin zu Verärgerung. Dennoch riskierte es keiner, irgendetwas zu sagen.

„Und jetzt macht Euch die nächsten Minuten erstmal vernünftig warm, ehe Ihr noch mal Eure Schwachpunkte der Prüfungsübungen trainiert. Ach so, und Du, Bastian, solltest beim Aufwärmen lieber auf irgendwelche moderne Tanzeinlagen verzichten…" Trotz der ironischen Anmerkung traute sich diesmal keiner zu lachen.

Alle Kursteilnehmer begannen zunächst langsam um die Bodenfläche zu traben, variierten das Ganze dann mit Skippings und verschiedenen Formen des Armkreisens – als Folge von Bastians Platzwunde allerdings mit Sicherheitsabstand zum Nebenmann. Nach mehreren hohen Hock- und Schlusssprüngen begannen die ersten in der Mitte der Fläche mit Dehnungsübungen. Kaum hatte Bastian am Rand der Matte im Grätsch-Sitz Platz genommen, setzte sich sein Mitzapfer Tom ihm so gegenüber, als würde er gegen seine Beine drücken und ihn zusätzlich dehnen. Sein Flüsterton hatte etwas Verschwörerisches an sich. „Lass Dich nicht von Ede´s harter Tour kirre machen. Der kocht auch nur mit Wasser....."

Bastians Stimme wirkte unsicher. „Du hast gut reden. Was ist, wenn irgendjemand überhaupt keinen Bock aufs Putzen oder sonst irgendwie einen Hals auf uns hat – zumal das Geld für unsere Abschlussfeier geplant war??"

„Keine Sorge, das hab´ ich alles schon gecheckt. Die hatten soviel Spaß auf der Party, dass sie jetzt den Putztermin sportlich locker nehmen."

„Wirklich??"

Wie ein Phantom tauchte plötzlich Ede neben ihnen auf. „Was tuschelt Ihr denn da wie pubertierende Hühner? Gibt es irgendetwas, dass vielleicht auch mich interessieren könnte?"

Bastian zuckte zusammen, doch Tom tat völlig unbeeindruckt. „Wir besprechen nur grad, wie Bastian seine Übungen aufbauen sollte, um ein gutes Prüfungsergebnis zu erzielen."

„Na, da bin ich aber gespannt. Dann begebt Euch jetzt mal an die Geräte."

Da Tom als Auswahl-Turner die „1" als Praxisnote nicht zu nehmen war, verzichtete er auf das zusätzliche Training und begleitete seinen Kommilitonen an den Sprungtisch. Dank intensiven Trainings vor der Gehirnerschütterung brachte Bastian die Serie von Überschlägen sicher in den Stand. Am Barren hatte er schon mehr Probleme, vor allem beim Schwingen in den Handstand befürchtete er jedes Mal, mit den Armen wegzuknicken und durch die Holme auf die Nase zu fallen. Doch mit Toms Hilfestellung konnte er auch an diesem Gerät bis auf ein paar Zwischenschwünge seine ausgedachte Kür durchturnen.

Zu guter Letzt gingen sie wieder an den Boden – Bastians Zittergerät. Wobei: grundsätzlich hatte er sich eine Übung zusammengestellt, die durchaus beherrschbar schien – bis auf die letzte Bahn. Denn ein Pflichtbestandteil sollte die Kombination Radwende – Flick-Flack – Salto rückwärts sein. Ohne den eingebauten Flick-Flack wäre das Ganze ein Kinderspiel gewesen. Aber vor dem `Handstützüberschlag rückwärts` - wie Ede das Übungsteil terminologisch korrekt bezeichnet wissen wollte – hatte Bastian Muffensausen. Entweder sprang er zu flach oder zu hoch – in beiden Fällen verpasste er dadurch den optimalen Absprung und so die nötige Höhe für den abschließenden Salto. Durch das intensive Training ging ihm jegliches Zeitgefühl verloren, umso überraschter war er, als ein schriller Pfiff vom Ende der Turnstunde kündete. „Jungs, alle noch mal in der Mitte der Bodenfläche zusammen kommen."
Bastian dachte `so nicht, Ede – nicht jetzt`, denn mit einer unvollendeten Bahn wollte er den Kurs nicht beenden. Am äußeren Rechteck der Bodenfläche signalisierte er Tom mit einem Handzeichen, die vollständige Kombination samt Salto probieren zu wollen. Irgendwie hatte er das Gefühl, als würde der komplette Kurs innehalten und gebannt seine Aktion verfolgen. In diesem Augenblick war er dankbar dafür, noch nie Schwierigkeiten gehabt zu haben, sich auf kritische Situationen vorzubereiten und zu konzentrieren. In Gedanken ging er noch einmal seine Bahn durch und dachte an die Hinweise von Tom. Der stand zur Sicherheit in der Mitte der Fläche, um ihn – wenn nötig - in die Luft zu katapultieren und zu drehen. Bastian atmete noch einmal tief durch und nahm Anlauf. Die Bewegungsabfolge hatte sich tief in sein motorisches Zentrum eingebrannt – er setzte flach zur Radwende an, federte extrem mit

152

den Händen ab und beschleunigte explosiv nach hinten zum Flick-Flack. Intuitiv nahm er wahr, dass der Bewegungsablauf diesmal extrem flüssig und das Tempo hoch war. Vom Rand der Matte rief irgendjemand „Zieh!!!". Bastian erwischte den Absprung zum Salto optimal, zog blitzschnell die Arme nach oben und blockierte sie auf Höhe der Schultern, gleichzeitig hockte er nahezu instinktiv die Beine an. Die Flugphase kam ihm ungewohnt lang vor – er rotierte einmal um die Breitenachse und streckte die Beine zur Landung, doch anders als sonst war kein Boden zu spüren, sondern lediglich… Luft! Aufgrund des noch vorhandenen Drehimpulses rotierte er orientierungslos weiter und hatte plötzlich Monsterschiss, auf dem Nacken oder Hinterkopf zu landen. In Sekundenbruchteilen kam ihm wieder die Sturzszene aus seinem Alptraum in den Sinn, er machte sich auf das Schlimmste gefasst und spannte alle Muskeln an. Doch der harte Aufprall blieb aus, stattdessen wurde die Drehung durch einen äußeren Eingriff abrupt beendet. Als sich nichts mehr drehte, öffnete Bastian die zuvor krampfhaft geschlossenen Augen. „Wo bin ich?"

Er konnte es nicht fassen: wie ein kleines Baby lag er in den starken Armen von Tom, der ihn breit grinsend anstrahlte. „Na, mein Kleiner?!?" Während einige seiner Turnkollegen Beifall klatschten, wurde er langsam zu Boden gelassen. „Kann mein Retter mir mal grad erzählen, was passiert ist?"

„Mensch Basti, Du bist abgegangen wie Superman. Du hättest fast schon einen Doppelsalto springen können."

„Wirklich?? In der Flugphase fühlte ich mich auf jeden Fall wie bei einer Marsmission!"

„Jetzt weißt Du zumindest, wie es geht. Speicher das mal dauerhaft auf Deiner Festplatte ab."

Im gleichen Augenblick berührte ihn eine Mordspranke sanft an der Schulter. Bastian erinnerte sich an Malas Worte vom Vorabend, ihm schwante Ungemach. „Also, ich muss schon sagen: für einen Fußballer war das wirklich nicht schlecht...." Mit leichtem Unbehagen drehte sich Bastian um: vor ihm stand ein glatzköpfiges Kraftpaket. „Danke für die Blumen, Olli."

„Gern geschehen. Ganz im Ernst: Du bist nicht untalentiert. Wenn Du willst, gebe ich Dir gerne Einzelunterricht." Bastian lief es eiskalt den Rücken runter. „Ähh...ja....ähh... danke, das ist...ähh... wirklich sehr nett ...."

„Also gut, ihr wurdet gerade Zeugen, wie man methodisch korrekt eine Übungsreihe erarbeiten und damit Erfolg haben kann...." – Bastian war froh, dass die ihm aufgezwungene Konversation durch Ede unterbrochen wurde – „Noch habt ihr 3 Kursstunden Zeit, Eure jeweilige Kür zu perfektionieren. Dann müsst Ihr hier vor Professor Terbrüggen und der Prüfungskommission Eure Übungen vorturnen. Da die Halle über das Wochenende geschlossen ist, könnt Ihr zuvor noch mal in Euch gehen, und überlegen, wo der Gewinn der Turnerparty geblieben ist. Ansonsten ersetzt Ihr hier am Dienstag die Putzkolonne. In diesem Sinne: bis nächste Woche."

Kaum war Ede fertig, wandte sich Olli wieder zu Bastian. „Der Alte lässt heute aber einen ganz schön harten Hund raushängen. Ob er mit seiner Drohung Erfolg haben wird?"

„Keine Ahnung. Wie kommst Du drauf?"

„Na, weil Du vielleicht ja in dieser Geschichte mehr weißt als alle anderen..."

„Olli, ich mag Dich und ich bewundere Deine turnerischen Fähigkeiten. Du weißt genau, was passiert ist. Wenn Du nicht möchtest, dass ich aus dem Kurs fliege und deshalb mein Studium schmeißen muss, wäre ich Dir sehr verbunden, wenn Du Dein Wissen für Dich behältst."

„Vielleicht hättest Du ja Lust, mit mir einen Abend gemeinsam auszugehen?" Bastian stockte der Atem. War das eine Art Erpressungsversuch?

„Das ist nett gemeint, aber.... ähh... ich habe leider keine Zeit. Diplomarbeit – weißt Du?"

„Ach komm schon. Lass uns erst mal in Ruhe duschen." Bastian sackte das Herz in die Hose, er ertappte sich dabei, wie er sicherheitshalber eine Hand vor und die andere Hand hinter sein enges Turndress hielt. Was andere bei Olli vielleicht als nettes Lächeln gedeutet hätten, empfand er als lüsternes Grinsen. Bastian fühlte sich wie ein hilfloses Objekt der Begierde. „Ähh... tut mir leid, aber ich hab´ keine trockenen Sachen mehr zum anziehen. Ich dusche lieber im Appartement."

Komischerweise schien Olli der Korb nicht im Geringsten etwas auszumachen. „Na gut, dann kommen wir halt ein anderes Mal zusammen." Während Bastian noch schauderte, wurde er im gleichen Augenblick von Bernd am Trikot gezupft. „Ich muss Dich mal kurz sprechen". Bastian war noch so von Ollis Balztanz verwirrt, dass er wie ein paralysierter Lemming dem Skifahrer in den Geräteraum folgte.

„Was gibt´s denn so Wichtiges?"

„Mir ist zu Ohren gekommen, dass Du neuerdings auch Sportklamotten vertickst. Ich bräuchte dringend...."

„Von wem hast Du diese Info??"

„Ähh... das darf ich nicht verraten. Kannst Du mir denn nun....?"

„Hast Du das von Mike?"

Bernd druckste, verweigerte aber hartnäckig die Antwort. In Bastian stieg unbändige Wut hoch, aber er versuchte trotzdem einigermaßen ruhig zu bleiben. „Also gut, ich frag mal anders: Gehe ich recht in der

Annahme, dass Du Michael kennst, ich meine den mit dem Schnauzbart?" Bernd reagierte cool: „Du meinst Porno, oder? Wer kennt den hier an der Spoho nicht?" Bastian musste insgeheim zustimmen. Er spürte, dass er von Bernd keine befriedigende Auskunft erhalten würde.

„Ich erzähl Dir jetzt mal was: die Klamotten, die ich angeblich verticken will, die sind nicht von mir, sondern von eben diesem Michael. Wenn Du was kaufen willst, dann hau den an. Bei der Gelegenheit kannst Du ihm auch gerne verklickern, dass er mir mal kreuzweise den Buckel runterrutschen kann. Wenn er bis heute Abend um Acht seine Sachen nicht bei mir abgeholt hat, dann stell´ ich alles vors Wohnheim – egal, was damit passiert. Hast Du das gecheckt, oder soll ich Dir das noch mal aufschreiben?"
Ohne irgendeine Reaktion machte sich Bernd beleidigt vom Acker. Bastian nahm seine Sporttasche, verstaute die nassen Klamotten, zog die Laufschuhe an und verließ die Halle 21.

Draußen schüttete es noch immer wie aus Kübeln. Bastian stand unschlüssig unter dem Gang des Institutsgebäudes und beobachtete den Regen. Bindfäden, dachte er, dabei passte der blumige englische Ausdruck eigentlich viel besser: raining cats and dogs. Langsam aber sicher fing er in seinen Turnklamotten an zu frieren, doch er wollte nicht noch einmal klitschnass werden. Rüber in die Mensa? Nach der Nummer mit Olli und Bernd hatte er erstmal keinen Bock auf nervige Kommilitonen. Im Westen offenbarte der Himmel erste Auflockerungen, folglich konnte der Wolkenguss nicht mehr allzu lange anhalten. Als er den Kopf wieder senkte, fiel sein Blick auf die nur wenige Meter entfernte Sportbuchhandlung. Das war es! Bastian nahm seine Tasche und rannte durch den Regen zum Hort des sportwissenschaftlichen Literaturschatzes. Drinnen war es angenehm warm. Die offenbar scheintote Buchhändlerin mit altmodischem

Dutt, Bibliothekarsbrille und Leinenhemd las am Verkaufstresen in irgendwelchen Katalogen – wahrscheinlich war sie auf der Suche nach einem geeigneten Seniorenstift - und strafte ihn mit Nichtachtung. Wie selbstverständlich stellte Bastian seine Tasche neben die Tür und begann wahllos zu stöbern. Im Regal mit den Fußballbüchern verweilte er eine Zeitlang, doch alles, was für seine Diplomarbeit hilfreich sein konnte, kannte er entweder schon oder war nicht wissenschaftlich genug. Bei der Turn-Lektüre erregte ein Buch über die Methodik zum Erlernen schwieriger Übungsteile seine Aufmerksamkeit, doch der Preis von 17,80 € war eine Zumutung.

„Suchen Sie irgendetwas Bestimmtes?" Bastian erschrak - die Mumie war zum Leben erwacht.

„Ähh… nein, eigentlich nicht… obwohl" – Bastian überlegte konzentriert und dachte an den gestrigen Abend – „haben Sie etwas von Hesse?"

„Hesse? Was für eine sportwissenschaftliche Arbeit soll der bitteschön geschrieben haben?"

„Nichts wissenschaftliches, es handelt sich eher um… ein Reisebuch. Genau, Indien! Und eine Reise zum Ich."

„Wir führen keine esoterischen Bücher!"

„Nein, auch kein esoterisches Buch. Ich bitte Sie, Sie kennen doch sicherlich Hesse – Hermann Hesse…."

„Junger Mann, ich weiß zwar nicht, wie viel Semester Sie mittlerweile auf dem Buckel haben. Allerdings bin ich mir sehr sicher, dass Sie noch nicht sehr häufig bei uns in der Buchhandlung gewesen sein können. Wir führen ausschließlich Sportbücher. Ernsthafte Literatur finden Sie entweder im Kirchweg oder im Einkaufszentrum."

Bastian hasste die maßregelnde Art der alten Bücherratte – sie hatte was von seiner Mutter. Wieso musste ausgerechnet hier ein Mitglied des Krampfadergeschwaders als Verkaufshilfe für junge, durchtrainierte Sportstudenten agieren? Genauso gut könnte

Ottfried Fischer an der Spoho Schlankheitskurse anbieten. Er fühlte sich von der Alten durch ihre Glasbausteine argwöhnisch beobachtet, als könne sie seine Gedanken lesen.

„Kann ich Ihnen irgendwie in Bezug auf Fachliteratur weiterhelfen?" Wieso nur blieb sie so freundlich? - das passte so gar nicht zu ihrem Äußeren. Betreten schaute Bastian nach draußen und bemerkte, dass der Regen zwar noch nicht aufgehört, aber deutlich nachgelassen hatte.

„Ähh... nein, schon gut. Ich bin bestens versorgt. Danke!"
Bastian griff nach seiner Sporttasche und wollte so schnell wie möglich zurück zum Wohnheim laufen, als ihn beim Öffnen der Tür eine sehnige, aber erstaunlich kräftige Hand zurückhielt. Bastian packte das Grauen.

„Eine Sache noch..."
Bastian drehte sich um und war geplättet. Statt des befürchteten Drachens stand da eine junggebliebene Seniorin, die ihre Brille abnahm und ihn aus ihren kristallklaren Augen äußerst freundlich, ja fast gütig anschaute.

„...ja, bitte???"
„Auch wenn Sie hier an der falschen Adresse sind, so haben Sie Geschmack bewiesen. Das Buch, das sie suchen, heißt Siddhartha - ein Meisterwerk von Hermann Hesse."

„Ähem... vielen Dank, sehr freundlich."

Kopfschüttelnd verließ Bastian die Buchhandlung. Wie man sich doch irren konnte... Ohne auf den Regen zu achten, schlenderte er zurück zum Turm und stapfte unbewusst durch alle Pfützen. Er bemerkte nicht, wie sich seine Sportschuhe vollsogen und jeder seiner Schritte ein knarzendes Geräusch verursachte. Wie konnte er eben dieser netten, älteren Dame nur so Unrecht tun? Irgendwas stimmte nicht mit seiner Urteilsfähigkeit. Hatte er – auch im Zusammenhang mit Olli – Vorurteile? Wobei, wenn er es genau bedachte, waren

Vorurteile doch gar nicht so verkehrt, solange man bereit war, sich auch vom Gegenteil überzeugen zu lassen. So gesehen wäre das Vor-Urteil lediglich eine erste Einschätzung vor dem eigentlichen Urteil. Im Anschluss an das nächste Psychologie-Seminar musste er darüber unbedingt einmal mit seinem Professor reden. Gedankenverloren querte er am Pförtnerhäuschen den Carl-Diem-Weg, als hinter ihm ein wild gewordener Autofahrer plötzlich ein Hupkonzert veranstaltete. Bastian fuhr vor Schreck zusammen. Noch ehe er sich über die Unverfrorenheit dieses Arschlochs aufregen konnte, machte der Typ neben ihm eine Vollbremsung und kurbelte die Seitenscheibe runter.

„Moin, Keule – alles fit im Schritt ?"

Bastian traf der Schlag: Mike!!! Wütend lehnte er sich ans Auto.

„Drehst Du jetzt komplett am Rad? Hast Du zum Frühstück Speed eingeworfen oder was? Ich krieg hier fast ´nen Herzkasper wegen Dir..."

„...Brrr....Ruhig, Brauner...."

„Ich hab´ genug von Dir und Deinem ewigen ´Ruhig, Brauner`"

„Nun reg´ Dich nicht schon wieder so künstlich auf, Du westfälischer Sturkopf..."

„Künstlich aufregen? Tickst Du nicht mehr ganz richtig??? Seit Tagen nerven mich irgendwelche dahergelaufene Typen, die meinen, ich würde mit Sportklamotten dealen. Kaffeekochen kann ich auch nicht mehr, weil Du Intelligenzbestie vergessen hast, meine Maschine auszustellen und das durchgeschmorte Teil fast das ganze Appartement abgefackelt hätte. Und Deine blöden Sprüche gehen mir so was von auf die Nüsse. Entweder Du holst jetzt ganz schnell Deine Sachen bei mir ab, oder....."

„Oder was??"

„Ach weißt Du was? Leck mich...."

Mike zeigte seinem Widersacher den Effe und gab überraschend Vollgas. Bastian war dadurch so perplex, dass er vergaß, seine Hände vom Türrahmen und der Dachreling zu nehmen. Die durchdrehenden Reifen produzierten eine milimeterdicke Gummischicht auf dem Asphalt und hinterließen zusammen mit dem verdampfenden Wasser eine dichte Rauchwolke von stinkendem, verbranntem Kautschuk. Zunächst kreischte der aufgebohrte Vierzylinder, als würde es jeden Augenblick die Kurbelwelle zerreißen. Dann aber, als sich genügend Abrieb auf dem feuchten Boden gebildet hatte, machte der Wagen einen Riesensatz nach vorne. Mike hatte Mühe, seinen Dosenöffner auf der rutschigen Fahrbahn in der Spur zu halten und realisierte dadurch nicht ansatzweise, welches Drama sich auf der Beifahrerseite abspielte. Statt den Griff zu lösen, umklammerte Bastian zunächst aus Reflex und dann voller Verzweiflung die Karosserieteile. Der Vortrieb war so gewaltig, dass es keine Möglichkeit gab, nebenher zu laufen. Stattdessen hing Bastian wie ein hilfloser Affe auf dem Schleifstein. Was er für einen kurzen, wenn auch äußerst schlechten Scherz hielt, entwickelte sich zu einem echten Martyrium. Der Möchtegern-Schumi mit der Pornoleiste machte keinerlei Anstalten anzuhalten, sondern gab weiter Gas. Obwohl in einer äußerst bedrohlichen Lage, wunderte sich Bastian über sich selbst: nüchtern analysierte er, wie er die Beine anwinkeln musste, um nicht an oder gar unter die Räder zu geraten. Aus dem Augenwinkel erkannte er entsetzt, dass die Ampel zur Aachener Straße auf grün umsprang und Mike mit vollem Tempo auf die Kreuzung zuraste. Jetzt hatte Bastian endgültig die Schnauze voll: er zog sich, so gut es ging, zum Türrahmen hoch und brüllte, so laut er konnte: „Du Vollidiot, halt endlich an!!!"

Jeder Verhaltensforscher hätte nun seine helle Freude gehabt: in Millisekunden entwich das Blut aus Mikes Gesicht, kreidebleich drehte er sich in Zeitlupe mit weit geöffneten Pupillen zum Ursprung des verzweifelten Rufens. Was er sah, ließ ihn den Schreck in die Glieder fahren: bei vollem Tempo lugte ein Kopf von außen durch das offene Fenster. Statt den Wagen langsam abzubremsen, trat der Beschleunigungskünstler voller Panik – als hätte er Dämonen gesehen – energisch auf das Bremspedal. Während die italienische Bremsanlage den GTI mit brachialer Gewalt sofort zum Stehen brachte, gab es ein lautes Krachen. In Trance verfolgte Mike, wie sich eine Gestalt vor seinem Wagen mehrfach überschlug und gleichzeitig Sportklamotten durch die Gegend flogen.

XII

Das Bremsmanöver kam für Bastian völlig überraschend. Das einzige, an das er sich im Nachhinein erinnern konnte, war der total entgeisterte Gesichtsausdruck von Mike. Danach gab es einen plötzlichen Ruck mit sofortiger katapultartiger Beschleunigung. Seine Hände wurden vom abgebremsten Fahrzeug regelrecht weggeschleudert, wodurch sich auch die Sporttasche in den Weiten des Universums selbständig machte. Was danach geschah: keine Ahnung mehr, Blackout, Filmriss…. Zufällige Beobachter der Szene schilderten ihm später, wie er in hohem Bogen über die Motorhaube flog und auf dem Asphalt eine Reihe von Überschlägen absolvierte - wie ein Torwart nach einer schwierigen Parade. Sein Sport hatte ihn offensichtlich vor schweren Verletzungen bewahrt. Nachdem er schließlich auf der nassen Straße in Rückenlage zum Liegen kam, bildete sich sofort eine Traube von Gaffern. Just in dem Augenblick, als der Unfallverursacher kreidebleich an ihn herangetreten sei, habe Bastian die Augen geöffnet und sei ihm – wie ein Panther – an die Gurgel gesprungen. Einer der Zeugen, der gerade den Notarzt rufen wollte, hätte ihn nur mit Mühe und Not von seinem Vorhaben abhalten können. Die anschließende Schimpfkanonade, die Bastian dann von sich gelassen habe, sei so unter der Gürtellinie gewesen, dass man sie lediglich mit einem schweren Schock begründen konnte; wiedergabe- oder zitierfähig sei sie jedenfalls nicht gewesen. Da er sich mit Händen und Füßen gegen einen Krankenwagen gewehrt habe und nahezu glaubhaft versicherte, unverletzt zu sein, wurde er schließlich von mehreren Beobachtern und dem Fahrer in sein Appartement gebracht. Dort trichterte man seinem Mitbewohner ein, sofort den Arzt zu rufen, sollte sich sein Zustand in irgendeiner Form verschlechtern. Mit dem Verweis auf ein für solche Fälle hervorragend geeignetes japanisches Hausmittel nahm Hiro den Unglücksraben schließlich in Empfang. Dass die angebliche

Wundermedizin lediglich warmer Sake war, verschwieg er aus japanischer Höflichkeit. Nach Säuberung und Verarztung der zahlreichen Schürfwunden sowie einer Karaffe Reiswein fiel Bastian in einen festen und tiefen Mittagsschlaf.

Als er zwei Stunden später erwachte, wusste Bastian zunächst nicht, was passiert war. Auf seinem Nachttisch lagen 50 Euro, deren Herkunft er sich nicht erklären konnte. Mit Müh und Not verlagerte er seinen Körperschwerpunkt von der Horizontalen in die Vertikale und verursachte dabei soviel Lärm, dass Hiro ins Zimmer kam.

„Na Basti, wieder versucht zu turnen?"

„Sehr witzig. Mir tut alles weh!"

„Wer war Vorbild? Tsukahara, Yamashita oder Kasamatsu?"

„Hör mir auf mit Deinen nipponesischen Turnlegenden. Was war bitte schön los?"

„Du hattest Unfall – mit Auto…"

„Ich erinnere mich dunkel. Kann es sein, dass Mike beteiligt war?"

"Ja, genau. Bürste. Hat Geld hier gelassen für Klamotten und Kaffeemaschine."

„Wieso?"

„Hat gesagt, er ist schuld an allem. Und ich soll aufpassen auf Dich."

„Mmmh… Wie spät ist es denn?"

„Gleich 4 Uhr."

„Ich muss zum Fußballtraining…."

„lie - nein, nicht. Du darfst nicht!"

Mochten die Japaner zartbesaiteter sein, echte Teutonen trotzten Gefahren und Schmerzen. Andere Länder, andere Sitten eben. Bastian wollte sich bücken, um seine Sportschuhe anzuziehen, musste jedoch vor den mörderischen Qualen kapitulieren. Wie sollte er gleich laufen oder springen, wenn er sich noch nicht mal bücken konnte? Es machte keinen Sinn, er musste das Training absagen.

„Willst Du gesund werden, musst Du essen. Ich mache Nudelsuppe."
Freundlich lächelnd verließ Hiro das Krankenzimmer. Schmerzgeplagt
holte Bastian sein Handy und ließ sich in den Schaukelstuhl sinken.
Das Display signalisierte drei Anrufe in Abwesenheit, die beim
Abhören alle möglichen Formen des Mienenspiels bewirkten.

11.32 Uhr: *„Ähhh....Hallo?....Ähhh?.... Bist Du der Typ mit den*
Sportklamotten? Ich brauche neue Fußballschuhe, Größe 42. Hast Du
welche? Ruf´ mich zurück und verlang nach Hassan."

12.13 Uhr: *„Tach Alter... Da ich morgen nicht Schwarzarbeiten muss,*
hab´ ich mir spontan überlegt, ich komm Dich mal besuchen. Dann
muss ich zwar Plörre trinken, aber was tut man nicht alles für seinen
alten Kumpel. Bin um 10.28 Uhr am Hauptbahnhof und Du weißt ja,
wie man seine Gäste aus der Heimat ordentlich empfängt, oder? Also,
leg´ Dich wieder hin und ruh´ Dich vorher noch mal aus..."

15.48 Uhr: *„Hallo Bastian, ich glaube, ich muss mich bei Dir*
entschuldigen. Na ja, die Cocktails waren anscheinend wohl doch
etwas zu hart für mich. Dennoch war es ein sehr schöner Abend.
Wenn Du Lust hast, kannst Du mich ja mal anrufen."

Was sollte er jetzt davon halten? Dieser - wie hieß er noch? – Hassan,
dann Matze und schließlich Mala. Abgesehen von der Büchersuche
hatte er an die Medizinstudentin heute eigentlich noch keine
Sekunde gedacht. Nach der Kotznummer gestern war er sich auch
nicht sicher, ob er sie überhaupt noch einmal wieder sehen wollte.
Also erstmal den Ball flach halten. War das im Übrigen nicht auch ein
Ratschlag von Mike? Diesem Mega-Arschloch und Synonym für
seinen persönlichen Mega-GAU? Der seine Nummer an die halbe
Sporthochschule... und eben diesen Hassan weitergegeben hatte?

Heute Abend, das schwor er sich, würde er alle Klamotten einfach vor die Tür oder besser, vor den Aufzug stellen. Das einzige, was ihn bei all diesen Gefühlswallungen noch einigermaßen positiv stimmte, war die Aussicht auf Besuch von jemanden, der ihn von klein auf kannte und wusste, wie er tickte. Auch wenn dabei sein Geldbeutel und die Leber wieder arg beansprucht werden würden…

Bastian überlegte noch eine Weile und besann sich dann seines eigentlichen Anliegens: er wählte die Nummer von Honi. Anders als vor zwei Wochen nahm der Coach die neue, verletzungsbedingte Absage alles andere als sportlich locker - im Gegenteil. Er machte Bastian Vorwürfe und unterstellte ihm sogar, leichtfertig den Aufstieg aufs Spiel zu setzen. Bastians dezenter Hinweis, dass er nur für das heutige Training passen müsse, änderte nichts am Wutausbruch des kleinen Diktators. Irgendwann platzte Bastian der Kragen: hatte er sich freiwillig verletzt? Hatte er nicht – trotz Krankmeldung – gegen Rhenania Eschweiler im Tor gestanden, seine Gesundheit riskiert und zumindest einen Punkt gerettet? Würde er jemals seinen eigenen Klub im Stich lassen? Bastian redete sich in Rage. Wenn Kurt auf nur eine einzige der gestellten Fragen mit „Ja" antworten könne, dann solle er ihn mit sofortiger Wirkung aus der Mannschaft werfen – ja, er würde sogar darauf bestehen! Andernfalls käme er ganz regulär zum nächsten Training und würde auch beim entscheidenden letzten Spiel in einer Woche im Kasten stehen. Mit solch einem Vulkanausbruch hatte der Alte nicht gerechnet. Eine gefühlte Unendlichkeit lang herrschte betretenes Schweigen in der Leitung. Schließlich sagte Bastian: „Dann ist ja alles klar. Bis Montag." – und legte auf.

Was war das nur wieder für ein beschissener Tag. Hätte er sich doch bloß am Morgen, nachdem er das Fenster verriegelt hatte, zurück ins Bett verkrümelt und den Turnkurs geschwänzt. Der ganze folgende Rattenschwanz wäre ihm erspart geblieben: Olli, Bernd, Mike, dieser nebulöse Hassan und besonders Honi. Nur auf einen wollte er nicht verzichten, seinen Zimmergenossen aus Fernost. Wie auf Kommando kam Hiro mit einem Teller dampfender Suppe ins Zimmer.

„Das ist Udon mit Shoyo. Itadakimásu!

„Udon mit Shoyo?"

„Japanische Weizen-Spaghetti mit Sojasoße."

„Das klingt ja nicht gerade sehr appetitlich...."

„Du musst probieren! Japanisches Sprichwort sagt: wenn man Hunger hat, schmeckt alles gut!"

„Na dann... domo arrigato gozaimas, Ohkoshi-San!

„Dozo, Lückemeyer-San!"

Sich tief verbeugend verließ Hiro das Zimmer und schloss leise die Tür. Bastian musste sein Urteil revidieren – die Suppe war ganz vorzüglich. Wobei ihm wieder der pseudo-philosophische Gedankengang über das Vor-Urteil einfiel, als er auf dem Rückweg von der Buchhandlung war. Genüsslich schlurfte er – wie ein Japaner – den letzten Rest aus seinem Teller und widmete sich danach dem neuen Donnerstags-Kicker. Gerade als er alle Berichte über Erst- und Zweitligafußball durchgelesen und die Regionalliga studieren wollte, klingelte es an der Wohnungstür. Sollte das schon wieder so ein Voll-Pfosten sein, der irgendwelche Sportklamotten wollte? Gebannt verfolgte er, wen Hiro begrüßen würde. Aber er hörte nur ein Gemurmel. Plötzlich öffnete sich seine Zimmertür und Bastian verfiel fast in eine Schockstarre: Mike!!!

„Tickst Du nicht mehr ganz sauber? Was willst Du denn hier? Mich jetzt vielleicht aus dem Fenster werfen?"

Entgegen seinen sonstigen Gepflogenheiten war Mike diesmal alles andere als zynisch oder arrogant. Mit besorgtem Blick setzte er sich aufs Bett. „Hör´ bloß auf mit Deinem westfälischen Galgenhumor. Wie geht es Dir, Kumpel?"

„Ich fass´ es nicht. Hab´ ich gerade richtig gehört, Du hast mich Kumpel genannt??? Meines Wissens gehören da immer noch zwei dazu, und ich für meinen Teil kann das nicht von Dir behaupten. Ich würde Dich eher als Vollidiot, Sackgesicht, Flachzange, Hackfresse, Luftpumpe, Hasenhirn oder Intelligenzamöbe bezeichnen – um nur ein paar treffende Bezeichnungen zu gebrauchen. Wenn Blödheit Fahrrad fahren könnte, müsstest Du bergauf bremsen."

„Is ja gut! Es tut mir leid, wirklich."

„Es tut mir leid, es tut mir leid. Seit wann tut Dir mal was leid? Hast Du vielleicht auch für mich ´ne Kerze in der Kirche angezündet?"

Mike wirkte eingeschüchtert. „Ich… hab mir halt unheimliche Sorgen gemacht… Geht es Dir auch wirklich gut?"

„Haha… mir ist es noch nie besser gegangen, wenn ich denn gehen könnte. Was willst Du?"

„Ich hab´ Dir was mitgebracht: eine große Klinikpackung Ibuprofen und Novalgin."

„Und jetzt meinst Du, alles wird wieder gut? Same procedure as every year, James? Sieh zu, dass Du Deine Scheißklamotten hier entfernst. Und wehe, ich werde deswegen noch jemals belästigt."

„O.k.. Sonst noch was?"

Bastian glaubte, sich verhört zu haben? Während er total auf Krawall gebürstet war, präsentierte sich dieses Macho-Arschloch als absoluter Weichspüler. Jämmerlich!

„Lass mich einfach in Ruhe." Ohne sich weiter um den ungebetenen Besuch zu kümmern, studierte Bastian wieder den Kicker – allerdings nur für kurze Zeit. Denn wortlos kroch Mike unter das Bett, holte Skier, Tennisschläger und Trainingsanzüge hervor. Er nahm, so viel er tragen konnte, und verließ das Zimmer. Bastian traute seinen Augen nicht. Hatte der Auto-Stunt also doch noch sein Gutes, der Alptraum ging zu Ende. Noch zweimal kam Mike, um die restlichen Klamotten zu holen, dann waren die Aufräumarbeiten beendet. Devot verabschiedete er sich vom Unfallopfer. „Also... ich bin jetzt soweit. Eine Sporttasche habe ich Dir dagelassen, als Ersatz für Deine alte.... Und... na ja.... es wäre schön, wenn wir uns bald mal wieder ganz normal begegnen könnten." Dann ging er.

Wortlos schaute Bastian seinem Peiniger hinterher, heilfroh über das unerwartete Ende der illegalen Lagerhaltung.

Als er am nächsten Morgen mit der Linie 1 zum Hauptbahnhof fuhr, fühlte er sich erstaunlich fit. Hiro hatte ihn am Abend noch mit einer japanischen Wundersalbe eingerieben, sicherheitshalber nahm er auch noch eine Schmerztablette. Auch wenn das Bücken schwer fiel, so konnte er zumindest schon wieder problemlos gehen. Auf Höhe des Melatenfriedhofs meldeten sich `die Drei von der Tankstelle´.

„Ja, hallo?"

„Hi Bastian, hier ist Tom. Du wirst es nicht glauben, aber weißt Du, wen ich gerade gesehen habe?"

„Keine Ahnung, woher soll ich das wissen? Aber Du wirst es mir sicherlich gleich sagen...."

„Na, Deine Traumfrau. Nalan, Megan oder wie die heißt..."

„Sie heißt Mala. Und was ist daran jetzt so besonders?"

„Na, wo ich Sie gesehen habe...."

„Ehrlich gesagt ist mir das ziemlich wurscht!"

„Das glaube ich nicht. Überleg mal, vielleicht hast Du ja eine Idee?"

„Keine Ahnung. Beim Bäcker, im Supermarkt, an der Tanke?"

„Alles kalt. Ich sag´s Dir: in der Stadtrevue!"

„Ja, und – was ist daran so besonders?"

„Als Dessous-Model!"

Für einen Augenblick verschlug es Bastian die Sprache. „..Wie bitte???"

168

„Wirklich!! In der aktuellen Ausgabe machen super-heiße Miezen Werbung für Dessous. Auch Deine Mala."

„Verarsch mich nicht!"

„Wenn ich es Dir doch sage. Besorg Dir das neue Heft, dann wirst Du schon sehen. Voll abgefahren!"

„Bist Du Dir sicher?"

„Zu 100 Prozent. Um die wird Dich die halbe Spoho beneiden, die andere Hälfte sind missgünstige Mädels."

„Ich fass es nicht. Danke für die Info!"

„Gern geschehen. Vielleicht hat sie ja noch ´ne Modellfreundin, die auf einen obergeilen Turner mit Sixpack steht!?"

„Ähh... ja, nee is klar. Bis bald!"

Das warf nun ein völlig neues Licht auf Mala: Dessous-Model.... Gut, vom Aussehen und der Figur würde es passen. Aber wieso gab sie sich für so was her??? Falsche Frage! Immerhin hatte sie ja auch keine Scheu vor einem ordentlichen Besäufnis. Andererseits sprach Sie im Zusammenhang mit ihren Ärzten von notgeilen Böcken. Und jetzt? Würde nicht jeder, der sie so sieht, sich ebenfalls aufgeilen? Dann konnte sie sich ja auch gleich splitterfasernackt fotografieren lassen. Nein, er wollte nicht schon wieder in Vorurteile verfallen – auch wenn er noch vor 24 Stunden gehofft hatte, dass sie in Zukunft vielleicht einmal nur für ihn die Hüllen fallen lassen würde. Diese Frau war wirklich ein Buch mit sieben Siegeln. Bastians Hirndrähte fingen an zu glühen, dabei hatte er sich so fest vorgenommen, erstmal nicht mehr an sie zu denken. Wie in Trance stieg er am Neumarkt um in die U-Bahn zum Hauptbahnhof. Mit jedem Meter steigerte sich seine Aufregung – oder war es nicht eher eine Form der Erregung? Tom hatte ja keineswegs von peinlichen Bildern gesprochen, sondern im Gegenteil von superheißen Fotos einer tollen Frau, um die ihn die halbe Spoho beneiden würde. Am Dom stürzte er aus der Bahn, ließ die Rolltreppe links liegen und sprintete die Treppe hoch, indem er zwei Stufen auf einmal nahm – seine Schmerzen waren wie weggeblasen. Ohne auf die Reisenden mit ihrem schweren Gepäck zu achten, steuerte er zielstrebig die Bahnhofsbuchhandlung an. Gleich vorne an der Kasse neben Bild und Express lag sie... die aktuelle Ausgabe der Stadtrevue. Mit feuchten Fingern blätterte Bastian die Seiten durch und zuckte in der Mitte des Heftes zusammen. Da war sie!!! In einem schwarzen Hauch von Nichts räkelte sie sich lasziv auf einem Sofa und blickte mit ihren wachen blauen Augen ganz entspannt in die Kamera. Sein Herz setzte für einen Moment aus. Das Foto musste er sich ehrlich eingestehen war alles andere als schmuddelig, eher geschmackvoll, vielleicht sogar ein kleines Kunstwerk. Wie sie da lag – wie eine Göttin! Zitternd blätterte er weiter. Auf der nächsten Seite stand sie in verführerischer roter Unterwäsche im Bad und schaute keck lächelnd in den Spiegel. Bastian musste schlucken. Mit einem Finger zeichnete er ihre Kurven nach und stellte sich dabei vor, wie er derjenige sein würde, der sie so in Natura sieht und dann mit einem sanften Handgriff den Verschluss ihres....

Schlagartig zerplatzte seine schöne Traumblase, „ein Freund, ein guter Freund" riss ihn aus seinen feurigen, schwärmerischen Gedanken.

„Wo bleibst Du? Ich warte schon seit 5 Minuten!"

„Ähh, Matze... ich... ich bin doch schon längst da, wir müssen uns verpasst haben. Wo find ich Dich?"

„Ich steh am Ausgang vor dem Dom und warte sehnsüchtig auf den Begrüßungsschluck."

Den Begrüßungsschluck? Den hatte Bastian vollends vergessen. Er nahm die Stadtrevue, zahlte und rannte durch die Colonaden zum Supermarkt. Hastig griff er im Getränkeregal eine kleine Flasche Korn und zwei Dosen Bier. Vor der Kasse bildete sich eine Schlange, weil ein altes Mütterchen für eine Packung Pralinen anscheinend ihr Sparschwein geplündert hatte und nun mit dem ganzen Kleingeld zahlte. Nicht auch noch das! Matze hasste es, warten gelassen zu werden. Bastian drängelte sich an den Wartenden vorbei, knallte dem verdutzten Kassierer 10 Euro auf den Tresen und meinte nur: „Stimmt so, ich muss zu meinem Zug."

Während er mit dem Fotomodell unter dem Arm und den Getränken in der Hand Richtung Haupteingang rannte, dachte er an das von seinem Priester in Gescher immer wieder angemahnte 8. Gebot: „Du sollst nicht falsch Zeugnis reden wider Deinen Nächsten". Hatte er gelogen, als er vorgab, seinen Zug erreichen zu müssen? War es nicht eher eine Notlüge? Genau genommen wollte Matze doch tatsächlich mit ihm einen Zug machen. Auch wenn es nur ein Zug durch die Kölner Kneipen war - so gesehen hatte er doch die Wahrheit gesagt. Im Reinen mit sich und seinem Gewissen lief er auf den Vorplatz und musste nicht lange suchen: mit Südstaaten-Mütze, altem Militär-Rucksack und rotem Fleece-Pulli wartete Matze am Taxistand.
„Das wurde aber auch allerhöchste Zeit, ich verdurste ja schon fast!"
Mit einem kräftigen Schlag begrüßte Matze seinen alten Kumpel und zog ihn zu einer kurzen, aber heftigen Umarmung an sich heran.
„Moin, Alter – schön, dass Du mal wieder vorbeischaust. Hast Dir mal wieder genau das richtige Wochenende ausgesucht, denn hier zieht heute Abend beim Ringfest der Waschbär blank."
„Bingo. Jetzt rück aber erstmal den Kurzen raus."
„Ähh… ich hab´ ne gute und ´ne schlechte Nachricht für Dich. Was willst Du zuerst hören?"
„Hast Du etwa den Schluck vergessen?"
Schnell kreuzte Bastian Zeige- und Mittelfinger seiner freien Hand hinter dem Rücken. „Wie kommst Du denn darauf? So etwas könnte mir doch nie im Leben passieren…"
„Was ist es denn dann? Also gut, zuerst die schlechte, dann die gute…"
„Ich hab kein Pinnken, dafür gibt´s ´ne lütte Lage."

„Wie – Schnaps aus der Bottle? Wie'n Alki? Na gut, wenn's denn sein muss.." Und schon nahm Matze aus der ihm dargereichten Flasche einen kräftigen Schluck. Fünf Minuten später waren die zehn Euro versoffen und die beiden Westfalen auf dem Weg in das nächstgelegene kölsche Brauhaus.

Im Eingansbereich des `Früh´ standen sich einheimische Dauergäste und ausländische Touristen beinahe auf den Füssen, ein babylonisches Sprachengewirr machte jede eigene Unterhaltung so gut wie unmöglich. Der Hahn des großen 90l-Holzfasses stand auf Dauerbetrieb, gekonnt machte der Zappes hunderte 0,2-Gläser in einem Rutsch voll und schob sie zu der Schlange Köbesse, die zuvor mit speziellen Wertmarken das Kölsch für ihre Gäste bezahlten. Auch wenn er dieses Schauspiel schon unzählige Male gesehen hatte, für Bastian war es immer wieder eine nahezu heilige Handlung – uralte Kölner Brautradition eben. Er liebte diese Stadt und deren Brauchtum. Per Handzeichen bestellte er gleich mal vier Kölsch zu Beginn – zwei für den Durst, die anderen beiden für den Genuss.

Nachdem Matze das erste Glas auf Ex getrunken hatte, wandte er sich fragend an Bastian, der ob des Lärms allerdings nichts verstand. Auch der zweite Versuch löste bloß Schulterzucken aus. Erst beim dritten Mal sorgte Matzes Brüllen für Verständnis – allerdings auch bei den übrigen Gästen: „Ob Du eitrigen Achselausfluss hast?" Unversehens drehten sich alle Freunde des obergärigen Gerstensaftes - amerikanische und asiatische eingeschlossen - fragend zum Angesprochenen. Bastian bekam einen hochroten Kopf und wartete mit der Antwort, bis der Lärmpegel wieder das ursprüngliche Niveau erreichte. Er formte mit seinen Händen einen Trichter und hielt sie so zwischen seinen Mund und Matzes Ohr, dass niemand etwas verstehen konnte. „Sag mal, spinnst Du?? Wie kommst Du denn auf so einen Blödsinn?"

„Na, weil Du die ganze Zeit krampfhaft eine Zeitschrift in der Achselhöhle einklemmst…"

„Das kann ich Dir hier nicht erklären. Lass uns zahlen und nach unten in einen der vielen Schankräume gehen – da ist mehr Platz und etwas weniger Lärm."

Kaum hatten Sie im Kellergewölbe mit Müh und Not einen freien Tisch ergattert, holte Bastian die Stadtrevue unter dem Arm hervor und klärte seinen Kumpel auf.

„Ich fass es nicht… Das ist Deine Mala? Ich dachte wirklich, dass wäre irgendsoeine Ostgotin. Alter, die ist ja mega-scharf. Und mit der warst Du essen?" Matze blätterte immer wieder begeistert die Seiten mit den Dessous-Modells durch und bekam sich nicht mehr ein.

„Wenn ich´s Dir doch sage. Dummerweise hat sie sich bei den Cocktails verschätzt und musste hinterher sturzbetrunken den Reiher machen…."

„Na und? Alter, die hat Stil und Klasse!"

„Stil und Klasse??? Weißt Du, wie widerlich das war – mitten vor so einen Verkaufsstand zu kotzen? Du hättest mal die Gesichter der anderen sehen sollen…."

„Ich lach mich kaputt, das sagt genau der Richtige. Erinnerst Du Dich noch an den letzten Mai-Ausflug? Als Du granatendicht durch die Innenstadt geradelt bist und dabei zielsicher den nächsten Findling angesteuert hast? Mit voller Wucht hast Du Dein Fahrrad kalt verformt und lagst anschließend wie ein Maikäfer auf dem Rücken. Trotzdem wolltest Du noch weiterfahren und hast Dich alle paar Meter auf die Klappe gelegt, ehe Du schließlich mitten auf der großen Kreuzung eingepoft bist. Weißt Du, wie peinlich das war???"

„Das kann man doch nicht miteinander vergleichen…."

„Na klar kann man das miteinander vergleichen. Beanspruchst Du neuerdings Sonderrechte für Dich, Du Egomane? Hat sie sich denn hinterher noch mal bei Dir gemeldet?"

„Sie hat auf die Mailbox gequatscht und sich entschuldigt…"

„Na also. Hat sie sonst noch was gesagt?"

„Ich soll zurückrufen, wenn ich Lust hätte…"

„Und, hast Du's gemacht?"

„Was, zurückrufen???"

„Na klar, Du Hirni, und so tun, als wäre nichts gewesen. Tickst Du neuerdings nicht mehr richtig, hast Du etwa beim Fußball einen Ball zuviel vor die Rübe gekriegt, oder was? Wenn Du die laufen lässt, dann gehört Dir ordentlich der Hintern versohlt – wie einem unartigen Blag!"

Der Vergleich mit dem Kind war gar nicht so unpassend, denn wenn Bastian etwas nicht in den Kram passte, wurde er bockig und stellte kurzerhand die Unterredung ein. So auch jetzt. Matze kannte seinen alten Kumpel nur zu gut, dass er wusste, dass dieser ur-westfälische Aggregatzustand maximal einige Minuten anhalten würde. Während Bastian stur einen imaginären Punkt jenseits der Toilette anstarrte, studierte Matze in aller Seelenruhe die Karte und bestellte beim Köbes anschließend einen halven Hahn, eine Portion Pommes rot-weiß und zwei Kölsch. Die Wartezeit nutzte er, um immer wieder die Dessous-Seiten zu studieren. Kopfschüttelnd brummelte er – mehr für sich als für seinen Kumpel: „so was sollte mir mal passieren. Mehr Glück als Verstand."

Der Köbes war ein wohlgenährter Urkölner mittleren Alters, der sich rein äußerlich von keinem seiner Kollegen unterschied: weißes Hemd, schwarzer Schlips, blauer Wams – zusammengehalten von einem ebenfalls blauen Leinenschurz samt Gürtel. Auch wenn es offiziell verboten war, so wusste Bastian, dass sich die Köbesse immer wieder gerne selber mal ein Glas Gerstenkaltschale auf Ex genehmigten – irgendwoher musste ja auch der verräterische Bauchumfang stammen. Als dieses kölsche Original an ihren Tisch zurückkam,

174

servierte er zunächst nur die Getränke und die frittierten Kartoffelstangen samt zugehörigen Ketchup- und Mayo-Tütchen. „Dä halve Hahn kütt glich". Erwartungsfroh genehmigte sich Matze die ersten Fritten, während Bastian langsam wieder zum Leben erwachte. „Lass es Dir schmecken – und... freu Dich nicht zu früh!"

„Keine Ahnung, was Du meinst, aber schön, dass Du wieder unter den Lebenden bist. Prost !"

Kurze Zeit später tauchte der Köbes erneut auf und brachte einen kleinen Teller mit Roggenbrötchen samt mittelalten Gouda sowie Butter. Verwirrt schaute Matze erst den Köbes, und dann Bastian an, der plötzlich zu grinsen anfing.

„Tschuldigung, aber ich glaube, Sie haben sich vertan..."

Das Grinsen in Bastians Gesicht wurde breiter, aber er hielt sich bei der Klärung dieses scheinbaren Problems vornehm zurück.

„Wat is?"

„Ich wollte kein Käsebrötchen...."

„Jung, Du bes hee in Kölle– un dat is ne typische kölsche Spezialität."

„Das mag ja sein, aber ich hatte einen halben Hahn bestellt!"

„Sach ens, bes Du vun dä verstechte Kamera, oder wat? Dat is ´ne halve Hahn, Du Komiker...."

"Das soll ein halber Hahn sein??? Verarschen kann ich mich selber!"

„Ävver nit su jot..."

Bastian musste laut loslachen und erntete dafür einen bitterbösen Blick von Matze. Der Köbes strich sich mit einer Hand über seinen Zwirbelbart und wandte sich dann an Bastian. „Hörens, klär ens dinge Touri-Früng op.... Keine Haare am Sack, ävver La Palomo fleute wolle...." Dann machte er Striche auf dem Deckel und begab sich mit dem Kölsch-Kranz an den Nachbartisch.

Jetzt war es Matze, der eingeschnappt war. „Sag mal, tickt der nicht ganz richtig? Wieso ist der so einfach abgehauen? Und warum hast Du gelacht?"

Bastian genoss den kurzen Augenblick des Wissensvorsprungs. „Mensch Matze, ist Dir denn beim Blick in die Karte nichts aufgefallen?"

„Nee, was hätte mir denn auffallen sollen?"

„Na, die Rubrik Brauhaus-Spezialitäten. Das ist doch alles typisch kölsch. Glaubst Du allen Ernstes, kölscher Kaviar seien rheinische Fischeier? Das ist Blutwurst mit Röggelchen. Und halver Hahn ist ein mittelalter Holländer mit Roggenbrötchen. Hättest Du Dir das genauer durchgelesen, hättest Du´s gewusst – wobei Du alleine vom Preis schon hättest stutzig werden müssen...."

Eingeschnappt nahm Matze einen Schluck Kölsch und biss angewidert in das Brötchen. „Hier möchte ich nicht tot überm Zaun hängen – bei so ´nem Dialekt und so ´ner Plörre. Wie Du Dich hier wohl fühlen kannst, ist mir ehrlich gesagt ein großes Rätsel...."

Bastian war heilfroh, das Thema Mala erst mal vom Tisch zu haben. „Deinen verständlichen westfälischen Lokalpatriotismus in allen Ehren, aber hier in Köln schlägt nun mal das `Hätz vun d´r Welt´. Und was die von Dir so titulierte `Plörre´ angeht: Kölsch ist – weil obergärig gebraut – viel bekömmlicher und süffiger als Pils, hat aber mit 4,8 % die gleichen Umdrehungen."

„Das ich nicht lache, Herr Professor. Das ist wie Wasser – eben kölnisch Wasser. Davon wird man doch nicht betrunken."

„Na dann wart mal ab!" Mit einem Handzeichen orderte Bastian eine Lage `Deck un Dönn´.

Es kam, wie es kommen musste. Keine zwei Stunden später hatte sich Matze mit Jupp, dem Kellner, verbrüdert, der Deckel war voller Striche und die beiden Freunde gut angeschäkert.

176

„Hör mal, Basti, auch wenn die Plörre langsam Geschmack annimmt, sollten wir demnächst Deinem Wohnheim einen Besuch abstatten. Möchte ungern den ganzen Abend meinen Rucksack mit mir rumschleppen. Allerdings würde ich gerne zuvor mal auf den Dom steigen wollen."

„Is geritzt. Ich zahl dann…"

„Nee, lass gut sein. Da ich kein Gastgeschenk mit hab', lad ich Dich ein." Auf seinen Fingerzeig hin kam Jupp sofort an den Tisch.

„Nachschub?"

„Nee, wir müssen zahlen…."

„Waaded de Mamm zo hus, oder wat?"

„Haha, Du bist wohl schon als Clown auf die Welt gekommen…"

„Normaal! Lot ens luure, wat säht dann d´r Deckel…. 35,10 Euro, de mieste gevve ävver 40."

„Dann mach mal 38… Schließlich war der halbe Hahn so super knusprig!"

„Dat es jot! Sach ens, wovondänns küss Du eigentlich?"

„Aus der Nähe von Münster…"

„Wie, ne Wessfale? Dressegal, su verkeht bes Du ens jar nit. Un unger uns: allemol besser wie e pickeliger Düsseldorfer… „

„Danke für die Blumen. Hier ist es aber auch ganz nett, vor allem das Kölsch läuft extrem geschmeidig… „

Verwundert rieb sich Bastian ob dieser Unterhaltung die Augen, nahm dann seine Stadtrevue und kämpfte sich an einer Busladung Chinesen vorbei nach draußen vor den Heinzelmännchen-Brunnen. Dankbar für die kostenlose Betankung blickte er in sein Portemonnaie und entdeckte den 50 Euro-Schein von Mike, als Matze wohl gelaunt aus dem `Früh´ kam. „Echt ´nen geiler Laden hier. Muss wohl meine Meinung etwas revidieren."

„Ja, ja, so ist das mit den Vor-Urteilen… Und wenn Du Köln von oben gesehen hast, willst Du gar nicht mehr weg!"

177

„Na, da bin ich aber gespannt!"

Mühsam kämpften sie sich die 509 Stufen des Südturms am `Decken Pitter´ vorbei nach oben. Aus knapp 100m Höhe entschädigte bei herrlichem Wetter ein phantastischer Rundumblick für die Qualen des Anstiegs. Im Süden erblickten sie das Siebengebirge, im Norden das geächtete Dorf an der Düssel und Richtung Westen zeigte Bastian, wo er wohnte. „Die Aachenerstrasse zieht sich schnurstracks von der Innenstadt Richtung Westen. Ganz hinten, neben dem Stadion mit seinen 4 überdimensionalen Flutlichtmasten steht der Turm – unser Wohnheim. Du kannst es gar nicht übersehen."

Matze war sichtbar beeindruckt von der Größe, aber auch der Vielfalt der Stadt, obwohl ihm Bastian schon auf dem Weg nach oben erklärte, dass die einstmals bedeutendste Stadt des Mittelalters im 2. Weltkrieg zu über 90 % zerstört wurde. Dafür – musste er seinem Kumpel zustimmen – hatte Köln tatsächlich einiges zu bieten.

Trotz des Bilderbuchwetters blies in dieser luftigen Höhe ein ziemlich eisiger Wind, der sie frösteln ließ. Zügig machten sie sich wieder auf den Rückweg und kamen beim Abstieg gehörig ins Schwitzen, was zu entsprechenden Alkohol-Ausdünstungen führte. Kaum hatten sie eine aufsteigende Gruppe auf der engen Wendeltreppe passieren lassen, hörten sie hinter sich, wie einer der Gipfelstürmer meinte: „ich glaub´s ja nicht, hier im Dom stinkt´s wie in einer Kneipe". Wie ertappte Ladendiebe beeilten sie sich, so schnell wie möglich zurück ins Freie zu gelangen.

„Sag mal, wie lange bleibst Du eigentlich?"

"Muss morgen Mittag schon wieder zurück, wieso?"

„Na, ich denk´ grad ans Frühstück."

„Versteh ich nich..."

178

„Unsere alte Kaffeemaschine wurde vorzeitig in die ewigen Jagdgründe geschickt, was bedeutet: ich muss noch eine Neue besorgen."

„Wie: `wurde geschickt´???"

Auf dem Weg zu einem großen Elektronikfachmarkt in der Hohe Straße erzählte Bastian die ganze Geschichte von Mike und den Sportklamotten, vermied es aber, Mala ins Spiel zu bringen. Interessiert hörte Matze zu und bepisste sich vor Lachen, als Bastian mitten in der belebten Fußgängerzone den Auto-Stunt nachstellte. Trotz Massenansturm wurden sie im Konsumtempel schon nach kurzer Suche fündig, wobei neben dem sagenhaft günstigen Schnäppchen-Preis vor allem zwei unschlagbare Argumente den Kauf-Ausschlag gaben: die elektronische Zeit-Programmierung für direkten Kaffee-Genuss nach dem Aufstehen und ein Temperatur-Sensor, der im Falle eines erneuten Besuchs von Mike die Maschine notfalls selber ausschaltete. Mit dem feuerroten Designerstück stiegen sie am Neumarkt in die Linie 1 Richtung Weiden-West.

Im Wohnheim angekommen, leerte Bastian zunächst seinen Briefkasten, klemmte den Stapel Mahnungen, Rechnungen und Werbemüll unter den Arm und wartete mit dem Übernachtungsgast auf den nächsten freien Aufzug. Kaum dass die Tür der mittleren Kabine aufging, schlurfte Bastian gedankenverloren los und wurde prompt von einem aussteigenden Mitbewohner unabsichtlich angerempelt. Der gesamte Papierstoß samt Stadtrevue verteilte sich großflächig im Eingangsbereich.

„Kannst Du nicht aufpassen, Du Blindschleiche?"

„Immer erst aussteigen lassen, das bringen einem doch schon die Eltern bei…"

„Dann bist Du wohl im Heim groß geworden, Du…" – Matzes Hand vor seinem Mund verhinderte weitere Beschimpfungen. Die folgende Handbewegung als Ausdruck geistiger Unzurechnungsfähigkeit hätte seinem Gegenüber im Straßenverkehr ein saftiges Bußgeld beschert, doch sein alter Kumpel konnte eine Eskalation verhindern. „Lass gut sein, Bastian, ist doch alles halb so wild. Sei vielmehr froh, dass es nicht die nagelneue Kaffeemaschine erwischt hat." Und schon bückte er sich, um die Post aufzusammeln. Plötzlich hielt er inne. „Du hast eine Karte bekommen – Frauenhandschrift, würde ich mal tippen."

„Zeig' mal her…"

Während sie nach oben fuhren, überflog Bastian die Karte, konnte mit dem Inhalt jedoch nichts anfangen. Irgendwie ergab das alles keinen Sinn. Lediglich die Unterschrift weckte geheime Phantasien: … Deine Mala.

Im Appartement gab es eine überschwängliche Begrüßung zwischen Matze und Hiro. Seitdem die beiden am letzten Weihnachtsfest den „scheinheiligen Mittag" bei Conny durchzechten, hatten sie sich fest ins Herz geschlossen. Dementsprechend viel hatten sie sich zu erzählen. Bastian nutzte das deutsch-japanische Freundschaftstreffen, um die Kaffeemaschine aufzustellen und noch einmal in aller Ruhe die Karte zu studieren. Auf der Vorderseite war ein freundlich lächelnder, älterer Mann mit Nickelbrille abgebildet; Bastian glaubte, dieses Gesicht schon mal irgendwo gesehen zu haben. Dummerweise stand nirgendwo, wer oder was da letztendlich zu sehen war. Um den Text auf der Rückseite in einen einigermaßen vernünftigen Sinnzusammenhang zu bringen, setzte er sich an seinen Schreibtisch. Konzentriert las er die Überschriften:

Anarchistische Abendunterhaltung !
Magisches Theater !
Eintritt nicht für jedermann !

Was war das bloß für ein gequirlter Hirnerguss! Sollte das ein Rätsel sein? Irritiert las er weiter.

180

Solltest Du nun neugierig statt verwirrt sein, erwarte ich Dich nächsten Freitag um 19.00 Uhr bei mir. Die Adresse kennst Du ja. Bis dahin, Deine Mala.

***

„Jetzt erzähl mal, was auf der Karte stand." Entgegen der ursprünglichen Planung waren Bastian und Matze nicht zum überfüllten Ringfest gepilgert, sondern im Kwartier Lateng im `Magnus´ eingekehrt. Hier hatte Bastian mit seinen Mannschaftskameraden an Weiberfastnacht nach langem Anstehen einen begehrten Platz ergattert und bis in die frühen Morgenstunden als Müllmann verkleidet auf den Bänken stehend gefeiert, geschunkelt und gebützt. Auch diesmal hatte er Glück, in der bei Studenten beliebten Kneipe noch einen freien Platz an einem größeren Tisch bekommen zu haben.

„Ich hab´ keine Ahnung...."

„Wie bitte? Du musst mir doch sagen könne, was auf der Karte stand..."

„Irgendwas von magischer Abendunterhaltung. Und dass Mala mich am Freitag erwartet..."

„Alter, das ist ja oberaffentittengeil. Das ist wie ein 6er im Lotto. Ich an Deiner Stelle würde mir ´nen Loch in den Bauch freuen."

„Das ist ja auch ganz nett, andererseits passt das nicht zusammen: das Besäufnis, der Text auf der Karte, die Fotos und die Erwartungshaltung, mich zu sehen."

„Hey, die Frau ist einfach nur der Hammer. Ich hab´s Dir schon mal gesagt, die hat Stil und Klasse. Allerdings..."

„..allerdings was?"

181

„… in einem Punkt stimme ich Dir natürlich zu. Sie hat ein massives Problem!"

„Und zwar???"

Matze musste grinsen. "Sie leidet ganz offensichtlich an Geschmacksverirrung. Wie sonst könnte sie Dich interessant finden?" Bastian wollte ihm gerade einen Ellenbogencheck in die Seite verpassen, als eine junge, hübsche Bedienung mit einem vollen Kranz Kölsch vorbeikam. Per Handzeichen orderte Matze schnell eine neue Runde und konnte mit zwei frischen Obergärigen den Groll seines Gastgebers besänftigen. „Und, wie soll es nun weiter gehen?"

„Wie meinste´n das?"

„Meldest Du Dich vorher noch mal bei Ihr?"

„Wenn, dann gehe ich einfach so hin. Sie soll sich im Vorfeld nur nicht zu sicher sein…"

„Wie sich die Zeiten ändern: heute vor einer Woche hättest Du noch alles dafür getan, um sie überhaupt näher kennenlernen zu dürfen und jetzt machst Du auf dicke Hose wie Dieter Bohlen zu seinen besten Zeiten."

„Vielleicht solltest Du Dich mal um Dein eigenes Single-Leben kümmern. Deshalb gebe ich Dir einen kostenlosen Tipp: wenn Du eine Frau kennen lernen willst, dann hier!"

Neben ihnen an den aneinander gereihten Brauhaus-Tischen saß eine Gruppe von etwa fünfzehn Studenten, die ganz offensichtlich etwas zu feiern hatten. Dieselbe Kellnerin, die ihnen zuvor das Kölsch brachte, kam nun mit einem großen Tablett mit zwei Flaschen Tequila, Schnapsgläsern, Zitronenscheiben sowie einem Salzstreuer. Fast zwangsläufig prosteten Matze und Bastian einem ihrer Tischnachbarn zu – nicht ohne Hintergedanken…

„Wollt Ihr auch einen?"

Bastian blinzelte Matze zu. „Wir sind garantiert die Letzten, die ins Glas spucken würden. Worauf trinken wir denn?"

„Auf unseren Examensabschluss!"

„Glückwunsch, was habt Ihr denn studiert?"

„Sonderpädagogik."

„Donnerwetter, das war bestimmt schwer - ich schmeiß´ mich weg...
Und auf diesen Erfolg gönnt Ihr Euch so ´ne Dröhnung? Ihr wollt Euch
wohl erstmals im Leben so richtig abschießen..."

„Haha.... Immer wieder urkomisch, was wir für ein Ansehen haben.
Da kommt man sich vor wie ein Aussätziger, schlimmer noch: wie ein
Düsseldorfer in Köln. Was macht Ihr denn so?"

„Mein Kumpel" - Bastian zeigte auf Matze – „ist Maschinenschlosser
und ich studiere Sportwissenschaften."

„Tja, das ist natürlich eine ganz andere Liga, damit steht einem
hinterher die ganze Welt offen... Sei´s drum – ich bin Klaus, Prost!"
Bastian war erstaunt über den ironischen Konter und wollte schon
nachlegen, überlegte es sich dann jedoch spontan anders. Schließlich
machte Klaus einen äußerst sympathischen und netten Eindruck,
außerdem versprach der Abend so mit relativ geringem finanziellem
Einsatz einen maximalen Erfolg, sprich: einen schönen Rausch. Also
stellte er sich und Matze vor, kippte nach dem altbekannten Ritual
den Tequila runter und orderte drei Kölsch. Seit frühester Jugend war
er es schließlich gewohnt, auf ein ausgegebenes Getränk sofort ein
neues zu bestellen. Schnell kamen die Drei sich näher und Bastian
musste wieder mal erkennen, dass auch im Falle des verpönten
Sonderpädagogik-Studiums nicht alle landläufigen Meinungen so
zutrafen. Zumindest Klaus war alles andere als verkehrt - kein
Wunder, kam er aus Norddeutschland und spielte ebenfalls – wenn
auch nur in der Kreisliga – Fußball. Nach einigen wechselseitigen
Runden Kölsch und Tequila war Matze an der Reihe.

„So, nachdem wir die ganze Zeit Eure Getränke verkonsumiert haben,
trinken wir jetzt mal was Ordentliches..."

Mit einem Wink orderte er die niedliche Bedienung an Ihren Tisch – sie war Anfang 20, hatte lange dunkle Haaren und ein reizvolles, südländisches Äußeres.

„Wie heißt Du?"

„Maria."

„Das ist gut, Maria, ich bin der Matze. Mach uns doch bitte mal drei Jack-Daniels auf Eis. Und sobald ich später noch mal meinen Arm hebe, dann bring uns bitte drei weitere, ist das o.k.?"

„Wird gemacht, Matze. Sehr gerne!" Bevor sie sich umdrehte, zwinkerte sie Matze noch mal zu.

Bastian tat verblüfft. „Du könntest Frauen haben..." – und machte eine kleine Kunstpause – „.....wenn die nur wollten".

„Vielleicht solltest Du Dir einfach mal ein Vorbild an mir nehmen."

„Besser nicht, sonst muss ich auch wieder bei meinen Eltern einziehen..."

Matzes abgesprochene Nachschub-Organisation verlief reibungslos, so dass jeder der Drei mindestens immer ein volles Glas vor sich stehen hatte: Kölsch, Tequila oder Whiskey. Je später der Abend, umso mehr ließen sie sich von der Karnevals- und Partymusik zum Tanzen animieren. Es war schon nach 1 Uhr, der Laden lichtete sich, so dass auch die Bedienungen nicht mehr ganz im Dauerstress waren. Aus den Augenwinkeln beobachtete Bastian, wie sich Matze angeregt mit Maria unterhielt, während er Arm in Arm mit Klaus und irgendwelchen anderen Sonderpädagogen zur „Superjeilen Zick" tanzte. Der weiße Tequila war mittlerweile zur Neige gegangen, stattdessen bestellte Klaus nunmehr den braunen, zeitgleich orderte Bastian weiter Kölsch. Die gesamte Kommunikation verlief größtenteils nur noch nonverbal, auch das Tanzen war nur noch mit Hilfestellung möglich. Urplötzlich taten Bastian wieder die malträtierten Knochen und der Schädel weh, so dass er sich zurück an

184

seinen Platz setzte und mit der Beobachterrolle begnügte. Kurze Zeit später war er eingeschlafen.

„Hey, Bastian, Aufwachen ! Wir müssen zahlen…"
Beschwerlich hob Bastian seinen Kopf von der Tischkante, die auf seiner Stirn einen tiefen Abdruck hinterlassen hatte.
„Wie spät isses denn?"
„Schon nach 3 Uhr. Dein neuer Busenfreund ist schon weg und Maria will auch mal ins Bett…"
Langsam rappelte sich Bastian zur ursprünglichen Größe auf. „Einen Schlürr-Schluck trinken wir aber noch…."
„Nee, lass gut sein. Wenn dann im Appartement. Die machen bereits die Abrechnung…."
„Na gut, wie viel ?"
„Jeder 48 Euro!"
Von einer Sekunde auf die andere war Bastian wieder hellwach.
„Waaas, wiiieviiel?"
„48 Euro pro Nase…"
„Sach mal, hast Du nich mehr alle Tassen im Schrank? Weißt Du, wie lange eine alte Oma dafür stricken muss?"
„Dann darfst Du auch nicht soviel trinken…"
„Hör doch auf, das liegt doch alles nur an Deinem beschissenen Schädelspalter!"
Genervt meldete sich Maria zu Wort. „Was ist jetzt? Wollt Ihr nun zahlen oder könnt ihr nicht?"
Beschwichtigend drehte Matze sich um. „Nee, is schon gut. Warte mal grade…." Er holte zwei Fünfziger aus seinem Portemonnaie und übergab sie zusammen mit einem Bierdeckel an Maria. „Ich bin gespannt, was ich zurückbekomme. Meinen eigenen Anteil hole ich mir schon noch…." Bastian verstand nur noch Bahnhof.

Nach einiger Zeit kam Maria zurück und legte vier Euro auf den Tisch. Matze wirkte, als sei ihm der Teufel höchstpersönlich erschienen.

„Was ist los, geht es Dir nicht gut?"

„Ja... ähh... nein... ich meine.... das wollte ich gar nicht zurück...."

„Nein???" Maria tat überrascht. „Dann ist das also für mich? Aber Du hast doch gesagt, Du bis gespannt, was ich Dir zurückgebe....."

„Ja, aber doch nicht das Geld. Hast Du denn nicht gesehen, was...." Matze war der Verzweiflung nahe. Bastian wähnte sich in einem schlechten westfälischen Bauerntheater.

„Mmmhh... Kann es sein, dass Du auch den Bierdeckel zurück haben wolltest?" - urplötzlich war in Matzes Augen ein feuriges Schimmern zu sehen – „...ich glaube, den habe ich eben weggeschmissen. Konnt ich ja nicht ahnen...." Matze sackte wieder in sich zusammen und murmelte leise "....weggeschmissen. Ich fass es nicht!"

Irgendwie fühlte sich Bastian an seine Turner-Party erinnert, doch im Hier und Jetzt kam das Happyend viel schneller. Lächelnd beugte sich Maria vor Matze und hielt ihm den Deckel vor die Augen. „Kleiner Scherz am Rande! Pass gut drauf auf, normalerweise mach ich so was nämlich nicht."

Knall auf Fall verlor Matze seine Contenance und sprang wie von der Tarantel gestochen auf. Zunächst machte er Anstalten, Maria zu umarmen, stoppte dann aber vor einer unsichtbaren Mauer und fing zu stammeln an.

„Is klar... wird gemacht.... ich pass drauf auf, versprochen... Danke... Ich melde mich..."

Dann zog er sich seinen roten Fleece-Pulli über, schaute Maria strahlend in die Augen, nahm sie schließlich doch noch für einen flüchtigen Moment in den Arm und marschierte schnurstracks – ohne sich um seinen Kumpel zu kümmern – Richtung Ausgang. Bastian erhob sich verschlafen von seinem Platz und trottete wie in Trance hinterher. Kaum dass er die Kneipentür öffnete, vernahm er einen lauten Schrei und sah Matze zunächst mit den Händen sägend und dann wie einen Boxer nach einem gewonnen Kampf mit erhobenen Armen jubeln. „Alter, ist das geil…. ich fass es nicht… das ist der Hammer!!!"

„Komm mal runter und beruhig' Dich wieder. Zuhause hast Du mir noch erzählt, alle Mädels seien Luder, und dann änderst Du Deine Meinung wie so'n Provinz-Politiker. Was ist das überhaupt für ein Wunder-Deckel?"

Es dauerte einige Becker-Fäuste, ehe Bastian den Grund für Matzes emotionalen Ausbruch in den Händen hielt: eine Herzenswunsch-Pappscheibe der Gaffel-Brauerei. Von den drei aufgedruckten Fragen auf der Rückseite: `Willst Du □ …ein Gaffel mit mir trinken? □ …mir Deine Telefonnummer aufschreiben? □ …meinen Deckel bezahlen? ´ hatte Matze dick und fett die zweite angekreuzt, und tatsächlich stand da nicht nur eine Mobilfunk-Nummer, sondern am Rand auch noch der Namenszusatz `Maria Lopez´.

„Komm, lass uns noch einen trinken, ich hab 'was zu feiern…"
„Nee, Matze, lass gut sein, ich bin hundemüde und will nur noch in die Falle."
„Da komm ich extra vom flachen Land in die Großstadt um Dich zu besuchen, und dann lässt Du mich hängen. So was will mein Freund sein…"
„Is' ja schon gut. Aber nur noch auf einen Absacker!"

Am Rathenauplatz kamen sie an einer unscheinbar wirkenden, von außen nur spärlich beleuchteten Bar vorbei, die dank wummernder Bässe und einem vielfältigen Stimmengewirr noch geschäftiges Treiben versprach. Ein Konterfei Lenins mit Kopfhörern und der Aufschrift „Roter Oktober Salon" am Eingang ließ bereits erahnen, was sie drinnen erwartete. Neugierig öffneten sie die Tür und wurden von einem alles dominierenden, samtroten Farbton erschlagen. Bastian kam aus dem Staunen gar nicht mehr raus, überall lagen, standen oder hingen Devotionalien der ehemaligen Sowjetunion. Obwohl proppenvoll, fanden sie schließlich noch einen Platz direkt an der Bar vor einem großen Wandgemälde des Panzerkreuzers Potemkin. Es war unübersehbar: mitten im Herzen Kölns fanden Anhänger des irrealen Sozialismus ein heimeliges Refugium. Verstärkt wurde dieser Eindruck durch die Ansprache der Bedienung: „Genossen, was wollt Ihr trinken?" Matze ließ sich die Karte bringen und war in seinem Element.

„Alter, das gibt's ja gar nicht. Die haben hier 70 verschiedene Wodkasorten und ebenso viele Cocktails auf der Karte. Genau der richtige Laden für uns...."

„Ja, aber denk dran, dass wir beide morgen noch was vorhaben..."

„Papperlapapp, man lebt nur einmal. Was hältst Du davon: ein Sovietskij-Cocktail in Form eines Caiproska?"

„Nee, besser nicht. Ich hab´ schon viel zuviel durcheinander getrunken...."

„O.k., dann order ich was anderes für uns – damit unternehmen wir einen kleinen Ausflug zur russischen Seele...."

Bastian schwante Ungemach, aber aufgrund des lauten Russen-Pop konnte er nicht verstehen, was sein trinkfreudiger Kamerad hinter vorgehaltener Hand bestellte. Nach kurzer Zeit kam der Genosse Kellner wieder und servierte insgesamt 12 Schnapsgläser voll mit klarer Flüssigkeit.

„Was ist denn das jetzt?"

„In der Karte stand, das sei ein halber Meter Soviet-Wässerschen mit 6 verschiedenen Wodka-Sorten aus den ehemaligen Soviet-Republiken."

„Muss das sein???"

„Na klar, hopp, hopp, ab in den Kopf. Na sdarowje!!"

Während Bastian entgegen seinen sonstigen Angewohnheiten lediglich am Glas nippte, hatte Matze das erste Glas bereits auf Ex in den Schlund gekippt und zauberte selig lächelnd seinen Bierdeckel hervor.

„Wie das klingt: Maria Lopez…. Das ist wie Sommer, Sonne und Sangria, ein romantischer Abend-Spaziergang am karibischen Palmenstrand."

„Ich möchte Dir ja nur ungern widersprechen, aber Lopez ist im Spanischen ein Allerweltsname so wie Müller, Meier, Schulze bei uns. Und Maria Lopez ist dann so was wie James Brown im Englischen oder Jupp Schmitz im Kölschen. Total banal…."

„Ach daher weht der Wind. Der feine Herr Student gönnt seinem ehemaligen Sandkastenfreund noch nicht mal eine Großstadt-Bekanntschaft. Immer nur schön das eigene Süppchen kochen, das hab´ ich gern."

„Nun stell´ Dich nicht gleich schon wieder so madonnenhaft an. Ich hab´ doch gar nichts gegen die Ische, ich kenn´ sie ja noch nicht mal. Ganz im Ernst: ich drück´ Dir sogar die Daumen und wünsche Euch alles Gute!"

„Na gut, wenn das so ist… Dann trinken wir darauf noch einen!" Und schon spülte Matze den zweiten Wodka hinter die Kiemen. Bastian hingegen beließ es beim Nippen an seinem ersten Glas und lehnte seinen schweren Kopf an den Zigarettenautomaten. Irgendwie war ihm nicht mehr zumute nach „nich lang schnacken, Kopp in´n Nacken".

„Genosse, Aufwachen ! Der Moskvitch wartet draußen…" Anscheinend hatte der Kellner schon längere Zeit versucht, Bastian wachzurütteln.

„Wie bitte? Was? Wo bin ich?"

„In der Sovjetbar HoteLux. Dein Tawarisch will nach Hause!"

Bastian blickte sich um und entdeckte Matze mit glasigem Blick in die Karte starren, neben sich fünf leere Wodka-Gläser. Langsam kam die Erinnerung wieder.

„Und wer oder was, bitte schön, ist ein Moskvitch?"

„Na, Euer Taxi. Wobei es sich bedauerlicherweise um ein imperialistisches Modell mit Stern handelt."

Bastian stand nicht der Sinn nach sozialistischen Pseudo-Kalauern, stattdessen wollte er nur so schnell wie möglich ins Bett. Er bedankte sich, hakte Matze unter und zog ihn, so gut es ging, nach draußen. Im Türrahmen hörte er noch, wie der Kellner rief: „das Kollektiv bedankt sich für Euren Besuch. Und nicht vergessen, nächsten Samstag feiern wir hier den Geburtstag von Karl Marx!"

Trotz jahrelanger Erfahrung war Bastian nicht in der Lage, das Lallen seines Freundes in einen einigermaßen vernünftigen Sinnzusammenhang zu bringen. Am Ziel angekommen, zahlte er das Taxi, schnappte sich Matze und mühte sich mit ihm zum Eingang. Der Glücksmoment, sofort einen freien Aufzug zu ergattern, währte nur für kurze Zeit. Kaum dass sich die Kabine ruckartig nach oben bewegte, verdrehte Matze die Augen, musste zwei- bis dreimal würgen, um sich anschließend kolossal zu übergeben. Immerhin riss er noch instinktiv die Hände vor den Mund, so dass der größte Teil des Mageninhalts in seine Handflächen floss. Gerade als das Kotzen beendet war und eine fast andächtige Stille eintrat, legte der Aufzug im 10. Stock einen Zwischenhalt ein. Vor der sich öffnenden Tür warteten drei junge Studentinnen auf ihre Mitnahmemöglichkeit – offensichtlich Überbleibsel einer der legendären Turm-Partys. Es dauerte eine kleine Ewigkeit, ehe nach den Geruchs- auch die Sehnerven der Mädels die Szenerie mit dem vor ihnen stehenden Fremden an die Hirnrinde weiterleiteten, die Information an den Synapsen richtig verarbeitet und schließlich ein Reflex veranlasst wurde. Fast parallel dazu wurde sich Matze seiner Widerwärtigkeit bewusst, zog blitzschnell die Hände zurück und versteckte sie hinter seinem Rücken. Bastian befürchtete, den Anblick des zu Boden rauschenden Erbrochenen niemals im Leben mehr vergessen zu können, ebenso wenig wie die Reaktionen der Mitbewohnerinnen. Die Augen weit aufgerissen, dann ein Kreischen, schließlich das angewiderte Abwenden vom Ort des Geschehens. Nachdem sich die Tür wieder schloss und der Aufzug mit den Beiden allein die Fahrt fortsetzte, glaubte Bastian im Flur ebenfalls Würgegeräusche zu vernehmen.

XIII

Jumpsoles – das war das Zauberwort! Es schien, als würde der Sonntag doch noch eine unerwartete, positive Wendung nehmen. Mit der ersten frisch gebrühten Tasse aus der neuen Kaffeemaschine saß er am Schreibtisch und surfte im Internet. Das ungewohnte, röstfrische Bohnen-Aroma motivierte ihn, wenigstens eine Kleinigkeit für sein Studium zu tun - auch wenn sich sein innerer Schweinehund mit dem Verweis auf die Erlebnisse der letzten Stunden massiv zur Wehr setzte. Mit der Suchmaschinen-Funktion forschte er nach unbekannten Trainingsmethoden zur Verbesserung der Sprungkraft und stieß dabei eher zufällig auf eine amerikanische Sportseite. Dort wurde ein simples, aber scheinbar effektives Trainingsgerät beschrieben: eine spezielle Ballensohle, die mittels Gurtbändern unter normalen Sportschuhen befestigt wird. Angeblich würden die so genannten `Jumpsoles´ die Wadenmuskulatur, Achillessehne und Fußsohle überproportional trainieren und innerhalb weniger Wochen eine zusätzliche Sprungkraft von 30 cm möglich machen. Untermauert wurde dies durch den ihm unbekannten sportmedizinischen Fachbegriff der `Plyometrie´. Bastian hielt das Ganze für einen gut gemachten Werbegag, aber wieso sollte man die Wirksamkeit nicht einmal im Rahmen einen Diplomarbeit testen, sei es durch einen Selbstversuch oder notfalls eine kleine wissenschaftliche Versuchsreihe? Damit käme er seinem Ziel extrem viel näher, mit wenig Aufwand eine Abschlussarbeit über eine Sache zu schreiben, mit der er sowieso tagtäglich zu tun hatte. Er druckte die Seite aus, machte sich ein paar Notizen und wollte so schnell wie möglich seinem Prof das Thema vorschlagen. Das müsste schon mit dem Teufel zugehen.... Dieser Zufallsfund ließ seine Laune wieder merklich steigen – nach all dem, was zuvor geschah.

Matze war offenbar bereits gegen Mittag ausgeflogen, zumindest hatte er sich wort- und grußlos aus dem Staub gemacht. Nach der Bescherung im Aufzug hatte ihn Bastian in der Nacht - ohne sich um die Schweinerei zu kümmern – unverzüglich unter die Dusche verfrachtet, Iso-Matte und Bundeswehr-Schlafsack ausgebreitet und sich dann selbst nach Einnahme einer Aspirin sofort ins Bett verkrümelt. Nach einem Stoßgebet, vor erneuten Brechattacken verschont zu bleiben, schlief er auf der Stelle ein. Auch wenn sich zumindest diese Hoffnung erfüllte, so erschienen ihm im Traum immer wieder Mala und Matze, wie sie sich beide übergeben mussten, während er von den drei Studentinnen mit vorwurfsvollen Blicken bombardiert wurde. Als wäre dies nicht schon schlimm genug, verspürte er auch noch andauernd den bitter-süßen Geschmack von Apfelkorn im Rachen. Diese Nacht war einfach nur ekelig.

Völlig verdreht wachte er am frühen Nachmittag auf, entdeckte den leeren Schlafsack und war heilfroh, den Putzeimer im Schrank lassen zu können. Beim Duschen versuchte er noch einmal, alle Erlebnisse der letzten Nacht in eine halbwegs akzeptable und logische Ordnung zu bringen. Sein ambitioniertes Unterfangen blieb jedoch bruchstückhaft wie ein Puzzle, dem wichtige Teile fehlten. Seine Verzweiflung darüber hielt sich in Grenzen: verantwortlich waren schließlich seine plötzlichen Schlafattacken, die die Wissenschaftler an der Spoho neudeutsch als Power-Napping bezeichneten und als sinnvolle Form der kurzfristigen Regeneration ansahen. Bastian war eigentlich sogar dankbar, im Falle von plötzlich auftretender Müdigkeit immer und überall einschlafen zu können, schließlich blieben ihm so doch übermäßiger Alkoholkonsum und der folgende Kater erspart. Kaum hatte er sich danach der ausgiebigen Zahnpflege hingegeben und mit minutenlangem Mundwasser-Gurgeln den Apfelkorn-Geschmack vertrieben, vernahm er ein verhaltenes

Klopfen. Er ging zur Tür, öffnete und entdeckte Nadja, die zwar nicht übermäßig hübsche, aber immerhin gertenschlanke Sportgymnastin vom gegenüberliegenden Appartement. Sie schien ziemlich durch den Wind, irgendetwas musste ihr zugesetzt haben.

„Na, Flatterbändchen - was gibt´s denn so Wichtiges am heiligen Sonntag?"

„Bastian, ich muss mal mit Dir reden. Hattest Du letzte Nacht Besuch?"

„Ja klar, mein Kumpel von zuhause hat hier übernachtet."

„Ist das so ein etwas schlaksiger, unsportlicher Typ mit nicht mehr allzu vielen rotblonden Haaren?"

„Ja, wieso, was ist passiert?"

„Kann ich reinkommen?"

„Wie, ist es so schlimm???"

„Noch viel schlimmer!!!"

„O.k., geh schon mal in mein Zimmer, ich zieh mir nur grad noch ein T-Shirt über…."

Der Inhalt der knapp zehnminütigen Schilderungen war so peinlich, dass die ganze Geschichte fast schon wieder urkomisch war. Beinahe hätte er zwischendrin laut losgebrüllt, wollte die Situation aber nicht noch weiter verschlimmern. Folglich bemühte er sich krampfhaft, einigermaßen ernst und verständnisvoll zu wirken. Gegen halb sechs Uhr morgens vernahm Nadja an der Tür Geräusche, als ob jemand einbrechen wollte. Vor Schreck habe sie wie schockgefrostet im Bett gelegen, doch die bangen Minuten wollten kein Ende nehmen. Da ihre Mitbewohnerin über das Wochenende bei ihren Eltern weilte und Nadja dementsprechend auf sich alleine gestellt war, fasste sie sich schließlich ein Herz, holte eine Gymnastik-Keule und schlich leise zum Ort des Geschehens. Ängstlich, aber dennoch zu allem entschlossen, riss sie die Tür auf und wollte schon zu einem Schlag

194

ausholen. Doch statt eines gemeingefährlichen Schwerverbrechers stand im Flur ein armseliger Perverser, der lediglich mit Unterhose bekleidet und einem Schlüsselbund in der Hand Einlass in ihre Wohnung begehrte. Auf ihre wütende Frage, was denn das zu bedeuten hätte, habe der Lustmolch - der zu allem Übel auch noch extrem aus dem Mund gestunken habe - irritiert gelallt, er habe sich ausgeschlossen, wolle aber zurück in sein Appartement. Beim Blick über seine Schulter entdeckte Nadja, dass die gegenüberliegende Tür sperrangelweit offen stand. Auf die Nachfrage, wohin er denn wolle, meinte der Witzbold „nach Köln" und mühte sich, an Nadja vorbei ins Innere der Wohnung zu gelangen. Nur mit Hilfe eines beherzten Schubsers in das gegenüberliegende Appartement sowie der Drohung, die Polizei zu rufen, habe der Sittenstrolch schließlich von seinem Vorhaben abgelassen. Was danach passiert sei könne sie beim besten Willen nicht mehr sagen – jedenfalls sei die Nacht für sie gelaufen gewesen, vor Angst habe sie kein Auge mehr zugetan.

Bastian versuchte, so gut er konnte, Nadja zu beruhigen, versprach ihr, dass sich diese trostlose Gestalt nie mehr im Turm blicken lassen würde und überreichte als kleine Entschädigung eine Flasche Asti Spumante - ein Überbleibsel der Stadtlohner Weihnachtsfeier vor drei Jahren. Froh über seinen Geniestreich, auf elegante Weise die alte Puffbrause losgeworden zu sein, brachte er sie schließlich zurück in ihr Appartement.

„Ich hab´ kein Problem mit Alkohol, … nur ohne!" Über diesen Steinzeitgag hatte er schon in der A-Jugend nicht mehr lachen können. Nee, was war das bloß für ein widerliches Teufelszeug! Einigermaßen vernünftige Menschen verwandelten sich zu Witzfiguren, ohne sich am nächsten Tag an ihre Aussetzer erinnern zu können. So konnte es einfach nicht weitergehen. Bastian nahm sich fest vor, selber das Trinken zu reduzieren und künftig produktiver zu sein, vor allem im Hinblick auf seine bevorstehende Diplomarbeit. „Alles Negative birgt auch etwas Positives" hatte seine Mutter früher immer gepredigt. Nachdem er im Internet auf die `Jumpsoles` gestoßen war, musste er ihr ausnahmsweise zustimmen. Matzes Besuch war die Initialzündung für seine Abschlussarbeit.

Die zufällige Themenfindung sollte im Nachhinein das einzig Positive zu Beginn der neuen Woche bleiben. Kaum hatte Bastian am Sonntagabend vor dem obligatorischen `Tatort´ seine vorbestellte Fertigpizza im `Doping´ abgeholt, wurde er durch drei gleichlautende Hinweiszettel an den Aufzugstüren aus seiner Feierabend-Lethargie gerissen.

An alle Turmbewohner !!!

Wer auch immer die unverdauten Ergüsse in der Nacht von Samstag auf Sonntag im Aufzug zu verantworten hat, muss mit sofortigem, unverzüglichen Rauswurf aus seinem Appartement rechnen. Für die Ermittlung des oralen Entsorgers gibt es eine Belohnung.
Hinweise bitte an den Hausmeister.

Nicht auch das noch! Es war schon eine existentielle Katastrophe, dass ihm wegen der Turn-Party das Ende in seinem Schwerpunktkurs drohte, nun sogar der Rausschmiss aus seinem Appartement. Die gekappten Unterstützungszahlungen seiner Eltern bildeten da nur das kümmerliche, fast logische Tüpfelchen auf dem i. Seine sportwissenschaftliche Karriere stand kurz vor dem Aus, in Gedanken sah er sich schon als ungelernter Aufguss-Fächerer im Saunapark in Kerpen. Der Appetit auf die Quattro Staggioni mit Analogkäse und Imitat-Schinken war Bastian gründlich vergangen, der `Tatort´ musste diesmal ohne ihn stattfinden. Sein Hirn lief im Volllast-Bereich. Wer waren die unbekannten Partymäuse aus der Nacht? Waren die nur zufällig im Turm oder dauerhaft einquartiert? Vor allem aber: wer war schuld an der ganzen gequirlten Hühnerkacke? Zumindest auf diese Frage gab es eine eindeutige Antwort: Matze! Bastian nahm sein Handy und wählte nahezu blind die ihm bestens vertraute Nummer. Nach ein paar Mal Klingeln meldete sich eine Stimme, die wie von einem Schwerverletzten auf einer Intensivstation klang.

„Hallo?"

Bastians Wut wich einem Gefühl von Mitleid. Schon in der Jugend hatten sie sich ab und an mal in den Haaren, aber nach einer mehr oder minder langen Beruhigungsphase doch wieder versöhnt. Auch wegen der `Jumpsoles´ konnte er Matze nicht wirklich böse sein.

„Alter, was ist denn mit Dir los?"
„Ach Bastian, Du bist´s... Meine Birne steht kurz vor der Explosion wie bei einem Vulkan...."
„Wenn dann Eruption...."
„Egal, ich fühl mich einfach nur scheiße!"
„Kein Wunder bei all dem, was Du noch in der Russenbar verkonsumiert hast..."
„Russen-Bar? Ist das Dein Ernst? Gib mir mal ein kurzes Update, ich befürchte, meine Speicherplatte wurde letzte Nacht komplett gelöscht."
„Dann wärst Du ja jetzt ein perfekter Kandidat fürs Dschungelcamp..."
„Mach´ Dich nur auf meine Kosten lustig, ich hab´s nicht besser verdient..."
„Denk immer dran: wer sich erinnern kann, war nicht dabei..."

Bastian erzählte von den Soviet-Wässerchen im Hotel Lux, der unvergesslichen Fahrt im Aufzug sowie dem Einbruchsversuch ins gegenüberliegende Appartement - ohne Matze mit den widerlichen

Details zu verschonen, was dieser immer wieder mit einem lauten Stöhnen kommentierte.

„Nee, das ist..... das ist ja echt zum Kotzen. Ich hab ´nen totalen Filmriss…"

„Das ist in dem Fall wahrscheinlich auch besser so!"

„Im Ernst: war ich so besoffen?"

„Und noch viel mehr!"

„Gibt es denn gar nichts Positives zu berichten?"

Bastian dachte kurz nach. „Höchstens Deine neue Kneipenbekanntschaft."

„Kneipe??? Stopp.... So langsam lichtet sich der Schleier. Du meinst so eine süße Kellnerin, oder?"

„Na, wer sagt´s denn…. Ich glaube, sie kommt aus Spanien oder so."

„Stimmt! So eine zauberhafte Flamenco-Maus mit langen schwarzen Haaren. Was weißt Du noch über sie?"

„Wieso? Du hast Dich doch den ganzen Abend mit Ihr unterhalten. Und als kleines Dankeschön auch noch einen Deckel erhalten…"

„Warte mal…." Am anderen Ende der Leitung war ein Rascheln zu vernehmen. „….hier – ich hab´s! Ein Bierdeckel mit einer Nummer. Und einem Namen: Maria Lopez. Ey Basti… - das war eigentlich doch mal wieder ein richtig geiler Abend. Und das nächste Mal nehmen wir uns dann so richtig einen…"

Zum Ende des Telefonats kam Bastian spontan wieder Mala in den Sinn, schließlich kannte die sich doch mit dem – wie hieß es noch gleich? – Vomitus bestens aus. Nicht, dass ihr Fauxpas durch Matze leichter zu entschuldigen war. Aber immerhin hatte der ihn ja darauf aufmerksam gemacht, dass er selber oft genug mehr als peinlich war. Er ertappte sich dabei, wie er sich insgeheim danach sehnte, mit Mala tiefgründige Gespräche zu führen. Vielleicht konnte sie ihm ja sogar aus der Patsche helfen? Er musste mit ihr sprechen – jetzt sofort. Er kramte ihre Nummer raus und wählte – aber außer einem ewiglangen Tuten tat sich nichts. Guter Rat war teuer... Bastian marterte erneut sein Hirn. Auch wenn er selber in der Nacht ziemlich angeschlagen war, so war er sich doch sicher, die Partymäuse noch nie zuvor gesehen zu haben. Andererseits konnte man nun wirklich nicht jeden der 357 Bewohner im Turm kennen. Bastian versuchte sich einzureden, dass die Schicksen aus der Nacht gar keine Sportstudentinnen waren, und selbst wenn, selber viel zu knülle waren, um sich an irgendetwas zu erinnern. Alleine der Anblick des Erbrochenen würde alle anderen Bilder in ihrem Kopf unwiederbringlich ausgelöscht haben. Einigermaßen beruhigt legte er sich zu Bett und schlief bald ein. Zu groß war der Nachholbedarf an Schlaf, auch wenn dieser immer wieder von wirren Träumen begleitet wurde.

XIV

Es dauerte eine gefühlte Ewigkeit, ehe Bastian am nächsten Morgen nach einem ätzenden Psychologie-Seminar und stundenlanger Warterei einen Termin zum Vorsprechen beim Leiter des Instituts für Sportspiele erhielt. Seine Euphorie die Diplomarbeit betreffend wandelte sich in Sekundenbruchteilen in tiefe Frustration, als sein Prof dozierte, dass er in einem längeren Exposé zunächst das Thema, die Untersuchungsmethode und die erhofften wissenschaftlichen Erkenntnisse explizit darlegen müsse. Erst dann könne über die Annahme der Arbeit entschieden werden – vorausgesetzt, er finde noch einen zweiten Professor als zusätzlichen Referenten. Von wegen mal gerade so nebenher schreiben...

Vom universitären Bürokratismus genervt marschierte er in die Halle 21, um an den Schwachpunkten seiner Turnübung zu feilen. Nichts funktionierte. Am Sprung verpasste er das sogenannte Reuther-Brett und prallte vor den Sprungtisch, am Barren fiel er beim Schwingen in den Handstand durch die Holme und prellte sich die Schulter, weshalb er am Boden sicherheitshalber gleich auf die letzte Bahn mit Flick-Flack und Salto rückwärts verzichtete. Es war ein einziges Desaster – mit seinen Gedanken war er irgendwo im nirgendwo, nicht aber im hier und jetzt. Und so sollte er gleich auch noch Honi beim Fußballtraining gegenübertreten? Er wusste nicht, ob es an der hektisch in der Cafeteria eingeworfenen Frikadelle lag, die in Form und Härte erschreckenderweise an eine Eier-Handgranate erinnerte, oder am bevorstehenden Training - ihm war einfach nur noch übel...

Zwei Stunden später herrschte auf dem Fußballplatz nach dem letzten Telefonat tatsächlich absolute Funkstille. Kurt alias Honi gab ihm zum Trainingsbeginn weder die Hand noch würdigte er ihn eines Blickes. Bastian absolvierte sein Programm nach Plan, übte nach dem

Warmmachen äußerlich gelassen alleine mit Dall und musste beim Trainingsspiel in der B-Auswahl im Kasten stehen – ein eindeutiger Affront seines Trainers. Egal, er würde sich nicht klein kriegen lassen – nicht so. Allerdings hatte er nicht mit der Destruktivität seiner Mitspieler gerechnet. Diese Pfeifen waren weder in der Lage, eine stabile 4er-Abwehrreihe zu bilden noch gewillt, mit harten Bandagen die Angriffsversuche der ersten Elf zu unterbinden. Kein Wunder, dass diese Freizeitkicker von ihren Mannschaftskollegen noch nicht einmal mit Spitznamen bedacht wurden. Für Torhüter mit Vorliebe für Sado-Maso-Spielereien wäre dies Gekicke ein Paradies gewesen. Bastian hingegen kam sich vor wie in einer Schießbude. Zu keinem Zeitpunkt konnte er auch nur ansatzweise sein Können aufblitzen lassen, stattdessen musste er ein ums andere Mal hinter sich greifen und die Kugel aus den Maschen befreien. Ausgerechnet Chancentod knallte ihm die Bälle reihenweise um die Ohren...

„Verdammt noch mal! Zeigt mir Eure Eier! Eiii-rrr!!!" Obwohl er sich die Seele aus dem Leibe schrie - es wurde ein Kantersieg für die A-Auswahl. Aus den Augenwinkeln glaubte Bastian ein hämisches Grinsen auf Honis Gesicht zu erkennen. Als das Elend endlich abgepfiffen wurde und alle Spieler im Mittelkreis versammelt waren, lies es sich der Übungsleiter nicht nehmen, die Klasse und den vermeintlich neuen Geist der ersten Elf in den höchsten Tönen zu loben. Am Ekelhaftesten daran war die Bemerkung, dass es manchmal ja ganz vorteilhaft sei, wenn das spielerische und nicht das akademische bei einer Fußballmannschaft im Vordergrund stünde. Der verräterische Blick in seine Richtung signalisierte ihm, dass diese Bemerkung eindeutig gegen ihn gerichtet war. Damit war das Fass nun endgültig übergelaufen.

„Idiot! Verklemmter Amateur!". Auch wenn er glaubte, nur genuschelt zu haben, wurde es auf einmal mucksmäuschenstill. Die

Lobhudelei endete schlagartig, eine beängstigende Stille legte sich über die gesamte Mannschaft.

„Was hat unser feiner Herr Student da gerade von sich gegeben? Amateur???"

Bastian ließ sich nicht einschüchtern. „Was ich gesagt habe, habe ich gesagt!".

„Also auch, dass ich ein Idiot bin??? Was fällt Dir ein, Du....Du...???" Honis alter 70er-Jahre Adidas-Trainingsanzug drohte aus allen Nähten zu platzen.

„Als gewählter Kapitän habe ich das Recht, das laut zu sagen, was der Rest der Mannschaft denkt!" Völlig entgeistert und teilweise entsetzt starrten ihn nun seine Mitspieler an. Honi atmete immer schneller und kürzer, was die Farbe seines Gesichts aufgrund der verstärkten Blutzufuhr in Richtung Sowjet-Rot trieb.

„Ach so, und dann meint unser Akademiker, er wechselt mal gerade die Tonart in Richtung Grottensprache, damit ihn ja auch alle verstehen??"

„Wenn überhaupt, dann Gossensprache...."

Honi war mittlerweile so kurzatmig, dass er gar nicht mehr richtig schreien, sondern nur noch röcheln konnte. „Du Fliegenfänger wagst es, den Trainer vor allen Spielern der Lächerlichkeit preiszugeben? Du bist mit sofortiger Wirkung suspendiert!"

Zu seinem eigenen Erstaunen blieb Bastian völlig cool und emotionslos. Insgeheim war er sogar ganz froh, dass es nun auf diese Art und Weise zur finalen Aussprache kam. „Drauf geschissen. Ich hab´ die Schnauze eh voll, immer als Buhmann herhalten zu müssen. Ich schmeiß die Brocken von mir aus hin - inklusive Kapitänsamt!".

Gemächlich drehte er sich um und trottete langsam in Richtung Kabine, gespannt darauf, was noch alles passieren würde.

„Hiergeblieben!!!" Honis Brüllen klang mittlerweile wie ein trockengelaufener Motor kurz vor dem Kolbenklemmer. Bastian marschierte unbeeindruckt weiter.

„Und weißt Du, was im nächsten Vereinsheft stehen wird: `er sprang als Katze und endete als Bettvorleger´…" Die letzten Worte waren kaum mehr als ein Pfeifen aus dem letzten Loch.

Im Wohnheim unter der Dusche überkam Bastian kurzfristig das schlechte Gewissen, vielleicht überreagiert zu haben. Sein westfälischer Starrsinn behielt aber letztendlich die Oberhand.

„Genug ist genug. Ich muss mir schließlich nicht alles bieten lassen."

Dennoch: in der nach oben hin offenen Scheißtage-Skala nahm dieser Montag eine absolute Top-Platzierung ein. Auch die Dauerberieselung konnte seine Stimmung nicht heben, schließlich gab es in der letzten Zeit ziemlich viele solcher Kalender-Streichtage – abgesehen vielleicht die mit Mala. Doch selbst flüchtige Gedanken an die Fotos in der Stadtrevue konnten ihn nicht aufheitern. Deshalb unternahm er auch erst gar keinen erneuten Versuch, sie anzurufen. Wenn, dann könnte er ja immer noch morgen mit ihr sprechen. Das wäre ohnehin ganz die Masche von Mike, von wegen „die Mädels zappeln lassen, bis sie wuschig werden".

***

Am nächsten Morgen weckte ihn ein sanftes Klopfen an der Zimmertür. „Ohayô gozaimasu!"

Als keine Antwort kam, öffnete Hiro die Tür einen Spalt breit und steckte seinen pechschwarz behaarten Kopf durch die schmale Öffnung.

„Aufstehen, Basti-san!"

„Ich bin müde!"

„Du musst. Dozenten warten nicht! Habe Dir auch frischen Geist zum Trinken mitgebracht." Fast lautlos glitt sein treuer Mitbewohner in das Zimmer, stellte einen Pott Kaffee neben das Bett, verbeugte sich und verschwand ebenso leise wie er gekommen war.

Vom Schlaf noch etwas vernebelt aber dankbar nahm Bastian den ersten Schluck. Mit jedem weiteren kehrten langsam die Lebensgeister zurück – aber auch die dunklen Erinnerungen. Erstmals wurde ihm bewusst, dass ihn sein impulsiver Rücktritt an den Rand des finanziellen Abgrunds treiben würde. Schließlich war es vorbei mit dem Handgeld im weißen Briefumschlag, welches ihm am Monatsende immer vom Schatzmeister im Auftrag der selbstlosen „Gönner unauffällig zugesteckt wurde. Zu allem Überfluss wollte ja auch noch seine heißgeliebte Mutter die monatlichen Zahlungen deutlich reduzieren. Mit den auf dem Sparbuch übriggebliebenen Kröten vom Erbe seiner Oma konnte er maximal noch drei Monate überbrücken, dann war es vorbei mit dem Dolce Vita an der Spoho. Er musste sich schleunigst einen Nebenjob suchen – egal was, Hauptsache nicht im Saunapark in Kerpen.

Als er sich im Flur ein Brot schmieren wollte, erwartete ihn Hiro und gab ihm lächelnd einen kräftigen Klaps auf die Schulter.
„Wollte noch fragen, wann genau letztes Saisonspiel? Wollen mit Asia-Community zum Spiel und dann mit Dir Aufstieg feiern!"
Beim Begriff „feiern" war Bastian urplötzlich sämtlicher Appetit vergangen. „Es… es wird kein letztes Saisonspiel geben. Zumindest nicht mit mir." In Kurzform und einigermaßen verständlich erzählte er die Vorkommnisse des letzten Trainings. Das Lächeln in Hiros Gesicht wurde von einem feinen, fast unmerklichen Kopfschütteln abgelöst. „Das ist Unterschied zwischen Doitsu und Nippon. Bei uns Boss hat immer Recht. Verstehst Du? Du musst dienen!"

„Was ich muss, ist sterben, sonst nichts. Und selbst das habe ich nicht so schnell vor!" Am veränderten Tonfall erkannte Hiro, dass es besser sei, nichts mehr zu sagen. Stattdessen nickte er nur noch einmal kurz und verschwand in sein kleines Reich.

Auch Bastian ging zurück in sein Zimmer, verschloss die Tür und legte sich aufs Bett. Auf Vorlesungen und Seminare hatte er heute keinen Bock mehr. In Gedanken kam noch einmal alles hoch: der Ärger nach der Turner-Party, der Stress mit seiner Mutter, der drohende Rausschmiss aus dem Turm, das abrupte Ende des in den schönsten Farben ausgemalten Meistertrips nach Mallorca und – quasi als Krönung – die bevorstehende Zahlungsunfähigkeit. Wenn das kein Grund für eine depressive Verstimmung war, was dann? Rein theoretisch könnte man sich doch gleich in eine Klapse einliefern lassen. Der regenverhangene Tag passte bestens zu diesem Weltuntergangs-Szenario, genauso wie die Musik der `Counting Crows´, die er gedankenverloren aufgelegt hatte. Er brauchte seelischen Beistand...

Vielleicht war das mit dem Psychologen ja gar nicht so verkehrt, nur dummerweise hatte er keinen in seinem Bekanntenkreis – abgesehen von den Dozenten an der Spoho. Da fiel ihm wieder Mala ein! Hatte sie nicht erzählt, dass ihr Vater ein professioneller Seelenklempner sei? Und wenn nicht der Vater, so vielleicht sie selber, schließlich war bestimmt auch einiges auf sie abgefärbt - zudem studierte sie selbst Medizin. Er drückte auf seinem Handy die Wahlwiederholung und wartete. Es klickte, dann hörte er eine unbekannte weibliche Stimme: „Ihr gewünschter Gesprächspartner ist gegenwärtig nicht erreichbar. Versuchen Sie es später noch einmal." Wie sollte es heute auch anders sein. Bastian gab sich seinen trüben Gedanken hin, kam aber immer wieder zurück zum erfolglosen Telefonversuch. Wieso bloß war sie nicht erreichbar? Er starrte eine Zeitlang an die Decke und drückte dann erneut die Wahlwiederholung. Statt Malas ertönte abermals die blecherne, unerotische Stimme der Ansagerin.

Irgendetwas stimmte nicht, seit 4 Tagen hatten sie kein Wort mehr miteinander gewechselt. Auch wenn er nach dem peinlichen Ende des ersten Treffens zunächst keinen Bedarf an weiteren Dates hatte, so änderte sich diese Haltung bedingt durch die Dessous-Fotos und Matze komplett ins Gegenteil. Mala hätte sich doch auch einmal von sich aus nach ihm erkundigen können!? O.k., da gab es diese Mitteilung auf seiner Sprachmailbox, aber sonst? Sein Blick fiel auf die Postkarte an der Zettelwand mit diesem ihm irgendwie bekannten Gesicht. `Anarchistische Abendunterhaltung ! Magisches Theater ! Eintritt nicht für jedermann !`. Trotz blasser Ahnung, was diese sinnlosen Sätze bedeuten sollten, wiesen sie doch zumindest auf das nächste Treffen am kommenden Freitag. Doch bis dahin konnte Bastian nicht warten. Jetzt und hier wollte er zumindest schon mal ihre Stimme hören. Wenn Sie auf dem Handy nicht erreichbar war, würde sie entweder in der Uni oder im St. Elisabeth-Krankenhaus arbeiten. Sein sportlicher Ehrgeiz war geweckt. Zum Glück barg seine häusliche Unordnung auch ihr Gutes. Auf dem Schreibtisch lag noch immer der Klinik-Befund von seinem Sportunfall – und darauf waren die Daten der Unfallaufnahme in Hohenlind. Bastian zögerte einen Moment und wählte schließlich die angegebene Telefonnummer. Das Klingeln dauerte ewig, Bastian wollte schon wieder auflegen, schließlich erbarmte sich doch noch jemand.

„St. Elisabeth-Krankenhaus Hohenlind, Unfallaufnahme, Himmler mein Name. Was kann ich für Sie tun?"

Die gestresst wirkende männliche Stimme brachte Bastian aus dem Konzept.

„Ich…. äähh… könnte ich wohl Frau Wagner sprechen?"

„Hören Sie, Sie sind hier in der Unfallaufnahme. Wir haben hier keine Zeit für Privatgespräche. Wer spricht da überhaupt?"

„Ähh... mein Name ist Lückemeyer, Bastian Lückemeyer."

„Lückemeyer???" Für einen kurzen Moment herrschte nachdenkliches Schweigen am anderen Ende der Leitung. „Bist Du der Sportstudent?"

Bastian schöpfte Hoffnung – auch wegen des Wechsels der Anredeform. „Ja, genau...."

„Warst Du hier vor kurzem wegen einer Platzwunde, die Du Dir in der Sporthochschule zugezogen hast?"

Treffer versenkt! Wahrscheinlich hatte Mala auf der Arbeit schon von ihm erzählt, möglicherweise gar in den höchsten Tönen geschwärmt.

„Genauso ist es. Könnte ich sie vielleicht jetzt sprechen?"

„Weißt Du was? Du bist ein Arschloch!" Dann legte der andere Typ unvermittelt auf.

Bastian fühlte sich wie von einer tonnenschweren Abrisskugel vor den Kopf gestoßen. Was war denn das jetzt schon wieder für eine abgefahrene Nummer? Welcher Spacken beleidigte ihn da so grundlos am Telefon? Bastian versuchte einigermaßen Ordnung in sein Hirn zu bekommen – auch wenn es megaschwer fiel. Also: dieser Freak kannte ihn und seine Verletzung. Stammte diese Information von Mala? Galt nicht auch für sie die medizinische Schweigepflicht? So langsam dämmerte es ihm – dieser Vollpfosten kannte ihn, weil er ihn schon mal getroffen hatte. Das war.... das konnte – genau – das musste der humorlose Sanitäter vom Rettungseinsatz gewesen sein. Nicht nur, dass ihm Bastians damalige Provokationen wohl noch immer auf die Nüsse gingen, höchstwahrscheinlich war diese Spaßbremse selber verknallt in die geilste Frau des Klinik-Universums.

Bastians Bedarf an menschlichem Kontakt war für heute gedeckt, eigentlich sogar für die gesamten nächsten Tage. Was würde wohl ein Psycho-Doc in seinem Fall von dauerhaften Tiefschlägen sagen? Wahrscheinlich einfach nur: „positiv denken!".

Bastian erinnerte sich an einen bitteren Witz: „als es mir dreckig ging, sprach eine Stimme zu mir: lächle und sei froh, es könnte noch viel schlimmer kommen. Und ich lächelte und war froh…. und es kam alles noch viel schlimmer". Aufgeben war jedoch keine Option, erst recht nicht für einen Sportler. `Immer einmal mehr aufstehen als hinfallen´ – das war auch sein Motto! Also raus in den Kampf und sich dem Gegner stellen. Bloß, wer genau war sein Gegner: Honi? Mike? Ede? Seine Mutter??? Oder einfach nur das Studium samt Turnprüfung und Diplomarbeit? Das viele Nachdenken beinhaltete einen verstärkten Einsatz von Hirnschmalz, was wiederum einen erhöhten Energieverbrauch bedeutete. Plötzlich überkam ihn Heißhunger. Nach der hastig eingeworfen Frikadelle am Vortag hatte er keinen Bissen mehr zu sich genommen. Auf oberflächliche Studis und Small-Talk in der Mensa stand ihm allerdings nicht der Sinn. Er zog seine verwaschene Bluejeans an, streifte eines der letzten frischen T-Shirts über, nahm seinen Windbreaker und machte sich planlos auf den Weg. Unten am Ausgang des Wohnheims entschied er sich spontan zur 200m entfernten Straßenbahn-Haltestelle zu gehen. Wenige Minuten später stieg er in die Linie 1 Richtung Weiden-West, um 3 Stationen später am Rheincenter wieder auszusteigen.

Nach einem ausgiebigen Burger-Menü, vor dem er und alle anderen Studenten vom Professor für Sportmedizin und Prävention aus ernährungsphysiologischen Gründen eigentlich immer gewarnt wurden, schlenderte er ziellos durch das große Einkaufszentrum mit seinen weit über 100 Geschäften. Bastian ließ sich einfach treiben ohne auf die Uhr zu schauen, immerhin konnte er so sein Gehirn fast vollständig ausschalten. Er testete neue Schuhe, bestaunte teure Chronographen, begutachtete das Angebot im Sportgeschäft und probierte modische Sweater – auch wenn er sich nichts davon leisten konnte. Er war wohl schon fast zwei Stunden unterwegs, als mitten in der Umkleidekabine sein Handy klingelte.

„Ja, wer stört?"

„Ich bin´s, Olli. Wollte Dich nur daran erinnern, dass wir in einer Stunde alle gemeinsam die Halle reinigen müssen."

„Nicht auch das noch!!! Das hab´ ich ja völlig getillt!"

„Das hab´ ich mir gedacht, deshalb wollte auch rechtzeitig Bescheid sagen. Und da Du für diese ungewollte Putzaktion mit verantwortlich bist, wollte ich Dich fragen, ob wir nicht hinterher gemeinsam was trinken gehen? … Auf Deine Kosten natürlich!"

Bastian fiel der Kleiderbügel aus der Hand, er musste sich erst mal setzen. „Du Olli, ähh…. ehrlich gesagt… ähhh… lass uns doch erst mal Heinzelmännchen spielen, dann sehen wir weiter!"

„Also gut. Aber denk´ dran: alle im Kurs werden sehr genau darauf achten, wie Du Dich als Putzfrau machst. Und komm nicht wieder zu spät!"

„Ist gebongt. Bis gleich…"

`Und täglich grüßt das Murmeltier! ´ Dieser Tag war – was das Frustrationspotenzial anging - wie der Vortag, zumindest in groben Zügen. Und wenn alles kam wie befürchtet, war dieser Dienstag auf dem besten Weg, den Montag auf der Scheißtageskala noch zu toppen. Was im Himmel hatte er bloß verbrochen? War das die Strafe dafür, dass er in der heiligen Messe in Gescher eingeschlafen war? Während er seine normalen Klamotten wieder anzog, setzte er ein kurzes Stoßgebet ab: „Lieber Gott, was auch immer ich getan habe: bitte vergib´ mir! Und lass´ alles wieder gut werden!".

Tatsächlich war Bastian diesmal in der Halle 21 überpünktlich – selbst der ansonsten lethargische Hallenmeister in seinem Kabuff musterte ihn beim Eintreten durch die dicke, holzgetäfelte Hallentür mit ungläubigem Staunen. Der einzige, der noch fehlte, war ausgerechnet Ede. Da der normale Übungsbetrieb mit den Kaderturnerinnen noch lief und sich auch einzelne Sportstudenten an den verschiedensten Geräten mehr schlecht als recht mühten, warteten die zum Putzen verdonnerten 16 Schwerpunktteilnehmer geduldig auf den Holzbänken vor dem Eingang. Kaum dass Bastian sich setzte und sowohl von Tom wie auch Olli mit einem kurzen, verschwörerischen Nicken begrüßt wurde, nahm Bernd direkt neben ihm Platz.

„Na Du Leuchte! Was geht?"

„Ey Bernie, wenn Du wieder wegen dieser geschissenen Klamotten angekrochen kommst, so muss ich Dich enttäuschen. Es gibt keine mehr – zumindest nicht bei mir. Wende Dich einfach an Mike…"

„Die interessieren mich jetzt gerade überhaupt nicht…"

„Was dann?"

„Kannst Du Dir vorstellen, wie sehr mir das heutige Putzen auf den Nerv geht?"

„Herzlichen Glückwunsch! Da befindest Du Dich in allerbester Gesellschaft…"

„Wenn Du damit Deine Allerwerteste Heiligkeit meinst, dann möchte ich gar nicht dazu gehören. Ich bin nämlich immer noch stocksauer, wie Du mich beim letzten Mal angemacht hast!"

„Hör´ mal Bernd, ich hab selber zurzeit genügend Ärger. Wenn Du Probleme mit mir hast, dann lass´ mich entweder in Ruhe oder wende Dich an den sportpsychologischen Dienst!"

„Haha…. Wenn ich nicht noch immer so ein schlechtes Gewissen wegen Deiner Platzwunde und des Rettungswagen-Einsatzes hätte, dann…"

„Was dann?" Bastian war kurz davor, wegen der unausgesprochen Drohung wie ein HB-Männchen an die Decke zu gehen, als Ede dynamisch durch die Hallentür schritt und vor seine Studenten trat.

„Tach, Jungs. Ich hab´ ´ne gute und ´ne schlechte Nachricht für Euch. Da Ihr Euch sicherlich nicht darauf einigen könnt, was Ihr zuerst hören wollt, fang´ ich mal mit der schlechten Nachricht an: da unsere Mädels noch für die Deutschen Meisterschaften trainieren müssen, fängt unsere Putzaktion erst in einer Stunde an. Die gute Nachricht dagegen ist: aus versicherungstechnischen Gründen bleibt Euch die Reinigung der Metallstreben unter dem Hallendach erspart. Und da zufälligerweise auch noch die Geräteräume jüngst vom eigentlichen Putztrupp gesäubert wurden, müsst ihr lediglich die Halle inklusive aller Turngeräte und Matten vom Magnesiastaub befreien. Aber täuscht Euch nicht: auch das wird längere Zeit in Anspruch nehmen. Also, in einer Stunde geht es los, es sei denn, ….“ – Ede liebte theatralische Kunstpausen - „… Ihr überlegt es Euch Doch noch anders und nennt mir den Verursacher des finanziellen Desasters unserer Turner-Party.“

„Untersteh´ Dich!“ Bastians im Zeitlupentempo vorgenommene Drehung zu Bernd und das diesmal fast lautlose Zischeln war für Unbeteiligte kaum wahrnehmbar. Fast zeitgleich knuffte Tom seinen Sitznachbarn Olli, woraufhin dieser einen imaginären Punkt an der Decke anstarrte und vergnügt vor sich hin pfiff.

Ede wartete eine Zeitlang, aber nichts tat sich. „Na gut, Ihr wollt es nicht anders. Also teilt Euch am besten schon jetzt in drei bis vier Gruppen auf und überlegt Euch ganz genau, wie Ihr die Reinigung vornehmen werdet. Die dafür nötigen Putzmittel inklusive der Scheuersaugmaschine erhaltet Ihr beim Hallenmeister. Nur damit wir uns verstehen: wenn Ihr glaubt, fertig zu sein, werden Professor Terbrüggen und ich persönlich die Abnahme machen. Und wehe, es sieht nicht so aus wie damals direkt nach der Einweihung!“

Murren machte sich breit, als Ede die Halle verließ. Alle diskutierten wie wild durcheinander; Bastian hatte das Gefühl, dass ihm mit zunehmender Lautstärke immer häufiger böse Blicke zugeworfen wurden. Nach einer kurzen Diskussion mit Tom erhob sich Olli von seinem Platz und baute sich vor den anderen auf. Als Meisterturner und Kurs-Koryphäe war er eine anerkannte Respektperson, urplötzlich wurde es wieder ganz still.

„Jungs, ich weiß, wie Ihr sehr Euch diese Putzaktion auf die Eier geht, bei mir ist es schließlich auch nicht anders. Es ist doch allseits bekannt, wieso kein Gewinn bei unserer Party übriggeblieben ist. Andererseits denke ich, dass dieser geile Abend in die Geschichtsbücher der Spoho eingehen wird, oder?" Bastian schielte verschämt zu seinen Kurskollegen und entdeckte wohlwollendes Nicken. „Und da wir alle letztendlich von der Bon-Aktion profitiert haben, gilt auch für alle: mitgefangen – mitgehangen. Schließlich sind wir doch ein Kurs!?!" Wenn auch nicht mehr ganz so überschwänglich, so war dennoch bei den meisten Köpfen noch eine Nickbewegung wahrnehmbar. Bastian rätselte, worauf Olli hinaus wollte, doch schon bei seinem nächsten Satz wurde er radikal aus seinen Gedankengängen gerissen. „Ich könnte mir vorstellen, dass es einer aus unserem Kurs am meisten bedauert, dass die Einnahmen der Party für unsere Abschlussfeier gedacht waren. Aber bestimmt hat unser Goalie längst eine Alternative im Köcher, nicht wahr???"
Olli fing an, aufmunternd zu klatschen, die anderen folgten spontan diesem akustischen Marschbefehl. Alle Augen richteten sich wie auf Kommando auf Bastian, dem erstmals seit der ersten Begegnung mit Mala wieder richtig schummrig wurde.
„Na komm schon, Basti..." - wie eine Dockingstation streckte Olli seine Hände aus. Bastian blieb nichts anders übrig, als sich mit weichen Knien mühsam von seinem Platz zu erheben und nach vorne zu bewegen. Wie in Trance musterte er alle Kurskollegen und verweilte bei Tom und Bernd etwas länger.
„O.k., also... ähhh... wie schon gesagt...."

„Aber Du hast doch noch gar nichts gesagt!" Ollis Bemerkung verursachte kurzfristige Erheiterung in der Runde, doch an Bastian verhallte dieser Einwurf völlig wirkungslos.

„Nun ja, ihr glaubt alle, ich wäre derjenige, welcher... Aber – ich meine – ähh – so ist es nicht, na ja, zumindest nicht direkt..."

Olli zupfte ihn an seinem Trainingsanzug und flüsterte etwas in sein Ohr, von dem die anderen nur nichtssagende Wortfetzen mitbekamen. Bastian runzelte die Stirn, fragte noch mal leise nach, grübelte einen Augenblick und erlangte schließlich seine Fassung wieder.

„Na gut.... Also, was ich sagen wollte: wenn wir die Hallenreinigung heute zu aller Zufriedenheit hinter uns bringen - und im Nachhinein nicht mehr über die Ursache sondern nur noch über den geilen Partyabend reden, dann...."

„Was dann?" rief Bernd das aus, was alle brennend interessierte.

„..dann gibt´s nach dieser erzwungenen Arbeitsmaßnahme heute das ein oder andere Kaltgetränk im `Junkersdorfer Hof' für lau." Die ursprünglich lustlose, fast säuerliche Stimmung im Kurs wich in Millisekunden einem orgastischer Begeisterungssturm dürstender Kölsch-Seelen.

Mit diesem feucht-fröhlichen Ziel vor Augen ging die Reinigung schneller vorbei, als alle befürchtet hatten. Unterstützt von wummernden Techno-Rhythmen aus den Hallenlautsprechern wurde gewischt, geputzt, gewienert und gereinigt, dass sich die Kölner Heinzelmännchen freiwillig aus dem Staub gemacht hätten. Nachdem ein System mit einem speziellen Saugrohr gefunden wurde, wie man auch aus den hintersten Ecken das feine, weiße Magnesiumoxyd – das im Turnen als Schweißbinder benutzte Magnesia - auf einfache und schnelle Weise wegsaugen konnte, wurde auch das Bearbeiten des Hallenbodens mit der bereitgestellten Maschine zu einem gruppendynamischen Musterprozess.

213

Nach erfolgter Vollzugsmeldung durch den Hallenmeister wartete der gesamte Kurs auf den Holzbänken gespannt auf die Abnahme durch die Verantwortlichen. Statt des Doppelpacks mit Prof und Dozent kam Ede alleine und nahm sich ausgiebig Zeit für die Kontrolle, aufmerksam beäugt von der Aushilfs-Putztruppe. Nachdem er alle Matten angehoben, akribisch mit dem Finger über Boden und Geräte gewischt und sogar kräftig unter die äußere Holzverkleidung gepustet hatte, um mögliche Reste von Magnesia und Staub aufzuwirbeln, kehrte er äußerlich regungslos zu seiner Schützlingen zurück.

„Zuerst mal: Professor Terbrüggen ist mit einem schwierigen Gutachten beschäftigt, deshalb bat er mich, alleine die Halle zu inspizieren und gegebenenfalls mögliche Konsequenzen auszusprechen." Die langgezogene Pause erinnerte an eine dieser schlechten Castings-Shows, in denen am Ende verkündet wird, ob der Teilnehmer eine Runde weiter kommt oder nach Hause geschickt wird. Der anfängliche Optimismus über die gelungene Putzaktion wich einer gewissen Nervosität.

„Also, ich muss schon sagen: Respekt! Das hätte ich von Euch nicht erwartet, auch wenn es natürlich immer noch besser und sauberer geht."

Das allgemeine Erleichterungs-Schnaufen wurde von Beifall auf der Tribüne begleitet, wo sich einige der ehemaligen Partygäste die außergewöhnliche Putzaktion unter keinen Umständen entgehen lassen wollten.

„Ihr habt Gemeinschaftssinn bewiesen und Euch auch nicht von irgendwelchen Drohungen auseinanderdividieren lassen. Nur so funktioniert es im Sport und im wahren Leben. Ihr seid ein Kurs, wie man ihn sich als Dozent wünscht. Deshalb ist von Institutsseite die ganze leidige Geschichte um den ausgebliebenen Gewinn hiermit auch erledigt."

Jubel brach auf den Holzbänken aus, doch Ede hob ruhebeschwörend die Hände.

„Bevor Ihr jetzt gleich die Sau raus lasst, möchte ich Euch nur noch einmal eindringlich daran erinnern, dass morgen in einer Woche die praktische Turnprüfung ansteht. Also übertreibt es nicht, sondern arbeitet an Euren Schwächen!"

Bastian war hin- und hergerissen zwischen Erleichterung und Beklemmung. Jedenfalls versuchte der Hinweis auf die bevorstehende Abschlussprüfung sofort wieder leichte Magenspasmen. Wieso nur konnte sein Studienalltag nicht einfach mal völlig problemlos und tiefenentspannt verlaufen?

Nachdenklich verabschiedete er sich als Erster aus der Halle, um in der urigen Kneipe in Alt-Junkersdorf den nahenden Kurs anzukündigen. Schon beim Eintreten wurde er von der Wirtin mit einem „Tach Basti, wie immer – Herrenjedeck?" begrüßt. Zu Bastians großer Verwunderung trank man nicht nur in Norddeutschland und Westfalen 'ne lütte Lage, sondern auch im Rheinland zum Gerstensaft gelegentlich ein Schnäpschen. Doris kannte ihre Pappenheimer, auch wenn Bastian lediglich zum Skatspielen oder Fußballschauen auf ein paar Kölsch vorbeischaute. Als fußfauler Torwart war ihm der Weg von der Spoho einfach zu weit, auch wenn die Strecke in 10 Minuten zurückgelegt werden konnte. Andererseits entschädigte ihn das Studium der urkölschen Gäste und der legendären Kneipenwirtin Doris jedes Mal für die vermeintlichen Strapazen. Kaum hatte er sein erstes Glas auf Ex getrunken, betraten Tom und Olli den Schankraum.

„Das ist ja unser Wohltäter. Wir wollten schon eine Suchmeldung aufgeben."

„Sehr witzig. Vielleicht weiht ihr mich künftig einfach mal im Vorfeld ein, wenn auf meine Kosten der ganze Kurs verköstigt werden soll!?"

„Nun mach´ mal halblang, Basti. So wirkte Deine Verwunderung und Problemlösung absolut authentisch…"

„Und sympathisch!" ergänzte Olli und zwinkerte ihm dabei zu. „Und wegen der paar Kröten mach´ Dir mal keinen Kopf. Immerhin bist Du so auf elegante und billige Art und Weise ein existentielles Problem losgeworden."

Bastian überlegte einen Augenblick und musste zustimmen. Der Rausschmiss aus dem Schwerpunkt war vom Tisch. Wenn er nicht noch die Praxisprüfung versemmeln würde, hätte er sein Diplom so gut wie in der Tasche.

„Na wenn das so ist…. Doris, mach mal ´ne Runde." Der Blick in sein Portemonnaie offenbarte schlagartig wieder seine Achillesferse. „Kann ich ausnahmsweise auch anschreiben? Die Getränke vom Kurs gehen nämlich alle auf meinen Deckel!"

„Auf unseren…." grinste Tom, „schließlich bin ich genauso für den Fast-Ruin des Turninstituts verantwortlich. Aber das war es mir wert!"

„Ja, das war wirklich ´ne total abgefahrene Sache!"

„Apropos abgefahren: was macht eigentlich Deine Model-Maus von der Party? Du weißt schon, die Nalan oder Megan oder so ähnlich…"

„Mala… Sie heißt Mala!"

„Ach, meine kleine Zicke - …", mischte sich Olli ein, „was soll denn mit der sein? Gibt es irgendetwas, das ich wissen sollte?"

Bastian bemerkte, wie ihm das Blut in die Wangen schoss – wahrscheinlich sah er jetzt gerade so aus wie das Werbegesicht von Rotbäckchensaft aus dem Reformhaus.

„Nichts….. ähh… na ja, fast nichts – oder besser: noch nichts Richtiges…" und fügte leise für sich selbst ein „leider!" hinzu. Diese Antwort war – wenn auch formal korrekt - eindeutig unzureichend. Immerhin hätte er Olli so auf einfache Art und Weise demonstrieren können, dass er alles andere als eine Schwuchtel war. Noch bevor er dies konkretisieren konnte, bekam er einen Klaps auf die Schulter.

216

„Na, das klingt ja tierisch interessant, das musst Du mir gleich mal ganz in Ruhe erzählen. Zuvor muss ich aber unbedingt das Urinal fluten."

Kaum war Olli verschwunden, nahm Bernd den freigewordenen Platz ein. „Alter Verwalter, das war ja mal ´ne geile Nummer! Vergiss die Klamotten und die Anmache, o.k.? Schwamm drüber!" Aufmunternd hielt er Bastian ein Kölschglas zum Anstoßen hin. Bastian musterte ihn aufmerksam von Kopf bis Fuß und ließ sich mit seiner Antwort bewusst lange Zeit – auch, weil er in Gedanken noch ganz woanders war.

„Tut mir leid, Bernd. Ich für meinen Teil kann das nicht so einfach vergessen…" Bernds Gesichtsausdruck verfinsterte sich zusehends, er wollte schon auf dem Absatz kehrt machen, doch Bastian hielt ihn mit einem kräftigen Griff am Ärmel zurück. Das Fragezeichen im Gesicht seines Gegenübers wurde durch die erneut herausgezögerte Antwort immer größer.

„Jedes Mal, wenn ich in den Spiegel schaue, sehe ich das hier…" Mit ernster Miene zeigte Bastian mit seinem rechten Zeigefinger in Richtung der noch immer nicht ganz verheilten Platzwunde. „So gesehen werde ich jedes Mal an Dich und unsere Aufwärmaktion erinnert. Statt eines Kainsmals trage ich also bis an mein Lebensende ein Berndmal…" Total verunsichert inspizierte Bernd zunächst die Narbe und blickte dann hilfesuchend zu Tom, der jedoch so tat, als bekäme er von dem Dialog nichts mit. Mit verkniffenem Gesicht musterte Bastian sein Gegenüber wie vor einem tödlichen Western-Duell, konnte schließlich aber nicht mehr an sich halten. Laut prustend brach es aus ihm heraus. „Aber mach´ Dir nichts draus. Der Doc meinte, das wäre sexy und Frauen würden darauf stehen. Wenn das stimmt, muss ich Dir sogar dankbar sein. Prost!"

Bernd benötigte einige Sekunden um die neue Situation zu realisieren und stieß nur äußerst verhalten an. Umso überraschter war er, als ihn

Bastian auch noch umarmte. „Wenn einer sich entschuldigen muss, dann ich. War wegen Mike und den Klamotten einfach nur genervt, o.k.? Also: alles wieder gut?"

„Alles gut, Basti. Aber verarsch mich nicht noch mal so, versprochen?"

„Versprochen, aber Du warst auch ein dankbares Opfer. Jetzt gieß Dir mal richtig einen hinter die Binde – so schnell werden Tom und ich nämlich keinen Zapfdienst mehr ableisten!"

„Na, das nenn´ ich echten Kurszusammenhalt. Wie Ihr gerade selbst bewiesen habt, gibt´s wahre Liebe eben nur unter Männern…" Fast unbemerkt war Olli von der Toilette zurückgekehrt. Bastian musste unbedingt die Gelegenheit zur Klarstellung nutzen. „Tut mir leid, wenn ich Dir ausnahmsweise mal widerspreche. Aber ich für meinen Teil kann mir wahre Liebe nur mit einer Frau vorstellen!"

Olli tat entrüstet. „Du weißt doch gar nicht, was Du da so leichtfertig von Dir gibst. Du und eine Frau - das kann doch gar nicht gutgehen…"

Bastian blieb die Ironie dieser Aussage völlig verborgen. „Vielleicht kann ich Dir das draußen unter vier Augen mal ein bisschen näher erläutern?!?"

„Wir beiden alleine?? Ganz kurz, wie bei einem Quickie?" feixte Olli, „da bin ich aber extrem gespannt!"

Direkt neben dem Eingang lag der mediterran gehaltene Wintergarten, der um diese Uhrzeit vollkommen menschenleer war. Bastian war sich unsicher, ob und wie er sich setzen sollte, um nicht falsch verstanden zu werden. Schließlich schnappte er sich zwei der gepolsterten Sessel, stellte sie gegenüber und bot Olli einen Platz an.

„Also Goalie, was gibt´s? Was genau willst Du mir verklickern?"

„Du…. ähhh… Olli…. ehrlich gesagt, weiß ich nicht so recht, wie ich´s Dir sagen soll, aber…"

„Nun spuck´s schon aus!"

„O.k., ... es ist nicht so wie Du vielleicht denkst..."

„Was denke ich denn vielleicht?"

„Na was mit mir ist. Ich... ich bin nicht schwul!"

Olli musste laut loslachen „Willst Du mich für dumm verkaufen???
Das war mir doch spätestens bei unserer Party so was von
sonnenklar, als Du Mala mit so extremen Stielaugen angeglotzt hast,
dass man die mit einem Kantholz hätte abschlagen können..."

„Aber... wieso wolltest Du dann unbedingt mit mir duschen? Oder
einen trinken gehen? Und dann die ganzen anzüglichen Sprüche!"

„Wie bist Du denn drauf? Meinst Du allen Ernstes, ich dürfte nicht
mit Heteros duschen oder feiern? Oder hast Du am Ende gar Angst,
dass ich Dich vergewaltigen würde?"

Bastian schaute peinlich berührt zu Boden und wagte nicht
aufzublicken. Statt einer vernünftigen Antwort stammelte er nur ein
„...bei Deinen Muskeln und Deinem Körper wäre das ja ein leichtes
für Dich."

Bastian biss sich auf die Zunge. Die folgenden Sekunden kamen ihm
wie Stunden vor. Ollis Berührung durchfuhr ihn wie ein Blitz.

„Mensch Goalie, wenn ich nicht der festen Überzeugung wäre, dass
Du eigentlich ein ganz geiler Typ bist, dann würde ich denken, Du bist
homophob!"

„Homo...was? Ich bin nicht homo, ich bin hetero!!"

„Genau, und homophob sind die, die gegen Schwule und Lesben
wettern und herziehen."

„Aber... das mache ich doch gar nicht. Außerdem weiß´ ich ja auch so
gut wie gar nichts über Dich und Deine Lebensumstände."

„Das können wir ändern. Pass´ auf, wir machen einen Deal. Da ich Dir
heute mit der Putzaktion und der anschließenden Trinkeinladung aus
der Patsche geholfen habe, begleitest Du mich morgen zur Deutzer
Kirmes. Ich hab´ einfach mal wieder Bock auf so richtig krasse
Fahrgastgeschäfte. Und – langsam zum Mitschreiben – Du bist meine
Begleitung, nicht mein Partner. Keine Sorge, ich tue Dir schon nichts."

XV

Bastian war schon speiübel, als sie nach mehreren Fahrten im Breakdancer, Kettenkarussell, der Riesenschaukel und dem Tower Center endlich eine Bier-Bude ansteuerten. Olli konnte gar nicht genug kriegen von den vielen Drehungen und Überschlägen, zumal an diesem Familientag alle Fahrgastgeschäfte nur die Hälfte kosteten. Für Bastian aber war die Pause überlebensnotwendig. Das Anstehen vor dem dicht umlagerten `Früh´-Stand bot Gelegenheit zum Erholen und Durchatmen.

Wider Erwarten endete der letzte Abend bei Doris schon vor Mitternacht; Ede´s Mahnung hatte offensichtlich ihre Wirkung nicht verfehlt, was Bastian im Hinblick auf seine Finanzen auch nicht ungelegen kam. Bei der Verabschiedung bot Olli an, ihn die letzte Woche vor der Turnprüfung zu trainieren und ihm Hilfestellung zu geben. Und so war dieser Mittwoch abgesehen vom Psychologie-Seminar ein richtiger Turntag: nach dem offiziellen Kurs am Morgen verbrachte er den Nachmittag mit Olli in der frisch gewienerten Halle 21, um an seinen Übungen zu feilen. Dank dessen Meister-Tipps schaffte er es zum Ende hin tatsächlich, alle Übungen für seine Verhältnisse nahezu optimal hinzubekommen. Selbst die Boden-Abschlussbahn Radwende - Flick-Flack - Salto rückwärts brachte er ohne fremde Hilfe sicher in den Stand. Euphorisiert und adrenalingeschwängert fuhr Bastian mit Olli anschließend direkt auf die andere Rheinseite nach Deutz zum Frühlingsfest. Aufgrund des strahlend-blauen, warmen Maiabends und der familienfreundlichen Preise herrschte reger Andrang auf dem Kirmesgelände direkt am Rhein. Zu Bastians Glück kämpfte sich Olli bis zum Zappes durch und eroberte schließlich zwei kleine Stangen. Immer noch leicht schwindelig, aber berauscht vom traumhaften Blick auf die beleuchtete Kölner Altstadt genehmigte sich Bastian mit dem kahlköpfigen Kraftpaket nun sein erstes Kölsch.

„Wenn ich das hier so sehe, kann ich verstehen, wieso die Kölner ihre Stadt so lieben!"

„Nicht nur die Kölner. Wusstest Du eigentlich, dass Köln weltweit zu den Städten mit den meisten Schwulen und Lesben zählt?"

Nach dem vorangegangenen Abend und dem erfolgreichen Training hatte Bastian keinerlei Scheu mehr, mit Olli offen über dieses Thema zu reden. „Wirklich? Und wieso?"

„Das hängt mit der kölschen Mentalität zusammen. Leben und leben lassen. Hier gibt es traditionell eine extrem große Toleranz."

„Mmmh... ist das auch der Grund, wieso Du hier studierst?"

„Das ist ein positiver Nebeneffekt. Aber letztendlich zählt die Spoho schon zu den drei besten Sport-Universitäten der Welt."

„Das stimmt natürlich..." Vor der nächsten Frage genehmigte sich Bastian erst noch einen großen Schluck aus seinem Glas. „Wann hast Du eigentlich gemerkt, dass Du schwul bist?"

Für Olli schien dies die normalste Frage der Welt zu sein. „Das muss so in der Pubertät gewesen sein. Ich hab´ mich einfach mehr für Jungen als für Mädchen interessiert."

„Hast Du denn als Kind auch lieber mit Puppen als mit Autos gespielt?"

„Haha, das erzählen manche – und wahrscheinlich denkt ihr Heteros das auch. Aber tatsächlich bemerkt man das erst viel später."

„Aber wie passt das dann zu dieser extrem athletischen und kräftezehrenden Sportart?"

Olli musste grinsen. „Du glaubst wohl, Schwule sind allesamt Weicheier, Schwuchteln oder Tunten, was? Wenn Du wüsstest, wie viele Fußball-Bundesligaspieler nur auf Männer stehen – sogar Torhüter... Selbst in der Formel-1 soll es Fahrer geben, die ein Verhältnis mit ihrem Physiotherapeuten haben und lediglich eine Scheinehe führen. Aber das wird immer schön unter dem Deckel gehalten, da so ein Outing eines Stars genauso gut ankommt wie eine Angela Merkel als Schönheitskönigin…"

„Ich fall´ aus allen Wolken…"

„Is´ aber so. Wenn einer das wissen muss, dann ja wohl ich!"

„Und wie ist das beim Kunstturnen?"

„1996 gab es sogar einen homosexuellen Olympiasieger. Für meinen Geschmack turnte er jedoch ein bisschen zu tuntig."

„Unglaublich! Wie erkennst Du überhaupt, ob jemand schwul ist?"

„Das sehe ich sofort. An der Gestik, der Mimik, aber ganz besonders an den Augen…"

Bastian war erstaunt, wie locker Olli mit seiner Sexualität umging. Allerdings war er auch keiner dieser oft karikierten Mega-Tunten, sondern eigentlich eher unscheinbar. Er selbst wurde ja auch erst von Mala darauf aufmerksam gemacht.

Apropos Mala: nach dem verheerenden Anruf in der Klinik und den turbulenten letzten 24 Stunden hatte er schlichtweg vergessen, einen neuen Telefonversuch zu starten. Kaum dass er an sie dachte, glaubte er auch schon, sie wieder zu sehen. Im Gedränge vor dem Riesenrad erblickte er eine attraktive junge Dame, die in Bezug auf Haare, Figur und Größe exakt mit seiner Traumfrau übereinzustimmen schien – alles passte, hätte sie nicht plötzlich überschwänglich eine andere Frau umarmt und anschließend sogar noch geküsst. Bastian rieb sich die Augen und schaute noch mal hin, aber da war sie auch schon in der dichten Menschenmenge verschwunden. Er musste sich wohl getäuscht haben…

„Übrigens: da drüben auf der anderen Rheinseite gibt es im sogenannten Bermuda-Dreieck ein paar sehr nette Läden für Schwule und Lesben. In einer von denen arbeite ich als Barkeeper. Wenn Du Lust hast, kannst Du gerne mal im Exile vorbeikommen – auch ohne tiefergehendes Interesse…"

Bastian, der immer noch Richtung Riesenrad starrte, wurde von dieser unerwarteten Einladung komplett auf dem falschen Fuß erwischt und verfiel vorrübergehend in sein altes Verhaltensmuster. „Du.. ähh ... Olli... das ist sehr lieb, aber... ähh - mal schauen!"

„Was ist denn mit Dir plötzlich los? Hast Du Aliens gesehen?"

„Ähh... so ähnlich... Lass uns einfach noch ein bisschen über Dich reden, o.k.? Hast Du eigentlich gegenwärtig einen Freund???"

„Du meinst einen Lover? Nee, auch wenn ich mir jederzeit einen anlachen könnte. Aber im Moment steht für mich das Studium eindeutig im Vordergrund... Und Du, was ist jetzt zwischen Dir und Mala?"

Bastian hatte keine Lust auf langwierige Erklärungen, nicht jetzt. „Abwarten. Auch ich will erst mal mein Studium zu Ende bringen, dann sehen wir weiter!"

„Na dann – auf unser Diplom. Stößchen!"

Nach dem Leeren des Glases war es Olli, der den Gesprächsfaden wieder aufnahm. „Auch wenn es in Deinem Fall ja geklärt scheint, dass Du heterosexuell bist – hast Du es eigentlich auch schon mal mit einem Mann probiert?"

Bastian, dessen letzter Schluck gerade die Speiseröhreneinmündung in den Magen passierte, bekam einen Hustenanfall und spuckte das Kölsch in hohem Bogen wieder aus. „Wie bitte??? Auf gar keinen Fall!!! Und damit Du gar nicht erst auf falsche Gedanken kommst – das will ich auch nicht!!!"

„Das solltest Du aber zumindest mal versuchen. Woher willst Du denn wissen, ob das nicht auch was für Dich wäre? Vielleicht bist Du ja auch bi?"

Bastian schüttelte heftigst den Kopf und drehte sich angewidert Richtung Riesenrad, als er sie wieder sah. Langsam schlenderte die Blondine Richtung `Wilde Maus´. Noch war sie zu weit weg für eine eindeutige Identifizierung. Er schaute nach unten und entdeckte ein

Paar Strandlatschen, die er zu kennen glaubte. Genau, das waren die funkelnden Flip-Flops vom zufälligen Treffen an der Spoho, als er in den Müllcontainern nach dem Bon suchte. Sie war es also doch... Erwartungsfroh blickte er nach oben und fiel fast in Ohnmacht. Neben Mala ging eine etwas exzentrische Brünette, die plötzlich den Arm um sie schlang. Nein, das konnte einfach nicht sein, das passte ja gar nicht zu ihr. Zwanghaft suchte er nach Gründen für diesen Körperkontakt, als Mala ebenfalls den Arm um ihre Begleitung legte. Für Bastian war das an diesem Tag eindeutig zu viel an gleichgeschlechtlicher Liebe.

„Bastian?? Basss –tiiii- aaan!!!"

„Äh, ...wie?"

„In welchem Universum schwebst Du denn gerade? Und wieso bist Du so verkrampft?"

„Ich... ähh... gar nichts... ähh... muss jetzt ganz schnell nach Hause... bin hundemüde... ähh... bis bald!"

Bastian machte auf dem Absatz kehrt und kämpfte sich ohne Rücksicht auf Verluste durch die Besuchermassen in Richtung Deutzer Freiheit. Er sprang in die gerade einfahrende Linie 1 der KVB und wollte von gar nichts mehr etwas wissen. Sein Herz raste, aber sein Kopf war vollkommen leer.

XVI

Für Bastian war eine Welt zusammengebrochen. Er zweifelte an allem und jedem, am meisten aber an sich selbst. Wie hatte er sich nur so täuschen können? Die zweite Nacht in Folge hatte er kein Auge zugemacht, obwohl er sich so fest vorgenommen hatte, nicht mehr an Mala zu denken. Vielleicht hätte er sich zur Schlafunterstützung und Frustbewältigung ja doch noch einen veritablen Rausch im `Doping´ antrinken sollen, aber im Hinblick auf die Schwerpunktprüfung kam ausnahmsweise doch mal der Verstand durch. Wegen so einer saublöden Geschichte wollte er nicht auch noch sein Studium aus Spiel setzen, nicht jetzt, wo er schon so viele Krisen gemeistert hatte. Er lag wach auf seinem Bett und starrte an die Decke. War er vielleicht einfach nur zu dämlich? Oder gar lebensunfähig? Wieso hatte er nicht gemerkt, dass er es mit einer – zugegebenermaßen äußerst attraktiven – Lesbe zu tun hatte? Wieso hatte er ihre Neigung nicht schon beim Thailänder erkannt, wo sie ja ganz freimütig bekannte: *„viele Männer haben Angst vor mir"*. Was war er doch für ein Dorftrottel – wieso hatten die denn Angst? Na klar, weil sie eben anders tickte als die Mehrheit der Frauen. Matze, Mike, Tom, Bernd, Olli – ja die ganze Spoho würde sich über ihn kaputtlachen. Aber – Stopp! Wollte sie ihn nicht auch schon mal küssen? Lag das lediglich an den vielen Mai-Tai, oder war sie eventuell gar bi? Olli würde jetzt wahrscheinlich sagen: „ein bisschen bi schadet nie…". Vielleicht gab es ja weitaus mehr Menschen als er dachte, die fünfzig Prozent der Menschheit nicht einfach so links liegen lassen wollten…

Milliarden Neurotransmitter im Hirn brachten die Synapsen an den Rand ihrer Leistungsfähigkeit, Bastian war völlig fertig. Ja, es stimmte, er war traurig, sehr traurig sogar. Aber er hatte auch eine gehörige Portion Wut im Bauch. Diese Trauer und Wut hintertrieben die

Mammutaufgabe, die schon in 5 Tagen anstand: die praktische Abschlussprüfung im Schwerpunkt Turnen. Bastian versuchte mit mentalem Training, sich abzulenken und gleichzeitig auf den großen Tag vorzubereiten. Wie ging die Kür am Barren noch mal genau, worauf sollte er beim Schwingen in den Handstand achten? Und auf welches Detail sollte er sich bei der Radwende konzentrieren, damit er den Flick-Flack schnell und flach ziehen konnte, um den Salto rückwärts hoch genug zu springen? Jedes Mal, wenn er im Geiste die jeweiligen Übungen durchturnen wollte, sah er Mala auf der Tribüne - …und stürzte.

Nein, so durfte und sollte es nicht kommen, er musste es allen zeigen. Er musste – ohne Rücksicht auf Verluste!! Als es draußen endlich dämmerte, quälte er sich völlig gerädert aus dem Bett – sonst kam er um diese Zeit oft erst nach Hause. Bastian wollte nach der Hallenöffnung der Erste sein, der sich an den Geräten mühte, möglichst ohne irgendwelche Zuschauer. Auf dem Weg in die Halle nahm er sich noch etwas fest vor: sollte ihn irgendjemand auf Mala oder den Kirmes-Abend ansprechen, er würde schweigen. Wie Helmut Kohl beim Parteispendenskandal…

Als der Hallenmeister um halb 8 die große Turnhalle aufschloss, traute er seinen Augen nicht: ausgerechnet Bastian Lückemeyer, der von den Turnern in kleiner Runde im Hausmeisterkabuff gern als fußballernder Bewegungslegastheniker verulkt wurde, wartete um diese frühe Zeit auf Einlass. Auch wenn es in seinem Innersten brodelte, Bastian versuchte ruhig und abgeklärt zu wirken. Ein kurzer Blick auf den Hallenbelegungsplan verriet ihm, dass der erste offizielle Kurs erst in einer Stunde begann – Zeit genug also, um alleine ungestört zu trainieren. Nach intensivem Warmmachen mit Laufen, Hüpfen, Hocken, Armkreisen, Rollen, Rädern, Grätschen, Beugen und Dehnen wagte er sich an das erste Gerät, den Barren. Kaum hatte er die Holme auf seine Schulterbreite eingestellt, mit

226

Magnesia die Handflächen eingerieben und sich in der Mitte des Geräts für den Angang platziert, musste er zwanghaft auf die Tribüne blicken. Um diese Uhrzeit war noch keine Menschenseele da, erst recht nicht Mala.

Mala… Wieso nur musste er gerade jetzt wieder an sie denken? Das konnte, nein, das durfte nicht sein!

`Los Du Arsch, konzentrier´ Dich jetzt!!!´ Seine krampfhaften Motivationsversuche waren in etwa so erfolgreich wie Englands Fußballer beim Elfmeterschießen und völlig ungeeignet, das Chaos in seinem Kopf zu verscheuchen. Fünfmal probierte Bastian die Laufkippe, fünfmal scheiterte er. Vielleicht klappte es ja mit einem anderen Übungsteil… Vor den Handstandschwüngen legte er sicherheitshalber eine Weichmatte über die Holme, Vorsicht war schließlich die Mutter der Porzellankiste. Im Nachhinein zu seinem Glück, denn die beiden Male, die er tatsächlich bis hoch in den Handstand kam, konnte er den Schwung nicht halten und überschlug sich auf die Matte. Es passte wieder mal alles ins Bild.

Mittlerweile waren die ersten Kursteilnehmer in die Halle getrottet, deshalb verzichtete Bastian auch auf Überschläge am Sprungtisch – schließlich lag der Anlauf gut einsehbar direkt neben dem Halleneingang. Stattdessen entschied er sich für den Boden, genau genommen für die akrobatische Tumblingbahn. Denn die war besonders gefedert und endete an der mit Schaumstoffquadern gefüllten Schnitzelgrube. Die einzelnen Elemente Radwende und Flick-Flack funktionierten reibungslos, was Bastians Laune einen vorrübergehenden Höhenflug bescherte. Ohne Flick-Flack wollte er nun den Salto direkt aus der Radwende probieren. Er dachte an das, was ihm Tom und Olli eingetrichtert hatten. Kurzer, dynamischer Abdruck, Arme ruckartig in die Höhe ziehen und dann auf Schulterhöhe blockieren, Beine anziehen und rotieren. Das klang so einfach. Bastian markierte den Absprungpunkt am Ende der

Tumblingbahn, ging zurück und nahm Anlauf. Allerdings unterschätzte er die Katapultwirkung der speziellen Federung. Er sprang explosiv ab und merkte, wie er richtiggehend in die Luft geschleudert wurde. Alle weiteren Bewegungsabläufe liefen zunächst routiniert wie einstudiert. Er flog, rotierte, streckte die Beine aus und... rotierte weiter. Irgendwann bemerkte er, wie Schaumstoff seinen Hinterkopf berührte und schon drehte er eine zusätzliche Rolle rückwärts in die Schnitzelgrube. Bastian konnte es nicht fassen, statt einer normalen Breitenachsendrehung war dies mindestens eine anderthalbfache. Bei Ausführung auf der normalen Bodenfläche hätte nun ein Spezialisten-Team von Neurochirurgen alle Hände voll zu tun gehabt.

„Junge, werd' mal nicht übermütig. Glaub' bloß nicht, Du könntest bei der Abschlussprüfung kurzerhand einen Doppelsalto springen – dazu muss man schon ein bisschen mehr Sprungkraft draufhaben als ein einfacher Fußball-Torhüter."
Bastian erschrak, von Ede's Anwesenheit hatte er nicht mal ansatzweise etwas mitbekommen. Der war - noch vor Begrüßung seines Grundkurses – neugierig in die Halle marschiert und beobachtete aufmerksam die Bemühungen seines künftigen Prüflings. Bastian lag zwischen den Schaumstoffwürfeln wie ein Käfer auf dem Rücken und war perplex. Er wusste, dass man Ede seine derben Sprüche nicht übel nehmen durfte - dafür erwartete der im Gegenzug immer auch einen Konter. Bastian fiel auf die Schnelle jedoch nichts Passendes ein. „Ähh... Trainer, hab' bloß 'nen Wahnsinnstrick für das nächste Fußballspiel eingeübt. Den normalen Salto kann ich doch schon aus dem Eff-Eff."
„Das werden wir ja spätestens nächsten Mittwoch sehen. Wenn Du Mumm hast, kannst Du mir das heute auch schon im Schwerpunkt demonstrieren." Ede machte kehrt und widmete sich fortan den Turn-Novizen. Für Bastian hingegen war das angepeilte intensive

228

Training vorbei. Es machte einfach keinen Sinn; irgendwas in ihm sträubte sich intensiv gegen diese Form der körperlichen Ertüchtigung. Außerdem musste er eh noch einmal in diese heiligen Hallen, vielleicht klappten die Elemente nach einem Sportlerfrühstück ja etwas besser...

Er packte seine Sachen und war schon fast durch die Tür, als er von einer kräftigen Hand in die Halle zurückgezogen wurde.

„Olli... Was machst denn Du hier???"

„..., fragte das Ei die Henne. Komisch, das erinnert mich gerade an das Märchen vom Hasen und dem Igel. Ich muss mein tägliches Morgenpensum absolvieren. Da Du hier aber noch nie vor 11 Uhr aufgelaufen bist, hast Du davon auch noch nie etwas mitbekommen."

„Ähh... stimmt. War übrigens ein netter Abend gestern…"

„Ja, fandest Du? Und wieso bist Du dann so urplötzlich abgehauen?"

„Ich... ähh... ich..." – Bastian überlegte angestrengt - „...mir war hundeelend nach den ganzen Fahrgastgeschäften. Urplötzlich fühlte ich mich schummrig und kötterig zugleich und dachte, ehe ich mich auf der Kirmes übergebe, fahre ich lieber schnell nach Hause."

„Komisch, die Übelkeit ist mir vorher gar nicht aufgefallen. Aber gut… Hör´ mal, wo Du ja eh schon hier bist – wollen wir nicht noch ein bisschen an Deinen Übungen feilen? Könnt ja nicht schaden, oder?"

„Du, Olli – ähh – ich hab´s schon probiert, aber anscheinend hat sich mein Unwohlsein auch auf meine Leistungsfähigkeit ausgewirkt. Ich mach´ erst mal ´ne Pause, schließlich haben wir ja auch noch Schwerpunkt. Vielleicht später, o.k.?"

„Aber nicht kneifen, ja? Denn die Boden-Abschlussbahn wird von der gesamten Praxisprüfung am intensivsten haften bleiben. Deshalb muss die hundertprozentig sitzen, verstanden?"

Bastian wurde nun tatsächlich unwohl. Er nickte kurz und verschwand durch die Hallentür nach draußen an die frische Frühlingsluft. Die wenigen Schritte bis zur Mensa atmete er tief ein-

und aus, um den Puls wieder in einigermaßen geordnete Bahnen zu lenken. Am Büffet holte er sich einen großen Pott Kaffee und ein belegtes Brötchen und machte es sich in der noch spärlich gefüllten Cafeteria an einem der freien Tische bequem. Er wollte gerade seinen ersten Bissen zu sich nehmen und die ausliegenden Prospekte auf dem Tisch studieren, als ihn eine altbekannte Stimme hochschrecken ließ.

„Moin, Keule."

Der hatte ihm nun gerade noch gefehlt. Krampfhaft wehrte er sich dagegen, Schnauzer und Goldzähne eines Blickes zu würdigen. „Ach Du... Wenn Du wieder eine Lagerstätte für gedealte Klamotten oder ein Versuchskaninchen für Deine Auto-Stunts suchst, dann kannst Du gleich wieder kehrt machen!"

„Is´ ja gut, Alter....ist ja jetzt auch schon eine Woche her, das mit dem Überschlag. Wie geht´s denn so, was macht die Verletzung?"

Bastian blätterte gelangweilt in einem Flyer. „Geht so…"

„Mmmh… Bist Du immer noch sauer?"

„Sauer? Wie kommst Du denn darauf. Das hat mir doch richtig Spaß gemacht. Ich meine, da ich meinen Körper für die Turnprüfung eh´ nicht benötige, kann ich den auch schon im Vorfeld ruinieren."

„Nun mach´ mal halblang. Wie läuft denn die Vorbereitung auf den großen Tag?"

„Geht so…"

„Du hast ja heute echt Quasselwasser getrunken. Kannst Du nicht mal akzeptieren, dass es mir leid tut? Irgendwann muss aber auch gut sein. Ich wollte Dir nämlich einen Vorschlag unterbreiten."

Entgegen seines Plans musste Bastian nun doch hochschauen. „Na, da bin ich aber sehr gespannt!"

„Wann ist noch mal genau Deine Prüfung? Am Mittwoch, oder?"

„Korrekt…"

„Und so, wie mir meine Informanten berichten, wirst Du die ja wohl auch schaffen…"

„Keine Ahnung, was für Informanten Du hast, aber vielleicht sollten die mal zum Augenarzt!"

„Nun untertreib bloß nicht. Jedenfalls schätze ich, dass es danach richtig was zu feiern gibt, stimmt´s?"

„Man soll den Tag nicht vor dem Abend loben. Aber was willst Du eigentlich noch von mir?"

„Alter, damit sich unsere Beziehung wieder normalisiert hab´ ich mir überlegt, ich richte für Dich ´ne richtig geile Party aus, mit allem, was dazu gehört: Getränke, Mucke und geile Weiber. Na, ist das was???"

„Du spinnst!"

„Na klar Mann, so kennt man mich… Also, hast Du Bock?"

Bastian überlegte einen Augenblick. Sollte er die Prüfung tatsächlich schaffen, wollte er es danach schon ganz gerne krachen lassen. Dummerweise hatte er augenblicklich bloß nicht das nötige Kleingeld dafür. „Mal sehen…"

„Nun komm schon. Ich hab´ da nämlich noch ein Zückerchen für Dich!"

„Und das wäre?"

„Ich werde dazu auch Mala einladen…."

Bastian blieb der Bissen im Halse stecken. „Mala? Aber die ist doch…" Weiter kam er nicht. Er blickte Mike lange in die Augen und stellte erschrocken fest, dass ihm die Tränendrüse einen feuchten Schleier auf die Hornhautoberfläche legte. Diesen Anblick musste er verhindern. Er schüttelte langsam den Kopf und verließ wortlos die Cafeteria.

Hinter sich hörte er noch ein „Und, was ist jetzt?", aber er marschierte trotz glasigen Blicks zielstrebig nach draußen. Kaum war er vor der Tür, war es vorbei mit der Zielstrebigkeit. Er wischte sich mit dem Ärmel seines Trainingsanzugs das Gesicht trocken und haderte mit sich selbst: wieso nur war er plötzlich so emotional? Alles was er jetzt brauchte war Ruhe. Sein Blick fiel auf die Spoho-Buchhandlung. Das war es, der ideale Ort - abgeschottet vom weltlichen Leben auf dem Campus. Hier konnte man ungestört in Büchern stöbern und vielleicht ganz nebenbei auch die lästigen Gedanken vertreiben.

Als er eintrat war niemand im Verkaufsraum. Orientierungslos schlenderte er vorbei an vollgestopften Regalen mit unzähligen sportwissenschaftlichen Veröffentlichungen. Wenn er schon hier war, so dachte er sich, konnte er auch gleich nach spezieller Literatur über das Erstellen von Exposés oder gar das Verfassen von Diplom-Arbeiten Ausschau halten. Er blätterte in einigen Büchern, von denen er meinte, sie könnten ihm hilfreich sein und war wie weggetreten.

„Suchen Sie irgendetwas bestimmtes, kann ich Ihnen vielleicht behilflich sein?"

Er drehte sich um und blickte in die gütigen, kristallklaren Augen der junggebliebenen Senior-Chefin.

„Hallo Frau....ähh?!?"

„Piepenkötter. Sagen Sie, ich kenn´ Sie doch. Sie waren doch schon mal da wegen Hesses Siddhartha, stimmt´s?"

„Ja, das stimmt. Unglaublich, dass Sie sich daran erinnern können..."

„Sehr gut sogar. Wissen Sie, ich hab´ mir anschließend noch so einige Gedanken gemacht und war mir ziemlich sicher, dass Sie wiederkommen würden."

„Wieso denn das?"

„Sie selber hatten so etwas von Siddhartha. Sie wirkten, als wären Sie auf der Suche nach sich selbst. Haben Sie das Buch mittlerweile gelesen?"

„Ähh... ich bin leider noch nicht dazugekommen. Wissen Sie, ich schreibe demnächst meine Diplomarbeit und habe zudem nächsten Mittwoch meine letzte sportpraktische Prüfung."

„Das sind alles keine Argumente gegen das Lesen, junger Mann. Dafür muss immer Zeit sein. Ich für meinen Teil habe nach ihrem Besuch mal geforscht, ob es einen Zusammenhang zwischen Hermann Hesse und Sport gibt."

„Und?"

„Nun, leider so gut wie gar keinen. Hesse war allerdings ein begeisterter Wanderer, was eine Parallele zum Dauerlauf darstellen könnte. Um mir hier die Warterei zu verkürzen, habe ich erst kürzlich den Steppenwolf wieder gelesen. Den kennen Sie doch sicherlich!?"

„Ähh... leider auch nicht, muss ich zu meiner Schande gestehen."

„Warten Sie mal einen Augenblick!" Wieselflink verschwand die Bücherliebhaberin im Hinterzimmer ihres Geschäfts und rief von hinten „Wie heißen Sie eigentlich?"

„Bastian, Bastian Lückemeyer..."

Ein paar Minuten später kehrte sie zurück und übergab ihm ein kleines grünes Büchlein. „Hier, nehmen Sie. Ich schenke es Ihnen!"

„Das kann ich nicht annehmen!"

„Doch, doch. Ich hab´ dieses Werk mittlerweile schon so oft gelesen, ich kann es fast auswendig. Sie müssen mir nur versprechen, dass Sie es auch tatsächlich lesen. Das ist Weltliteratur – Sie werden begeistert sein." Bastian war sprachlos, verlegen nahm er das Buch und steckte es gedankenverloren in seine Sporttasche. „So, und nun verraten Sie mir, was sie eigentlich wirklich gesucht haben."

„Ich wollte in Bezug auf meine Diplomarbeit wissen, ob es spezielle Literatur über das Verfassen von Exposés und den Aufbau von Diplomarbeiten gibt."

„Die gibt es tatsächlich, allerdings würde ich Ihnen empfehlen, in die Sporthochschul-Bibliothek zu gehen. Dort können Sie die Bücher ausleihen, was ihrem Geldbeutel sicherlich besser bekommen wird."

Bastian wusste nicht, was er sagen sollte. Schließlich nahm er die sehnige Hand von Frau Piepenkötter, drückte sie und stammelte ein „Wissen Sie was, Sie sind wirklich ein Schatz! Vielen Dank für alles!". Das dankbare Lächeln in ihrem Gesicht blieb noch lange in seiner Erinnerung haften, auch am Nachmittag, als er längst schon wieder an seinem kleinen Schreibtisch über einem Haufen Bücher saß. Er war tatsächlich ihrem Ratschlag gefolgt und stattete noch vor dem Turnkurs der Zentralbibliothek einen seiner seltenen Besuche ab. Mit den ausgeliehenen, als hilfreich erachteten Ratgebern unterm Arm marschierte er anschließend in das benachbarte Turnzentrum zum Schwerpunktkurs. Ede vermied es, vor der Abschlussprüfung mit seinen Studenten noch neue Übungsteile einzustudieren. Stattdessen animierte er – wieder mal – zum Feinschliff an den Praxisübungen. Allerdings konnte er sich vor dem versammelten Kurs nicht die Spitze verkneifen, ob denn Bastian nach seinen morgendlichen Flugversuchen jetzt nicht allen seine gefürchtete Abschlussbahn zeigen wolle. Bastian reagierte wie ein nervöses Springpferd vor dem Doppeloxer – er verweigerte.

Dank der Hilfestellung der 1er-Kandidaten Tom und Olli arbeitete er sich mehr schlecht als recht - aber immerhin verletzungsfrei - durch sein Kürprogramm. Olli, der offensichtlich einen Narren an ihm gefressen haben musste, bot aufopferungsvoll intensive Nachhilfe für die letzten beiden Tage vor der Prüfung an. Bei der Verabschiedung vor dem Turm drückte er ihm schließlich noch die Adresse vom Exile in die Hand. Seitdem zog sich der Nachmittag wie ein Kaugummi. Zwar konnte er nach mühsamen Bücherstudium ein paar sinnvolle Tipps für sein Exposé herausschreiben und einen Ansatzpunkt finden, um den Referenten das Thema `Jumpsoles´ schmackhaft zu machen, doch der Schlafmangel der letzten beiden Tage schlug unvermittelt mit voller Härte zu. Von den Büchern mitgenommen, im Kopf ausgebrannt und todmüde schaffte es Bastian gerade noch, sich auf die Koje zu schmeißen. Nach wenigen Sekunden war er weggedöst. Er hatte das Gefühl, gerade erst eingeschlafen zu sein, als ihn die `Drei von der Tankstelle´ weckten. Im Halbschlaf drückte er auf Annehmen, ohne vorher einen Blick aufs Display zu werfen.

„Ja, hallo?"

„Bastian, wo bleibst Du?"

Von einer Sekunde auf die andere war Bastian plötzlich hellwach.

„Ähh…Mala???"

„Na klar ich. Zumindest freut es mich, dass Du nach so langer Funkpause noch meinen Namen kennst."

„Ähh… Wieso…ähh… rufst Du an?"

„Das habe ich doch schon gesagt. Ich hatte eigentlich eine kleine aber feine Abendunterhaltung vorbereitet. Aber wer nicht kam, war der Herr Lückemeyer. Hast Du etwa keine Lust?"

Bastians Blick fiel auf die Einladungskarte mit der anarchistischen Abendunterhaltung um 19.00 Uhr. Er erschrak.

„Ähh… wie… wie spät ist es denn?"

„Halb acht. Was ist denn los mit Dir? Und wieso hast Du wieder Deine Sprachstörungen?"

Es waren nicht nur die Sprachstörungen, auch seine Hände fingen leicht zu zittern an. „Ich.. ähh… mir geht´s nicht so gut. Schwindel, Kopfschmerz und so…"

„Und wieso sagst Du dann nicht wenigstens vorher ab? Überhaupt hättest Du Dich in der letzten Woche ja mal melden können. Normalerweise lässt man doch sonst nur die Männer so zappeln."

„Aber… ich hab´s doch ein paar Mal versucht, Du warst nie da!"

„Ich hatte einige Fototermine – damit finanziere ich mir die Wohnung und das Studium. Eigentlich wollte ich Dir das ja heute Abend in Ruhe erzählen."

Urplötzlich tauchten vor seinem geistigen Auge wieder die Bilder aus der Stadtrevue auf. „Dann…. konnte ich Dich ja auch nicht erreichen…"

„Anscheinend hast Du es nur nicht hartnäckig genug probiert. Wenn Du mich wirklich hättest sprechen wollen, dann hättest Du es auch geschafft. Also nochmal: was ist los mit Dir?"

„Wieso, was soll mit mir sein. Ich bin völlig normal…" Bastian musste mit der Faust ins Bett schlagen. Er hatte das „Ich" zu stark betont.

„Was soll das denn heißen? Bedeutet das im Umkehrschluss etwa, ich sei nicht normal?"

Bastian war völlig fertig. „Nein… ähh… ich meine…."

„Stopp! Was genau meinst Du?" Mala hatte anscheinend den siebten Sinn – sie spürte, dass etwas nicht in Ordnung war. Bastian konnte mit seiner inneren Zerrissenheit nicht so weiter leben. Da er sich eh schon einem Seelenklempner offenbaren wollte, konnte er nun auch gleich bei der Tochter des Psychoanalytikers reinen Tisch machen. Es musste raus… „Mir geht's nicht gut, weil….ähh… ich Dich gesehen habe!"

„Wann hast Du mich gesehen?"

„Vorgestern – auf der Kirmes…"

„Ja und? Wieso hast Du mich nicht angesprochen?"

„Weil…"

„Weil was?"

„Weil Du da…" – Bastian hatte keine andere Wahl, er steckte nun mitten im Schlamassel – „… ähh… mit einem anderen Mädchen ziemlich offensichtlich viel Spaß hattest."

„Ich fass' es nicht. Was genau hast Du denn gesehen?"

„Na, wie Du sie innigst umarmt hast und ihr sogar einen Kuss gegeben hast…"

„…und deshalb meinst Du, ich wäre eine Lesbe und würde auf Frauen statt auf Männer stehen???"

„Das war ja nun ziemlich offensichtlich…"

236

Mala antwortete nicht. Das Schweigen in der Leitung dauerte eine gefühlte Ewigkeit, doch Bastian wagte nicht, irgendetwas zu sagen. Sein Herz raste wie wild, Hände und Stirn waren überzogen mit kaltem Schweiß und seine Gliedmaßen zitterten. Er hatte das Gefühl, gerade das zerstört zu haben, was ihm am allermeisten bedeutete. Schließlich antwortete Mala leise: „Bastian Lückemeyer, ich bedaure, mich so sehr in Dir getäuscht zu haben. Ich hätte nie gedacht, dass Du so verklemmt, unreif und intolerant bist. Viel Erfolg auf Deinem weiteren Lebensweg – wir werden uns nicht wiedersehen!". Dann legte sie auf.

XVII

„Ich bin so ein hirnamputierter Volltrottel, wie konnte ich nur so einen Bockmist verzapfen???"

„Nun beruhig´ Dich doch. In ein paar Tagen lachst Du schon wieder drüber!" Verzweifelt versuchte Olli, seinen unerwarteten Gast zu beruhigen.

„Von wegen Lachen... Flennen müsste ich – aber nicht mal das klappt." Tatsächlich hätte er direkt nach dem Telefonat Rotz und Wasser heulen können, doch die Tränendrüse, die am Vormittag wegen einer Kleinigkeit noch so einwandfrei funktionierte, hatte ihre Tätigkeit komplett eingestellt. Sein Magen streikte ebenfalls und verkrampfte; er war unfähig, irgendwelche feste Nahrung zu sich zu nehmen. Aber das war jetzt eh egal. Bastian wollte nur noch eins: sich bis zur Besinnungslosigkeit besaufen.

Noch war es im Exile ziemlich leer, die Szene erwachte an Wochenenden frühestens um Mitternacht zum Leben. Olli hatte also noch etwas Zeit, sich parallel zur Cocktail-Vorbereitung um seinen frustrierten Spoho-Kumpel zu kümmern.

„Na ja, das war auch ein ziemlich gewagter Gedankengang. Wie kamst Du denn überhaupt auf die Idee, Mala sei lesbisch?"

„Weil.... weil sie auf der Kirmes eine andere Frau geküsst hat und anschließend Arm in Arm mit ihr rumlief. Und weil sich die Männer vor ihr fürchten. Und sie keine Beziehung will. Und weil Ihr Vater mit einem anderen Mann zusammenlebt!"

„Mmmh.... und das sind Deiner Meinung nach also schlagkräftige Argumente dafür, dass Sie nicht auf Männer steht?"

„Mittlerweile bin ich mir da nicht mehr so sicher..."

„Bastian, Du bist zwar ganz schön weltfremd, aber diese Naivität ist irgendwo auch süß. Wenn Mala irgendetwas nicht ist, dann eine Lesbe. Das weiß ich mit Sicherheit."

„Wenn das stimmt, dann macht das alles ja nur noch viel schlimmer...
Ich bin so ein Universaldilettant! Ich fass´ es einfach nicht!"

Bastian nahm das vor ihm stehende Glas Absinth und schüttete es
ohne abzusetzen in seinen Schlund. „Noch so einen, bitte!"

„Mach´ mal halblang. Weißt Du, wie das Zeug reinknallt?"

„Dann ist das zum Vergessen ja genau das Richtige!"

Bastian kam bereits ziemlich angeschlagen in die Bar: als er die
letzten 50 Euro Handgeld unter der Pappeinlage seiner Keksdose
hervorzog, stieß er auf die zusammengefaltete Handynummer von
Mala. Wie bei einem Wiederkäuer wurde das komplette Drama
erneut hochgespült - bis in die letzten Furchen der Großhirnrinde. Er
zerriss den Zettel und vernichtete anschließend voller Frust sämtliche
im Appartement verfügbaren Alkoholvorräte. Er wusste nicht mehr
ein noch aus, auch nicht wohin er sich treiben lassen sollte. Er war
plan- und ziellos, bis ihm Ollis Einladung einfiel. So kam er
letztendlich an einen Ort, den er bis vor zwei Tagen – weder nüchtern
noch volltrunken – je betreten hätte: eine Gay-Lounge-Bar.

Bastian hatte das Gefühl, auf einem vollkommen unbekannten,
neuen Planeten gelandet zu sein - nicht nur, weil sich hier nur Kerle
vergnügten. Ambiente, Musik, Klamotten – alles war in dieser
Location anders, wenn auch nicht stillos. Lediglich Olli im schwarzen
Netzhemd, das den Alabasterkörper mehr ent- als verhüllte, empfand
Bastian als absolut underdressed.

Er musste zugeben, dass die bislang anwesenden Männer
größtenteils alle gutaussehend und top gestylt waren. Und genau so
einer setzte sich zu Bastians Entsetzen direkt neben ihn.

„Hallo Süßer, ich hab´ Dich vorher hier noch nie gesehen. Bist Du
etwa neu in dieser großen Stadt?" Der Sprech-Duktus dieses
Sonnyboys verhieß für Bastian nichts Gutes.

„Ich... ähh... ja – ähh, ich meine .... Nein!"

„Och, Du bist ja richtig schnuckelig…" – dabei tätschelte ihm der unbekannte Schöne so sanft über den Rücken, dass Bastian ein eiskalter Schauer herunterlief – „….und noch so unbedarft. Wollen wir was trinken?"

Bastian wusste nicht, wie ihm geschah. Er hatte keinerlei Lebenserfahrung, wie man sich in solchen Krisensituationen verhalten musste. Selbst Überlebenskünstler Rüdiger Nehberg wäre jetzt wohl mit seinem Latein am Ende gewesen. Hilfesuchend blickte er sich um, bis Olli zu seiner großen Erleichterung vor ihm das neue Glas Absinth platzierte.

„Paul, lass mal gut sein. Das ist mein ganz spezieller Gast heute Abend…"

„Och, das ist aber jammerschade. Dann pass gut auf dieses Sahnestückchen auf, ja? Und wenn ich Dich unterstützen kann, dann gib mir bitte sofort Bescheid." Der als Paul bezeichnete Typ zwinkerte kurz, stand wieder auf und warf Bastian zu allem Überfluss im Gehen noch einen Handkuss zu. Olli schien sichtlich amüsiert. „Mach´ Dir nichts draus, das ist ganz normal. Hier sind alle ganz leger und ungezwungen. Das wirst Du heute Abend sicherlich noch einige Male erleben."

Bastian schauderte. „Wieso ausgerechnet ich? Du hast doch gesagt, ihr erkennt das sofort ob jemand schwul ist oder nicht. Und ich bin definitiv nicht schwul."

„Hast Du schon vergessen, wo Du Dich befindest? Heten sind hier in der absoluten Minderheit!"

„Aber ich sehe doch überhaupt nicht so aus, als ob ich… na ja, du weißt schon…"

„Du meinst, ein Bückstück bist? Wie soll man das denn erkennen, wenn Du in einer Gay-Lounge-Bar mit dem Rücken zum Publikum sitzt. Außerdem gibt es sehr viele Schwule, die vom Stil her genauso aussehen wie Du!"

Unter normalen Umständen wäre Bastian spätestens jetzt gegangen, aber an diesem Abend war er nicht nur plan- und ziellos, sondern nach dem Absinth-Genuss auch zunehmend willenlos. Das Sprechen fiel bereits schwer, die berüchtigte `grüne Fee´ verfehlte ganz offensichtlich nicht ihre Wirkung. Er genehmigte sich noch einen kräftigen Schluck, kam er mit diesem hochprozentigen Stoff seinem angepeilten Tagesziel doch einen bedeutenden Schritt näher.

Ollis Prophezeiung bewahrheitete sich in erschreckend kurzer Zeit: neben ihn auf den freien Hochstuhl gesellte sich der nächste ungebetene Besuch. Bastian kam sich vor wie Freiwild. Eher widerwillig musterte er den hochgeschossenen blonden Jüngling in seinem gelben Designer-T-Shirt. Irgendetwas stimmte nicht an dessen Erscheinungsbild. Irritiert registrierte er die aufgeblasene Hühnerbrust und die sehnigen, muskulösen Oberarme, die so gar nicht zum Rest des Leptosomen passen wollten. Dafür konnte es nur eine logische Begründung geben: eine unnatürliche Testosteron-Zufuhr. Zumindest hatte er schon mal davon gehört, dass das Aufpumpen in Homosexuellen-Kreisen gang und gäbe sein solle.

„Nun mach mal nicht so ein trauriges Gesicht. Kann ich Dich nicht vielleicht aufmuntern?" Bastians Magen meldete sich sofort wieder mit einer Mini-Rebellion zu Wort: im Kirchenchor von Gescher hätte dieser Junge problemlos im Sopran mitsingen können.

„Ähh.... sehr nett, aber das ist nicht nötig. Dafür habe ich ja Olli..."

„Olli? Wer um Himmels Willen ist denn bloß Olli?" Die gespielte Entrüstung war dermaßen tuntig, dass der teure Absinth kurz davor stand, den Mageneingang mit dem Ausgang zu verwechseln.

Bastian war vollends genervt. „Der Barmann!"

„Der Barmann? Ach, Du meinst unser Stinkerchen... Wusste ja noch gar nicht, dass der wieder liiert ist. Na dann, Euch noch einen schönen Abend – und viel Spaß heute Nacht!"

Beim divenhaften Abgang dieses Typen schüttelte es Bastian wie einen Nudisten auf Grönland. Gleichzeitig musste er feststellen, dass sein Magen und der Absinth keine Freunde mehr werden würden.

„Stinkerchen? Ist das etwa Dein Name hier?" Bastian konnte nicht mehr an sich halten, als Olli zum Kölsch-Zapfen kam.

„Wieso, gefällt er Dir etwa nicht?"

„Ähh... um ehrlich zu sein.... eindeutig Nein!"

„Och, Du bist heute aber echt spaßbefreit. Aber gut, Du bist ja auch heterogeschädigt. Wie soll es denn jetzt Deiner Meinung nach weitergehen?"

„Wie, was´n jetzt? Was meinst Du?"

„Na, zwischen Dir und Mala?"

„Da.. da... da kann doch nichts mehr weitergehen. Sie... sie wird mich nicht mehr wiedersehen – hat sie zumindest so gesagt."

„Warte mal ab, lass Gras über die Sache wachsen, dann beruhigt sich die Zicke schon wieder. Schließlich weiß ich genau, wie Frauen ticken!"

„Häähh??? Wie willste das denn wissen, wo Du doch nur auf Kerle stehst?"

„Weil die Mädels bei uns keine Angst haben müssen, angemacht zu werden. Deshalb vertrauen sie uns und erzählen manchmal auch ganz intime Dinge..."

„Und was bedeutet das jetzt im Hinblick auf Mala?"

„Mal schauen, was ich machen kann. Ich werd´ mir was überlegen..." Und schon verschwand er mit vier perfekt gezapften Stangen ans andere Ende des Tresens. Das Exile hatte sich zwischenzeitlich gut gefüllt, so dass Olli die Konversation nur noch beim Zapfen oder Cocktail-Mixen aufrechterhalten konnte. Ohne seinen Beschützer schwante Bastian Ungemach, krampfhaft hielt er sich mit beiden Händen am fast schon wieder leeren Glas fest.

242

„Was sitzt Du denn hier so angespannt wie mit ´nem Stock im Arsch? Hast Du´s etwa letzte Nacht zu wild getrieben?" Die Ansprache und Stimmlage waren diesmal eindeutig nicht für den Knabenchor geeignet. Bastian hatte schon Mühe, sich umzudrehen und gleichzeitig die Pupillen scharf zu stellen, aber als er den unbekannten Fragesteller mit der tiefen Stimme endlich fokussiert hatte, bekam er es mit der Angst zu tun: neben ihm stand ein Bär. Zumindest deutete die massive Brustbehaarung auf einen direkten Verwandtschaftsstatus mit Kodiaks oder Grizzlys.

„Chef, zwei Kölsch für den Kleinen und mich!"

„Geht klar, Kalle!"

Bastian rätselte. War das Exile etwa auch ein Rockertreff? Kleidungstechnisch ging der Zug zumindest in diese Richtung: Motorradstiefel, Lederhose mit Nietengürtel sowie eine schwarze Lederweste, die freien Einblick auf den üppigen Pelzbesatz bot. Auf Kalles Kopf thronte ein, mit Metallkette drapiertes Leder- oder Latexkäppi – Bastian war sich dahingehend nicht so ganz sicher. Stoppelbart, Brust-Piercings sowie Bizeps-Tattoos bestätigten ihn jedoch in der Annahme, es mit einem urwüchsigen Tier zu tun zu haben.

„So, und nun zu Dir, mein Kleiner. Darfst Du überhaupt schon alleine in solche Männerläden gehen?"

Bastian stand der Schweiß auf der Stirn. Seit langer Zeit hatte er mal wieder richtiggehendes Fracksausen. Andererseits wollte er aus seinem Herzen auch keine Mördergrube machen. „Ich.. ähh... will nur kurz mal was sagen: ich... ähh... bin andersrum..."

„Das freut mich aber!"

„..ich meine... ähhh... ich bin nicht so wie die anderen. Ich bin hetero!" Es musste einfach raus – Bastian war ängstlich und erleichtert zugleich.

„Das passt! Ich auch!"

Bastians Verspannung löste sich schlagartig, just in dem Moment, als Olli die geordneten Obergärigen brachte. Interessiert verfolgte der Turner die weitere Entwicklung bei dem ungleichen Paar.

„Na dann, Prostata." Rocker-Kalle nahm sein Glas und leerte es in absoluter Rekordzeit. Bastian wollte es ihm nachmachen, doch kaum hatte er seine Stange in die Hand genommen, zog eine Bärenpranke seinen Kopf zielgenau zwischen die Lederweste in den feuchtwarmen Urwald seiner Brust. Bastian bekam schlagartig keine Luft mehr und ließ vor Schreck das Glas fallen. Das Klirren und Aufspritzen brachten den Koloss so sehr aus seinem Konzept, dass er den Griff lockerte und Bastian sich aus der Umklammerung befreien konnte.

„Ähh... Tschuldigung... Ich.. ähh... muss mal ganz dringend!" Bastian sprang von seinem Platz auf und stolperte in Richtung WC, wobei er mit Olli zusammenstieß, der mit Lappen und Kehrblech den angerichteten Schaden beseitigen wollte.

„Olli, ich hab´ die Schnauze so was von voll. Was sollte´n die Scheiß-Arie gerade?"

„Nun bleib´ mal ruhig, das war halb so schlimm. Kalle wollte Dir nur seine Zuneigung bekunden."

„Hää... aber der hat doch vorher noch gelabert, er sei auch hetero..."

„Es gibt auch in der Schwulenszene selbsternannte Heteros. Das bedeutet lediglich, dass die Jungs ein ganz besonderes männliches Erscheinungsbild haben!"

„Ich komm´ nicht mehr klar. Ich muss hier ganz schnell raus!"

„Ist ja gut, ich kann Dich in gewisser Weise verstehen. Aber warte noch einen kleinen Augenblick, ja? Ich hol´ Dich gleich vor der Toilette ab."

Bastian verdrückte sich auf dem WC in die letzte Kabine und sicherte diese zusätzlich, indem er auf der Klobrille sitzend die Beine gegen die abgeschlossene Tür stemmte. Egal wie besoffen er auch sein mochte: keiner dieser angeblichen Heteros, Tunten oder Tucken oder-was-auch-immer sollte ihm noch einmal an die Wäsche gehen. In dieser Stellung verharrte er einige Minuten und kämpfte verbissen gegen aufkommende Wadenkrämpfe, bis Olli im Pissoir endlich seinen Namen flüsterte. Bastian kam sich vor wie ein Nichtschwimmer, der vor Malibu von einer dieser Baywatch-Babes in allerletzter Sekunde aus dem offenen Meer gezogen wird. Erleichtert öffnete er die Tür und fiel Olli um den Hals, bis ihm wieder einfiel, dass auch sein Turn-Idol ein warmer Bruder war. In verschwörerischer Manier folgte er ihm bis zum Hinterausgang, wo bereits eine ihm unbekannte Person wartete.

„Basti, ich möchte Dir noch jemanden vorstellen. Das ist Heribert, ein alter Freund von mir. Ich hab´ ihn gebeten, den restlichen Abend auf Dich aufzupassen."
„Aber ich brauch´ keinen Aufpasser. Ich bin schon groß!" Urplötzlich kam ihm in den trüben Sinn, dass einst Mala nahezu die gleichen Worte nach dem Mai-Tai-Absturz gebrauchte. War das jetzt Zufall oder Fügung? Nee, keine schweren Gedanken mehr, sonst wäre ja das ganze Besäufnis umsonst gewesen.
„Basti, tue mir den Gefallen, ja?"
„Na gut, aber ich muss noch zahlen! Hier, mein letzter Fuffziger..."
„Lass mal stecken. Du bist eingeladen. Betrachte das Ganze als Kulturaustausch."

Heribert wirkte auf Bastian in seinem angeschlagenen Zustand wie eine graue Eminenz. Es war zu dunkel, um ihn genauer unter die Lupe nehmen zu können, aber er schätzte, dass er bereits zwischen 50 und 60 Jahre alt sein mochte. Immerhin war seine Kleidung vollkommen normal, um nicht zu sagen: unscheinbar. Kaum dass Olli die Hintertür wieder abgeschlossen hatte, streckte ihm sein neuer Begleiter freundlich die Hand entgegen. „Jetzt weißt Du also schon, wie ich

245

heiße. Und ich weiß, dass Du Bastian bist. Olli hat mir schon viel von Dir erzählt."

„Ja? Was denn zum Beispiel?"

„Na, dass Ihr beide gemeinsam an der Sporthochschule studiert und dass Du anscheinend ein ganz passabler Fußball-Torhüter bist. Ach ja, und Du leider hetero zu sein scheinst..."

„Gut, mehr braucht man auch nicht zu wissen!"

Bastian konnte sich mit seiner aufgezwungenen Begleitung glücklich schätzen: Heribert entpuppte sich als äußerst angenehmer Zeitgenosse. Zwar stand er ebenfalls ganz offen zu seiner Homosexualität, machte im Gegensatz zu den Exile-Typen aber keinerlei Anstalten, ihn auf links drehen zu wollen. Heribert war tatsächlich bereits 56 Jahre alt und beruflich im KuK-Gewerbe aktiv, was er auf Nachfrage immer noch diffus als `Kneipen und Kölsch´ umschrieb. So lernte Bastian in den zweieinhalb Stunden, die sie nun schon durch die Altstadt zogen, viele neue Lokalitäten kennen. Berufsbedingt hatte Heri volles Verständnis für seinen unbändigen Durst, was auch dazu führte, dass das Klassenziel vorzeitig erreicht wurde: Bastian war hackendicht. Unter normalen Umständen hätte er sich jetzt trotz Finanzkrise ein Taxi bestellt, da er in den kostengünstigeren Straßenbahnen in angetrunkenem Zustand immer sofort einschlief und dann stundenlang zwischen den Endhaltestellen Bensberg und Weiden-West hin- und her gondelte. Doch Heri wollte ihm zum Abschluss - quasi als Krönung – noch einen ganz heißen Laden zeigen, in dem um diese Uhrzeit der Bär steppen würde. Rein zufällig sei er an dem Hotel beteiligt, deshalb käme man ohne langes Anstehen aufgrund seiner Kontakte durch den Seiteneingang rein. Bastian wunderte sich noch über den Begriff Hotel, ließ sich aufgrund seiner Neugier aber von Onkel Heri im Arm gestützt dorthin geleiten.

Nach einem Klingel-Code und anschließendem Kontrollblick durch den Türspion wurde Heri beim Einlass überschwänglich begrüßt. Wie durch eine Nebelwand nahm Bastian verkleidete Gestalten wahr und wähnte sich auf einer verspäteten Karnevalsveranstaltung. Da Heriberts Smalltalk kein Ende nahm, folgte Bastian auf eigene Faust der Herkunft eines lauten Stimmengewirrs. Vorbei an einer provisorischen Umkleide-Kabine kam er direkt auf eine, mit einem Theatervorhang zugezogene Bühne. An der Seite entdeckte er eine kleine Seitentreppe und folgte dieser hinunter in einen Saal. Dort war es tatsächlich - wie Heri es versprochen hatte – gerammelt voll mit überaus gut gelaunten Menschen. Erst bei konzentrierterem Hinschauen registrierte Bastian ausschließlich Männer. Es war ein Déjà-vu, Heri hatte ihn verarscht! Für eine erneute Flucht war er jetzt zu saft- und kraftlos, deshalb wählte er den direkten Angriff: zwar torkelnd, aber immer noch zielgerichtet wankte er zur Theke. Die Typen ringsherum zeigten keinerlei Interesse an ihm, vielmehr schienen sie auf irgendetwas zu warten. Bastian hatte keinen blassen Schimmer, was hier abging. Neben ihm wurde ein Mann von einem anderen angesprochen und er erinnerte sich mit Schrecken an seine eigenen Erlebnisse wenige Stunden zuvor. Bastian war zu besoffen, um wegzuschauen - wahrscheinlich starrte er sogar mit Röntgenaugen hin, doch das schien die beiden nicht im Geringsten zu stören. Er war sich sicher, dass die Jungs sich bis vor wenigen Minuten noch absolut fremd waren, doch es dauerte nicht lange, da steckte der eine dem anderen die Zunge in den Mund. Erstaunt bemerkte Bastian, dass der Alkohol bei ihm sogar den Ekel besiegen konnte. Wie ein sensationsgeiler Gaffer bei einem Verkehrsunfall verfolgte er gebannt das Männergeknutsche, bis ein plötzliches Pfeifen und Klatschen in einen Beifallssturm mündete und er zwangsläufig den Kopf drehen musste. Auf der Bühne erschien ein nahezu perfekter Klon von Mireille Mathieu und trällerte in einem enganliegenden roten Pailetten-Kleid `La Paloma adé ´. Mit einer seltsamen Mischung aus Belustigung, Begeisterung und Betrunkensein bestaunte er die Darbietung bis zum Höhepunkt, als der Spatz von Paris in einem dramatischen Tremolo die letzten Töne fast bis zum Exitus zelebrierte und dabei den Mund bis zum Schlund aufriss. Fasziniert und schaudernd zugleich erkannte Bastian, dass sämtliche Zähne in der Kauleiste fehlten. Die Gäste schien diese Tatsache keineswegs zu stören, eher im Gegenteil. Der zahnlose Auftritt schien der Höhepunkt des ganzen Abends zu sein und das Gejohle und Gekreische im Publikum nahm kein Ende mehr. Nach minutenlangem Beifall flogen für die männliche Mireille bündelweise rote Rosen auf die Bühne. Bastian konnte es nicht fassen, das Grauen war Programm. Auf diesen Schreck musste er sich erst noch einen Whiskey-Cola bestellen. Kaum hatte er den ersten Schluck genommen, verschwamm sein Blickfeld zu einem einzigen grau-braunen Einheitsbrei. Ihm war schwindelig, aber nicht übel. Er war total besoffen, aber dieser Zustand war keineswegs unangenehm. Alles war an diesem Abend irgendwie anders. Er fühlte sich, als würde er gerade in eine komplett andere Welt eintauchen; ein unsichtbarer Sog zog ihn in einen Strudel homoerotischer Faszinationen, ohne bei ihm die sonst übliche Angst oder Beklemmung hervorzurufen. Bastian war sich auch jetzt zu 100 Prozent sicher, hetero zu sein, dennoch spürte er keine Berührungsängste mehr. Durch seinen dichten Alkohol-Schleier studierte er interessiert die Gäste in dem prall gefüllten Saal, der vom Namen her offiziell als Hotel firmierte. Und die bizarre Show war längst noch nicht zu Ende.

„Da steckst Du ja, Du Ausreißer… Ich möchte Dich gerne mit einer außergewöhnlichen Persönlichkeit bekannt machen." In Zeitlupe, um ja nicht durch ruckartige Bewegungen einen verheerenden Schwindel zu provozieren, drehte sich Bastian in Richtung Heris vertrauter Stimme.

„Darf ich vorstellen, das ist Heiner alias Mirelle Milljö, besser bekannt als der wunderbare und einzigartige Spatz vun Kölle."

Bastian konnte es nicht fassen, neben Heribert und damit direkt vor seine Nase stand das zahnlose Gesangstalent von eben.

„Na, jetzt übertreibt unser Zuckerschnäuzchen mal wieder tüchtig. Aber das mit dem wunderbaren Spatz höre ich auch wirklich gern. Nenn´ mich ruhig Mel – das passt immer, egal ob ich meine Arbeitskleidung anhabe oder privat unterwegs bin."

Bastian konnte es sich nicht erklären, aber irgendetwas an diesem Travestiekünstler war anders als zuvor. „Ähh…. angenehm… ich bin der Bastian. So können Sie… äähh… kannst Du mich auch immer nennen."

„Schön, Bastian. Was treibt Dich denn hierher? Ich hab´ Dich noch nie zuvor in diesen heiligen Hallen erblickt!"

„Das hängt mit Heribert zusammen, weil er irgendwie hier mit drin hängt…."

„Das ist ja mal wieder typisch, immer schon Understatement. Dabei hat das unsere Papp nun wirklich nicht nötig" – währenddessen kniff er Heri neckisch in die Wange. „Heribert – wie Du ihn nennst – ist nämlich der Chef von et Janze, ihm gehört das Hotel Timp!"

Entgeistert wandte Bastian seinen Blick auf Heri, dem das Ganze etwas unangenehm schien. „Papp?"

„Das heißt so viel wie Papa. Das ist hier mein Cosename, weil ich mit vielen Künstlern schon über Jahrzehnte zusammenarbeite und dabei so eine Art Ersatz-Vater wurde. Man könnte mich auch Mamm, Mama oder Mutter-der-Kompanie nennen?"

„Mama würde auch gut zu Dir passen, Du Luder. Bück´ Dich!"

„Mel, bitte. Bastian gehört nämlich zur anderen Fraktion, Du weißt schon…"

„Ach, das ist ja mal ein Ding. Schön, dass Du nicht so verklemmt bist wie die meisten anderen Heten. Darauf trinken wir erst mal ein Pikkolöchen!"

„Tschuldigung, Mel – aber ich kann nicht mehr. Mein Kanal is´ voll, das Loch is´ zu!"

„Keine Widerrede, Du falschgepolter Engel. So jung kommen wir nicht mehr zusammen" – und schon wurden auf sein Handzeichen hin drei Gläser Blubberwasser auf die Theke gestellt.

Das Letzte, an das sich Bastian nach dem Anstoßen erinnern konnte, war der Geistesblitz, was an Mel denn nun anders war als kurz zuvor.

Die Antwort auf seine Frage, wieso denn nun auf einmal wieder alle Zähne im Mund waren, blieb hingegen in den entferntesten Windungen seines Hirns verschollen.

XVIII

Ein Brutparasit mitten in seinem Appartement? So besoffen konnte er doch nun wirklich nicht mehr sein. Dennoch war sich Bastian ziemlich sicher, mehrmals hintereinander ein gu-kuh, gu-kuh gehört zu haben. Plötzlich war es wieder einigermaßen still, doch dann jagte ein Feuerwehrauto quer durch sein Zimmer. War das jetzt eine Fortsetzung des eh schon komplett verworrenen Traums? Das Pochen im Hirn signalisierte zumindest teilaktive Lebensgeister, der übliche Alkohol-Kopfschmerz war allerdings noch eine gehörige Portion heftiger als sonst. Ehe ein warmer, intensiver Sonnenstrahl seine Augenlider komplett versengte, öffnete er vorsichtig die Augen. Sein Blick war total verschwommen, aber eins war klar: dies hier war definitiv nicht seine kleine, liebgewonnene Klause im Studentenwohnheim. Er musste in einer Wohnung irgendwo an einer vielbefahrenen Straße in der Altstadt liegen. Es dauerte eine Weile ehe seine Linsen automatisch wieder scharf gestellt waren und er die Herkunft des ungewohnten ornithologischen Singsangs lokalisierte: schräg gegenüber vom offenen Fenster hing eine Schwarzwälder Kuckucksuhr. Was sollte dieser Bullshit? Auch um den aufkommenden Schwindel zu bekämpfen fixierte er den altmodischen Uhrmacher-Kitsch, bis ihm seitlich davon an einer dunkelbraunen Textiltapete ein verschnörkeltes, goldgerahmtes Bildnis mit einem röhrenden Hirsch ins Auge fiel. Hatte er eine Zeitreise in die 50er Jahre des letzten Jahrtausends gemacht? Wo zum Teufel steckte er? Oder war er vielleicht doch noch am Träumen? Er kniff sich in den Hintern und stellte erschrocken fest, dass er splitterfasernackt war. Wie vom Blitz getroffen richtete er sich auf und fiel dabei auf einen harten Holzfußboden. Es gab einen lauten Knall und Bastian musste vor Schmerz fluchen. Nur einen Sekundenbruchteil später wurde die Zimmertür geöffnet. „Basti, was ist denn los? Hast Du etwa schlecht geträumt?" Im Türrahmen stand

251

ein Mann im Morgenrock, der ihn irgendwie an die Chansonette vom gestrigen Abend erinnerte. Nein, es gab keinen Zweifel – das war Mel ohne Perücke! Nach einer endlos dauernden Schrecksekunde wurde Bastian - wie einst Adam nach dem Biss in den Apfel der Erkenntnis - seiner Nacktheit gewahr. Verzweifelt suchte er etwas zum Verhüllen seines Geschlechtsteils, welches von Mel ganz ungeniert mit einem Lächeln im Gesicht inspiziert wurde. Blitzschnell zog er das Satin-Bettzeug von der Schlafstätte und hüllte sich damit ein.

„Du brauchst Dich nicht zu verstecken. Im Übrigen gibt es nichts an Deinem Körper, was ich nicht schon gesehen hätte!"

„Ähh... wie bitte???? Was ist hier los? Wo bin ich? Und was ist letzte Nacht noch passiert?"

„So viele Fragen auf einmal...tssss. Alles zu seiner Zeit. Nur so viel: wir hatten noch viel Spaß miteinander!"

Bastian bekam keine Luft mehr. Sein Hirn drohte nun komplett zu zerbersten und das Herz raste auf einen neuen Schlagrekord zu. In Panik riss er eine Hand von der Satin-Bettwäsche und fühlte an seinem Hintern. Zumindest war hier nichts wund und Schmerzen hatte er an dieser Stelle auch nicht. Schließlich kannte er dieses Gefühl, nachdem er aus einer Bierlaune heraus mit Matze mal in zwei Tagen eine Fahrradtour von Köln nach Gescher unternommen hatte. Es dauerte danach fast eine Woche, ehe die wunden Stellen verheilt waren und er sich wieder ganz normal hinsetzen konnte. Nach der Gluteaus-Inspektion untersuchte er gründlich das Laken auf der Chaiselongue nach Sperma-Spuren. Mel bereitete diese kostenlose Slapstick-Einlage allergrößte Freude.

„Jungchen, nur die Ruhe. Es ist nichts passiert" - dabei musterte er ihn noch einmal gründlich von oben nach unten „- leider. Denn Du warst richtiggehend süß, so wie Du mit uns noch gefeiert hast."

„Nun mal gaaanz langsam, damit ich das in meinem Zustand auch in die Birne kriege. Wieso bin ich hier?"

„Na, das kann ich Dir ganz einfach beantworten: Du warst so was von knülle, dass Du Dir noch nicht mal mehr eine Taxi rufen konntest. Und ehe Du in der Gosse oder unter einer Rheinbrücke eingeschlafen wärst, haben wir gedacht, wir verfrachten Dich lieber auf die Coach unseres unkonventionellen Stilmix-Paradieses."

„Wir??"

„Na, der Papp und ich. Ach so, Du nennst ihn ja Heri. Der kommt übrigens auch gleich, um sich persönlich ein Bild von Deiner Tagesform zu machen."

„Mmmh…, dann muss ich mich wohl für so viel Fürsorge bedanken. Wie spät ist es denn überhaupt?"

„Kurz nach 14 Uhr…"

„Und… ähh… ich habe die ganze Zeit hier komplett nackt geschlafen?"

„Um ehrlich zu sein: Deine Unterhose war ziemlich mitgenommen von der letzten Nacht. Aber keine Sorge, Du kannst gleich einen von meinen Slips nehmen. Jetzt dusch erst mal in Ruhe, ich koch uns in der Zwischenzeit schon mal einen schönen kräftigen Kaffee."

Nachdem Mel wieder aus dem Zimmer verschwand, schlich Bastian mit der Bettwäsche um die Hüften einen langen Flur entlang. Am Ende des Ganges war an einer weißlackierten Holztür ein Emaille-Schild festgeschraubt: „Nur für Stehpinkler & Waschbären". Bastian trat ein und ließ beim Anblick von Klo und Dusche erleichtert seine Deckenhülle auf den Boden gleiten, stellte aber erschrocken fest, dass die Tür keinen Schlüssel besaß. Nach den Schilderungen der letzten Nacht war dies eh egal: er stellte den Duschregler auf maximal kalt und sprang todesmutig unter den prasselnden Strahl. Nie hätte er gedacht, dass die Bezeichnung `eiskalt´ auch tatsächlich mal zutreffen könnte. Nur mühsam konnte er ein Schreien unterdrücken, musste aber zeitgleich Keuchen, Husten und Schnauben, während er von einem Bein aufs andere sprang. Dieser ungelenke Regentanz dauerte zwar nur bis zum verzweifelten Ertasten der Mischbatterie, führte aber dazu, dass Bastian urplötzlich hellwach war.

Nach einer Ganzkörperreinigung mit Mels Gaultier-Duschgel und mit einem frischen Handtuch um die Lenden schlenderte er gedankenverloren den Gang zurück und kam zur Küchentür, wo ihn der Hausherr genüsslich musternd mit einem frischgebrühten Pott Kaffee erwartete. Nach dem ersten Schluck kehrten bei Bastian allmählich auch die letzten Lebensgeister zurück.

„Sag´ mal Mel, bei Deinem Auftritt…. als Double von Mirelle Matthieu…. - da warst Du doch komplett zahnlos…."

„Ja, und? Das hast Du mich doch gestern schon gefragt…""

„Na ja, aber ich kann mich an die Antwort nicht mehr erinnern."

„Verstehe. Du willst noch mal wissen, wieso ich so bin, wie ich bin…."

„…vorausgesetzt, es macht Dir nichts aus!?!"

„Überhaupt nicht. Also: ich war in meinem ersten - manche würden sagen: biederen - Leben ein stinknormaler Staplerfahrer bei einer großen Spedition in Köln. Ich hatte ein mehr oder weniger gutes Auskommen und konnte davon immerhin meine Frau und meinen kleinen Sohn ernähren."

„Wie, Du warst verheiratet? Das glaub´ ich ja nicht!"

„War aber so. Ich wusste zwar, ich bin irgendwie anders, aber das hab´ ich immer unterdrückt."

„Und dann?"

„Hatte ich einen schlimmen Unfall. Ich bin in ein Hochregallager gekracht. Dabei ist schwere Ware heruntergefallen und hat mich begraben."

„Heilige Scheiße…."

„Kannst Du wohl laut sagen. Ich hatte Quetschungen am ganzen Körper, ein Bein, ein Handgelenk und mein Kiefer waren gebrochen und ich hab´ alle Zähne verloren."

„Das ist heftig!"

„Absolut. Meine Krankenversicherung hat nur das nötigste bezahlt – statt eines teuren Zahnimplantats habe ich nur ein künstliches Gebiss erhalten. Hier" – dabei machte er eine Handbewegung zum Mund – „willste mal sehen?"

„Nee, lass mal stecken… Das ist ja furchtbar, erklärt aber zumindest die Frage nach den Zähnen. Und weiter?"

„Ein Pfleger in der Reha war schwul. Wir haben uns super verstanden und sind uns über die Liebe zum Schlager näher gekommen."

„Und Deine Familie?"

„Ich musste danach einen Schlussstrich ziehen. Das war zwar für alle Beteiligten ziemlich bitter, aber ich wusste, das ist die einzige richtige Entscheidung."

„Und wie kamst Du dann ins Hotel Timp?"

„Ich hab´ mal aus Spaß an der Freud an Linus Talentprobe im Tanzbrunnen teilgenommen. Irgendwie muss ich da wohl den Nerv des Publikums getroffen haben. Mittendrin war der Papp, ähh Heri, und der hat mich hinterher vor der Garderobe abgefangen und direkt engagiert."

„Also… ich bin baff. Das ist mal wirklich eine interessante Lebensgeschichte!"

„Freut mich zu hören. Von Dir weiß ich ja schon allerhand, auch wenn Du Dich höchstwahrscheinlich nicht mehr daran erinnern kannst, was Du so alles erzählt hast."

„War ich soo peinlich?"

„Nee, überhaupt nicht. Eher niedlich – auch wenn Du dieses Attribut von mir nicht so gerne hören wirst." Plötzlich schellte es an der Tür. „Das wird der Papp sein. Da mein elektrischer Türöffner kaputt ist, muss ich schnell runter, um aufzumachen. Du kannst Dich hier solange ruhig umschauen. Küche, Bad und unsere gute Stube kennst Du ja schon…"

„Warte noch mal kurz: mit wem wohnst Du denn hier eigentlich zusammen? Mit Heri?"

„Nee, der ist von ein paar Ausnahmen abgesehen ein eingefleischter Single. Mein Mitbewohner heißt Wilfried..."

„...Dein Freund?"

„Nicht im Sinne von Partner, sondern einfach nur ein guter Kumpel. Er ist beruflich sehr engagiert und deshalb auch gerade nicht da. So, jetzt muss ich aber wirklich schnell runter, sonst kriegen wir keine Brötchen mehr."

Bastian kehrte in sein Schlafgemach zurück, zog etwas widerwillig den bereitgelegten roten Tanga an und machte sich neugierig und halbnackt auf Wohnungsbesichtigungs-Tour. Die Altbauwohnung bestand aus 3 großen Zimmern entlang der Straßenfront sowie einer geräumigen Küche, dem Bad und einer Abstellkammer. Das direkt an die „gute Stube" angrenzende Zimmer war ganz offensichtlich das Reich von Mel: hinter einem schier undurchdringlichen Chaos aus Kleiderstangen, Kostümen, Federboas und Tüll waren vor einem großen Spiegel mehrere Styropor-Köpfe mit aufgesteckten Perücken nebeneinandergereiht. Am Spiegel selbst hafteten Fotos, auf denen Mel mit anderen Travestiekünstlern zu erkennen war – auf einem erkannte er den Hausherrn in inniger Umarmung mit dem Papp. Seitlich davon lagerten auf einem Beistelltisch mehrere Mode-, Klatsch- und Architekturmagazine. Den größten Teil des Raumes nahm jedoch ein riesengroßes, rotes Bett mit goldumrandeten Löwenfüßen ein, das zu allem Überfluss auch noch mit kunterbunten Kissen und allerlei Plüschtieren vollgestopft war. Als Raumtrenner zur Kleiderkammer agierte eine frei stehende Schrankwand, die Mels Unterhaltungselektronik beheimatete. Ganz oben auf dem Regal thronte eine Schallplattensammlung, für die jeder eingefleischte Schlager-Fan mehrere Monate auf seinen Hartz IV-Regelsatz verzichtet hätte. Bastians Jahresbedarf an trashigen

Sinneseindrücken war damit mehr als gedeckt. Eiligst entschwand er Lillifees Reich, schloss leise die Tür und widmete sich dem nächsten Raum. Das Nachbarzimmer bildete den totalen Kontrast zu Mels Einrichtungsstil. Sauber, ordentlich aufgeräumt, ja fast pedantisch wirkte diese Räumlichkeit mit ihren chromblitzenden Designermöbeln. Wäre da nicht das Futon-Bett gewesen, man hätte dieses Zimmer aufgrund des großen Schreibtischs und den Aktenschränken auch als Arzt- oder Notarpraxis durchgehen lassen können. Alles wirkte klar strukturiert, wie von einem dieser komischen Feng-Shui-Spezialisten designet. Es gab wenig zu sehen, deshalb störte Bastian auch das lauter werdende Stimmengewirr im Treppenhaus wenig. Lediglich zwei Fotos auf dem Schreibtisch erregten noch sein Interesse. Bastian kam näher und stockte – sein Herz fing urplötzlich wie wild zu schlagen an. Ein Bild zeigte Mels Mitbewohner, diesen Wilfried, Arm in Arm mit der Frau, die ihm seit Wochen nicht mehr aus dem Kopf ging: Mala. Noch schlimmer für seinen Kreislauf gestaltete sich jedoch das zweite Foto. Abgebildet war eine sich lasziv räkelnde Mala im Bikini an irgendeinem Strand. Bastian konnte nicht anders und musste sich am Schreibtisch abstützen, um ja nicht umzufallen.

„Na, das ist ja nicht nur ein aufregendes Outfit, sondern auch noch eine verführerische Pose!"
Erschrocken drehte sich Bastian um und erkannte Mel und den Papp in der Tür. „Ja… ähh… absolut. Das… ist schon ein… ähh… hammerhartes Foto!"
Heri musste laut loslachen. „Nicht das Foto, Basti. Mel meint Dich!"
Wie schon eine halbe Stunde zuvor wurde Bastian auch jetzt erst mit einiger Verzögerung seines offensichtlich aufreizenden Äußeren im roten Tanga bewusst. „Tschuldigung…. Ich zieh´ mich mal schnell an…"

Als er kurze Zeit später mit den Klamotten vom Vortag in der rustikalen, aber gemütlichen Wohnküche einlief, saßen die beiden schon am großen, naturbelassenen Frühstückstisch. „Komm, setz´ Dich auf die Bank. Wie geht es Dir?" Heris eindeutige Frage stellte für Bastian in der Beantwortung ein Mordsproblem dar – nicht nur, weil er aufgrund seiner Multitasking-Schwäche nicht in der Lage war, Brötchen zu schmieren und parallel zu denken. „Wie meinste denn das jetzt genau?"

„Nun ja, zum einen interessiert mich natürlich, wie Du den übermäßigen Alkoholkonsum gestern verkraftet hast. Aber noch mehr macht mich neugierig, wieso Du eben völlig entgeistert die Fotos auf Wilfrieds Schreibtisch angestarrt hast."

„Punkt 1: geht so – es ging mir nach einer Sauftour auch schon mal besser. Punkt 2: woher kennt Wilfried diese Frau, ist das etwa seine Geliebte?"

Jetzt schaltete sich Mel ein. „Gegenfrage: kennst Du etwa diese Lady?"

„Ähh… um ehrlich zu sein – das ist das Mädchen, deretwegen ich mich gestern Abend bis ins Koma trinken wollte: Mala."

„Ach da schau her. Und jetzt meinst Du, Wilfried sei Ihr Sugar-Daddy?"

„Ich meine gar nichts. Ich weiß auch nichts. Und unter uns – ich glaube auch an nichts mehr!"

„Na, dann kann ich Dich beruhigen. Mein Mitbewohner Wilfried ist Malas Vater. Er liebt sie heiß und innig."

Für einen kurzen Moment hielt Bastian inne. „Wie…. das ist der Psychologe mit der Praxis in Rodenkirchen?"

„Volltreffer!"

„Ich fass´ es nicht. So klein ist die Welt." Ohne weiteren Kommentar schmierte er sich Butter und Erdbeer-Marmelade aufs Brötchen und biss kräftig hinein. Mel und der Papp schauten sich ungläubig an.

„Kannst Du jetzt vielleicht mal erklären, was da genau zwischen Euch beiden läuft?"

„Nichts…. na ja…. nichts mehr. Ich Vollbratze war einfach zu doof und hab´ das zarte Pflänzlein zerstört, das sich gerade erst entwickelte."

Mel wurde hellhörig. „Das musst Du genauer erzählen. Ich liebe herzzerreißende Hetero-Geschichten!"

Bastian nahm einen kräftigen Schluck Kaffee und schilderte schließlich sein Liebesdrama von Anfang an. Je nach Situation erntete er betretenes Schweigen, Fassungslosigkeit oder Kopfschütteln – die meiste Zeit jedoch ein kollektives Schmunzeln. Nachdem er das letzte Telefonat fast wortwörtlich wiedergegeben hatte, legte ihm Heri väterlich den Arm um die Schulter und sagte: „Nur die Ruhe. Das biegen wir schon wieder hin."

„Wenn Du meinst… Aber komisch, so was in der Art hat Olli gestern auch gesagt. By the way: woher kennt Ihr beiden Euch eigentlich?"

„Du meinst Olli das Stinkerchen?"

„Ähh…ja…."

„Ganz einfach: Olli hat, bevor er im Exile als Barkeeper angefangen hat, bei mir als Animateur gearbeitet."

„Als Animateur? Was macht man denn da so?"

„Tanzen. So wie Du gestern Abend…."

„Wie ich??? Aber ich kann doch gar nicht tanzen!"

„Davon war aber nichts zu merken – ganz im Gegenteil. Du hast den kompletten Laden gerockt!"

„Stopp mal, Heri – bist Du Dir sicher, dass Du mich jetzt nicht gerade verwechselst? Tanzen steht auf meiner No-Like-Skala ganz weit oben!"

„Dann musst Du irgendwie schizophren sein. Denn wie Du im Takt die Hüften geschwungen und Dich dann Stück für Stück Deiner Kleidung entledigt und zu guter Letzt auch noch an der Stange geräkelt hast, das war schon allererste…" Weiter kam er nicht.

„Neeeiiiinnn – Stopp – Aus! Ich will das nicht hören, das kann einfach nicht wahr sein!!!!"

„Was ist denn daran so schlimm? Im Übrigen: die Unterhose hast Du trotz lautstarker Aufforderung aus dem Publikum einfach nicht ausziehen wollen. Das hat die Jungs richtiggehend heiß gemacht!"

„Das stimmt", – warf Mel ein – „dagegen war meine Gesangseinlage nur ein kleines Spatzengezwitscher!"

Bastian musste würgen. „Ich glaub´ mir wird schlecht!" Und schon verschwand er auf der Toilette.

Nach fünf Minuten kehrte er kreidebleich in die Küche zurück. „Entschuldigung! Ich sag es ganz offen und ehrlich: ich mag und schätze Euch sehr. Deshalb tut mir bitte einen Gefallen: vergesst ganz schnell, was Ihr gestern Abend von mir gesehen habt. Im Gegenzug verspreche ich Euch, nie wieder einen Tropfen Alkohol zu trinken!"

„Schade. Ich wollte Dir nämlich gerade ein unmoralisches Angebot machen." Heris Aussage warf Bastian nun vollends aus der Bahn.

„Ein unmoralisches Angebot?"

„Na ja, das klingt vielleicht extremer, als es in Wirklichkeit ist. Ich wollte Dich nur fragen, ob Du nicht neben Deinem Studium bei uns als Animateur arbeiten möchtest."

„Klasse Idee, Papp", ergänzte Mel.

Bastians Gesichtsfarbe bot Anschauungsunterricht für jeden Chamäleonsforscher: von Kalkweiß ins Puterrote und zurück in wenigen Sekundenbruchteilen. Dazu gesellte sich mal wieder die Schnappatmung. „Ich... ähh... Animateur? Wo.... ähh... wieso... ähh... was soll das? Unter lauten .... na ja, Ihr wisst schon?? Das ... ähhh... nein, nie im Leben!!"

„Auch wenn ich insgeheim mit Deiner Antwort gerechnet habe, so finde ich das sehr bedauerlich. Ganz nebenbei: ich würde Dir dafür auch ein Spitzenhonorar zahlen!"

„Spitzenhonorar?" Bastian kam kurzfristig zur Besinnung und musste an seine Finanzklemme denken. „Was bedeutet das konkret?"

„Nun ja, ich hab so an 100 Euro pro Abend gedacht." Sprachlos starrte Bastian durch das Küchenfenster hinaus in den Hinterhof. Nach kurzer Pause mischte sich Mel wieder ein. „Mensch Basti, überleg´ mal! Das macht an drei Abenden pro Woche 300, und im gesamten Monat 1200 Euro. Nur damit wir uns verstehen: das bedeutet beim Papp steuerfrei, cäsh in de täsch!"

„Lass das mal ein paar Stunden sacken und gib´ mir dann Bescheid. Du musst auch nur tanzen und Dich von niemand antatschen lassen. Allerdings würde ich Dich schon für heute Abend verpflichten wollen, denn an diesem Wochenende ist bei uns die Hölle los, und da könnten wir solch einen begnadeten Tänzer wie Dich mit Deinem sportlich-durchtrainierten Körper bestens gebrauchen."

Stillschweigend kaute Bastian weiter auf seinem Brötchen herum, doch die hektisch pochenden Schläfen deuteten auf millionenfachen Neurotransmitter-Austausch in seinen Hirnsynapsen. Nach einiger Zeit erhob er sich von seinem Stuhl. „Vielen Dank für die Übernachtungsmöglichkeit und das Frühstück." Höflich gab er beiden die Hand und wollte schon durch die Wohnungstür entschwinden, als ihn Heri kurz vor dem Ausgang noch einholte. „Hier - hast Du vergessen: meine Telefonnummer. Selbst wenn Du nicht tanzen willst, kannst Du jederzeit anrufen, beispielsweise wenn Du Liebeskummer hast. Ich kenne Mala nämlich auch ganz gut und weiß so ein bisschen, wie die tickt. Da ist bei Dir Hopfen und Malz noch lange nicht verloren, glaub´ mir!"

Im Nachhinein rätselte Bastian, was den Ausschlag gegeben hatte, aber in der Situation konnte er nicht anders und umarmte den Papp.

„Danke für Alles!"

„Ist schon in Ordnung. Meld´ Dich einfach, o.k.?"

„O.k.!"

Die ganze Straßenbahnfahrt zurück nach Müngersdorf ratterte unermüdlich sein Hirn, ein klarer Gedanke war angesichts der letzten Nacht und der Erlebnisse im belgischen Viertel jedoch nicht ansatzweise erkennbar. Wieder im Turm angekommen registrierte er nur beiläufig das verlassene Nachbarzimmer sowie den Topf mit frischgekochten Nudeln. Stattdessen ließ er sich in seinem Schaukelstuhl nieder und wippte gedankenverloren eine Zeitlang hin und her, bis ihm das kleine grüne Büchlein auf dem Couchtisch auffiel - das Geschenk der alten Dame. Bastian drehte es um und bemerkte zunächst das Bild auf dem Cover: ein freundlicher, älterer Mann mit Nickelbrille. Er kannte ihn – doch woher? Dann las er den Autorennamen – Hermann Hesse -, dann fiel es ihm wie Schuppen von den Augen. Das also war der berühmte Literatur-Nobelpreisträger, der auch auf der Einladung von Mala abgebildet war. So langsam ergab alles einen Sinn. Dazu passte schließlich auch der Buchtitel: „Der Steppenwolf". In ihm stieg plötzliche Neugier hoch; er blätterte die ersten Seiten durch und stieß auf eine Widmung.

Für Bastian!
Die Lektüre dieses Buches stellt eine große Herausforderung und für manche sogar eine Gefährdung dar. Aber - um es mit Hesse zu sagen:
„die Geschichte des Steppenwolfs stellt zwar eine Krankheit und Krisis dar, aber nicht eine, die zum Tode führt, nicht einen Untergang, sondern das Gegenteil: eine Heilung."

Das wünscht für den weiteren Lebensweg
Roswitha Piepenkötter

Bastian konnte sich auf diese Widmung keinen Reim machen, dennoch war er gleichermaßen verwundert über die noch immer jugendliche Handschrift der alten Dame als auch gerührt über die nette Geste. Langsam ließ er die Seiten durch seine Finger rinnen und entdeckte recht früh eine Textzeile, die ihn stutzig machte:

Anarchistische Abendunterhaltung !
Magisches Theater !
Eintritt nicht für jedermann !

Das war doch exakt das Zitat auf der Einladungskarte! Bastian war sich sicher, dass er – wenn er mehr über Mala und ihre Denkweise erfahren wollte – dieses Büchlein lesen musste. Da er an diesem Nachmittag eh nichts vorhatte, ließ er sich von seiner Neugier leiten und begann zu lesen. Schon das Vorwort des Herausgebers zog ihn in seinen Bann. Als er dann die mit „Nur für Verrückte" überschriebenen Aufzeichnungen las, war es um ihn geschehen. Er glaubte allen Ernstes, dass er eins mit dem Protagonisten Harry Haller sei – ja, dass dieser weltberühmte Schriftsteller seinen Lebensweg vorgezeichnet habe. Bastian war von dieser ungewohnten, mitreißenden Sprache dermaßen ergriffen, dass er das Handyklingeln erst bei der zweiten Wiederholung von „Ein Freund, ein guter Freund" wahrnahm.

„Ja, hallo?"

„Bastian, ich bin´s, Katja!"

„Schwesterchen, was für eine Freude!"

„Das wage ich zu bezweifeln…. Ich hab´ Dich schon den ganzen Vormittag über verzweifelt zu erreichen versucht."

„Was gibt's denn so Schlimmes?"

„Mal wieder ziemlichen Ärger!"

„Ärger? Das ist ja was ganz Neues… Sei mir nicht böse, dass ich nicht überrascht bin. Mich kann heute nämlich nichts mehr aus den Socken kippen. Leg los!"

263

„Kann ich Dir das nicht direkt erzählen? Ich bin zufällig in Köln und dachte mir, ich besuch' Dich einfach. Bist Du zuhause?"

„Ähh... ja klar, komm vorbei."

„Gut, bin gleich da. Ich bring' auch Kuchen mit!"

Bastian kam gerade noch dazu, seine Klamotten vom Vortag zu wechseln und die Zähne zu putzen, als schellte. Gespannt öffnete er die Tür. „Sonnenschein, so schnell hätte ich...." – plötzlich sackte er zusammen.

„Moin, Keule. Stör ich?"

„Na klar, wie immer! Merkst Du das nicht? Aber darin bist Du ja absolut unschlagbar!"

„Gut, dann kann ich ja reinkommen!" Wie selbstverständlich marschierte Mike an Bastian vorbei in das Appartement und machte vor den Kochplatten halt. „Mmmh, lecker, japanische Nudeln. Darf ich mal probieren?"

„Untersteh' Dich, die sind von Hiro!"

„Schade, dann eben nicht. Du fragst Dich sicherlich, was mich zu Dir treibt?" - ohne eine Antwort abzuwarten fuhr er fort - „ich will es Dir sagen: ich hab' mir Sorgen um Dich gemacht. So, wie Du gestern reagiert hast, als ich Malas Namen nannte. Aber wie ich gerade mitbekommen habe, ist ja alles wieder im Lot – von wegen Sonnenschein und so...."

„Pass' mal auf, Du Nervensäge. Hier ist rein gar nichts o.k., erst recht nicht mit Mala. Der erwartete Sonnenschein ist meine Schwester, die gleich zu Besuch kommt. Deshalb wäre es überaus freundlich von Dir, jetzt wieder den Flattermann zu machen."

Statt der Aufforderung Folge zu leisten machte es sich Mike auf dem Schaukelstuhl bequem. „Schwester? Sieht die auch so aus wie Du, oder hat sich der Herrgott bei ihr erbarmt? Haha... Wie alt ist sie denn?"

„Es reicht. Sieh' zu, dass Du Dich aus dem Staub machst!"

„Ruhig, Brauner!"

„Geh´ mir nicht auf die Nüsse mit Deinem ewigen `Ruhig Brauner´!"

„Na gut. Aber bevor ich wieder gehe, möchte ich aus organisatorischen Gründen nur eine einfache Antwort. Was ist jetzt mit Deiner Party? Soll ich die ausrichten - inklusive Einladung an Mala?"

Bastian starrte Mike lange ins Gesicht. „Weißt Du was, Du kannst mich mal kreuzweise. Und die Party schieb´ Dir irgendwohin…"

„Gut, ich wollte ja nur nett und freundlich sein. Aber das hat sich nach dem heutigen Tag wohl erübrigt." Als er sich vom Schaukelstuhl erheben wollte entdeckte er den „Steppenwolf" auf dem Couchtisch. „Ach, daher weht der Wind. Unser Torhüter macht jetzt auf intellektuell. Da passt der Super-Buddy Mike natürlich nicht mehr ins Bild. Na dann: Arrivederci, Bello!" Mike ging tatsächlich schnurstracks zurück zur Appartement-Tür, öffnete und blieb wie angewurzelt stehen.

„Oh-lala, Du bist bestimmt die hübsche Schwester von meinem Freund Bastian, von der er mir immer vorschwärmt. Stimmt´s? Ich bin übrigens der Mike – ich weiß nicht, ob er schon von mir erzählt hat." Dabei setzte er das entzückendste Goldzähne-Lächeln auf, das er je einstudiert hatte.

„Hallo Mike, schön Dich kennenzulernen – ich bin Katja. Danke, dass Du mir die Tür aufmachst!"

„Alte Schule, mach´ ich doch gerne. Darf ich Dir was abnehmen?"

„Aber gerne. Hätte ich gewusst, dass mein großer Bruder Besuch hat, hätte ich mehr Kuchen mitgebracht."

Bastian bog gerade aus seinem kleinen Zimmer und traute seinen Augen nicht: Katja lächelte nicht nur, sie strahlte Mike richtiggehend an. Entgegen ihrer sonstigen Samstagabend-Ausgeh-Arien war sein kleines Schwesterchen diesmal eher westfälisch-bieder, also ländlich gekleidet: die schlichte Blue-Jeans mündete über ihren rustikalen Boots, ein breiter Gürtel bildete die Trennlinie zu der schwarzen

265

Bluse. Ihr von lustigen Sommersprossen gesprenkeltes Gesicht kam aufgrund der zu Zöpfen gebundenen langen, kastanienbraunen Haare noch mehr zur Geltung...

„Ähh... Mike, wolltest Du nicht gerade gehen?"

„Nein, wieso? Das sind ja völlig neue Umstände, mein lieber Bastian. Du hättest mir auch ruhig sagen können, dass Deine hübsche Schwester Auftrittsverbot bei Schönheitswettbewerben hat, weil ihre Konkurrentinnen sonst gar keine Chance hätten..." Während Bastian nur noch ein stöhnendes „Neeeeiiiinnnn" herausbrachte, fühlte Katja sich tatsächlich geschmeichelt. „Das ist aber nett, das hat noch niemand zu mir gesagt."

„Dann hattest Du sicherlich noch nie solch weltgewandten Umgang. Weißt Du, ich habe nämlich schon..."

„...Mike, es reicht! Geh jetzt bitte!"

„Wieso denn Bruderherz, ich wollte doch schon immer mal Deine Studienkollegen außer Hiro kennenlernen. Wo ist der denn überhaupt?"

„Unterwegs. Und Mike wollte auch gerade gehen, sorry, Schwesterlein!"

„Kumpel, das macht doch nichts, ich hab´ grad gemerkt, dass ich meinen Business-Termin locker verschieben kann. Den Auftrag kann ich auch nächste Woche noch unter Dach und Fach bringen..."

„Business-Termin? Auftrag? Ja sag´ mal, spinn´ ich???"

„Das ist ja schön, Mike. Dann kannst Du mir mal ganz in Ruhe erzählen, was Du so machst und wie Du meinen Bruder kennergelernt hast."

Während Bastian der Verzweiflung immer näher kam, stellte Mike seine Goldzähne noch unverfrorener zur Schau. „Sehr gerne, Fräulein Lückemeyer...", und schon nahm er sie an der Hand, führte sie in Bastians Zimmer und setzte sich mit ihr aufs Bett.

„Was soll denn das jetzt werden? Ringelpietz-mit-Anfassen, oder was? Außerdem wollte meine Schwester mit mir noch über etwas sehr Wichtiges reden!" Bastians Wut stieg ins Unermessliche, aber Katja schien resistent gegen sämtliche Warnsignale. „Basti, das hat Zeit - und ändern kann man jetzt eh nichts mehr. Was hältst Du davon, wenn Du uns schon mal Kaffee kochst und den Kuchen portionierst?"

Zähneknirschend setzte Bastian seine neue Maschine in Gang und hatte plötzlich eine Eingebung. „Mike, hat sich eigentlich die Wohnheim-Verwaltung schon bei Dir gemeldet? Ich meine wegen der Regressansprüche, nachdem Du meine alte Kaffeemaschine abgefackelt und dadurch beinahe den gesamten Turm in Brand gesteckt hast?"

Für einen Augenblick schien Mike tatsächlich irritiert, „Wie? Was jetzt? Regress?", aber Katja durchkreuzte Bastians Plan. „Mike, lass´ Dich nicht veräppeln. Ich kenn´ meinen Bruder lang genug: wenn seine rechte Augenbraue bei einer Frage hoch geht, dann stimmt etwas nicht, dann hat er sich was ausgedacht. Das war schon immer so."

„Schwesterchen, misch´ Dich jetzt bitte nicht ein. Das ist tatsächlich wahr: dank Mike ist meine alte Kaffeemaschine komplett verschmort und hätte beinahe einen Großbrand ausgelöst! Aber das ist ja längst nicht alles, was er so verbockt hat."

Während Mike ungewohnt still blieb, wurde Katja immer neugieriger. „Wirklich? Die Geschichten will ich hören!"

Bastian fing bei Adam und Eva an, um Mike in einem möglichst schlechten Licht dastehen zu lassen. Detailgenau beschrieb er das Verstecken der gedealten Ware und die Besuche im Turm. Beim Schmorbrand verzichtete er auf die Nennung von Mala, schilderte dafür aber umso detaillierter den Auto-Stunt samt seinem Überschlag. Als er fertig war, schien Katja nicht im Mindesten geschockt – eher im Gegenteil. „Mensch Mike, mit Dir kann man ja richtig was erleben. Klingt spannend."

„Tja, wenn das so ist, dann sollten wir demnächst mal die Pferde satteln, gemeinsam ausreiten und die Sonne putzen…"

Wieder ertönte ein langgezogenes, leidendes „Neeeiiiinnn", Katja hingegen war hin- und weg. „Auch wenn Du das mit dem Ausreiten so nicht gemeint hast: wusstest Du schon, dass ich tatsächlich mal Tierärztin werden möchte? Bislang habe ich mich zwar nur an meinem Hamster ausprobiert, aber der heißt kurioserweise genau wie Du: Mike. Wenn das kein Zufall ist!?!" Mit seinem verzweifelten, rhythmischen Kopfschütteln hätte Bastian auch Konkurrenz für das Duracell-Häschen machen können, aber egal was er tat und dachte, das Gegenteil davon trat ein. Es machte alles keinen Sinn mehr: er musste das Spiel mitspielen, um zumindest noch etwas Einfluss nehmen zu können. Er ging zurück zur Kochecke, portionierte den Kuchen in sechs gleichmäßige Stückchen, holte den frischgekochten Kaffee und servierte den beiden Turteltäubchen jeweils ein kleines Gedeck. „Bruderherz, das ist lieb von Dir! Bevor wir Kaffeetrinken müsste ich jedoch noch mal kurz für kleine Mädchen."

„Nur zu, Du kennst Dich hier ja aus!"

Kaum war Katja verschwunden, konnte Bastian nicht mehr an sich halten. „Was fällt Dir ein? Nicht nur, dass Du mal wieder Deine Dickfälligkeit auf Kosten anderer bis zum Erbrechen strapazierst, jetzt baggerst Du auch noch meine kleine Schwester an. Ich dachte, das wäre tabu?!?"

„Also erstmal: ich baggere nicht, sondern begeistere. Und außerdem: das Tabu betraf Deine eventuelle Freundin – auch wenn das bei Dir wohl ein frommer Wunsch bleiben wird. Deine Schwester hingegen, mein lieber Basti, zählt nicht zu diesem Tabu! Aber mach Dir keine Sorgen: Katja hat im Gegensatz zu Dir zwar hervorragende Manieren und ist sehr nett, gehört für mich jedoch noch ein paar Jahre auf die Weide!"

„Das beruhigt mich nur bedingt. Ich frage mich sowieso schon die ganze Zeit, ob Du Dir überhaupt so etwas wie dauerhafte Liebe oder Partnerschaft vorstellen kannst. Wieso hast Du, seitdem ich Dich kenne, eigentlich noch nie eine längerfristige Beziehung gehabt?"

„Sag´ mal, hältst Du mich jetzt für komplett durchgeknallt? Wenn Du Milch trinken willst, stellst Du Dir ja auch nicht gleich ´ne ganze Kuh ins Wohnzimmer…"

Als Katja von der Toilette kam, war Bastians Akku wieder voll aufgeladen. Das wortlose Kopfschütteln wirkte wie ein musikalischer Taktgeber für schnelle Tempi: pro Sekunde eine komplette Drehung nach links und rechts. „Ich kann es gar nicht glauben, dass Ihr beide miteinander befreundet seid, so wir Ihr kommuniziert."

Bastian beeilte sich zu sagen „sind wir auch nicht….", aber Mike lächelte Katja nur an: „Du weißt doch, was sich liebt, das neckt sich!"

„Mmmhh… dann scheint Ihr beiden Euch ja ziemlich lieb zu haben!"

Bastians Kopfschüttel-Arie wurde von Mikes Handyklingeln abrupt unterbrochen. „Entschuldigt mich mal gerade, ich geh´ mal kurz nach draußen…".

Bastian wartete, bis die Tür ins Schloss fiel. „Katja, mein Sonnenschein! Ich muss´ Dich warnen: lass die Finger von Mike. Wer sich auf diese Schmierwurst einlässt, hat nur noch Scheiße an der Hacke…"

„Bruderherz, lass mal gut sein. Ich bin schon groß!" – kurzfristig musste Bastian wieder an Mala denken - „außerdem: die Scheiße – wie Du es nennst – ist gerade bei Dir mächtig am dampfen…"

„Das ist wohl wahr, aber woher weißt Du das?"

„Nur damit wir uns verstehen: Du hast schon mitbekommen, dass auch Mama und Papa an diesem Wochenende in Köln sind?"

„Nein, woher soll ich das wissen?"

„Stimmt, Mama wollte Dir ja wegen Deines letzten unrühmlichen Heimatbesuchs ganz bewusst nichts erzählen…"

„Und was machen die hier?"

„Papa wurde von Deutz-Fahr eingeladen. Offiziell zu einer Präsentation einer neuen Traktorengeneration, inoffiziell zum Essen, Feiern, Shoppen und Sightseeing. Und weil ich eh´ nichts anderes vorhatte, dachte ich, ich komm´ einfach mit und besuche meinen großen Bruder …."

„Das ist doch prima!"

„Nun ja – halt Dich fest. Spendabel wie Deutz ist, haben Sie alle Landmaschinenhändler im Maritim am Heumarkt untergebracht."

„Entschuldigung, ich begreife immer noch nichts…"

„Nach dem offiziellen Part sind einige noch weiter in die Altstadt gezogen, um mal die Kölner Lebensart zu studieren."

„Und?"

„Es wurde ziemlich spät. Als sie zurück ins Hotel wollten, sind sie direkt vor dem Maritim noch auf eine andere Kneipe aufmerksam geworden, in der anscheinend der Bär steppte."

So langsam schwante Bastian, was kommen würde. „Kann es sein, dass diese Kneipe gar keine Kneipe, sondern ein Travestie-Schuppen war?"

„Bingo! Sie wollten nur mal kurz reinschauen und wen sehen sie da?" Bastian wurde speiübel. „Lass´ mich raten: mich!"

„Bis auf eine Unterhose bekleidet an der Stange tanzend – begleitend vom lauten Gejohle und Gekreische der ganzen Männer." Katja legte eine längere Pause ein und schaute ihren Bruder fragend an. „Was hast Du Dir nur dabei gedacht?"

„Ich… ich… ähh… gar nichts. Ich war raketendicht, ich kann mich ja noch nicht mal mehr daran erinnern."

„Weißt Du noch, was Mama zu Dir nach dem Abend mit Matze gesagt hat: Du bringst Schande über uns. Das gleiche hat sie auch heute Morgen beim Frühstück gesagt."

„Und weiter?"

„Dass sie mit einem Stangentänzer nichts zu tun haben will und Dir deshalb die finanzielle Unterstützung für Dein Studium nicht nur reduzieren, sondern komplett streichen wird. Tut mir wirklich leid für Dich…"

„Aber, aber… das… das kann sie doch nicht machen. Ich brauch doch gerade jetzt vor der Abschlussprüfung jeden Cent…."

An der Wohnungstür klopfte es. Katja stand auf, um zu öffnen. „Dann musst Du Dir wohl einen Nebenjob suchen!"

Als Mike wieder in das Zimmer trat, saß Bastian mit den Ellenbogen auf den Knien vornüber gebeugt und hatte die Frequenz des Kopfschüttelns noch einmal erhöht.

„Keule, es gibt sensationelle Neuigkeiten."

„Lass´ mich doch einfach in Ruhe! Mein Bedarf an Enthüllungsgeschichten ist für heute mehr als gedeckt."

„Aber das wird Dich wirklich interessieren – auch wenn es im Großen und Ganzen ziemlich traurig ist."

„Traurig? Was soll denn noch trauriger sein als einsam, verhöhnt und arm?"

„Anscheinend gefällst Du Dir ja in Deinem Selbstmitleid. War das auch der Grund, wieso Du beim FC Junkersdorf als Torwart einfach so hingeschmissen hast?"

„FC Junkersdorf? Was soll denn dieser Müll jetzt?"

„Ich hab´ eben gerade einen Anruf von meinem stämmigen Fitness-Kumpel Horst bekommen, Deinem ehemaligen Mitspieler…"

„Horst, welcher Horst? Ach Du meinst Blutgrätsche…"

„Genau. Der hat mir haarklein und brandaktuell die Geschehnisse vom heutigen Tag erzählt."

„Sollte mich davon irgendetwas umhauen?"

„Vielleicht schon, denn heute war – wie Du weißt – das letzte Saisonspiel vom FC Junkersdorf. Das alles entscheidende Spiel um den Aufstieg."

„Stimmt, das hab´ ich ja schon ganz verdrängt. Aber ehrlich gesagt interessiert mich das überhaupt nicht mehr."

„Wirklich? Auch nicht, dass durch einen dämlichen Fehler von Deinem Ersatzmann der FC Junkersdorf verloren – und damit nicht aufsteigen wird?"

„Mein Ersatzmann, der schielende Dall? Du meinst, die geben mir die Schuld am verpassten Aufstieg?"

„Kurt versuchte das zumindest. Der muss wohl richtig ausgetickt sein in der Kabine. Doch dann kam es zu einer Rebellion und die Mannschaft hat sich auf Deine Seite gestellt und im Gegenzug ihm die Schuld für Deinen Abgang und damit auch für den verpassten Aufstieg in die Schuhe geschoben."

„Das ist ja nett, hilft mir im Augenblick aber auch nicht weiter."

„Vielleicht tröstet Dich zumindest ein wenig, dass die Sponsoren durchgesetzt haben, dass Kurt eine halbe Stunde nach Spielende gefeuert wurde."

„Im Gegensatz zu Dir ergötze ich mich nicht am Schicksal anderer Menschen."

„Aber vielleicht baut Dich wenigstens auf, dass der Vorstand derzeit allen Ernstes überlegt, Dich wiederzuholen..."

„Ich zurück als Keeper zum FC Junkersdorf? Niemals!"

„Nicht als Torwart, sondern als Spielertrainer!"

Bastians Kopfschütteln nahm langsam chronische Züge an. „Das... das ist einfach zu viel für mich, ich muss jetzt mal zur Ruhe kommen. Tut mir leid, wenn ich Euch aus der Wohnung komplimentiere, aber ich muss mich auf meine Arbeit konzentrieren."

Mike wurde hellhörig. „Du hast einen Job? Was arbeitest Du denn??"

In geradezu verschwörerischer Manier schaute Bastian seiner Schwester in die Augen. „Im Showbusiness. Mehr kann ich im Augenblick dazu nicht sagen."

„Im Showbiz? Alter, das klingt ja überaus spannend. Das will ich… - ich meine: das wollen wir beide unbedingt mal sehen, nicht wahr?" Katja nickte verlegen.

Kaum waren die beiden aus dem Appartement verschwunden, wählte Bastian die Nummer vom Papp. „Hallo Heri, hier ist Bastian. Ich hab´ es mir überlegt, ich nehme Dein Angebot an!"

XIX

Zu gerne hätte sich Bastian jetzt ein Bier genehmigt, aber nach den fatalen Erlebnissen vom Vortag wollte er auf die gedächtnisauslöschende Droge Alkohol erst mal verzichten – zumindest eine Zeitlang. Und so hockte er in einem geliehenen Bademantel in der Umkleidekabine vom Hotel Timp und nippte mangels Alternativen an einem Glas Wasser. An das Müffeln in dem mit Frauenkleidern und Perücken vollgestopften Raum hatte er sich mittlerweile gewöhnt, es war ein seltsamer Geruchsmix aus abgestandenem Prosecco, kaltem Männerschweiß und Mottenkugeln. Er fragte sich, ob er sich für sein Handeln schämen oder gar hassen müsse. Zwar verlor er die finanzielle Unterstützung seiner Eltern, andererseits wurde er genau dadurch unabhängig und frei. Viel wichtiger schien ihm jedoch, dass er toleranter wurde. Schließlich hatte er mit Olli, Heri und Mel drei wunderbare Menschen kennengelernt, mit denen er Pferde stehlen konnte - ganz unabhängig von ihrer sexuellen Neigung. Der Papp war über Bastians Telefonanruf hocherfreut und reagierte völlig gelassen auf das Fragenbombardement „Was genau muss ich eigentlich machen? Wie soll ich mich bewegen? Was soll ich anziehen? Was passiert, wenn ich zu verkrampft bin, weil mir die alkoholbedingte Lockerheit fehlt?" Er bestellte seinen neuen Animateur bereits um 18 Uhr in das leere Timp zu einem Crashkurs, den kein Geringerer als sein Turnbruder Olli absolvierte. Die beiden hatten bei den Standardübungen extrem viel Spaß, auch oder weil noch so viel daneben ging. Gerade beim Tanz an der Stange wurden Bastians turnerische Schwächen wieder offenbar – das Hochspringen, Einhaken und langsam-rotierende Heruntergleiten wirkte eher wie das Fallenlassen eines nassen Kartoffelsacks. Olli munterte ihn trotzdem immer wieder auf. „Du musst Dir keine Sorgen machen, hier erwartet keiner eine perfekte Show. Wenn es Pannen geben sollte, dann lach´ drüber – das macht

Dich nur menschlicher und das ist es, was zählt. Wenn Du tanzt und strahlst – und obendrein noch Deinen Astralkörper zeigst, dann flippen die Jungs hundertprozentig aus."

Da Olli um 20 Uhr wieder im Exile arbeiten musste, blieb Bastian nichts anderes übrig, als bis zur ersten Show um 23.00 Uhr in der Umkleide zu verharren und in Frauenzeitschriften zu blättern. Die Zeit wollte einfach nicht verrinnen. Sein erster Auftritt war folglich so gelenksteif, dass er Programmteil einer Altherren-Gymnastikgruppe hätte sein können – glücklicherweise waren zu diesem Zeitpunkt erst eine Handvoll Gäste im Saal. Bei den beiden folgenden Shows agierte er jedoch immer unverkrampfter und lockerer. Irgendwie nahm er die johlenden und klatschenden Männer bei seinen Strip-Einlagen gar nicht mehr wahr. Wenn er sich langsam zur Musik hin und her bewegte und dann Stück für Stück bis zu Mels roter Unterhose entblätterte stellte er sich vor, wie er im Schlafzimmer mit der Tanzeinlage seiner Traumfrau imponieren würde. Kurioserweise kam genau das bei den Typen bestens an.

Mittlerweile zeigte der alte Reisewecker auf dem Schminktisch halb Drei, bis zu seinem ersten Feierabend war noch ein letzter Auftritt eingeplant. Bastian las gerade einen hochinteressanten Artikel über eine neue Form der Cellulite-Behandlung und störte sich auch nicht mehr über die von der Bühne herüberschallenden Schlager und Chansons, als es an der Tür klopfte. Da auf sein „Herein" keine Reaktion erfolgte, blickte Bastian von der Zeitschrift in den Spiegel. Die Tür war lediglich angelehnt, aber niemand war zu sehen. Genervt erhob er sich von seinem Friseurstuhl und öffnete vollends, aber noch immer war keine Menschenseele da. Er dachte an einen schlechten Scherz, ging zurück und wollte sich gerade wieder in die Lektüre vertiefen, als hinter ihm eine ungewohnt vertraute Stimme erklang. „Hallo Bastian!" Bastian drehte sich um und blieb wie

275

schockgefrostet stehen – er konnte es nicht glauben, es war tatsächlich… Mala! Die Schockstarre dauerte gefühlte Minuten, ehe sie ihn erlöste. „Freust Du Dich denn nicht, mich zu sehen?"

„Doch… ähh… schon, aber… ähh… was machst Du hier?"

„Nun ja, Heribert und Olli haben mir zwingend dazu geraten, heute Nacht ins Timp zu kommen. Hier soll nämlich ein toller, gutaussehender Typ arbeiten, der völlig weltoffen und tolerant ist – also ganz anders als Du. Weißt Du vielleicht, wer das ist und wo der zu finden ist?"

„Toller Typ… Gutaussehend?…" - Bastian sackte das Herz in die Hose - „…Keine Ahnung, wen Du meinst. Ich kenne mich hier noch nicht so gut aus. Tut mir leid!" Den Tränen nahe griff er zur Zeitschrift und versuchte krampfhaft weiter zu lesen, aber es wollte einfach nicht gelingen. Plötzlich wurde ihm die Lektüre aus der Hand genommen. „Du Dummerchen. Natürlich meine ich… Dich!"

„Mich???…. Aber… ähh… ich dachte, Du wolltest mich nie wieder treffen!?!"

„Das bezog sich auf einen völlig bornierten, intoleranten und ahnungslosen Typ, der meinte, ich sei eine Lesbe. Was denkt denn der mir gegenübersitzende Animateur in einem Travestie-Lokal?"

„Ich… ähh… ich… ähh…. – es tut mir alles so furchtbar leid! Ich war so ein hirnverbrannter Hornochse. Wenn ich könnte, würde ich alles wieder komplett rückgängig machen. Du… ähh…"

„Ja???"

Bastian holte tief Luft. „Du bist der tollste Mensch, der mir je begegnet ist! Ich habe noch nie zuvor eine so geistreiche, witzige, selbstbewusste und zugleich gutaussehende Frau wie Dich kennengelernt. Den Schmerz, als Du meintest, mich nie wieder sehen zu wollen, wünsche ich selbst meinem ärgsten Feind nicht."

„Gut, gut, gut – das reicht. Ich werd´ ja noch ganz verlegen!" Mala setzte sich auf die Lehne vom Schminkstuhl und strich Bastian sanft übers Haar. „Du hast mich mit dem Telefonat wirklich sehr verletzt, deshalb wollte ich Dich tatsächlich nicht mehr sehen. Allerdings habe ich schon kurz darauf gemerkt, dass Du nicht so bist, wie Du Dich gegeben hast."

„Und was heißt das jetzt?"

„Eigentlich wollte ich erst mal abwarten, ob Du Dich noch mal meldest und wie Du argumentierst. Aber dann erhielt ich die Anrufe von Olli und Heribert, die mir erzählt haben, wie sehr Du Dich über Dich selbst geärgert hast und das Du alles andere als homophob bist. Erst wollte ich das ja nicht glauben, aber der Verweis auf Deine Tanzeinlagen hier im Timp haben mich dann doch neugierig gemacht."

„Und?"

Mala musste lachen. „Na ja, an Deinem Tanzstil muss man schon noch arbeiten – und der Umgang mit der Stange wirkt eher wie das hilflose Hantieren eines Klempnerlehrlings, aber sonst..."

Bastian blieb die Ironie verborgen. „Danke, das reicht. Du meinst, ich bin völlig talentfrei. Wahrscheinlich hast Du sogar Recht, aber ich bin auf diesen Job angewiesen. Meine Mutter hat mir sämtliche Unterstützung gestrichen, und ohne Heri und das Timp wäre ich pleite."

„Du bist keineswegs talentfrei. Ich sehe Dich vielmehr als Rohdiamant, der erst noch geschliffen werden musst. Das ist zwar eine Mammutaufgabe, aber genau das reizt mich!"

„Und worauf bezieht sich dieser angebliche Rohdiamant? Auf meine Tätigkeit als Animateur?"

„Ich glaube, diese Frage habe ich schon beantwortet: das ist nun wirklich nicht Dein Ding. Ich beziehe das vielmehr auf Deine Persönlichkeit. Du bist ein Mensch mit Ecken und Kanten, aber Du bist grundehrlich und geradeheraus. So etwas findet man heutzutage nur noch selten. Außerdem bist Du – und das spielt selbst für eine emanzipierte Frau eine wichtige Rolle – sportlich, gutaussehend und nicht auf den Kopf gefallen."

„Danke für die Blumen! Trotzdem weiß ich nicht, ob ich Deinen Ansprüchen und Deinem Niveau jemals genügen werde…"

„Wer weiß das schon? Einen Versuch ist es auf jeden Fall wert!"

Bastian war überwältigt, wurde aber unmittelbar durch ein Klopfen von Heris Assistenten aus seinen Träumen gerissen. „Entschuldigung, wenn ich störe. Bastian, noch fünf Minuten bis zu Deinem nächsten Auftritt."

Die Zeit raste davon. Bastian traute sich zunächst nicht, ergriff dann doch verlegen Malas Hand. „Es tut mir leid, dass ich die anarchistische Abendunterhaltung vergessen habe. Dabei hätte mir dieser Abend wie einst Harry Haller vielleicht die Augen öffnen können."

„Wie? Du kanntest das Zitat aus dem `Steppenwolf´? Ich bin baff! Dann sollten wir das baldmöglichst nachholen!"

„Sehr gut, was hältst Du von Montag oder Dienstag?"

„Ich habe in der Klinik Nachtschicht. Außerdem – hast Du nicht bald Deine Turnprüfung?"

„Am Mittwoch.."

„Dann gebe ich Dir einen wichtigen Ratschlag. Konzentrier Dich voll und ganz auf diesen Tag und gehe in Gedanken immer wieder die Übungen durch. In der Psychologie nennte man das Visualisierung. Lass Dich von nichts und niemand ablenken, alles andere kannst Du locker in der Woche drauf nachholen. Du musst Dich jetzt ausschließlich auf die Prüfung fokussieren."

„Mmmh…. würdest Du denn, wenn ich meine Übungen wider Erwarten gut absolviere, zur Feier des Tages mit mir vielleicht ausgehen wollen?"

„Man soll nie den Tag vor dem Abend loben. Das ist ein ganz schlechtes Omen. Mal ganz davon abgesehen, dass ich auch am Mittwoch noch Nachtschicht habe."

278

Heris Assistent erschien wieder in die Umkleide. „Bastian, es wäre ganz toll, wenn Du Dich bereits jetzt zur Bühne begeben würdest. Du tanzt übrigens zu Marianne Rosenbergs „Er gehört zu mir...".“

XX

Es rumorte schon wieder gewaltig in seinem Magen. Bastian war drauf und dran, erneut aufs Klo zu rennen, hatte aber eine Höllenangst, nicht mehr rechtzeitig zurück in die Halle zu kommen. Im Nachhinein hätte er sich in seinen Allerwertesten beißen können, auch oder gerade weil der ihm jetzt so große Probleme bereitete. Im festen Glauben, sich für die Turnprüfung im Vorfeld stärken zu müssen, hatte Bastian ordentlich gefrühstückt: Kaffee, O-Saft, Müsli, Brötchen und Eier. Diese Gemengelage in Kombination mit seinem hohen Adrenalinspiegel kam bei seinem Magen jedoch gar nicht gut an. Schon auf dem Weg zur Turnhalle registrierte er mit einer gehörigen Portion Sorge und Befremden das dringende Bedürfnis nach einer Toilette. In der Halle konnte er gerade noch seine Tasche in die Ecke schmeißen und losrasen, um ein mittelschweres Unglück zu verhindern. Da das WC im Erdgeschoss wegen Reparaturarbeiten gesperrt war, rannte er verzweifelt weiter in die Umkleideräume im ersten Stock und schaffte es gerade noch, sich in der letzten freien Kabine die Klamotten vom Leib zu reißen, ehe sich ein brauner Sturzbach in den Abfluss ergoss. Das hatte ihm gerade noch gefehlt! Jetzt war er ausnahmsweise einmal überpünktlich gewesen und hockte nun seit einer gefühlten Ewigkeit hilflos auf der Kloschüssel. Es stank ihm gewaltig – im wahrsten Sinne des Wortes.

Erst kurz vor der Riegeneinteilung erschien er wieder in der Halle und erntete einen missbilligenden, strafenden Blick von Kurt. Immerhin schien die Darmentleerung ziemlich gründlich gewesen zu sein; die ersten beiden Geräte der großen Turnprüfung bewältigte er nicht nur problemlos, sondern richtig ordentlich - soeben hatte er den Handstützüberschlag am Sprungtisch ohne Hilfestellung sicher in den Stand gebracht. Von den Tribünen gab es langanhaltenden Beifall und jeder seiner Turnkollegen klatschte ihn beim Gang zurück zur

Bank kameradschaftlich ab. Bereits am Barren leistete er sich zuvor nur leichte Haltungsfehler, auch wenn die Übung vom Schwierigkeitsgrad natürlich nicht vergleichbar war mit denen der Top-Turner. Für ihn war es ein geradezu majestätisches Gefühl, das Sicherheit gab für das allerletzte Gerät.

Seit Sonntag hatte er nichts anderes mehr gemacht, als Malas Ratschlag zu folgen und sich voll und ganz auf seinen Schicksalstag zu konzentrieren. Er hatte alle Termine und Verabredungen abgesagt, längere Unterhaltungen gemieden und sogar das Handyklingeln ignoriert. Und, ja, er hatte tatsächlich komplett dem Alkohol abgeschworen. Stattdessen verbrachte er die meiste Zeit in der Halle 21, um sich intensiv auf die Schwerpunktprüfung Turnen vorzubereiten. Olli hatte für ihn seine Freizeit geopfert, Hilfestellung geleistet, Tipps und Tricks verraten, korrigiert und motiviert – was sich nunmehr offensichtlich auszahlte. Jetzt galt es nur noch, die Bodenfläche zu bezwingen, was vordergründig betrachtet – weil flach und eben – leicht erschien, angesichts der Sprünge aber zu einer Himalaya-Expedition ausarten konnte. Und ausgerechnet jetzt meldete sich sein Magen wieder zurück und rebellierte. Hätte er doch wenigstens auf das Müsli verzichtet…

Bastian versuchte krampfhaft, an etwas anderes zu denken und wagte einen Blick auf die Tribüne. Es war beeindruckend: aufgrund des Prüfungstermins in der Mittagszeit gab es keinen freien Platz mehr auf den Rängen der Halle 21. Es war ein Gänsehaut-Feeling wie in einem ausverkauften Stadion bei einem Champions-League-Spiel. Insgesamt acht Turner aus seinem Kurs hatten mit ihm den Boden als eines der Prüfungsgeräte ausgewählt, darunter auch Olli und Tom. Sein Mentor musste gleich zu Beginn auf die 12 mal 12 Meter große Fläche und sorgte mit verwirrenden Kombinationen aus Längs- und Breitenachsenrotationen für wahre Begeisterungsstürme auf der

Tribüne. Für Bastian war das eine klare 10,0! Da er selbst als Letzter ausgelost wurde, konnte er noch mal in Ruhe in sich gehen, den Puls senken und seine eigene Übung in Gedanken durchturnen. Doch immer, wenn auf den Rängen geklatscht wurde, wurde er schlagartig aus seiner Konzentrationsphase gerissen – dummerweise immer vor der letzten Bahn. Als Bernd als drittletzter Prüfling seine Kür mehr recht als schlecht vollendete und höflichen Applaus erntete, kam es Bastian so vor, als würde irgendjemand schon längere Zeit um seine Aufmerksamkeit buhlen. Vor lauter Menschenmassen konnte er zunächst nichts erkennen, doch dann erblickte er seine Schwester. Wieso war Katja immer noch da? War irgendetwas passiert? Gerade als er seinen Blick wieder zurück auf die Bodenfläche lenken wollte, entdeckte er den neben ihr sitzenden Mike. Hatte das irgendetwas zu bedeuten? Blödsinn, das konnte nicht sein. Schließlich hockte auch noch Hiro zwischen den beiden. Noch mehr erstaunte ihn allerdings auf der anderen Seite sein alter Saufkumpan Matze neben einer aparten Südländerin. Was zum Teufel wollten die alle hier, hatten die nichts Besseres zu tun? Die waren wie pietätslose Sensationstouristen und Unfallgaffer... Erwarteten die etwa eine Katastrophe? Bastian tat, als hätte er nichts und niemanden gesehen. Bloß nicht ablenken lassen, stattdessen auf die Übung fokussieren. Also: worauf kam es noch mal bei der letzten Bahn an? Er wollte gedanklich gerade zur Radwende Anlauf nehmen, als er von ohrenbetäubendem Pfiffen und Schreien aus seiner mentalen Vorbereitung gerissen wurde. Tom hatte einen lupenreinen Tsukahara – einen Doppelsalto mit ganzer Schraube – sicher in den Stand gebracht. Nachdem der Beifall verebbt und die Prüfer ihre Notizen gemacht hatten, hallte Ede Knirsch's durchdringende Stimme durch die ganze Halle: „Letzter Prüfling: Lückemeyer, Bastian!". Mühsam erhob er sich von der Tumblingbahn und wollte gerade ans Ende der Bodendiagonale gehen, als seine Kumpels gemeinsam im Chor von der Empore riefen: „Basti, Du packst das!".

Bastian musste lächeln. Er marschierte weiter und nahm wie durch einen Schleier plötzlich eine einzelne Stimme wahr: „Alles Gute, Bastian!" Das klang wie... Mala!?! Bastian war verwirrt.

Kaum hatte er im äußeren Rechteck Position bezogen und den Prüfern per Handzeichen seine Bereitschaft zum Übungsbeginn signalisiert, meldete sein Schließmuskel wieder erhöhte Aktivität. Er versuchte die Körpersignale zu ignorieren, konzentrierte sich, so gut es ging und holte noch einmal tief Luft. Dann nahm er Anlauf...

Die erste Bahn mit Salto vorwärts – Flugrolle - Springen in den Liegestütz - Anhocken und Strecksprung mit ¼-Drehung verlief in etwa genauso, wie er es sich in seiner mentalen Phase ausgemalt hatte. Die folgende Verbindungsbahn war eher gymnastischer Natur und stellte selbst für ihn kein allzu großes Problem dar: Rad über rechts - Rad über links – Strecksprung mit halber Drehung und Rolle rückwärts durch den Handstand. Vor der nächsten Diagonale musste er sich zusammenreißen: Schrittüberschlag – Handstützüberschlag – Kopfkippe – zwar nicht für die Galerie, aber es ging so einigermaßen. Nur noch ein Element bis zum Abschluss – die Standwaage. Bastian hatte Schwierigkeit, auf dem Standbein das Gleichgewicht zu halten und nicht umzufallen. Die geforderte Körperwaagerechte war damit Utopie. Egal, nur noch eine einzige – die letzte Bahn. Seitwärtsschritt, halbe Drehung und noch einmal durchatmen. Von der Tribüne hörte er auf einmal Mikes Stimme: „Keule, zeig´s ihnen!". Zwangsläufig, wie von einer fremden Macht gesteuert musste er seinen Kopf schütteln, was für verhaltenes Gelächter auf der Tribüne sorgte. Augen zu und durch! Er nahm Anlauf zur gefürchtetsten Wegstrecke seines Lebens....

Schon beim Ansetzen zur Radwende registrierte er, wie seine Beine weich wurden; von Körperspannung konnte keine Rede mehr sein.

Bastian versuchte, zumindest mit den Händen extrem abzufedern um rückwärts für das geforderte Horrorteil zu beschleunigen. Tatsächlich schaffte er es noch, den Flick-Flack zu ziehen, doch bei der Landung auf den Füßen, die gleichzeitig den Absprung für den finalen Salto darstellen sollte, passierte es: Bastian knickte weg, hatte die Arme aber bereits instinktiv nach oben für die katapultartige Beschleunigung gezogen. Plötzlich war er nur noch Passagier in seinem eigenen Körper. Von den Tribünen vernahm er ein breitgezogenes „Uuuiiihhh".

Irgendwie hatte er das Gefühl, seitwärts zu fliegen, verkrampfte und machte sich auf einen schmerzhaften Aufprall gefasst. Tatsächlich dauerte es nur einen Wimpernschlag bis sein Haupthaar von der rauen Bodenfläche wie von einem Schmirgelpapier rasiert wurde, unmittelbar danach schlug er mit den Beinen und dem Oberkörper dumpf auf dem Boden auf. Hatte er so eine ähnliche Situation nicht schon einmal nach seiner Platzwunde geträumt? War dies etwa ein Déjà-vu? Bloß nicht! Auch wenn Kopf, Hände und Knie rebellierten, aus alter Torwartgewohnheit sprang er reflexartig sofort wieder hoch. Er baute sich vor den Prüfern auf und nahm für eine würdige Verbeugung Haltung an. Die Muskelanspannung führte jedoch zu einer Reizung des Schließmuskels, was wiederum eine plötzliche Vibration der Analöffnung bewirkte. Die aufgrund der Verdauungsstörung produzierten Gase Wasserstoff, Methan und Schwefel verpufften schlagartig in einer mittelschweren Detonation.

Die angespannte, eisige Stille gehörte urplötzlich der Vergangenheit an: von einer Sekunde auf die andere erfüllte ein lautes Gejohle und Gegröle die komplette Halle. Zuschauer und Kommilitonen konnten nicht mehr an sich halten und schlugen sich vor Lachen auf die Schenkel, selbst Prof. Terbrüggen und Ede Knirsch machten keine Anstalten, ihr breites Grinsen zu verbergen. Bastian war die Situation hochnotpeinlich. Am liebsten hätte er sich jetzt ganz, ganz tief im Boden verbuddelt; stattdessen musste er den Tatort so schnell wie möglich verlassen. Mit schmerzverzerrtem Gesicht humpelte er von der Fläche, was dazu führte, dass einige im Publikum aufmunternd Beifall spendeten. Kurioserweise stimmten immer mehr in das Klatschen ein, so dass das Lachen nicht nur überstimmt sondern gar eingestellt wurde. Olli rannte auf ihn zu und nahm ihn in seine kräftigen Arme. Bastian legte seinen Kopf an seine Schulter und musste schlucken. „Auch wenn ich Deinen Ansprüchen nicht gerecht werden konnte – vielen Dank für alles!"

„Mensch Basti, alles in Ordnung. Auch wenn ich in meiner gesamten Turnkarriere noch nie zuvor solch einen Tiefflieger gesehen habe - Respekt! Für einen Fußballer war diese Übung eine Meisterleistung."

Unmittelbar danach kam auch Tom und klopfte ihm freundschaftlich auf die Schulter. „Alter Verwalter, zum Ende hast Du noch mal einen echten Höhepunkt gesetzt! Aber mal im Ernst: Dein Überschlag war ein echter Salto mortale! Bekommt Dir die Höhenluft nicht, oder was?" Ehe Bastian irgendwas einigermaßen Geistreiches antworten konnte, dröhnte wieder die Stimme von Ede Knirsch durch die Halle. „Das Prüfungskomitee zieht sich für einen kurzen Augenblick zu Beratungen ins Trainerzimmer zurück."

Bastian sackte in sich zusammen. „Das war's dann wohl..."

Olli verpasste ihm eine leichte Kopfnuss. „Absoluter Blödsinn. Wenn überhaupt ziehen die Dir den letzten Salto ab. Aber da Du zuerst mit den Füßen und danach erst mit den Händen auf die Bodenfläche geknallt bist, müssen die das Teil gelten lassen – nur halt als Sturz abziehen. Ansonsten war die Übung bis auf die Wackelwaage doch ganz o.k.!"

Tom ergänzte. „Eben, schließlich gilt Flatulenz nicht als Übungsbestandteil – auch wenn der Furz vom Schwierigkeitsgrad, der Ausführung und der Lautstärke kaum noch getoppt werden kann..." Beim Wort Flatulenz musste Bastian wieder an seinen Magen denken und bekam Fracksausen. Er setzte sich auf die Bank, kniff die Arschbacken zusammen und harrte der Dinge. Zur Ablenkung studierte er erneut die Tribüne und erblickte Mike, Katja, Matze und Hiro in einer lebhaften Diskussion. Anscheinend nahmen die gerade seine Übung auseinander. Doch sein Interesse galt jemand ganz anderes. Wie mit einem Scanner analysierte er jeden einzelnen Zuschauer, doch selbst der wiederholte Versuch blieb erfolglos: von Mala keine Spur. Aber sie musste da sein, immerhin hatte er ja ihre Stimme gehört. Oder sollte er sich geirrt haben?

Plötzlich wurde es mucksmäuschenstill in der Gruppe. Professor Terbrüggen marschierte mit Ede und zwei weiteren Prüfern im Schlepptau aus dem Trainerzimmer und baute sich vor dem Kurs auf. Bastians Nervosität steigerte sich ins Unermessliche, so dass er nur im Unterbewusstsein wahrnahm, wie seinen Turnkameraden ausführlich die Ergebnisse erklärt wurden. Höflich aber geistesabwesend spendete er Olli und Tom Beifall für ihre erwarteten Bestnoten und zuckte zusammen, als schließlich sein Name aufgerufen wurde. „Bastian Lückemeyer: wegen des außergewöhnlichen Trompeten-Solos zum Schluss haben wir den Boden trotz großer inhaltlicher Schwächen noch mit ausreichend bewertet." Während es auf der Tribüne und unter seinen Kollegen wieder Gelächter gab, rechnete Bastian nun auch für die anderen beiden Geräte mit dem Schlimmsten. „Selbst ohne akustische Signale waren die Vorführungen am Barren und Sprung für das Prüfungskomitee insgesamt befriedigend und damit weitaus besser als die zuvor im Kurs gezeigten Leistungen. Deshalb lautet die Gesamtnote im Schwerpunktkurs Turnen: voll befriedigend."

Bastian stieß einen spitzen Jubelschrei aus, sprang auf und fiel Olli und Tom um den Hals. „Jungs, auf den Erfolg lassen wir heute Abend die Schweine fliegen. Dank meiner ersten Timp-Taler seid bei Werner im Stadtwaldgarten zum Essen eingeladen, o.k.?" Fatalerweise stimmte gleichzeitig sein Schließmuskel in den Beifall der Kommilitonen und Zuschauer mit ein, sein Muskeltonus passte taktgenau zum Klatsch-Rhythmus. Bastian befürchtete die nächste Sauerei. „Wenn Ihr mich jetzt mal für einen kurzen Moment entschuldigen würdet – ich muss… ähh… ganz schnell für Meisterturner!" Ohne eine Sekunde zu verlieren machte er auf dem Absatz kehrt und bekam nur noch ansatzweise mit, wie Tom hinter ihm herrief: „Zu Dir würde auch der Spitzname flotter Oskar passen… Aber mach` Dir nichts draus, shit happens…". Das hatte ihm gerade noch gefehlt… Bastian sprintete, so gut es mit der Prellung ging, hinter dem Hausmeisterkabuff die Treppe zum Tribünenumgang hoch und lief dabei Katja direkt in die Arme. „Herzlichen Glückwunsch, Bruderherz! Zur Feier des Tages habe ich extra…" – weiter kam sie nicht, denn Bastian unterbrach abrupt. „Sorry, kannst Du mir das gleich noch erzählen? Geht schon mal in die Cafeteria, ich komm´ gleich nach. Muss noch was Dringendes erledigen…" – und schon suchte er das Weite und ließ seine Schwester wie ein Fragezeichen stehen.

Als er eine Viertelstunde später Richtung Mensa ging, sah er schon weitem seine Spezis im Biergarten vor der Cafeteria sitzen und sich zuprosten. „Was geht denn hier ab?"

„Da ist ja die Koryphäe. Musste wahrscheinlich seinen Erfolg erst noch emotional verarbeiten, haha…" Es war natürlich wieder Mike, der als Erster das Wort ergriff. „Nach der Übung und dem Stunt zum Schluss kannst Du Dir jetzt auch ein künstliches Kniegelenk zulegen und wirst trotzdem noch Diplom-Sportlehrer. Glückwunsch, Keule!" Sein Humor war mal wieder außerirdisch…

Katja reichte ihm einen Plastikbecher. „Hier, hast Du Dir redlich verdient!"

„Worauf stoßen wir denn an?"

„Na, auf Deine Prüfung, Du Dummbatz. Leider hat mein Geld nur noch für eine Flasche Asti Spumante gereicht. Und jetzt erzähl mal, wieso Du eben wie von der Tarantel gestochen abgehauen bist? Das war ziemlich unhöflich mir gegenüber!"

„Tut mir leid, aber seit dem frühen Morgen habe ich extreme Magenprobleme. Deshalb auch die peinliche Einlage zum Schluss am Boden…"

„Ach so, und ich dachte schon, das hättest Du ganz bewusst so einstudiert. Zuzutrauen wär´s Dir ja…."

„Stimmt – darüber haben wir nämlich schon auf der Tribüne spekuliert. Eine Trompetenfanfare zum Abschluss Deines Sportstudiums…" Wie aus dem Nichts war plötzlich auch Matze aufgetaucht und umarmte ihn.

„Alter Kampftrinker, was machst Du denn hier?"

„Überstunden abbauen. Außerdem wollte ich eine wunderbare Frau wiedertreffen." Erst jetzt fiel Bastian auf, dass die aparte Südländerin, die schon auf der Tribüne neben Matze saß, die Kneipenbekanntschaft vom vorletzten Wochenende war. Fast schüchtern stand sie im Hintergrund, ehe sie Matze an der Hand nahm und ihm vorstellte. „Du erinnerst Dich ja noch an Maria, oder?"

„Natürlich, wie sollte ich jemals diesen Abend vergessen…" – und plötzlich waren sie wieder da, die Bilder von der letzten Aufzugsfahrt und die Würgegeräusche der Partybesucherinnen – „ähh… hallo Maria!" Kaum hatte er ihr die Hand gegeben, zog Matze sie schon wieder von ihm weg. Was war auf einmal mit seinem alten Kumpel los? Sollten die Glückshormone letztendlich sein Resthirn zersetzt haben? Wie Frauen die Männer doch komplett um ihren Verstand bringen konnten! Andererseits wünschte er sich in diesem Moment ebenfalls nichts mehr als Mala an seiner Seite…

In die Schar der Gratulanten reihte sich mit einem breiten Grinsen auch sein japanischer Mitbewohner und verneigte sich mehrfach vor ihm. „Basti-san, Tsukahara wäre stolz gewesen... Nur, dass Du weißt: Nippon sucht noch Turner für Olympia!"

„Danke Hiro, aber es ist nicht nett, sich über Mitbewohner lustig zu machen!"

„Wieso, Spruch lautet: lieber Freund verlieren als auf gute Witz verzichten."

„Ist das etwa ein japanisches Sprichwort??"

„Haha, nein..." - Hiro musste kichern und offenbarte wie immer in solchen Situationen in seinem Gesicht nur waagerechte Striche - „... ist von Oscar Wilde." Bei Oscar kam Bastian der von Tom verabreichte Spitzname in den Sinn. Es war zum Haare raufen: in fast jedem Wortwechsel an diesem Tag steckte ein Bezug zu seinem Magen-Darm-Problem. Ihm wurde mulmig und er musste sich setzen. Kurze Zeit später gesellte sich seine Schwester zu ihm und prostete ihm zu.

„Sonnenschein, wieso bist Du nicht mit Mama und Papa zurückgefahren? Hast Du Dich ebenfalls mit der Heiligen Familie überworfen?"

„Bruderherz, lebst Du im Nirwana? Ich habe doch mein Praktikum mittlerweile beendet und warte auf einen Studienplatz für Tiermedizin."

„In Köln?"

„Nee, die Uni bietet den entsprechenden Studiengang leider nicht an, was ich sehr bedaure..."

„Aber wieso verbringst Du die Wartezeit dann ausgerechnet hier?"

„Weil es mir am Wochenende so außerordentlich gut gefallen hat, dass ich noch ein paar Tage dranhängen wollte. Außerdem musste ich doch meinem großen Bruder die Daumen drücken..."

„Das ist wirklich sehr lieb und hat offensichtlich ja auch geholfen..." - Bastian nahm seine Schwester in den Arm und gab ihr einen Kuss auf die Wange – „aber eine Frage habe ich trotzdem: wo übernachtest Du eigentlich?"

Katja wirkte leicht verlegen. „Ich hab′ ein paar Leute kennengelernt, bei denen ich in der WG pennen kann… Mach′ Dir keine Sorgen!" Schlagartig wechselte sie das Thema. „Ach so, bevor ich es vergesse. Das soll ich Dir von Papa geben" – und schon steckte sie ihm einen Briefumschlag zu.

„Von Papa? Ich denke, er will nichts mehr mit mir zu tun haben…"

„Blödsinn, das war nur Mama. Papa hat sich mal nur nicht wieder getraut, ihr Contra zu geben. Aber ich soll Dir sagen, dass er es insgeheim gut findet, dass Du Dir mit einer Nebentätigkeit etwas Geld zum Studium dazuverdienst. Auch wenn er für einen Kellner-Job mehr Verständnis gehabt hätte."

Bastian öffnete das Kuvert und entdeckte zwei 50 Euro-Scheine. „Alter, ist das geil. Dann können wir heute Abend ja doch noch Party machen…"

„Hab′ ich da gerade Party gehört?" Bastian konnte es nicht fassen, Mike war urplötzlich wieder aus der Versenkung aufgetaucht und setzte sich völlig dreist neben Katja. „Das hättest Du auch viel einfacher haben können, wenn Du gleich auf mich gehört hättest! Aber vielleicht kann ich ja doch noch ganz spontan was für Dich organisieren…"

„Hast Du Torfnase nicht gesagt, das Thema hätte sich für Dich erledigt?"

„Na ja, aber es gibt da ein paar überaus nette Leute in Deinem Umfeld, die sich darüber sehr freuen würden…"

„Wie jetzt?? Nee, lass mal gut sein. Ich zieh erst mal mit meinen Kurskollegen los.

„Wie Du meinst, uns wird schon nicht langweilig…" Bastian stand völlig auf dem Schlauch und verpasste deshalb auch den flüchtigen Blickkontakt zwischen seinen Sitznachbarn. Stattdessen suchte er eine Antwort auf die drängendste Frage des Tages. „Sag′ mal Mike, war heute bei der Prüfung eigentlich auch Mala da?"

„Wie kommst Du denn darauf?"

„Na ja, ich bin mir ziemlich sicher, Ihre Stimme gehört zu haben. Also: war Sie da, hast Du sie gehört oder gesehen?"

„Tut mir leid, aber wenn Sie dagewesen wäre, hätte ich sie mit Sicherheit wahrgenommen. War aber definitiv nicht so, sorry!"

Katja wurde hellhörig. „Mala? Was für eine Mala?"

Bastian wurde nervös und fing an rumzuzappeln. „Also... ähh... das ist ... ähh... eigentlich eine Bekannte von Mike.... und... ähhh... ich...."

Mike setzte als alter Pöhler zur verbalen Blutgrätsche an. „Dein Bruder, liebste Katja, hat sich Hals-über-Kopf in eine bildhübsche Medizinstudentin verknallt. Dummerweise geht er dabei völlig planlos vor!"

„Bist Du jetzt komplett durchgeknallt, Du Kurzstrecken-Grübler? Wie kommst Du auf die Schnapsidee, ich sei ... ähh... verknallt? Und dann auch noch planlos. Ich glaub´, mein Schwein pfeift!"

Katja nahm Bastian in den Arm. „Nun reg´ Dich doch nicht so auf. Es ist doch schön, wenn man verliebt ist..." Bastian sah sie fragend an.

„Woher willst Du da das denn wissen?" – Katja zuckte kurz, aber ihr Bruder hatte etwas anderes im Sinn – „Ich meine, wie kommst Du darauf, dass dieser Befindlichkeitsaufdränger neben Dir Recht haben könnte?"

Katja lächelte ihn an. „Basti, so unsicher und gleichzeitig aufbrausend wie Du eben reagiert hast und dann auch noch puterrot wurdest, dann stimmt das mit hundertprozentiger Sicherheit. Das war schon damals in der Schule so, wenn Du mit schlechten Noten nach Hause gekommen bist und darauf angesprochen wurdest. Das konntest Du nie verheimlichen."

„Aber, aber..." Bei Bastian setzte wieder das notorische Kopfschütteln ein, bis ihn Mike erlöste. „Keule, lass´ gut sein. Ich verzeih´ Dir auch Deinen emotionalen Gefühlsausbruch. War ja auch ein aufregender Tag heute."

Bastian schaute ihm nachdenklich in die Augen und überlegte, ob er mit der Wahrheit rausrücken sollte. „Aber.... das mit dem planlos stimmt nun wirklich nicht. Wir haben uns schon ...ähh... mehrfach getroffen und werden uns auch bald wieder sehen."

„Na, wenn das so ist, " Mike grinste ihn unverfroren mit seinen Goldzähnen an „dann kann man ja nur gratulieren. Hier, " - er schenkte ihm italienischen Schaumwein nach - „nimm´ den Becher Blubberwasser und dann stoßen wir alle zusammen an. Und zwar nicht auf Deine Prüfung, sondern auf die Liebe!"

Bastian versuchte sich zu drücken, aber Katja knuffte ihm in die Seite.

„Nun komm schon, stell Dich nicht so an. Sei kein Spielverderber!"

Bastian dachte an Mala. „Also gut, wenn es sein muss: auf die Liebe!"

Gedankenverloren und ohne Augenkontakt stieß er flüchtig mit den anderen an und bekam er so nicht mit, welch intensive Blicke zwischen seiner Schwester und dem aufdringlichen Studienkollegen ausgetauscht wurden. Bastian kippte den Inhalt ohne Abzusetzen in seinen Rachen und beschleunigte damit unbewusst das folgende Desaster. Das kohlensäurehaltige Alkoholgetränk spülte auch die letzten Darmwindungen frei und wirkte wie ein Katalysator. Glücklicherweise waren die Toiletten in der Mensa direkt im Keller des Eingangsbereichs untergebracht. Bastian stand auf, nickte den beiden noch einmal kurz zu und versuchte möglichst unauffällig aber zügig das rettende Klo zu erreichen.

Dieser Tag überstieg – obwohl letztendlich erfolgreich – seine körperliche und geistige Belastungsfähigkeit. Er war fix und fertig und brauchte jetzt erst mal eine Auszeit, zumal er in der Nacht vor Aufregung kein Auge zu getan hatte. Nach vollendeter Notdurft steuerte er direkt und ohne Umwege auf den Seiteneingang zwischen den Hörsälen zu, um unauffällig das Weite zu suchen. Die Befindlichkeiten seiner vermeintlichen Freunde waren ihm jetzt schnurzpiepegal, er wollte nur noch seine Ruhe.

Vor dem Turm traf er auf den Hausmeister, der gerade den Schließmechanismus der Eingangstür überprüfte. Bastian wurde sofort wieder flau im Magen.

„Sagen Sie mal, Sie sind doch dieser… Wie heißen Sie noch mal?"

„Lückemeyer, Bastian Lückemeyer…"

„Genau, der Typ vom 16. Stock – stimmt´s?"

„Ja, genau. Wieso?"

„Na, Sie sind ja dafür bekannt, öfter mal die Sau rauszulassen…" Bastian wurde schummerig… „Ich??? Ähh… wie kommen Sie denn darauf?"

„Na, über Ihren Auto-Stunt brauchen wir ja wohl nicht zu reden. Es geht um was anderes: Ihre Nachbarin von Gegenüber hatte sich bei mir über einen Lüstling beschwert, der rein zufällig aus Ihrem Appartement kam. Also – was können Sie dazu sagen?"

„Ähh… den.. ähh… kannte ich ja selbst gar nicht. Den hab´ ich nur bei mir übernachten lassen!"

„Aber Sie kennen schon die Hausordnung hier im Turm: das Übernachten von fremden Personen ist nur nach vorheriger Genehmigung durch die Wohnheimverwaltung erlaubt."

Bastian wurde immer kleinlauter. „Ja…. ähh… klar!"

„Und, war Ihr Übernachtungsgast angemeldet?"

„Ähh… um ehrlich zu sein…. Nein!"

„Na, wenigstens sind Sie tatsächlich ehrlich. Sie bekommen von mir eine Verwarnung. Sollte das nochmal passieren, fliegen Sie aus dem Turm, ist das klar?"

„Ja, klar. Tut mir leid – passiert nie wieder." Auch wenn sein Muffensausen überhand zu nehmen schien – eine Sache musste er jetzt noch geklärt wissen. „By the way: was ist jetzt mit dieser… ähh… Sauerei im Aufzug vor 10 Tagen?"

Der Blaukutten-Träger verschränkte plötzlich seine Arme und versperrte so den kompletten Eingang. „Wieso, haben Sie damit etwa auch was zu tun???"

293

„Ähh... nein!! Ich... ähh... fand das nur so... ähh... abstoßend und widerlich!"

„Mittlerweile haben sich bei mir drei Zeuginnen gemeldet, die alle die Schweinerei mitbekommen haben und noch immer unter Schock stehen." Bastians Magen war wieder kurz davor, Beifall zu klatschen. Seine Hände zitterten und auf seiner Stirn bildeten sich Schweißperlen. „Ähh... und?"

Der Kaczmarek sah ihm prüfend ins Gesicht. „Die waren leider selber nur zu Gast und kannten keinen dieser Typen. Eine direkte Gegenüberstellung mit allen männlichen Bewohnern würde in keinem Verhältnis stehen. Deshalb haben wir uns leider dazu entschließen müssen, auf weitere Nachforschungen zu verzichten. Da haben die Schweine noch mal richtig Glück gehabt!"

„Das können Sie wohl laut sagen!" Bastian zwängte sich fluchtartig am Turm-Cappo vorbei und sah zu, dass er so schnell wie möglich das rettende Klo in seinem Appartement erreichte.

XXI

„Und mach keinen Blödsinn, ich hab´ noch viel mit Dir vor!" Hatte sie das tatsächlich so gesagt, oder bildete er sich das nur ein? Bastian dämmerte vor sich hin und war sich nicht sicher, ob er noch träumte oder doch schon wieder einigermaßen klar denken konnte. Also noch mal alles auf Anfang.… Nach der unheilvollen Begegnung mit dem Hausmeister wollte er sich gerade in seinem Appartement zur Ruhe legen, als die Drei von der Tankstelle einen Anruf meldeten. Die Wut über die Störung wich ganz schnell einem ekstatischen Hochgefühl: es war seine Traumfrau! Bastian hatte sich nicht geirrt – Mala war tatsächlich Zeugin seiner unfreiwillig-komischen Prüfungsdarbietung gewesen, konnte ihm aber nicht mehr gratulieren, da sie sofort weiter an die Uni zu ihrem Präp-Kurs musste. Bei dem Gedanken ans Leichenschnippeln wurde ihm speiübel, aber glücklicherweise konnte ihm die angehende Frau Doktor ein todsicheres Hausmittel gegen Übelkeit und Durchfall nennen. Leider hatte sie zwischen den Seminaren nur wenig Zeit zum Telefonieren – deshalb verabredeten sie sich auch zum Brunch am nächsten Morgen im `Magnus´. Am nächsten Morgen? War das dann nicht… jetzt gleich!?! Na gut, aber ein bisschen konnte er ja noch dösen, oder? Zum Schluss des Telefonats sagte sie eben jenen bedeutungsschwangeren Satz: „Und mach keinen Blödsinn, ich hab´ noch viel mit Dir vor!" Bastian hätte auf Wolke 7 schweben können, wenn er nicht plötzlich so höllische Schmerzen gehabt hätte.

Am Abend zuvor ging es ihm dank der von Mala empfohlenen Zwieback-Ingwertee-Kur sowie einer Wärmflasche auf dem Bauch tatsächlich sehr viel besser, dennoch hatte er bei Werner im `Stadtwaldgarten´ sicherheitshalber nur eine Tomatencremesuppe mit Basilikumpesto zu sich genommen. Tom und Olli hingegen ließen es auf seine Kosten richtig krachen und orderten die legendären argentinischen Rumpsteaks mit Beilagen. Die selbstauferlegte Fastenzeit hatte er anlässlich seiner Turnprüfung kurzerhand für beendet erklärt, das süffige Kölsch glaubte er jedoch nur sehr verhalten und vorsichtig konsumiert zu haben. Immerhin reichte es, um die allgemeine Stimmungslage deutlich zu heben und das Vorglühen zu einem erfolgreichen Abschluss zu bringen; die Grundlage für einen netten Abend war gelegt. Anscheinend waren sie danach mit einem Taxi weiter in das Szeneviertel der Friesenstrasse gefahren, wo er sich per SMS mit den anderen im `Päffgen´ verabredet hatte. Hiro war wegen eines Termins im japanischen Kulturinstitut entschuldigt, aber komischerweise fehlten auch Mike und Katja. Hatte er sich am Nachmittag ihnen gegenüber etwa falsch verhalten? Nahmen sie ihm die französische Verabschiedung übel? Egal – wenn Sie nicht mitfeiern wollten, selber schuld! Es muss wohl ein ziemlich heftiger Brauhausabend gewesen sein; so weit er sich erinnern konnte, waren die Bierdeckel beim Bezahlen aufgrund der vielen Striche pechschwarz. Und anschließend? Sie zogen weiter – stimmt – ins `Klein Köln´, allerdings wollte Matzes neue Flamme nicht mehr mit. Und so waren sie nur noch eine reine Männerrunde: der Gast-Starter aus der Heimat, Olli, Tom und seine Wenigkeit. In der ehemaligen Boxerkneipe hatte Matze dann die verhängnisvolle Idee, eine Runde Jackie-Cola zu bestellen. Natürlich zogen seine Turnfreunde nach, so dass beim Rausgehen die koordinativen Fähigkeiten der angehenden Diplom-Sportlehrer deutlich eingeschränkt waren. Ob sie noch woanders eingekehrt waren? Bastian war sich nicht mehr sicher, aber er wusste noch genau, dass ihr Einlassbegehren in vielen Läden an extrem schlecht gelaunten Türstehern scheiterte. Deshalb wollten sie eigentlich den geordneten Rückzug antreten, doch auf dem Weg zur Straßenbahn-Haltestelle kamen sie an einer amerikanischen Sportbar vorbei. Irgendwie hatten sie wohl noch Heißhunger, jedenfalls bestellten alle – soweit er sich entsinnen konnte – einen Spezial-Burger mit mehreren Gersten-Kaltschalen als Beilage. Bastian war noch nie zuvor im `Joe Champs´ gewesen und staunte über die vielen Fotos und Utensilien von Weltklasse-Sportlern. Und – ja richtig – auf dem Gang zur Toilette weckte ein signiertes Schwarz-Weiß-Foto einer Schwimmerin sein großes Interesse, deren Unterschrift er zu kennen glaubte. Beim näheren Hinschauen erkannte er die ewig junge Handschrift seiner persönlichen Literatursponsorin Roswitha Piepenkötter. Olli und Tom waren über seine Ahnungslosigkeit amüsiert, immerhin holte Rosi – wie sie seinerzeit genannt wurde –1956 Olympiagold in Melbourne. Wie konnte er nur so fies sein und sie bei der ersten Begegnung dem Krampfadergeschwader zuordnen? Bei nächster Gelegenheit musste er mehr über diese außergewöhnliche Frau erfahren. Dass sie mittlerweile als Spoho-Buchhändlerin arbeitet verblüffte jedoch auch seine Kumpels. Alles in allem hätte es also ein gelungener Ausklang eines aufregenden Prüfungstages sein können. Aber wieso verband er gerade mit dieser letzten Station so extrem unangenehme Erinnerungen? Stimmt, da kam ja noch jemand – jemand, den er irgendwo vorher schon mal zu Gesicht bekommen hatte. Und dieser Jemand setzte sich zu ihnen an den Tisch und sprach ihn ganz gezielt an. Wer war das? Er versuchte sein Hirn zu matern und legte dabei unbewusst eine Hand an die Schläfe, da registrierte er zwei Schläuche, die aus seiner Nase kamen. Bastian erschrak und wollte die Augen aufschlagen, aber er konnte nur noch ein Lid bewegen. Verschwommen nahm er Matze, Tom und Olli wahr, die mit betretenen Mienen um sein Bett herum saßen. Wo war er? Und wieso hatte er so verdammte Schmerzen im Gesicht? Er wollte etwas sagen, brachte aber kein Wort über seine Lippen.

Kurze Zeit später betrat ein Mann im weißen Kittel das Zimmer, gefolgt von einer gleich gekleideten Entourage.

„Meine Herren, wenn Sie bitte für einen kurzen Moment nach draußen gehen könnten?" Es war tatsächlich ein Déjà-vu – auch diese Stimme hatte er schon einmal gehört. Wer war das? Kaum dass sich seine Kumpels wie begossene Pudel verdünnisiert hatten, wurde er von allen Kittelträgern wie ein Eisbären-Baby im Berliner Zoo umringt und begafft.

„Na, Frollein Wagner. Was für einen Patienten haben wir denn da?" Bastian stöhnte laut auf – das konnte doch nicht wahr sein. Er lag im Krankenhaus – aber nicht in irgendeinem, sondern ausgerechnet im Klinikum in Hohenlind. Dieser Typ da war Dr. Schröder, aber viel schlimmer: Mala war ebenfalls da. Als ob die Schmerzen im Gesicht nicht schon Strafe genug wären… Jetzt sterben, und der Wahnsinn hätte wenigstens ein Ende!

„Nun, es handelt sich um Bastian Lückemeyer. Er wurde heute Nacht um 01.45 Uhr mit dem Rettungswagen angeliefert. Anscheinend wurde er Opfer einer Schlägerei. Aufgrund der sichtbaren Hämatome am ganzen Kopf haben wir ihn vorsichtshalber geröntgt und dabei einen Jochbeinbruch diagnostiziert. Er wurde sofort operiert und der Knochen mittels einer Metallplatte fixiert."

Schlägerei??? Jochbeinbruch??? Was war in dieser Nacht verdammt noch mal passiert??? Bastian konnte sich an nichts mehr erinnern. Hangover! Und ausgerechnet Mala musste ihn in diesem Zustand in Empfang nehmen…

„Sehr gut, sehr gut! Ich möchte hier vor allen Kollegen ausdrücklich lobend erwähnen, dass sie nach Ihrem Nachtdienst und dem Schichtwechsel sogar noch freiwillig an der Visite teilnehmen. Das verdient allerhöchsten Respekt. Ich bin mir sicher, Frau Wagner, sie werden ein Prädikatsexamen ablegen. Und Sie wissen ja, ich helfe Ihnen gerne! Jederzeit!" Dieser Schnösel mit dem Stock im Arsch geiferte und sabberte so sehr, dass einem schlecht werden konnte – was in seinem Fall leider nicht mehr zu toppen war. „Wie ich sehe ist die Operation bestens verlaufen. Widmen wir uns also den anderen

Patienten." Während sich der Hofstaat zum Aufbruch aufmachte, flüsterte ihm Mala zu: „Ich muss gleich noch ein ernstes Wörtchen mit Dir reden…" Er musste schlucken, was zusätzlich einen extremen Schmerz verursachte. Beim Rausgehen zog Dr. Schröder seine Ersthelferin an die Seite und murmelte leise: „Sagen Sie mal, diesen Seuchenvogel kenn´ ich doch. Der war doch schon mal wegen so einer bescheuerten Aktion bei uns… Ist das etwa so ein wahnsinniger Gefahrensucher?" Dann zog er die Tür hinter sich zu.

Kaum war der Quacksalber verschwunden, schlichen seine Kumpels zurück ins Krankenzimmer. „Mensch Basti, Du bist ja zumindest wieder unter den Lebenden, Gott sei Dank!" Matzes Besorgnis war definitiv nicht gespielt. „Mala hat uns schon aufgeklärt, dass der Bruch auch Auswirkungen auf die Kieferhöhle hatte und Du deshalb zurzeit nicht sprechen kannst. Aber wenn man Dich so sieht, muss man auch nicht fragen, wie es Dir geht – das ist ja offensichtlich: richtig Scheiße!" Tolle Art hatte sein Busenfreund, ihn aufzubauen. „Kannst Du Dich denn überhaupt noch daran erinnern, was passiert ist?" Bastian schüttelte langsam den Kopf, was wegen der Schläuche nicht nur kompliziert sondern auch qualvoll war.

„Wir hatten uns ja alle schon ganz schön einen hinter die Binde gezimmert. Plötzlich setzte sich dieser Typ neben Dich. Wir haben uns schon gewundert, woher Du den wohl kennst. Jedenfalls war der total agro und hat Dich `kleine Hackfresse´ genannt und dass er gehofft hatte, Dich früher oder später wieder zu sehen… Wer zum Teufel war das?" Bastian zog die Schultern etwas nach oben.

„Ach so, Entschuldigung, Du kannst ja nicht reden. Offensichtlich stehst Du noch auf dem Schlauch." War das jetzt von Matze angesichts seiner Nasenausgänge eine bewusste Provokation oder doch eher ein Zufallstreffer?

Nun mischten sich auch Olli und Tom in die Konversation ein. „Lass uns mal überlegen, ob wir Deinem Erinnerungsvermögen etwas auf die Sprünge helfen können. Also, was hat der noch gesagt?" „Dass man sich genau überlegen sollte, mit wem man sich anlegt!" Bastian hatte noch immer keinen blassen Schimmer, wer so eine Wut auf ihn hatte. „Ach so, ja, und das Eishockeyspieler nicht nur gut einstecken, sondern vor allem austeilen können."

Eishockey??? War da nicht mal was?

„Jedenfalls hast Du dann nur ganz bestimmt aber höflich gefragt, was der Typ denn von Dir will…" Bastian war höchst angespannt und röchelte so etwas wie ein „Und?"

„Da hat der nur gesagt, er wolle Dir Dein Fahrticket rückerstatten – komisch, nicht wahr? Wir haben nur spanisch verstanden…"

Fahrticket und Eishockey?"

Heilige Scheiße, jetzt konnte er sich wieder erinnern: das war der Kontrolletti von der KVB, dem er einst einen Bodycheck verabreichte.

„Na ja, jedenfalls hat der dann sofort losgelegt und wie wild auf Dich eingeprügelt. Da Du die Hände unter der Tischkante hattest konntest Du Dich nicht einmal dagegen wehren."

„Genau. Aber das Härteste kommt jetzt: als der fertig war hast Du doch tatsächlich den Mumm gehabt und ihn noch gefragt: `willst Du mich hauen?"

Wieder röchelte Bastian, eine Antwort einfordernd. „Der hat sofort noch mal nachgelegt und wie auf einen Punch-Ball auf Dich eingedroschen. Danach ist der in aller Seelenruhe aufgestanden, hat den Laden verlassen und ist in die nächste Straßenbahn eingestiegen."

Bis gestern dachte Bastian, drei Freunde gehabt zu haben. Doch wieso eilten die ihm nicht zu Hilfe – gerade Olli mit seiner Monsterkraft? Mit dem halboffenen Auge schaute er fragend in die Gesichter. Anscheinend konnte Tom Gedanken lesen. „Wir waren so perplex und von den Socken, das wir nichts unternehmen konnten. So etwas hatten wir noch nie erlebt, uns sind die Kinnladen runtergefallen!"

Was waren das doch für Weicheier – Bastian hatte sich gründlich in ihnen getäuscht. Doch wie ging´s weiter? Er machte eine leichte Kopfbewegung nach oben als Zeichen zum Fortfahren. „Du hast geblutet wie ein Schwein, der ganze Tisch war voller Blut. Doch statt sich um Dich zu kümmern kam die Bedienung nur an und hat ziemlich pampig gefragt: `Und wer macht jetzt die Sauerei hier weg? ´"

„Wir sind dann mit Dir nach draußen gegangen, doch kaum warst Du auf der Straße, bist Du ohnmächtig geworden. Wir haben dann einen Krankenwagen gerufen, der Dich hierhin gebracht hast. Alles Weitere dürftest Du ja kennen."

„Mensch Basti, was machst Du nur für eine Bockmist! Wenigstens bist Du hier bei Mala in den besten Händen!"

„Vorausgesetzt, sie nutzt die Hände nur zum heilen…" Matze musste über sein Bonmot grinsen, riss sich aber sofort zusammen, als er Bastians strafenden Ein-Augen-Blick spürte.

„Ach so, wir waren heute Morgen noch in Deinem Appartement und haben ein paar Sachen für Dich zusammengesucht: Waschzeug, Schlafanzug, Bademantel, Adiletten und ein Buch, das auf Deinem Couchtisch lag. Vielleicht möchtest Du ja ein wenig lesen, wenn Du wieder besser sehen kannst…"

Bastian röchelte so etwas wie „Danke" und schloss die Augen. Er hatte Schmerzen und war total kaputt. Das Signal wurde verstanden.

„Wir gehen dann mal und lassen Dich in Ruhe. Vielleicht kommen wir heute Nachmittag nach dem Training noch mal vorbei."

„Gute Besserung, Basti!" Beim Verlassen des Raumes dämmerte Bastian sofort wieder weg und erwachte erst wieder, als ihn eine seidenweiche Hand behutsam übers Gesicht streichelte. Mit seinem halboffenen Auge erblickte er ein zauberhaftes, feengleiches Wesen.

„Du solltest doch keinen Blödsinn machen – das habe ich Dir doch ausdrücklich gesagt." Es war kein Vorwurf, wie er noch bei der Visite befürchtet hatte. Vielmehr schwang in Malas Worten eine zärtliche

Sorge mit. „Keine Angst, Du bist mir keine Rechenschaft schuldig - Olli hat mir eben alles erzählt. Ehrlich gesagt hatte ich in der Nacht noch befürchtet, einen Schläger kennengelernt zu haben. Aber jetzt weiß ich, dass Dich keine Schuld trifft." Sie streichelte ihm erneut sanft übers Gesicht; Bastian hatte das Gefühl, als würden so alle Schmerzen weggewischt. Zu gerne hätte er ihr jetzt seine Gefühle gestanden und blickte sie verliebt an, bis ihm klar wurde, dass er wahrscheinlich wie Quasimodo aussah und damit bei seiner Esmeralda wenig Eindruck schinden konnte.

„Eine Sache konnten mir allerdings auch Deine Freunde nicht erklären: wieso hatte dieser gewalttätige Schläger ausgerechnet Dich als Opfer ausgesucht?" Mühevoll hob Bastian eine Hand und tat, als würde er in der Luft malen. „Möchtest Du mir das aufschreiben?" Bastian nickte unmerklich. Mala holte einen Block und Kuli und setzte sich wieder zum ihm ans Bett. Bastian schrieb mit zittriger Hand `KVB´. Mala sah ihn fragend an. Darunter schrieb er dann `schwarz´.

„Willst Du mir damit sagen, Du bist ohne gültiges Ticket mit der Straßenbahn gefahren?"

Bastian machte an beide Begriffe einen Haken. „Ich verstehe trotzdem nicht, wieso Du deshalb zusammengeschlagen wurdest…" Bastian notierte `Kontrolleur´. „Gut, ich verstehe, du bist beim Schwarzfahren erwischt worden, richtig?"

Bastian machte den nächsten Haken. „Trotzdem verstehe ich nur Bahnhof…"

Der nächste Begriff lautete `Bodycheck´. „Willst Du mir damit sagen, der Typ hat Dir einen Bodycheck verpasst?"

Bastian schüttelte leicht den Kopf und machte ein Minuszeichen. Mala überlegte angestrengt. „Hmmh…. Das bedeutet dann wohl, Du hast ihm… ja genau… so muss es sich zugetragen haben: Du wurdest erwischt und hast, statt die Strafe zu zahlen, dem Kontrolleur einen Schlag auf die Rippen versetzt und bist abgehauen. Dann ergibt das alles auch einen Sinn: rein zufällig hat der Typ Dich wiedererkannt und sich an Dir gerächt, stimmt´s?"

Bastian strich das Minuszeichen durch und malte einen dicken Haken mit drei Ausrufezeichen. „Na ja, dann trifft Dich aber schon eine gewisse Mitschuld, denn von christlicher Nächstenliebe zeugte Dein Handeln nun auch nicht. Wieso wolltest Du denn kein Bußgeld zahlen – ich meine, einmal kann man das ja verkraften!"

Bastian überlegte und vermerkte `zuviele´. „Wie, Du bist schon so oft schwarzgefahren?" Ein erneuter Haken war die Folge. Mala sah ihn entgeistert an. Ehe sie eine neue Frage formulieren konnte schrieb Bastian `Kondome´.

„Stopp mal Bastian! Was soll denn das jetzt?? Hast Du vielleicht auch eine Gehirnerschütterung davongetragen? Was haben denn Gummis mit Deinen Verletzungen zu tun?" Sein nächster Begriff lautete `Party Mike´.

„Meinst Du die Party, wo ich Dich das zweite Mal gesehen hab´, als Du Mike die Verhüterli übergeben wolltest?"

Bastian machte zwei Haken. „Fassen wir also zusammen: Du hast damals für Mike Kondome besorgt und bist auf der Rückfahrt beim Schwarzfahren erwischt worden. Verstehe. Und wahrscheinlich war das auch der Grund dafür, dass Du ganz plötzlich – ohne eine Wort zu verlieren – wieder abgehauen bist."

Bastian schüttelte leicht den Kopf und notierte `für Mala´. „Meinetwegen? Das wird mir jetzt aber doch zu anstrengend." Bastian nahm das Blatt ganz nah vor sein Auge, schrieb aber nicht mehr, sondern malte einen Strich. Als er den Zettel umdrehte ergab die Zusammenfügung folgenden Sinn: `Kondome für Mala´.

Sie runzelte die Stirn, grübelte und musste plötzlich laut loslachen. „Jetzt begreife ich: Du hast Deinem mehr-oder-weniger geliebten Kumpel Mike eine Gefälligkeit getan und ihm für seine Party Kondome besorgt. Auf der Rückfahrt wurdest Du erwischt, was Deine Laune eh schon in Mitleidenschaft gezogen hat. Und dann trafst Du ausgerechnet mich und dachtest, Mike wolle mit mir ein nettes Schäferstündchen verbringen. War es so?"

Bastian versuchte zu lächeln, aber es misslang. Stattdessen nahm er noch einmal den Kuli und vermerkte `Miss Marple! ´.

„Also, angesichts des Alters dieser Dame müsste ich jetzt beleidigt sein, aber ich fass es trotzdem mal als Kompliment auf. Außerdem erklärt die Situation mit den Kondomen auch viel von Deinem weiteren Verhalten."

Sie beugte sich über ihn und strich ihm durch die Haare. Dabei entdeckte sie auf dem Nachttisch den `Steppenwolf´.

„Schön, dass Du auch im Krankenhaus diesen Klassiker weiterlesen willst." Sie nahm das Buch, blätterte darin und stieß auf die Widmung.

„Sag´ mal, was ist denn das? Das sind zwar sehr kluge Zeilen, aber wer bitte schön ist Roswitha Piepenkötter?? Gibt es da noch jemand anderes in Deinem Leben?"

Bastian war gerührt, dass ausgerechnet seine stolze Mala Anzeichen von Eifersucht erkennen ließ. Also versuchte er jetzt, sie zu streicheln, was aufgrund seiner eingeschränkten Bewegungsfähigkeit misslang. Folglich nahm er noch einmal den Stift und schrieb: `Buchhändlerin´. Da diese Antwort Mala nicht restlos zu befriedigen schien, ergänzte er `Olympiasiegerin 1956´ und machte hinter die Jahreszahl noch ein dickes Ausrufezeichen. „Das soll ich Dir glauben? Na gut, aber dann musst Du mir diese Frau unbedingt einmal vorstellen!" Bastian wollte gerade den Daumen zur Zustimmung heben, als es klopfte.

Vorsichtig wurde die Tür geöffnet und durch den sich auftuenden Spalt lugte Katja ins Krankenzimmer. „Bastian, was machst Du bloß für Sachen??? Matze hat mich angerufen und mir alles erzählt. Wie geht es Dir?" Bastian röchelte, aber Mala unterdrückte mit einem Händedruck jede weitere Anstrengung.

„Aufgrund der zahlreichen Blutergüsse, dem Jochbeinbruch und einer Kieferprellung kann er die nächsten Tage nicht sprechen. Aber darf ich vielleicht erfahren, wer Sie sind?"

„Ich bin Bastians Schwester Katja – und Sie?"

„Ich bin… ähem… seine ganz persönliche Krankenschwester."

„Dann sind Sie… ich meine, dann bist Du also Mala?"

„Genau – hallo Katja. Woher weißt Du, wer ich bin?"

„Na, das lässt sich doch nicht verheimlichen, wenn der große Bruder Hals-über-Kopf verknallt ist…"

Freudestrahlend gaben die beiden sich die Hand. Auch wenn es ihm körperlich schon beschissen genug ging, diese Peinlichkeit setzte ihm noch einmal zusätzlich zu. Mala hingegen drehte sich nach der Begrüßung zu ihm und schaute ihm lächelnd – ja, er meinte sogar leicht verliebt - ins Gesicht. Bastian griff wieder zu Zettel und Stift und schrieb `wo gestern? ´und hielt das Papier in Richtung seiner Schwester.

„Macht ihr beide hier etwa ein Ratespiel? Lasst mal sehen: KVB, schwarz, Kontrolleur, Bodycheck, Kondome, Party Mike, für Mala, Miss Marple!, Buchhändlerin, Olympiasiegerin 1956!, wo gestern? Also, für mich ergibt das alles überhaupt keinen Sinn…."

Mala musste herzlich lachen. „Das ist nur die Art und Weise, wie Bastian derzeit kommuniziert. Und ich vermute, er will von Dir wissen, wo Du gestern warst?" Bastian machte wieder einen Haken.

„Ach so, ja.. äh… also: ich, ich meine… ähhh… wir…." Durch eine leichte Berührung am Arm wurde sie von Mala unterbrochen.

„Weißt Du Katja, wenn man Dich so reden hört, dann merkt man sofort, dass Ihr beide Geschwister seid. Ihr wirkt so… nun ja… verwirrt."

„Also… äh… ich wollte Bastian ja sowieso noch sagen, wieso ich immer noch hier in Köln bin…" Bastian hob leicht den Kopf, eine Antwort einfordernd. „Nun.. äh… mir geht es wie Dir. Ich hab´ nämlich auch jemanden kennengelernt und muss sagen, dass ich seitdem Schmetterlinge im Bauch habe." Bastian versuchte mit seinem halboffenen Auge als Ausdruck seiner Freude Katja anzustrahlen, aber auch das misslang. Also machte er wieder eine leichte Kopfbewegung, um mehr zu erfahren.

„Du willst wissen, wer das ist? Na gut.... ich habe ihn sogar hier mit ins Krankenhaus gebracht. Kleinen Augenblick..." Schon stand sie auf und marschierte nach draußen. Mala und Bastian schauten sich gespannt an, neugierig darauf zu erfahren, was für einen Kerl sie da anschleppen würde. Einen Arzt, einen Juristen, einen Lehrer???

Die Tür ging wieder auf.

„Moin Keule, hast ja mal wieder richtig in die Scheiße gegriffen, was??" Bastian stöhnte laut auf, die Wirkung der Schmerzmittel war mit einem Schlag verpufft. Das konnte doch nicht wahr sein, dass ausgerechnet die größte Schmierwurst der Spoho das Herz seines Sonnenscheins erobert hatte. Krampfhaft brachte er ein „Neeeiiinnn..." heraus und begann wieder – trotz Schmerzen – den Kopf hin- und her zu bewegen. Ausgerechnet auf einen Typen, der damit prahlte, schon hunderte Frauen flachgelegt zu haben, fiel sein kleines, zartes Schwesterlein herein. Als wäre alles nicht schon schlimm genug, setzte Mike wieder sein verhasstes Goldzähnelächeln auf.

„Ich weiß, das ist eine komische Situation für Dich. Aber ich möchte Dich an einen Dialog zwischen uns erinnern. Weißt Du noch, als ich Katja das erste Mal am letzten Samstag in Deinem Appartement getroffen habe? Da hast Du mich doch gefragt, wieso ich noch nie eine längerfristige Beziehung gehabt habe. Ich erkläre es Dir: weil ich nie die perfekte Frau dafür gefunden habe." Er machte eine ellenlange Kunstpause. „Das ist mit Katja jetzt komplett anders."

Völlig entzückt griff sein Schwesterchen nach Mikes Hand. Bastian versuchte sich aufzurichten und brachte ein erneutes, langgezogenes

„Neeeiiinnn...." heraus, bis Mala ihm den Mund zuhielt. „Du sollst weder reden noch Dich aufregen!".

Da seine Schwester genauso westfälisch-stur wie er sein konnte, wusste Bastian, er konnte auf normalem Wege an dieser tragischen Situation nichts mehr ändern. Völlig fertig sank er zurück in sein Kissen. Katja schien vor lauter Glückshormonen seine Einlassung gar nicht mitbekommen zu haben und schmiedete bereits Zukunftspläne. „Wo wir schon dabei sind mit freudigen Überraschungen: ich hab´ mich ganz spontan entschieden, nicht Tier- sondern Humanmedizin zu studieren. Da hat die Kölner Uni ja einen ausgezeichneten Ruf und so kann ich gleich hier bleiben..." Bastian hob wieder leicht den Kopf und sah sie mit seinem Matschauge fragend an.
„Na schau mal Bruderherz, dann können wir alle zusammen eine große WG bilden: Du mit Mala und ich mit Mike. Da sparen wir nicht nur viel Geld, sondern bilden zudem eine richtige Familie!" Ehe Bastian zu irgendeiner Kopfreaktion ansetzen konnte, nahm Mike sofort den roten Faden auf. „Tolle Idee mit der Familien-WG, oder? Und dann ist Basti nicht nur mein Kumpel, sondern auch mein künftiger Schwager!"

Das war nun definitiv zu viel des Guten. Bastian röchelte und musste schlucken, bis ihm schlecht wurde. Sein Magen rebellierte, er musste würgen. Mala schien zu ahnen, was kommen würde und beeilte sich, den auf dem Nachttisch stehenden Spucknapf zu holen. Doch sie war nicht schnell genug: urplötzlich ergoss sich ein Riesenschwall tomaten-basilikum-gefärbter Magensoße mit Resten einer Hackfleischeinlage über das gesamte Bett. Katja und Mike drehten sich angewidert ab. Mala hingegen schien das Malheur nicht im Geringsten etwas auszumachen – stattdessen lächelte sie ihn sogar an. „Uuups, ein überraschender Vomitus. Was ein Glück, dass das nicht nur mir passiert."

307

Dann wischte sie seinen Mund mit einem Feuchttuch ab und gab ihm einen Kuss. Bastian war sich sicher: diesen ersten, magensäurehaltigen Kuss würde er sein Leben lang nicht mehr vergessen.